现代管理信息系统
（第 2 版）

郭东强　主　编

傅冬绵　副主编

清华大学出版社

北　京

内 容 简 介

全书以管理信息系统开发过程为主线，内容涵盖系统规划、系统分析、系统设计、系统实现和系统评价等内容。其中，"管理信息系统的系统分析"和"管理信息系统的系统设计"两章配置了前后连贯的案例，最后一章还有一个独立、完整的开发案例。除此之外，本书还特别强调系统开发过程中的组织与管理，用"管理"思想贯穿系统开发的全过程。

本书强调案例式教学，各章均配有案例和思考题，并且还配备了免费的教学 PPT 和题库软件(可直接从 http://ggxy.hqu.edu.cn/web/xinxiguanli/kcnr.htm 网站下载或联系 tgy8848@126.com 获取)。

本书作者是长期从事管理信息系统教学和开发的一线人员，书中内容是其多年来管理信息系统教学及实际应用系统开发的经验总结。内容深入浅出，通俗易懂，特别适合作为高等学校管理类各相关专业的教材，也可供对管理软件开发、应用感兴趣的相关专业人士阅读。

图书在版编目(CIP)数据

现代管理信息系统(第 2 版)/郭东强 主编；傅冬绵 副主编. —北京：清华大学出版社，2010.6

ISBN 978-7-302-22451-8

Ⅰ. 现… Ⅱ. ①郭… ②傅… Ⅲ. 管理信息系统 Ⅳ. C931.6

中国版本图书馆 CIP 数据核字(2010)第 066987 号

责任编辑：崔　伟
封面设计：周周设计局
版式设计：康　博
责任校对：胡雁翎
责任印制：何　芊

出版发行：清华大学出版社　　　　　　　　　　地　　　址：北京清华大学学研大厦 A 座
　　　　　http://www.tup.com.cn　　　　　　　邮　　　编：100084
　　　　　社　　总　　机：010-62770175　　　邮　　购：010-62786544
　　　　　投稿与读者服务：010-62776969，c-service@tup.tsinghua.edu.cn
　　　　　质　量　反　馈：010-62772015，zhiliang@tup.tsinghua.edu.cn
印　刷　者：北京四季青印刷厂
装　订　者：三河市新茂装订有限公司
经　　销：全国新华书店
开　　本：185×260　印　张：21　字　数：460 千字
版　　次：2010 年 6 月第 2 版　　　印　　次：2010 年 6 月第 1 次印刷
印　　数：1~5000
定　　价：36.00 元

产品编号：037228-01

第2版前言

《现代管理信息系统》自出版以来，被许多高校选为教材，受到了广泛的好评。为答谢广大读者的厚爱，根据读者的愿望和要求以及编者使用该教材的体会，对第1版进行了修订。修订的指导思想是在保持第1版简明扼要、条理清晰和案例贯通等特点的基础上，压缩教材的篇幅，优化内容体系，增加教材的可读性、可授性和可学性，并在编写上作了一些探索。

与第1版相比，第2版主要有以下特点：

(1) 压缩第1版的第9章，将其改为一节，作为第2版的第1.5节，以精简篇幅，突出管理信息系统规划、分析、设计、实现与维护的主线。

(2) 将最新的IT技术内容纳入第2章"管理信息系统的技术基础"。

(3) 调整了管理信息系统规划的内容，特别强调了管理信息系统规划对企业发展战略的辅助作用，同时将可行性分析并入第4章。

(4) 制作了PPT课件和题库软件，教师可以登录网站下载或通过E-mail联系获取，以备教学所需。

本书共分9章：第1章主要介绍了信息、管理信息、系统的概念与特征等管理信息系统的基本知识，以及管理信息系统的应用；第2章主要介绍了建设管理信息系统所涉及的信息技术，包括计算机技术、数据处理与数据库技术、数据仓库与数据挖掘技术和数据通信及网络技术等；第3章主要介绍了管理信息系统开发的主要方法以及这些方法的基本思想、开发过程和各自的优缺点等；第4~8章分别介绍了管理信息系统的规划、分析、设计、实施、评价与维护的具体原则、方法及过程；第9章则给出一个企业销售管理信息系统开发的完整案例。

本书是华侨大学优秀教学团队建设项目和福建省精品课程建设项目的阶段成果，是以郭东强教授为首的课题组成员共同努力和通力合作的结晶。本书可作为高等院校管理类、经济类、计算机应用等相关专业的教学用书，也可供企事业单位的管理人员、计算机应用软件开发人员作为参考书。

本书的编写分工如下：第1章(1.1~1.4节)和第8章由郭东强编写；第2章由傅冬绵编写；第3章由吴新博编写；第4章由蔡林峰编写；第5章由吴新博、傅冬绵、蔡林峰编写；第6章由傅冬绵、蔡林峰编写；第7章由谭观音编写；第9章和第1章(第1.5节)由郭礽编写；书中画图主要由蔡林峰和谭观音协助完成。全书由郭东强教授统稿，担任主编，由傅冬绵副教授担任副主编。

　　本书在编写过程中，参考和引用了大量有关的著作、论文和软件资料，请教了多位专家、学者，并引用了一些现成的资料，在此对这些资料的作者一并表示深切的谢意。同时还要感谢清华大学出版社编辑的辛勤工作，使得修订版教材顺利出版。

　　本书在具体编写与修订的过程中，充分考虑和吸收了读者们通过各种渠道对第1 版教材提出的很多宝贵意见，但由于学科发展的迅速、理论与应用开发难以统筹的特殊性，加上我们水平有限、时间仓促，书中仍会留下不少不妥之处，恳请读者批评指正，联系邮箱：tgy8848@126.com。

编　　者
2010 年 4 月

第1版前言

当今世界，高新科技不断涌现。以微电子、计算机、因特网为代表的信息技术，不断地在国民经济各领域、社会生活各方面得到广泛而普遍的应用，有效地降低了生产成本，提高了劳动生产率，提升了企业的竞争能力，信息已成为企业生产、管理及运作的重要资源。在竞争激烈的市场环境中，掌控信息资源，充分挖掘其潜力并卓有成效地加以利用，已成为企业经营管理者和决策者的客观需要。构建适合企业需求的计算机管理信息系统是满足这一需要的重要途径，也是实现管理现代化的主要步骤。

管理信息系统是一门综合了管理科学、信息科学、系统科学、行为科学、计算机科学和通讯技术的新兴边缘学科。建设一个大的管理信息系统是一个相当复杂的系统工程，不仅技术要求高、难度大，工程的组织管理也非常复杂，需耗费大量人力、财力和时间。同时，管理信息系统的建立、应用及其发展还要直接受到社会、组织文化等多方面的影响。因此，建立管理信息系统需要掌握一定的技术和方法。本书从基本概念出发，主要阐述了管理信息系统的基本原理、开发方法以及开发过程。

本书共分10章：第1章主要介绍了信息、管理信息及系统的概念和特征等管理信息系统的基本知识；第2章主要介绍了建设管理信息系统所涉及到的信息技术，包括计算机技术、数据处理与数据库技术、数据仓库与数据挖掘技术和数据通信及网络技术等；第3章主要介绍了管理信息系统开发的主要方法以及这些方法的基本思想、开发过程和各自的优缺点等；第4章主要介绍了信息系统的规划思想以及信息系统规划的步骤和常用方法等；第5章主要介绍了系统分析的目的、系统分析的过程、逻辑模型的建立过程等；第6章主要介绍了系统设计的主要任务，提出各个细节处理方案，最终达到程序实现等；第7章主要介绍了系统实现所需完成的工作，例如：系统软件的购置及其安装调试，程序设计、调试与优化，人员培训，数据准备与录入，系统转换和信息系统安全问题，系统实现的组织管理等；第8章主要介绍了系统评价指标的建立、多因素加权平均等评价方法等；第9章主要介绍了信息系统发展出现的新的应用分支，即决策支持系统、制造资源计划、企业资源计划、客户关系管理、供应链管理系统和电子商务等；第10章则给出一个企业销售管理信息系统开发的实例。

本书是福建省2004年精品课程建设的阶段成果，是以郭东强教授为首的课题组成员共同努力和通力合作的结晶。本书可作为高等院校相关专业的教学用书，也可供企事业单位的管理人员、计算机应用软件开发人员等作为参考书。

本书第 1 章和第 8 章由郭东强编写；第 2 章由傅冬绵编写；第 3 章由吴新博编写；第 4 章由蔡林峰编写；第 5 章由吴新博、傅冬绵、蔡林峰编写；第 6 章由傅冬绵、蔡林峰编写；第 7 章由谭观音编写；第 9 章、第 10 章由郭韧编写；书中画图主要由蔡林峰和谭观音协助完成。全书由郭东强教授统稿，并担任主编，由傅冬绵副教授担任副主编。

本书在编写过程中，参考和引用了大量有关的著作、论文和软件资料，请教了多位专家、学者，并引用了一些现成的资料，在此对这些资料的作者一并表示深切的谢意。

本书获华侨大学教材建设基金资助，对华侨大学的支持表示感谢。同时，还要感谢清华大学出版社的编辑，没有她们的关心和支持，该教材也许没有这么顺利就出版。

管理信息系统是一门迅速发展的学科，由于我们水平有限，加上时间仓促，书中错误和不妥之处在所难免，恳请读者批评指正。

编　者
2006 年 2 月

目　录

第 1 章

管理信息系统的基础

当前，信息革命席卷全球，信息技术的迅猛发展及广泛应用，有力地推动了管理信息系统的发展。在我国，企业管理信息系统的建设，自从 20 世纪 80 年代初期微型计算机的推广应用就已经开始了，并经历了从单机管理到网络建设，从个别部门应用到全企业管理信息系统的运行，进而推广到整个行业都开展管理信息系统的应用，二三十年来取得了很大的发展，带来了良好的经济效益和社会效益。随着企业管理信息系统技术的进一步完善及整个国家国民经济信息化、企业信息化的建设，企业管理信息系统必将得到新的发展。本章首先从介绍信息的概念开始，详细讲述了信息与管理信息，管理信息系统的概念，管理信息系统的结构、发展及应用等。

1.1 信息与管理信息

随着全球信息化浪潮的兴起，信息革命蓬勃发展，"信息"已成为现代社会中使用最多、最广泛、频率最高的一个词汇。不仅吸引着科学研究人员、工程技术人员、管理及咨询人员，而且在人类社会生活的各个方面和各个领域都被广泛采用。现在，人们对"信息"这个概念已经不陌生了，因为"信息化"、"信息经济"、"信息社会"、"信息资源"等新名词已经给这个迅速发展的世界增添了色彩。

1.1.1 信息

1. 什么是信息

"信息"的英文单词是"information"，它来源于拉丁文，意思为"赋予形态"，与亚里士多德关于"形式与质料"的哲学思想密切相关。希腊哲学比较深刻的思想是：逻各斯通过为事物的"质料"赋形而昭显自己，没有具体形态的事物是无界定的事物，从而是无从理解的事物。"信息"在希腊文里同时意味着"学习"，因为获取信息也就是学习的过程。信息，通俗地可解释为消息、情报、通知、资料等。《辞海》中把"信息"认为是客观存在的消息、情况、情报等。在我国，"信息"一词最早见于《三国志》中的"正数欲来，信息甚大"，时间为公元 3 世纪。南唐(公元 902—929)诗人李中在《暮春怀故人》一诗中也有"梦断美人沉信息，目穿长路倚楼台"的美妙绝句。"信息"一词，在中国台湾、香港及澳门则描述为"资讯"。我们日常应用的"信息"不是一个精确的术语，随着社会的发展和现代科学技术的进步，"信息"的概念在逐步扩展、渗透和运用到社会科学和自然科学的许多领域，其内涵和外延也发生了很大的变化。广义的"信息"定义至今还在争论不休，目前可以说还没有定论。

人们从不同的角度理解"信息"，可以得出一些常见的定义：

- 信息是表现事物特征的一种普遍形式；
- 信息是数据加工的结果；
- 信息是系统有序的度量；
- 信息是表现物质和能量在时间、空间上的不均匀分布；
- 信息是数据的含义，数据是信息的载体；
- 信息是帮助人们作出决策的知识。

信息论的奠基者 C.E.Shannon 在 1948 年提出，"信息是用来消除随机不确定的东西"。而控制论的创始人 N.Wiener 则指出，"信息就是信息，既不是物质也不是能量"，"信息就是人与外界互相作用的过程中互相交换的内容的名称"。一般认为：信息是反映客观世界中各种事物的特征和变化，可以通讯的知识。

对于信息，我们无须去研究哪一种定义更为确切，但关于信息有两点应该明确：

(1) 信息在客观上可以反映某一客观事物的现实情况。

(2) 信息在主观上是可以接受、利用的，并能够指导我们的行动。

从本质上讲，信息存在于物质运动和事物运动的过程中，它是一种非物质性的资源，它和物质、能源一起，构成了现代社会发展的三大支柱资源。正如一位美国科学家在一首诗中所描写的那样：

"没有物质的世界是虚无的世界，
没有能源的世界是死寂的世界，
没有信息的世界是混乱的世界。"

信息的作用就在于把物质、能源构成的混沌、杂乱的世界，变成一个有序的世界。减少人的不确定性，增强世界的有序性。

依照信息的产生方式可以做出如下分类。

- 自然信息：是自然界的事物及事物之间内在联系的表征。

- 人工信息：人们依据物质运动，利用一定手段，人为地进行表征和描述。表征和描述的手段很多，如人类的语言和文字，现在还可以利用计算机来存储、传输和处理信息。
- 综合信息：是指在人类社会中，自然信息和人工信息的集成。我们着重注意其在社会中的传递和应用，以及为人类社会发展服务的特征。

由此可以看出，现在的信息已远远超出了 C.E.Shannon 当时的定义，信息科学研究的内容也远远超出了当时信息论所涉及的内容。

2. 信息与数据、知识的区别

信息与数据、知识有一定的内在联系，但又有明显的区别。

数据是记录下来的可以鉴别的符号和数字，是指客观实体属性的值。数据不仅可用数字表示，也可以用文字、符号、图形等来表示。

信息是数据加工的结果，是对数据的解释。它能更直接、明确地反映客观事物的本质。显然，数据成了信息的载体。

知识是人类社会实践经验的总结，是人的主观世界对于客观世界的概括和如实反映，成为信息的融合体。也可以说，知识是人类通过信息对自然界、人类社会的思维方式与运动规律的认识和掌握，是人的大脑通过思维重新组合的系统化信息的组合。人类要通过信息来感知世界、认识世界和改造世界，又要根据所获得的信息组织知识。知识是信息的一部分，是一种特定的人类信息。人类生活环境中普遍存在的信息是知识的原料，这些原料经过人类接受、选择、处理，才能成为新的、系统的知识。科学家 P.F.Druker 在《新观察》一书中着重指出，"知识"是一种能够改变某些人或某些事物的"信息"。一般可将知识归纳为

$$知识 = 事实 + 规则 + 概念$$

式中：事实是处于一定问题环境中的事物的常识、属性、状态，在知识库中属于低层次的知识即静态的知识。规则是事物的行动或行动间的相互依赖、相互触发的因果关系，这是一种动态的知识，常常由领域专家提供。概念可分为控制和元知识。控制即有关问题的求解步骤、技巧性的知识。元知识是关于知识的知识，是知识库中最高层次的知识，包括怎样使用规则、解释规则、校验规则等。数据和信息只有变化为知识才能转变为决策的能力。

总之，数据、信息和知识可以看作是对客观事物感知的三个不同阶段。数据直接来自感应的仪器，反映了变量的测定值。数据是根据某种测度而给出的事实。信息是经过组织的有结构的数据，从而具有了意义。知识则进了一步，它能够预测，给出因果关系，并指导进一步要做什么。

3. 信息的基本特征

1) 信息的客观性

信息是事物变化和状态的客观反映。由于事物及其状态、特征和变化是不依人们的意志为转移而客观存在的，所以反映这种客观存在的信息，同样带有客观性。信息不仅其实质内容带有客观性，而且一旦形成，其本身也具有客观实在性。信息可以影响使用者的行为，为决策服务，所以客观性是信息的中心价值。

2) 信息的共享性

物质、能量是守恒的，在交换过程中遵循等值交换原则。任何物和能，某人占有了它，别人就没有它。而信息则不同，是可以共享的。交换信息的双方都不会失去原有的信息，反而会增加一些信息。不仅如此，就是信息进行单方面的转让，转让者也不会因转让而失去信息，相反会使自己所掌握的信息得到巩固。信息的共享具有无限性。这就是说，信息的交换和转让可以无限地进行下去，使信息传递到每一个人，为大家所共享。总之，信息总是作为一种共享的资源而存在，是可以用扩散的方式而共享的。信息不像物质和能量那样吝惜，是可以共享的。这种可共享性，对于社会的发展具有十分重要的意义。

3) 信息的价值性

信息本身不是物质生产领域的物化产品，但它一经生成并物化在载体上，就是一种资源，具有可采纳性，或称之为有用性。也就是说，信息具有使用价值，能够满足人们某些方面的需求，被人们用来为社会服务。信息价值的确定具有一定的难度，这不仅是由于信息生产过程的繁杂劳动，它要求较高的文化、技术和技能，在相同的劳动时间里，创造的价值比一般简单劳动创造的价值要高得多，更重要的是因为信息的开发和处理是一种创造性的劳动过程，对它的价值评定不能简单地以"社会平均必要劳动时间"来决定。创造性的劳动本身很难找到平均的必要时间作为一种评价的客观标准，加上信息可以经使用者多次开发，不断增值，使得它的价值具有后验性。所以信息价值的确定比较复杂，有待于进一步深入研究。

4) 信息的时效性

信息是有寿命、有时效的，和世界上任何商品一样，它有一个生命周期。信息的使用价值与其所提供的时间成反比。也可以说，信息一旦产生，其提供的时间越短，它的使用价值就越大；反之，其提供的时间越长，它的使用价值就越小。换句话说，时间的延误，会使信息的使用价值衰减甚至完全消失。信息作为客观事实的反映，总是要先有事实，然后才能生成信息。所以，信息落后于客观事实和原始数据，有一定的滞后性。因此，信息一经产生，就应加快信息的传输，及时使用。

5) 信息的无限性

信息作为事物运动的状态和方式，以及作为关于事物运动状态和方式的知识，是永不枯竭的。只要事物在运动，就有信息存在。只要人类认识和改造客观世界的活动不停止，这些活动就会产生大量的信息供人类利用。所以，信息不会像材料和能源那样发生资源短缺的危机。信息永远是一个汪洋大海，永远在繁衍、更新、创造着，是一种取之不尽、用之不竭的源泉。信息的无限性还表现为它的可扩充性。随着时间的推移和空间的转换，对于某一过程或某一地点没有用的信息，对于另一个过程或地点又可能是有用的信息。原则上讲，没有信息是无用和不可利用的。信息随着人们对它的利用而无限地扩充。总之，信息的无限性表现在两个方面：一是客体产生信息具有无限性；二是主体利用信息的能力具有无限性。

当前，信息已成为一种商品，进入市场参加交换，形成信息市场，并对物质市场起先导和渗透作用。在现代高科技、智能化产品中，信息产品在市场中所占的比重越来越大，而且物质商品中的信息含量也越来越高，有人把这种现象称作物质商品在不断"软化"。这种硬商品向软商品发展的过程，是商品形式的高层次发展，也是信息商品化范围的扩大，在这个过程中，创造性劳动和智力投入成分不断增加，导致了劳动结构和消费结构发生变化，从而推动人类社会向着更高的文明阶段发展。

1.1.2 管理信息

传统企业管理是对人力、财力、物力、方法和机器这五种基本资源的管理，即5M(men，money，material，method，machine)管理。但在现代企业中，信息已与人、财、物等资源一样，成为企业的一种基本资源。忽视了对信息的管理，就不能提高效率，就难以保证企业的竞争力，难以提供良好的服务，也就谈不上现代化管理。而且，管理也离不开信息，信息在管理的全过程中起着基础性的作用。管理活动是管理者向管理对象施加影响，以及管理对象向管理者作出反应的两个相互联系的过程的统一，而整个活动是在一定的环境中进行的。如果没有管理者、管理对象、管理环境以及管理活动的有关信息，任何管理都是无法进行的。

1. 管理信息的定义

在企业管理中，一般将管理信息定义为：管理信息是对企业生产经营活动中收集的数据经过加工处理、给以分析解释、明确意义后，对企业经营管理活动产生影响的数据。从控制论的观点说，管理过程就是信息的收集、传递、加工、判断和决策的过程。以一般的工业企业为例，其全部的活动可以概括为两大类：一类为生产活动，输入原材料和其他资源，工人根据加工程序在机器设备上进行操作处理，输出满足人们需要的产品；另一类为管理活动，围绕和伴随着一系列生产活动，执行着决策、计划和调节职能，以保证生产有序、高效地进行。可见，伴随着生产活动的是物流,而伴随管理活动的是信息流。物流的畅通与否很大程度上依赖于信息管理的水平和质量,信息流在企业生产经营中起着主导的作用。就一个企业数据加工过程而言,由于处理的输出结果是为某种特定需要服务的,其强调的是内容和含义,所以我们把处理的结果称为管理信息。而对于处理过程所需的输入资料,通常称为数据。

企业管理中所应用的信息十分广泛,它既包括企业内部的信息,也包括企业外部的信息。例如,生产性企业的销售、原材料供应、生产、价格、成本、利润、技术设备、人力资源等情况,以及生产技术资料、各种规章制度、市场需求、国家经济政策等,都是企业的管理信息。管理信息是企业计划、核算、调度、统计、定额和经济活动分析等工作的依据。

2. 管理信息的特点

企业的管理信息有以下特点。

1) 原始数据来源的离散性

管理信息是由以下特征决定的。

(1) 数据的来源分布在所反映的对象和过程的所在地,即企业中各生产环节和有关职能管理部门,这就决定了数据收集工作的复杂性和繁重性。

(2) 信息的收集、整理、传递、存储、加工和分配送发具有不同的频率和周期。

(3) 企业的产品、原料、设备、工具、劳动力等都是用离散数值来计算的。

2) 信息资源的非消耗性

管理信息一经收集,就可以多次使用,供有关部门共享而不影响其本身的内容。信息用户越多,使用越广泛,花费在收集、检查、存储、加工数据上的费用就可分摊到大量的输出信息单位上,因而可降低信息的单位费用。

3) 信息处理方法的多样性

信息处理的绝大部分工作是逻辑处理,主要有检索、核对、分类、合并、总计、转录等,方法比较简单,但很多是重复进行的。另外还有算术运算,目前大量的是简单的算术运算,如计算产值及产品产量完成情况、计算产品成本等。但随着企业管理水平的提高,必然要应用现代数学方法,采用一些比较复杂的优化模型,如网络优化模型、线性规划模型、系统仿真模型等比较复杂的算法。

4) 信息量大

企业产品或商品的种类、数量,生产用的物资、设备、工具,企业职工情况,及财务、供应、销售、协作单位状况等都是管理部门必需的信息。管理活动中要接触、处理的信息十分庞杂。

5) 信息的发生、加工和应用在时间、空间上的不一致性

产品生产的信息发生在车间工段，信息的加工一般在职能科室或信息处理中心，而使用信息的则是职能科室、有关部门领导或上级机关。同时，在时间上，信息的发生与收集、传递的次数、加工的次数和周期、使用的频率等，不同的信息也不一样，这样一来，使信息处理工作更加复杂化。

管理信息的上述特点，对信息处理方法和手段的选择及信息流的组织和管理都有重要的影响。

3. 管理信息的分类

为了科学地管理和合理地使用信息，必须按不同的标志将管理信息分类。管理信息的分类方法有很多，而常用的有两种。

1) 按信息稳定性分类

按信息稳定性分类，可将信息分为固定信息和流动信息两类。固定信息是具有相对稳定性的信息，在一段时间内可以在各项管理任务中重复使用，不发生质的变化。它是企业一切计划和组织工作的重要依据。

流动信息又称为作业统计信息，它反映生产经营活动中实际进程和实际状态的信息。它随着生产经营活动的进展不断更新，因此时间性较强，一般只有一次性使用价值。但是及时收集这一类信息，并与计划进行比较分析，是评价企业生产经营活动，揭示和克服薄弱环节的重要手段。

固定信息约占企业管理系统中周转总信息量的75%，整个企业管理系统的工作质量很大程度上取决于固定信息的组织。因此，无论是现行管理系统的整顿工作，还是应用现代化手段的电子计算机管理系统的建立，一般都是从组织和建立固定信息文件开始的。

工业企业中的固定信息主要由以下三个部分组成。

(1) 定额标准信息：它包括产品的结构、工艺文件、各类消耗定额、规范定额和效果评价标准。

(2) 计划合同信息：它包括计划指标体系和合同文件。

(3) 查询信息：属于这种信息的有国家标准、专业标准和企业标准、价目表、设备档案、人事卡片等。

2) 按决策层次分类

按决策层次分，可将管理信息分为战略信息、战术信息和业务信息三类。信息是决策的依据，没有信息，人们就无从决策或者说决策在此时就是空中楼阁。由于企业管理是分层次的，不同层次需要不同的信息，决策与信息的关系如图 1.1 所示。

(1) 战略信息：提供给企业高级管理者，进行战略决策使用。包括有关全厂的重大方向性决策，如经营方针，新产品试制等。这类决策需要领导的判断能力、直觉、经验来解决问题。战略信息一般是经过分类、压缩和过滤的，概括性、综合性强，信息内容不定型，信息表现形式不规范，大部分信息来自企业外部，信息量小，信息处理方法艺术性强。

(2) 战术信息：提供给企业中层管理人员，供完成大量计划编制、资金周转、资源分配等。这类决策有一定的规律可循，所需的信息一般是对日常执行部门的信息进行汇总、统计与综合的结果。信息内容不完全定型，处理方法也不完全定性，信息来源于企业内部和企业外部。

(3) 业务信息：提供给企业基层管理人员，供执行已制定的计划，组织生产或服务活动使用。当然还包括车间日程管理，仓库确定采购批量等。这类决策一般是定期重复进行的，所处理的信息内容具体，形式规范，来源明确，信息大部分来自于企业内部，信息量大，对信息的处理方法很有规律。

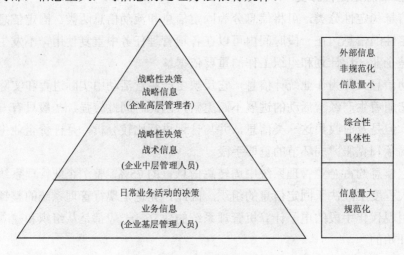

图 1.1　决策层次与信息特点

1.1.3　信息在企业管理中的作用

改革开放以来，我国企业发展的宏观环境和管理模式都发生了根本性的改变。企业管理在经历了计划经济时期的"生产管理"时代，计划经济与市场经济相结合时期的"混合管理"时代后，从 20 世纪 90 年代末进入全面市场经济的"新管理"时代。新管理时代的中国企业管理是面向市场、基于现代企业制度的，是中国模式、价值化、系统化、计算机化、国际化和普遍化管理的时代。

新管理时代的中国企业管理以建立竞争优势，提高企业竞争力为核心。要提高企业的竞争力就必须整合企业经营，全面强化企业管理，形成企业持久发展的"内功"。越来越多的质优企业舍得在管理信息系统上投资的举动，足以说明这一趋势。

在市场竞争日益激烈，用户需求不断趋向多样化，企业间关联程度越来越密切的今天，要求企业行动必须快捷、灵敏，在管理的思想观念、方式方法上不断创新。人力已经很难完全达到要求，必须借助当代信息技术，充分利用管理信息，优化和加强企业的营运和管理。

　　然而，企业连续不断的生产、经营活动，导致每时每刻都会产生很多信息。这些信息需要在企业内部上下之间、部门之间、总部与分部、外部供应商与企业以及企业与客户之间，进行输入、处理、输出、反馈。但目前，这些重要的信息大部分或被锁在文件柜和抽屉中，或被分散保存在各个互不兼容、自成一体的计算机系统中，更有甚者，有的重要信息还存在于员工的头脑里。由于各种数据信息单独存放，不便于信息的迅速传递、汇总、查询和加工，因而形成了一个个"信息孤岛"。如何将这些"信息孤岛"连成一个有机整体，使企业的信息资源变得易于存取、便于共享，以供企业领导决策，是企业信息化必须面临的课题。

　　同时，企业的需求是信息化的核心推动力量。信息技术及手段是最具有活力、最先进的一种生产力，它在改造传统产业和激活现代工业活力中发挥的作用已经逐步为人们所认识。当代生产过程中的快节奏与市场需求的快速多变促使企业努力去获取市场信息、产品信息、金融信息、技术信息、原材料信息，以保持或加强企业在竞争中的地位。特别是为了更便捷地得到大量实用信息，企业已不满足传统的信息传递媒介，开始追求更为先进的信息手段和途径。可以说，一个企业掌握信息数量的多寡优劣直接制约着企业的生存与发展。

　　信息在企业管理工作中的作用有如下几个方面。

1. 信息是企业经营管理的决策基础

　　决策是企业经营管理的中心环节，正确的决策是对企业未来行动及其结果的正确判断的必然反映，而正确判断的前提在于全面、及时、准确地掌握信息。

　　市场经济的运行非常复杂，国际、国内市场情况更是千变万化，行业情况、地区情况千差万别，企业要在这种环境中求得生存发展，做出正确的决策，更需要以全面、及时、准确的信息为依托。一项重要的信息，处置和运用是否得当，对一项事业可起荣枯兴衰之力，对一个企业具有浮沉成败之功。在经济调整发展的日本，企业界流行"人才是企业的支柱，信息是企业的生命"的诤言。因此，在经营管理上，情报不畅、信息不明，就不可能有最佳的决策，也就不可能得到好的经济效益。

2. 信息是企业在经营管理中有效控制的前提

　　控制是企业经营管理的基本职能之一，信息是控制的前提，也是实现控制过程的基础，没有信息，任何系统都无法控制。在市场经济条件下，企业在起伏中发展，在波动中变化，新的形势要求企业的管理者具有快速应变的能力，以求正确掌握动向，果断及时采取措施。要做到这一点，必须要有准确、及时、完整的信息，信息如果不准确就会造成指挥失误和混乱,信息如果不及时,企业的管理者就无法对企业的生产经营全过程进行有效的控制。

在企业经营管理中,质量控制是全面质量管理中的一个重要内容,通过及时收集反映产品质量和产、供、销各环节工作质量的信息(包括基本数据、原始记录以及产品在用户使用过程中反映的各种信息等),是改进产品质量,满足用户要求,改善各环节工作质量最直接的资料来源。没有质量的信息工作,就无法进行为保证产品质量而采取的各项工作措施。

3. 信息是企业经营管理活动的组织手段和协调工具

企业是一个多层次、多系统的结构。信息是层次与系统间的结合,协同行动的"黏合剂",离开了信息的工作,企业这个经济组织就不可能出现整体化和最优化。

企业是由其内部许多部门、许多方面共同参与、共同配合成为的一个有机系统,一个部门如何与其他部门互相配合、互相协调,这只能通过信息的传递把各方面联结起来。为此,要实现企业的已定目标,必须通过信息的不间断传递,一方面进行纵向间的信息传递,把不同环节的经济行为协调起来;另一方面进行横向间的信息传递,把各部门、各岗位的经济行为协调起来,通过信息来处理人、财、物和产、供、销之间的复杂问题,只有这样,企业的经营管理活动才能成为有活力的有机整体。

4. 信息是提高企业经济效益和竞争力的手段

对于企业家而言,他的经营艺术在于能够最敏捷地掌握信息资源,最有效地利用信息资源。要增强企业的竞争力,很重要的是要增强企业的信息竞争力。企业经营者应该有高度的信息意识,提高信息加工、处理和利用的效能。日本松下电器公司开发新产品的主要方法之一就是引进专利,制造全世界一流的产品,赚得巨额利润,在引进专利技术的基础上,发明创造属于本公司的大量专利。日本不惜巨资建立全国和全世界的经营信息网,收集分析当天世界各地金融市场及进出口贸易等信息,了解国内企业经营情况,从而及时准确地分析企业外部环境,做出适当的决策,保证了日本一些大公司的竞争力。

5. 信息是提高企业管理工作效率的有效措施

克服企业管理效率低下,一直是企业管理专家所注意的重点。例如,日本许多企业特别设立专门机构,称为工业工程部门,负责提高生产和管理两方面的工作效率,一般是追求投入产出比最佳化。国外常采取的措施是精简机构和人员,采用信息技术,扩大信息处理和转换能力。

企业管理从某一角度讲,很大程度上是对信息的处理。由各个管理层相互联系形成等级链、矩阵链,链条上的某一环节只是发挥着信息的收集、挑选、重组和转发的"中转站"作用,这就是管理组织中存在的大量"岗位"。如果这些工作由正规的信息系统来承担，反而会更快、更准、更全面。缩短等级链的长度和矩阵链的规模，简化人为的协调，即可提高工作效率。企业决策水平往往依赖企业信息集中化的程度。而集中化程度又往往取决于企业计算机使用的广度和深度，取决于企业信息部门在企业等级结构中的地位。由计算机承担的企业信息系统的工作越全面，计算机就越会应用在不只是进行信息简单的转换，而是从事信息利用的各项工作上。

总之，企业的一切活动均表现为物质流、资金流和信息流，或者简言之，就是信息流。信息不仅表现在外部环境预测、经营决策、市场营销、生产管理、计划与控制、原材料供应等业务流程中，而且还表现在企业内的生产、销售、技术开发、财务、人事等职能部门之间。只有通过信息的传递和交流才能将企业内各部门、各环节、各种人员的思想和行动协调统一起来，为企业的总目标服务。

企业信息的沟通渠道还影响企业的组织机构、权力分配和工作方式。企业的组织机构也是一种信息收集、传递、加工、处理、利用的机构，企业内各种岗位的权力和相互关系、工作方式都受到其收集掌握的信息量、信息内容和利用信息能力的影响。从某种意义上讲，谁掌握了信息，谁能处理信息，谁就有了经营决策的参谋权力。

1.1.4 影响企业信息工作开展的因素

从目前企业信息工作开展的情况来看，影响信息对企业经营管理工作的主要因素有如下几个。

1. 单纯的、残缺的信息观念

当前信息已经成为社会经济效益的重要资源，企业的发展需要高质量、完善的信息作保证。但由于历史的原因，企业中仍以单纯的技术产品信息为主体，信息服务仅停留在一般数据的提供上，而轻视或忽略政策法规、市场需求、行业状况、产品分析预测等一系列的增值信息服务；同时，由于缺乏深入细致的信息采集和严格的分类整理、加工，使信息资源不系统、不完整，缺乏连续性。随着市场经济的不断深入发展，企业信息工作的发展必须以市场为中心，从单一的信息向综合性的方向拓宽。

2. 信息工作得不到应有的重视

信息工作目前在企业的地位和价值尚未被真正认识和引起高度重视，信息工作无计划、无考核，有任务无指标，使信息工作处于懒散状态。

从领导者的角度看，驾驭信息组织能力的差别在影响着信息获取、使用的水平；从信息从业人员的角度看，捕捉信息的意识和能力不足，使稍纵即逝的信息白白从身边流走，将应加工升值的信息作为原材料处理，没有发挥信息的最大效能；从信息需求的角度看，不少人认为这项工作说起来重要，实际上可有可无。因此必须扭转对信息工作的偏见,对信息工作的投入要敢于花钱,舍得投入。

3. 手段相对落后,时效性差

计算机及网络通信技术的发展,加快了信息产业新革命的进程。新技术的应用大大提高了信息传递的速度,增强了信息的加工处理能力。尽管计算机、通信技术已在世界范围内得到广泛应用,但就我国工业企业而言,利用现代化手段采集、传输和加工信息为数有限,造成信息资源不能及时有效地开发、利用。为加快对信息的处理与反应能力,适应信息时代的要求,我国企业的信息工作必须充分利用现代化手段,加快传递速度,发挥信息效能,促进企业发展。

4. 信息工作的方式和内容不适应

科学技术的不断发展和社会生产力的迅猛提高,对企业信息工作提出了工作范围广泛、方式多样的要求。但是,绝大多数企业信息工作的内容单一狭窄,方法呆板,只注重资料源及数据的搜集,不注重深层次的分析加工利用,习惯于坐在办公室从资料到资料的"静态"工作方式,没有搞"动态"信息的搜集;只注重单一信息整顿,缺乏进行综合、全面、深层次的处理和提炼等。这些不相适应的状况严重影响着企业重大事项的决策、新品开发、市场行情预测、企业经营管理、技术改造、外向经济等。

1.2　管理信息系统的概念

由于管理过程的实质是信息处理的过程,因此,为了实现管理的目的,履行管理的职能,就必须进行信息的收集、存储、传输、加工和输出,这就要求建立一个实现辅助企业的事务处理和管理职能的系统。在讨论管理信息系统的定义之前,让我们首先了解什么是系统。

1.2.1　系统的概念

系统是客观世界中的一种普遍现象,是现代系统科学的研究内容。"系统(system)"一词是目前现代科学的一切领域都离不开的概念。但其含义到底是什么?至今还没有一个统一的定义。通常认为:系统是由相互联系相互作用的诸要素组成的具有特定功能的有机整体。系统论的奠基人 L.V.贝塔菲的解释是:相互作用诸要素的综合体。美国国家标准协会(ANSI)对系统的定义是:各种方法、过程或技术结合到一块,按一定的规律相互作用,以构成一个有机的整体。而国际标准化组织委员会(IOSTC)对系统的定义是:能完成一组特定功能的,由人、机器及各种方法构成的有机集合体。可以说，简单的系统模型应该是输入、处理、输出的集合。

系统科学是 20 世纪科学技术体系中一个重要的新兴科学部门，它从系统的整体性、结构和功能的角度去研究宏观世界，探求宏观世界中系统、控制、信息的规律性，揭示客观世界的本质和规律，提供分析世界的方法和技术。系统科学既可以上升与哲学相联系，丰富人类的理论宝库，又能够转化为技术、科学方法和管理方法应用于实践领域，发挥其改造世界的巨大作用。因此，应用系统科学可以实现科学的管理。

不论怎样的现实问题，要构成一个系统，必须具备三个条件。

(1) 要有两个以上的要素。

(2) 要素之间要相互联系、相互作用。

(3) 要素之间的联系与作用必须产生整体功能。

按照组成系统的要素的性质来划分，现实世界中的系统可分为以下三个。

(1) 自然系统：指由自然力而非人力所形成的系统，如天体系统、气象系统、海洋系统、神经系统等。

(2) 人工系统：指经过人的劳动而建立起来的系统。一般的人工系统包括三种类型：一是由一定的制度、组织、程序、手续等所构成的管理系统；二是由人们从加工自然物获得的人造物质系统，如工具、设施、建筑物等；三是人造概念系统，即由主观概念和逻辑关系等非物质组成的系统，如学科体系系统、伦理道德系统、法律、政策等系统。

(3) 复合系统：指自然系统和人工系统相结合的系统，如农业系统、环境系统、水利工程等。

从各种各样具体的系统中可以抽象出来系统的共性，这就是系统的特性。一般地，系统都具有目的性、相关性、层次性、整体性和环境适应性。

1. 目的性

任何系统无不具有目的性，无论是自然系统或人工系统。自然系统的目的性反映了系统内在的客观必然性，人工系统的目的性体现了人们对客观规律的认识和运用。例如，企业经营管理系统的目的可能是在市场需求的基础上，根据生产的特点，在有限的资源和组织结构的相互协调下，完成生产任务，达到规定的质量、成本和利润等各项指标。

目的性的另一重要含义是：规定整体系统和各个子系统所履行的特定功能，以使系统的整体功能最大化。由于系统不是由各个要素简单地叠加在一起，而是一个有机的整体，所以系统的整体功能应大于所有子系统的功能之和。也就是说，只有当系统整体功能大于子系统的功能之和时，系统才能够生存下去。否则，系统将趋向于分解为一些更小的系统。

正因为系统具有目的性，所以我们在开发一个新系统时，首先要确定系统的目标。而这个目标必须是明确的、切合实际的。

2. 相关性

相关性也称关联性。即一个系统中各要素间存在着密切的联系，这种联系决定了整个系统的机制。这种联系在一定时间内处于相对稳定的状态，但随着系统目标的改变以及环境的发展，系统也会发生相应的变更。由于系统的组成要素是相互依赖而又相互制约的，子系统之间也是如此，所以，组织它们之间的相互作用和约束一定要合理、协调和容易控制。因此，在划分子系统时，既要有相对独立性，又不宜划分过细，以发挥系统的整体功能。

3. 层次性

系统可分为一系列的子系统，而各个子系统又可以分解为更低一层的子系统……这样，一个复杂的系统可以分为好几个层次。而这种分解实质上是系统目标的分解和系统功能、任务的分解。系统的层次性提供了将子系统分离出来进行单独研究的可能性。

4. 整体性

由于系统是一个有机的整体，所以整体性就是它的一个特性。这与辩证法把自然界认为是各个对象、各个现象相互联系的统一整体的观点是一致的。因此，我们在评价一个系统时，不要只从系统的单独部分，即系统的要素或子系统来评价，而应从整体系统出发，从总目标、总要求出发来评价整个系统。在开发系统时，也必须树立全局的观点。

系统作为一个抽象模型从宏观上，一般有输入、处理和输出三部分组成，如图1.2所示。

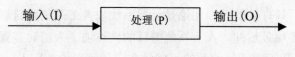

输入(I)　　　处理(P)　　　输出(O)

图 1.2　最简单的系统模型

例如，在一种机器零件的生产系统中，输入原材料，经过加工处理，生产出所需要的零件。又如，在以计算机为主要工具的信息系统中，输入一定的数据，经过加工处理，即得到所要求的输出结果。

一个大的系统往往是复杂的，通常可以按其复杂的程度分解为一系列小的系统，而这些小系统称为包含它的大系统的子(分)系统。也就是说，这些子(分)系统有机地组成了大的系统。

5. 环境适应性

任何一个系统都存在于一定的环境之中，并与环境之间产生物质、能量和信息的交换。环境的变化会引起系统特性的改变，相应地引起系统功能及其结构的变化。为了保持和恢复系统原有的特性，系统必须具有对环境适应的能力，不能适应环境变化的系统是没有生命力的。只有经常与外界环境保持最优适应状态的系统，才能够保持不断发展的势头，使其最终生存下来。例如，一个工业企业必须经常了解市场动态、同类企业的经营动向、有关行业的发展动态、国内外市场的需求等环境的变化，在此基础上研究企业的经营策略，调整企业内部的结构，以适应环境的变化。

1.2.2 信息系统

当代的信息系统是由于计算机的出现而产生的。人类自进入文明社会以来一直从事信息处理工作。但是计算机的诞生改变了人们几千年的传统观念，促使人们去进一步研究信息处理、信息系统、信息资源充分利用的规律性。这正是当代信息系统作为一门学科诞生的基础。

以信息现象和信息过程为主导特征的系统称为信息系统。它们通常都是高级运动形式下的复杂系统，如各种生物信息系统、社会信息系统、人工信息系统等。面对这些高级复杂的信息系统，以分析物质结构和能量转换方式为基本特征的传统自然科学方法论受到严峻的挑战。仅靠分析这些高级信息系统的物质结构和能量转换方式，远远不足以揭示它们奇妙的工作机制和复杂行为的奥秘。因此，研究信息系统的科学方法就显得特别重要。

从技术上定义，信息系统是一组由收集、处理、存储和传播信息组成的相互关联的部件，用以在组织中支持决策和控制；同时还可以帮助管理者和工作人员分析问题、解决复杂问题和创造新产品。

信息系统包含与之相关的人、场地、组织内部事物或环境方面的信息，如图1.3所示。通过信息系统，我们可以从中得到有意义的、有用的某种形式的信息。而数据在其被组织加工成为有用的信息形式之前，只是一种对组织或物理环境中所发生事件的原始事实的描述。所以可以说，信息系统输入的是数据，经过加工处理后输出各种有用的信息。

信息系统用以实现对决策、控制、操作、分析问题和创造新产品及其服务所需信息的收集和加工；它对信息的组织活动分别是输入、处理和输出。

- 输入：捕获或收集来自企业内部或外部环境的原始数据。
- 处理：将原始输入的数据转换成更具有意义的形式。
- 输出：将经过处理的信息传递给人或用于生产活动中。

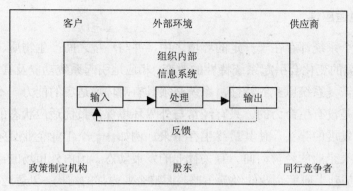

图 1.3　信息系统的功能

　　信息系统还需要反馈，它将输出信息返送给组织的有关人员，以便帮助他们评价或校正输入。

　　应该说，任何时候、任何组织都有信息系统的存在，人类在很早就开始利用手工方法、工具及技术以获得必要的信息。信息系统也可以建立在手工基础上，手工信息系统就是利用纸、笔等手段实现信息传递和交流。随着电子信息技术的快速发展，信息系统的内涵和应用范围有了更广阔的空间。现代的信息系统一般是以计算机为基础的信息系统，计算机信息系统是依靠计算机软硬件和相关技术处理信息和传播信息的。本书主要讨论的就是以计算机为基础的信息系统。

　　尽管计算机信息系统利用计算机技术把原始数据加工成为有意义的信息，但在计算机与信息系统之间仍有明显的区别。计算机只提供了用于存储、处理信息的设备和技术功能，而信息系统的许多工作，例如输入数据或使用系统的输出结果等还要作为用户的人来完成。也就是说，计算机仅仅是信息系统的一个部分。用户和计算机共同构成了一个组合系统，提出问题以及对问题的具体解答都是通过计算机和用户之间的一系列交互活动来实现的。这正是体现了"信息系统是以计算机为基础的人机系统"这一特点。

　　在一个组织中，人们的利益、专业和层次各不相同，因此存在为满足人们不同需要而设计的不同类型的信息系统。按组织层次来划分的信息系统有如下几种。

1. 操作层系统

　　操作层系统通过监测组织的基本活动和事务处理来支持管理者的工作。如销售订单的输入、开付收据、现金出纳、工资单处理、人事档案录入以及工厂的材料调拨等。在这样一类信息系统中，解决问题的方法和过程都是确定的，因此收集、加工、整理这些方法和过程所需的数据就成为激活一个系统并使之能够成功运行的关键。电子数据处理系统(electronic data process system，EDPS)、事务处理系统(transaction processing system，TPS)都是用于组织中操作层的基本信息系统。

2. 知识层系统

知识层系统是支持组织中的知识工人创造新信息和新知识，支持数据工人处理信息的信息系统。知识层系统的目的是帮助企业把知识应用到经营中，帮助组织管理文档工作。在这类系统中，系统的结构、系统的先进性以及用户使用系统的方便程度都是由技术设备的发展水平所决定的，也就是说，设备是决定系统各方面特征的关键因素。知识层系统有知识工作系统(knowledge work system，KWS)和办公自动化系统(office automation system，OAS)。KWS 辅助知识工人进行工作；而 OAS 则侧重于辅助数据工人的工作。知识层系统是在现代企业中应用推广最快的一类系统。

3. 管理层系统

管理层系统是为支持中层管理者进行日常工作的监视、控制、决策以及管理活动而设计的信息系统。管理层系统并不负责日常操作中直接信息的收集，只是定期提交特定的报告。这些报告反映了某一阶段或某一时期的工作情况以及与同期数据的比较情况。有些管理层系统也支持非常规的决策，它擅长处理那些信息需求不是很明确的半结构化决策问题。典型的管理层系统有管理信息系统(management information system，MIS)和决策支持系统(decision support system，DSS)等。

4. 战略层系统

战略层系统是帮助高层管理者应对组织内部和外部环境的战略问题，并制定组织的长远规划。这类系统处理非结构化决策并建立一般化的计算和通信环境，而不是提供任何固定的应用或具体的能力。在解决任何实际问题时，管理者的经验知识、文化背景、价值观念以及它们在人脑中长期积累形成的概念对他解决问题的方式是至关重要的。战略层系统包括主管支持系统(executive support system，ESS)、专家系统(expert system，ES)和智能决策支持系统(intelligence decision support system，IDSS)等。

1.2.3　管理信息系统

现代社会是一个信息社会，现代人的生存不仅依赖于粮食、衣服和住房等实物系统，更离不开由诸多信息要素构成的信息系统，信息在管理中有着十分重要的作用。在企业管理中要经常不断地收集信息、处理信息、贮存信息。因此，建立企业管理信息系统，是为科学的决策、行之有效的管理服务的。

管理信息系统是信息系统在管理领域应用发展起来的一个重要分支，是继电子数据处理系统(EDPS)之后信息系统发展的一个新阶段。管理信息系统的概念最早是由基莱荷(J.D.Gallagher)于 1961 年在 EDPS 的基础上提出的。当时，计算机在数据处理领域的应用已经取得了重大的进展，人们开始尝试利用信息系统来实现各种管理功能,并尝试实现辅助企业决策的功能,于是管理信息系统的概念产生了。在这40多年的发展过程中,逐渐形成了管理信息系统的概念、体系及其开发方法,成为覆盖信息科学、计算机技术及系统科学和管理科学等领域的综合性边缘学科。

管理信息系统是用系统的思想建立起来的,为一个组织(企业)的各级领导提供管理决策服务的信息系统。它由三种互不相同的系统构成,即管理系统、处理系统和传输系统。哈佛管理丛书《企业管理百科全书》中将管理信息系统定义为:管理信息系统为制作、处理及精炼资料,以便产生组织内各阶层为达成管理目标(计划、指导、评估、协调、管制)所需信息的整体体系。在《中国企业管理百科全书》中给管理信息系统下的定义是:一个由人、计算机等组成的能进行信息的收集、传送、储存、加工、维护和使用的系统。戴维斯(G.B.Davis)认为:管理信息系统是一个用来提供各种作业、管理和决策信息的集成化的人机系统,它包括计算机的硬件、软件、手工规程以及用于分析的模型等。而劳顿(K.C.Laudon)则认为:管理信息系统是一个基于计算机的信息系统,它通过收集、处理、存储和扩散信息,来支持组织的管理、决策、合作、控制、分析活动,并使之可视化。从定义中可以看出,管理信息系统不只是一个技术系统,而且还是一个包括人在内的人机系统。

管理信息系统具有以下主要特点。

1) 在企业管理中全面使用计算机

企业的各项主要管理功能(例如,生产与作业计划、市场预测、合同管理、设备管理、财务成本管理、物资管理、劳动人事管理等)都应用计算机处理,企业、公司最高层的决策也借助于计算机提供的信息。管理信息系统是以解决企业所面临的问题为目的的。

2) 应用数据库技术和计算机网络

对企业管理的有关数据,全面地收集、组织,建立数据库,并由数据库管理系统对数据进行管理和控制,实现系统数据共享。计算机网络的应用,使联机实时处理和资源共享成为可能。在管理信息系统中广泛应用计算机局域网络和远程网络(广域网),提高了管理信息系统处理信息和辅助决策的能力,使一些大型信息系统克服地域的限制,甚至跨越国界,为设在各地的分公司或营业处服务。

3) 采用决策模型解决结构化的决策问题

在管理信息系统中普遍使用了决策模型,但这些决策模型主要用于解决结构化的决策问题,即可以利用一定的规则和公式来解决的、例行的和反复进行的决策,如用线性规划求解生产资源最优配置等问题。这种决策主要面向企业中、下层管理人员。同时,在管理信息系统中这些决策模型通常只是作为程序的一部分,而没有成为管理信息系统中一个独立的组成部分。

总之,管理信息系统的三要素是:系统的观点、数学的方法和计算机的应用。

1.2.4　管理信息系统的功能

管理信息系统的功能是多种多样的，各种不同的管理信息系统除了它特有的一些功能之外，都具有信息的收集、存储、处理、传递、提供等基本功能。

1. 信息的收集

任何管理信息系统，如果没有实际的信息，其理论上的功能再强，也是没有任何实际用处的。根据信息的不同来源，信息可分为原始信息和二次信息。原始信息指在信息发生的当时当地在信息描述的实体上直接取得的信息。二次信息是指已经被别人加工处理后记录在某种介质上，与所描述的实体在时间空间上分离了的信息。这两种不同来源的信息，收集时在许多方面有不同的要求。原始信息收集的关键是全面完整、及时准确、科学地把所有需要的信息收集起来。二次信息收集的关键是有目的地选取所需要的信息，并正确地解释所取得的信息在不同信息系统之间的指标含义等。

2. 信息的组织和存储

管理信息系统必须具有信息组织和存储的功能，否则它就无法突破时间与空间的限制，发挥提供信息、支持决策的作用。信息的组织和存储的目的是处理信息，便于检索。同时为了更有效地利用存储及处理设备，凡涉及信息存储问题时，都需要考虑存储量、信息格式、存取方式、存储时间、安全保密等问题，以保证信息能够不丢失、不走样、整理及时、使用方便。

3. 信息的处理

信息经过加工处理，将更加集中，更加精炼，更能反映本质。为了满足对信息的各种需求，系统总需要对已经收集到的信息进行某些加工处理。加工本身可分为数值运算和非数值数据处理两大类。数值运算包括各种算术代数运算，如数理统计中各种统计量的计算及各种检验；运筹学中的各种最优化算法以及模拟预测方法等等。非数值数据处理包括排序、归并、分类及字处理等。

4. 信息的传递

信息传递是现代化管理的基本要求。信息传递的广义含义是信息在媒介体之间的转移。严格地说，所有信息处理都是信息在组织内部的传递，也就是信息在物理位置上的移动。信息传递是通过文字、语言、电码、图像、色彩、光、气味等传播渠道进行的。信息传送方式有单向传送、双向传送、半双向传送(每次传送只能一个方向)、多道传送(一个通道通过多个信号)等。

随着管理信息系统规模的扩大和发展，信息传送任务越来越重要，信息系统的管理者与计划者必须充分考虑需要传送的信息的种类、数量、频率、可靠性要求、传送方式等一系列问题。

5. 信息的提供

信息处理的目的是为了进一步解释其性质和含义，最终向管理者、决策者提供服务。一般以报表、查询和对话等方式提供状态信息、行动信息和决策支持信息等。

提供信息的手段是人和计算机之间的接口，人机之间的信息转换由其接口来完成。人机接口将人以各种手段和形式向计算机提供的信息转换为计算机能识别的信息，计算机输出的信息转换为用户容易识别的文字、图像、图形、声音等各种形式。

1.3 管理信息系统的结构

管理信息系统的结构是指管理信息系统各个组成部分之间关系的总和。对于管理信息系统的结构问题，目前尚未形成统一的模式。原因是其侧重点不同。有的侧重考虑物理结构，有的侧重于逻辑结构，有的则侧重于功能结构。但目前讨论比较多的有以下几种结构。

1.3.1 管理信息系统的基本结构

管理信息系统的基本结构如图 1.4 所示。信息源是信息的产生地。信息处理器是能完成信息的管理存储、加工处理、传递、显示及提供应用等功能的计算机软件与硬件设备。信息用户是信息的使用者，它利用信息进行决策。信息管理者负责信息系统的设计和实现，并负责信息系统的运行、维护和协调的工作。

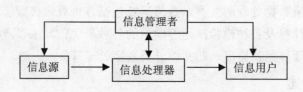

图 1.4 管理信息系统的基本结构

1.3.2 基于管理层次的系统结构

管理信息系统支持管理活动，因此可以根据管理计划和管理控制活动层次来提出信息系统的结构。一般来说，它分为 4 个层次，如图 1.5 所示。

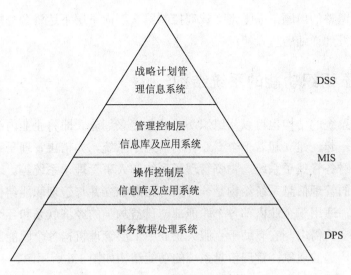

图 1.5 系统的层次结构

最基层是事务处理系统，也称数据处理系统(data processing systems，DPS)，它的功能是处理企业的各种具体业务。例如工资计算、账务处理中的原始凭证录入等。这种系统多为一项一项地处理各种信息，各项处理之间的联系很小。

第二层是操作控制系统。它由支持日常运行和控制的信息资源组成。在这一层次中，包括制定基层的生产作业计划、战术计划和系统政策与决策需要的各种信息资源。它的作用是确保现有设备和资源充分有效地利用，以求在允许的范围内充分有效地完成各项业务活动。现有的数据或信息主要来自事务内部数据构成的数据库系统。

第三层是管理控制系统。它的主要任务是实现管理控制和制定战术计划。它的功能具有两重性，既有数据处理功能，又有决策功能。由于它的活动特点是解决基层工作产生的问题，协调各部门的工作，所以这些活动均具有决策的性质。但该层次的决策是结构化的决策，是战术性的常规化决策。此类决策诸如总成本最小化决策、产品定价决策等，通常可以用数学模型来表示，也可以用程序来解决。在作出决策的同时，该层次又将下层活动的情况总结、归纳、判断后报告给企业最高层次。

第四层是战略计划系统。它是最高层次的管理活动，处理的是长期和全局性的问题。例如，制定目标政策、制定市场策略和产品结构的重大问题。它的主要活动是作出决策，在这一层次的决策应当是非结构化和半结构化的决策。该系统所需要的数据一般是从各种不同渠道获得并进行过处理的综合数据，同时还需要大量来自外部信息源的数据。由于在战略性决策中存在不确定的因素，因此这种决策是带有风险性和预测性的。

这 4 个层次之间有着经常的信息交换，是互相关联的。例如，战略层次向管理控制层次下达目标和政策，管理控制层次则向战略层次报告监督所得的计划执行情况及其所需要调整的问题；同样地，管理控制层次要向下层下达资源分配及工作进度，而从下层得到详细的执行情况。

1.3.3 基于组织功能的系统结构

管理信息系统的结构也可以从组织功能的角度来划分。即将企业内部同类的经济信息集中在一起，建立起若干个专业性的信息子系统，如销售管理子系统、生产管理子系统、财务管理子系统、物资管理子系统和人事管理子系统等。这种按企业的职能来构造的管理信息系统结构是一种具有相对独立并与管理职能结构相平行的信息系统结构，适用于企业内部各个职能部门日益加强的经济联系和各个职能部门对信息日益增多的需求。它有助于克服大企业中上层管理机构各个职能部门之间信息重复和迂回传递的现象。管理信息系统的功能结构如图1.6所示。

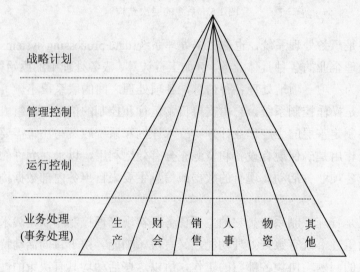

图1.6 管理信息系统的功能结构

1.3.4 管理信息系统的三维总体结构

我国著名的系统工程专家王众托教授在1994年出版的《计算机在经营管理中的应用——新系统构成》一书中，综合研究了企业信息系统的体系结构。在总结建立新的系统体系的原则基础上，提出了一个企业信息系统总体结构的新方案，并称这种新系统为企业集成信息系统(EIIS)。这是一个三维系统模型结构，如图1.7所示。

第一维是管理与运行层次，包括战略管理、战术管理、运行管理、业务运行层，自上而下共4个层次。适合经营管理4个层次的计算机信息系统，属于业务运行层和运行管理层的有事务处理系统、办公自动化系统，以及与经营管理有关的生产控制系统、计算机辅助设计系统和其他监测系统的有关部分；属于战术管理层的有狭义的管理信息系统(或称信息报告系统，它也部分属于运行管理层)、决策支持系统、某些专家系统等；属于战略管理层的有主管信息系统或主管支持系统、战略信息系统等。

第二维是职能部门的划分，例如，生产部门、市场营销部门、财务部门、人事部门、技术部门等，这些部门的最上层领导是统一的。

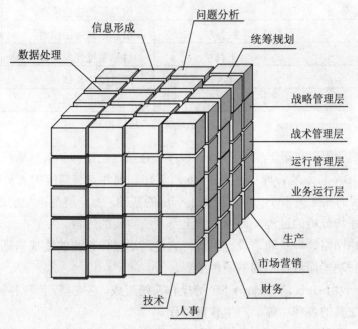

图 1.7　企业信息系统三维总体结构

第三维是信息的处理功能，有 4 个层次。

- 数据处理：包括数据的采集、整理、处理和存储，是最接近生产现场、业务活动和外界环境的。
- 信息形成：利用数据处理结果，经过汇总、分析，形成有用的信息。
- 问题分析：对比原定目标、计划与任务，对生产、销售业务活动现状进行分析，发现问题，分析方案，进行评价选择。
- 统筹规划：制订企业长远发展目标、战略措施、宏观和长远计划。

三维模型各块之间的信息流很复杂。从运行管理层、战术管理层到战略管理层，自下而上的信息较多，也有自上而下的控制指挥信息。此外，各层都有来自外界或与外界交换的信息。

1.3.5　与网络结构相似的系统 7 层结构

软件专家赵池龙认为，与网络协议中的 7 层结构相似，信息系统也有自己的 7

层结构，如图 1.8 所示。

层　号	名　　称	说　明
1	用户层	用户面向对象操作
2	业务层	信息系统业务模型
3	功能层	信息系统功能模型
4	数据层	信息系统数据模型
5	工具层	信息系统开发工具
6	OS层	网络操作系统
7	物理层	网络与通信硬件

图 1.8　信息系统的 7 层结构

一般而言，用户在第 1、2 层工作，程序员在第 3 层工作，信息系统分析员在第 4 层工作，DBA 与系统管理员在第 5、6 层工作，硬件安装与维护人员在第 7 层工作。上述 7 层的相互关系是：下一层是上一层的基础，上一层是下一层的实现目标。由上向下是系统分析的过程，而由下向上是系统实现的过程。

物理层由网络硬件及通信设施组成，它是网络操作系统的物质基础，为实现操作系统的各种功能而进行不同的硬件配置。

OS 层一般由 Unix、Windows NT 等操作系统组成，它支持、管理各种软件工具，为实现软件工具的各种功能而产生各种进程。

工具层由各种 DBMS、CASE、编程工具组成，它支持、管理信息系统的数据模型，并使数据模型能更好地为应用程序服务。

数据层由信息系统的数据模型组成，它是信息系统的核心层。所谓数据模型，就是信息系统的 E-R 图加上与之紧密相关的各种数据字典。针对某个具体的 DBMS，数据模型就具体化为基本表、中间表、临时表、视图、关系、索引、主键、外键、参照完整性约束、值域、触发器、过程和各种数据字典。这种具体的数据模型通常被称为物理数据模型，它支持相应信息系统的特殊功能，即支持特殊的功能模型。

功能层是信息系统功能的集合，每一项功能对应一个图标或一个窗口，由鼠标激活后实现具体的功能。一个信息系统的基本功能项目是有限的，但基本功能项目的排列组合是无限的，有限的基本功能项目能支持无限的组合功能项目，即构成了信息系统的复杂业务模型。

业务层是信息系统的业务模型，表现为各种各样的物流、资金流、信息流。这"三流"的本质，在网络中集中表现为数据流，因为计算机只认识数据。

在用户层，用户通过鼠标与键盘操作信息系统，其操作方式是面向对象，而不是面向过程；是面向窗口界面，而不是面向字符界面。因此用户是主动操作，不是被动操作，从而体现了用户是信息系统的主人，不是信息系统的奴隶。在用户主动操作的过程中，由有限的基本功能支持的无限的组合功能，由数据流的"一流"反映出来的"三流"，将随着用户指挥棒的指挥而得到淋漓尽致的发挥，充分展示信息系统的功能。

信息系统 7 层结构从宏观上揭开了信息系统的内部"秘密"，从微观上给设计者、实现者和用户指明了新的航向。信息系统的 7 层结构也揭示了信息系统建设的基本方法：系统分析是从第 1 层开始，由上向下直至第 7 层结束；而系统设计与实现是从第 7 层开始，由下向上直至第 1 层结束。由上向下的分析和由下向上的实现，就是 7 层结构的内部逻辑。

1.4　管理信息系统的演变

自 18 世纪产业革命以来，手工业作坊向工厂生产的方向发展，出现了制造业。随之而来，所有企业几乎无一例外地追求着基本相似的营运目标，即实现企业资源(包括资金、设备、人力等)的合理利用，以期企业利润最大化。这一基本目标的追求使制造业的管理者面临一系列的挑战：生产计划的合理性、成本的有效控制、设备的充分利用、作业的均衡安排、库存的合理管理、财务状况的及时分析等。日趋激烈的市场竞争环境使上述挑战对企业具有生死存亡的意义。于是，应付上述挑战的各种理论和实践也就应运而生。在这些理论和实践中，首先提出而且被人们研究最多的是库存管理的方法和理论。这期间的研究主要是寻求解决库存优化问题的数学模型，而没有认识到库存管理本质上是一个大量信息的处理问题。直至 20 世纪 50 年代中期，计算机的应用开辟了企业管理信息处理的新纪元。在 60 年代初期，管理信息系统产生了。这对企业管理所采用的方法产生了深远的影响。

经过 40 多年的发展，计算机在企业中的应用已经经历了以下几个发展阶段。

1.4.1　单项事务的数据处理阶段

单项事务处理是指计算机仅仅作为计算工具模仿人工管理方式，局部地替代了管理人员的手工劳动，提高了局部管理工作的效率。这是计算机在管理领域应用的起步阶段。在 20 世纪 60 年代的初、中期，在美国计算机已逐步在大企业中推广应用，例如用于计算工资，计算应收、应付款，登记仓库的库存账目等。当时计算机一般在机房操作，人们定期将数据送入机房，进行集中批处理。由计算机定期打印各类报表。很明显，这种应用方式占用较多人力，而且计算机的效率不能充分发挥作用，但面对要求迅速处理的大量业务数据，与手工操作相比，计算机已显示出其优越性。

1.4.2　综合业务的数据处理阶段

综合业务处理就是利用计算机处理一组相互关联的单项事务的管理业务。也就是说，计算机能够实现企业中某一个管理子系统的功能，而且还有一定的信息反馈功能。这个阶段通常认为是从 20 世纪 60 年代中期到 70 年代中期，由于计算机技术的迅猛发展，当时已具有带多台终端的联机系统，已使用了具有高速存取功能的较大容量的外存储器——磁盘，系统软件方面已开发了具有文件组织的数据管理系统。对于子系统内部的基本数据，各个单项事务可以实现一定程度的共享。例如，一个企业的物资管理子系统包括物资规划管理、合同管理和库存管理等三项事务处理功能模块。这样的系统能有效地、迅速地处理一系列的管理业务。这个计算机应用阶段可以说是一个过渡阶段，也就是由单项事务处理向管理信息系统过渡的阶段。

1.4.3　管理信息系统阶段

这个阶段从 20 世纪 70 年代中期开始，这是一个信息处理的高级阶段。当时计算机主机的容量更大、运算速度更快、性能价格比更高。单机价格便宜的小型机以及微型机的出现，使绝大部分企业都有可能使用计算机来进行企业管理。同时，在数据存储方面出现了性能更加完善的数据库管理系统，在管理科学上开发了一大批为管理服务的预测、决策模型。于是人们想到，应该在企业建立一个一体化的管理系统，去掉不必要的重复性工作，减少数据间的不一致性并提高管理工作效率，实现信息的统一管理。例如，把财务子系统与生产子系统等子系统结合到一起，形成一个系统整体，这使得计算机在企业的应用前进了一大步。

1.4.4　今后发展的趋势

到了 20 世纪 80 年代后期，现实社会开始发生革命性变化，人类社会从工业化社会开始步入信息化社会，企业所处的时代背景与竞争环境发生了很大变化，主要表现在以下几个方面。

(1) 创新过程的变化

与工业化社会相反，信息化社会的目标是创新(innovation)。创新能产生更新、更高的产品，或者是用新的工艺把部件组成优质低价的现有产品。创新不是一种现象，工业革命便是从蒸汽机开始，经过如汽车和电灯等创新的结果。但是信息化社会的创新与工业社会有所不同。在工业社会中，创新没有计划，带有很大的偶然性。导致工业革命的创新及其对社会经济的影响，出乎预料，令人惊讶。信息化社会中的创新，则是有计划的常规活动。在工业社会中，创新一般来自杰出的个人，而信息化社会中的创新，则主要是集体合作的产物，极少有单独个人的创新。在工业社会中，创新一旦完成，长时期较少变化，而信息化社会中的创新是连续出现的。

(2) 取得竞争优势的变化

在工业社会中，竞争优势来自对效率的追求。但在信息化社会中，竞争优势来自对创新的追求。首先或早期生产新产品、使用新工艺或提供前所未有的服务，可以取得一定时间的垄断利润，从而获得竞争优势。

(3) 需求的迅速变动与生产过程的调整

在现代社会中，那种"生产什么就卖什么"的时代已经一去不复返了，市场的需求在迅速变化，同时创新过程也在创造需求。

(4) 竞争空间的扩大

随着各国市场的开放，信息化管理手段的运用，企业逐步形成规模化发展并进入国际化发展空间。竞争不再受地域限制，任何企业都要承受来自国际化企业发展的竞争压力。

在以上情形下，企业管理一方面要在现有基础上考虑进一步提高效率，以适应市场竞争并取得竞争优势；另一方面还要适应持续创新过程造成的市场需求的变化及其对企业生产流程不断调整的要求，以及企业怎样在更广阔的竞争范围内取得竞争优势。

为了满足企业的实际需要，计算机在管理中的应用将进入一个更高层次的阶段。主要的发展趋势如下。

1. 面向高层的管理决策

即决策支持系统(DSS)的开发与应用。通过人机交互向决策者提供有用的信息，协助决策者发现并分析问题，探索各种决策方案，评价预测和优化一个最优决策方案，以提高决策的科学性、有效性，提高决策人员的决策技能和决策质量，从而最终提高管理水平和质量。

2. 面向综合应用

随着计算机技术、网络通信技术和管理科学的进步，科学计算逐步发展成为计算机辅助设计(computer aided design，CAD)和计算机辅助工艺设计(computer aided process planning，CAPP)；过程控制逐步辅助成为计算机辅助制造(computer aided manufactory，CAM)，进而又发展成为柔性生产/加工系统(flexible manufactory system，FMS)；生产经营管理中，从 EDPS(电子数据处理系统)到 MIS(管理信息系统)、OAS(办公自动化系统)和 DSS(决策支持系统)。20 世纪 80 年代以来，这些不同领域又开始互相渗透、互相融合。为了更好地发挥这些子系统的综合效益，最大限度地实现资源共享，提出了如何将这些自动化"孤岛" 联结起来，使之成为一个有机的整体，即计算机一体化制造系统，这正是计算机的综合应用。

3. 面向智能应用

随着人工智能、知识工程等技术的发展，从传统处理定量化问题向着定量处理和定性处理相结合方向发展是计算机应用的一大飞跃，也是计算机面向智能应用的一个发展。智能决策支持系统(IDSS)、各种专家系统(ES)、各个领域的智能管理系统和智能工程系统相继产生，为计算机模仿人的智能和处理各种管理问题打下了理论和技术基础，也为计算机的智能应用开拓了广阔的天地。

4. 面向全社会的信息服务——社会化信息网络

网络作为企业现代化的管理工具发挥着重要的作用。特别是在资源共享、结构优化、库存减少、加快流通等方面为企业节省了大量资金，带来了可观的经济效益。随着改革开放的深入发展，国内企业都将逐步加入世界经济大循环，企业的管理机制和运行方式也会随之发生很大变化，同时由于计算机技术与网络技术的迅猛发展以及商业应用的崛起，使得 20 多年一直局限于科研领域默默无闻的 Internet(因特网)获得爆炸性的增长。基于 Internet 发展起来的 Intranet(内联网)和 Extranet(外联网)就是一例。Intranet 是一种采用 Internet 技术建立的企业内部信息管理和交换的基础设施，它既具备传统企业内部网络的安全性，又具备 Internet 的开放性和灵活性。在对企业内部应用提供有效管理的同时，又能与外界进行信息交流。通过 Intranet 的新型企业网可以更加有效地实现企业的决策支持、办公管理、人事管理和市场营销等一系列的管理。

Extranet 是一个使用 Internet/Intranet 技术使企业与客户和其他企业相连来完成其共同目标的合作网络。Extranet 可以作为公用的 Internet 和专用的 Intranet 之间的桥梁，也可以被看作是一个能被企业成员访问或与其他企业合作的企业 Intranet 的一部分。Extranet 通常与 Intranet 一样位于防火墙之后，但不像 Internet 为大众提供公共的通信服务，Intranet 只为企业内部服务且不对公众公开，而是对一些有选择的合作者开放或向公众提供有选择的服务。Extranet 访问是半私有的，用户是由关系紧密的企业结成的小组，信息在信任的圈内共享。Exranet 非常适合于具有时效性的信息共享和企业间完成共有利益目的的活动。Extranet 应用能为电子商务或其他的商业应用提供有用的工具。

总之，基于 Internet 的企业网可以大大地增加企业内部的信息流通量，用户可以更快更及时地获取企业以各种形式存放的信息资源。它在降低企业开支，增加信息流动的时效性等方面发挥着重要的作用。随着网络规模的扩大、应用的深入，必将把企业引入一个新的天地。

1.5　管理信息系统的应用

　　管理信息系统是现代管理方法和信息技术相结合的产物，要使管理信息系统在管理中发挥作用，不仅仅是应用计算机对数据进行处理，更重要的是要把先进的现代管理思想和方法融入到信息系统中。使用管理信息系统的目的是使管理人员从繁杂的日常事务中解脱出来，有更多的时间和精力从事决策工作。因此，管理信息系统并不是对原系统的简单模拟，而是在原有系统的基础上，改进管理系统，使管理在先进的技术手段和准确及时的信息支持下，达到一个新层次。在管理科学发展的过程中，产生了许多现代管理方法，任何一种管理方法都离不开数据的处理，许多现代管理方法需要有相应的技术手段进行处理。现代管理方法与信息技术的结合已产生了许多实际的应用系统，只有将现代管理方法融入到信息系统中，管理信息系统才会发挥其巨大的功能。管理信息系统广泛应用于管理的各个领域，本节将介绍在管理信息系统发展过程中出现的一些各具特色的系统应用。

1.5.1　制造资源计划系统

　　制造资源计划(manufacturing resource planning，MRPⅡ)是广泛应用于制造企业的一种管理思想和模式，是管理信息系统在制造企业中的典型应用，是企业信息化建设的重要部分。MRPⅡ是在对一个企业所有资源进行有效的计划、安排的基础上，以达到最大的客户服务、最少的库存投资和高效率的工厂作业为目的的先进管理思想和方法。企业是以生产为核心的，需要对产、供、销等活动进行全面的控制和管理。为了实现企业的经营目标，企业不断地寻求先进的管理方式并希望通过技术手段完善对生产过程的管理。

　　MRPⅡ的发展经历了物料需求计划(material requirements planning，MRP)、闭环MRP 到 MRPⅡ的过程。在 20 世纪 60 年代，随着技术的发展，计算机已经不再只是科研单位的专用工具，而是越来越多地走进了企业，为企业提供全面的数据存储和处理服务。经济增长的减缓和市场竞争的加剧，为库存而生产造成的积压包袱，使制造业为了打破"发出订单，然后催办"的计划管理方式，设置了安全库存量，为需求与提前期提供缓冲。20 世纪 70 年代，企业的管理者们已经清楚地认识到，真正的需要是有效的订单交货日期，产生了对物料清单的管理与利用，形成了物料需求计划——MRP。

　　MRP 系统是建立在两个假设基础上的。假设 1：生产计划是可行的，即有足够的设备、人力和资金来保证生产计划的实现。假设 2：物料采购计划是可行的，即有足够的供货能力和运输能力来保证物料供应。但在实际的生产中并不能满足这些假设，会给生产带来些问题，为了能适应主生产计划的改变，又能适应现场情况的变化，在 MRP 中加强了各子系统之间的联系。在制定主生产计划时进行产能分析，如果可行就去进行物料需求计划，如果不可行就要反馈回去，重新修订主生产计划。同样，在执行物料计划和车间计划时出现问题，也要反馈回去，并修改主计划或物料计划。由此形成了闭环 MRP。

到了 20 世纪 80 年代，企业的管理者们又认识到制造业要有一个集成的计划，以解决阻碍生产的各种问题，而不是以库存来弥补，或缓冲时间去补偿的方法来解决问题，要以生产与库存控制的集成方法来解决问题。在全面继承 MRP 和闭环 MRP 的基础上，增加经营计划、销售、成本核算、技术管理等内容形成了一个全面生产管理集成化系统，于是 MRP Ⅱ 即制造资源计划产生了。

1977 年 9 月，由美国著名生产管理专家奥列弗·怀特(Oliver W.Wight)提出了一个新概念——制造资源计划(manufacturing resources planning)，由于它的缩写与物料需求计划相同，因此，称之为 MRP Ⅱ 以示区别。MRP Ⅱ 并不是 MRP 的第二阶段，它有着与 MRP 不同的理念和思想，MRP Ⅱ 是对制造业企业资源进行有效计划的一整套方法。它是一个围绕企业的基本经营目标，以生产计划为主线，对企业制造的各种资源进行统一的计划和控制，使企业的物流、信息流、资金流流动畅通的动态反馈系统。

在 MRP Ⅱ 中，强调了对企业内部的人、财、物等资源的全面管理。MRPⅡ 对企业的最大作用是它使得企业能够根据未来的客户需求考察对目前生产、资金以及对原材料的影响，并据此加以应对。

1.5.2　企业资源计划系统

20 世纪 90 年代初，世界经济格局发生了重大变化，市场变为顾客驱动，企业的竞争变为 TQCS(time，quality，cost，server)等全方位的竞争。随着全球市场的形成，一些实施 MRP Ⅱ 的企业感到，仅仅面向企业内部集成信息已经不能满足实时了解信息、响应全球市场需求的要求。

MRP Ⅱ 的局限性主要表现在：经济全球化使得企业竞争范围扩大了，这就要求企业在各个方面加强管理，并要求企业有更高的信息化集成，要求对企业的整体资源进行集成管理，而不仅仅对制造资源进行集成管理；企业规模不断扩大，多集团、多工厂要求协同作战，统一部署，这已超出了 MRP Ⅱ 的管理范围；信息全球化趋势的发展要求企业之间加强信息交流和信息共享，信息管理要求扩大到整个供应链的管理。

在这种背景下，美国加特纳咨询公司(Gartner Group Inc.)根据市场的新要求在1993 年首先提出了企业资源计划(enterprise resource planning，ERP)概念，随着科学技术的进步及其不断向生产与库存控制方面的渗透，解决合理库存与生产控制问题所需要处理的大量信息和企业资源管理的复杂化，要求信息处理的效率更高。传统的人工管理方式难以适应以上系统，只有依靠计算机系统来实现，而且信息的集成度要求扩大到企业的整个资源的利用和管理。

ERP 是建立在信息技术基础上，利用现代企业的先进管理思想，全面地集成了企业所有的资源信息，为企业提供决策、计划、控制与经营业绩评估的全方位和系统化的管理平台。

根据计算机技术的发展和供应链管理，推动了各类制造业在管理信息系统上的发展和变革，随着人们认识的不断深入，ERP 覆盖了整个供需链的信息集成，并且不断被赋予了更多的内涵，已经能够体现精益生产、敏捷制造、同步工程、全面质量管理、准时生产、约束理论等诸多内容。近年来，ERP 研究和应用发展更为迅猛，各大媒体广泛报道，各种研讨会大量召开，出现了各具特色的应用软件产品，ERP 的概念和应用也以企业信息化领域为核心，逐渐深入到了政府、商贸等其他相关行业。

1.5.3　客户关系管理系统

20 世纪 80 年代开始的 ERP 建设实现了生产、库存、财务等业务流程的优化和自动化，但对销售服务领域的问题不够重视，而全球性产品过剩及产品同质化程度的加深，使企业发展的主导因素从产品价值转向客户需求，客户成为企业的核心资源。挽留老客户和获得新客户对企业来说越来越重要，对客户关系的维护成为企业的重要工作。

客户关系管理(customer relationship management，CRM)也有一个产生和发展的过程，在客户关系管理的产生和发展过程中有三方面的推动力：需求的拉动、信息技术的推动和管理理念的更新。

客户关系管理的主要含义就是通过对客户详细资料的深入分析，来提高客户满意程度，从而提高企业竞争力的一种手段。它主要包含以下 7 个方面(简称 7P)。

(1) 客户概况分析(profiling)：包括客户的层次、风险、爱好、习惯等。

(2) 客户忠诚度分析(persistency)：指客户对某个产品或商业机构的忠实程度、持久性、变动情况等。

(3) 客户利润分析(profitability)：指不同客户所消费的产品的边缘利润、总利润额、净利润等。

(4) 客户性能分析(performance)：指不同客户所消费的产品按种类、渠道、销售地点等指标划分的销售额。

(5) 客户未来分析(prospecting)：包括客户数量、类别等情况的未来发展趋势、争取客户的手段等。

(6) 客户产品分析(product)：包括产品设计、关联性、供应链等。

(7) 客户促销分析(promotion)：包括广告、宣传等促销活动的管理。

客户关系管理软件随着在实践中的应用，不断进行改进和完善。为了适应市场的需求，在客户关系管理软件未来的发展中，应紧密联系实际，使客户关系管理软件发挥它应有的作用。

1.5.4 电子商务系统

近年来，电子商务正在以极快的速度发展，并逐渐进入人们的日常生活。电子商务是世界性的经济活动，就其实质来说是信息系统在商务方面的应用。电子商务是利用电子计算机及网络技术等现代科学手段进行的商务活动，它离不开对信息资源的利用和管理，运用了信息技术和系统思想。电子商务能高效利用有限的资源，加快商业周期循环、节省时间、降低成本、提高利润和增强企业的竞争力。从业务流程的角度看，电子商务是指信息技术的商业事务和工作流程的自动化应用。如今电子商务已发展成为一个独立的学科，企业的信息化是它发展的基础。电子商务正在改变工业化时代企业客户管理、计划、采购、定价及衡量内部运作的模式。消费者开始要求能在任何时候、任何地点，以最低的价格及最快的速度获得产品。企业不得不为满足这样的需求而调整客户服务驱动的物流运作流程和实施与业务合作伙伴(供应商、客户等)协同商务的供应链管理。ERP 为企业实现现代供应链管理提供了坚实的信息平台，是企业进行电子商务的基础。

在电子商务中充满了协同作业，包括工商、税务、银行、运输、商检、海关、外汇、保险、电信、认证等部门以及商城、商户、企业、客户等单位，按一定规范与程序相互配合，相互衔接，协同工作，共同完成有关的电子商务活动。

在电子商务中，商务是核心，管理是本质，信息是基础，电子是手段，效益是目标。我们认为，电子商务的本质是企业、乃至社会的信息化，是企业管理的变革与创新，电子只是为这种革新提供了手段和可能性，目的是要改善、整合商业信息流，以信息流驱动资金流和物流，提升企业的效益和竞争力。

电子商务是商业的新模式，各行业的企业都将通过网络连接在一起，使得各种现实与虚拟的合作都成为可能。电子商务是一种以信息为基础的商业构想的实现，用来提高贸易过程中的效率。

电子商务系统的主要内容包括：信息管理、电子数据交换、电子资金转账。

电子商务系统的处理方式和范围主要包括以下三方面。

(1) 企业内部之间的信息共享和交换。通过企业内部的虚拟网络，分布各地的分支结构以及企业内部的各级人员可以获取所需的企业信息，避免了纸张贸易和内部流通的形式，从而提高了效率，降低了经营成本。

(2) 企业与企业之间的信息共享和交流。EDI 是企业之间进行电子贸易的重要方式，避免了人为的错误和低效率。EDI 主要应用在企业与企业之间、企业与批发商之间、批发商与零售商之间。

(3) 企业与消费者之间。企业在因特网上设立网上商店，消费者通过网络在网上购物，在网上支付，为消费者提供了一种新型的购物环境。

在传统实物市场进行商务活动是依赖于商务环境的(如银行提供支付服务、媒体提供宣传服务等)，电子商务在电子虚拟市场进行商务活动同样离不开这些商务环境，并且提出了新的要求。电子商务系统就是指在电子虚拟市场进行商务活动的物资基础和商务环境的总称。最基本的电子商务交易系统包括企业的电子商务站点、电子支付系统、实物配送系统三部分，以实现交易中的信息流、货币流和物流的畅通。电子商务站点为顾客提供网上信息交换服务，电子支付系统实现网上交易的支付功能，而实物配送系统是在信息系统的支撑下为完成网上交易的关键环节，但对某些数字化产品则无须进行实物配送而依赖网上配送即可，如计算机软件和音乐产品的网上销售。

思考题

1. 什么是信息？什么是数据？信息与数据有何区别和联系？
2. 衡量信息社会的主要标准是什么？
3. 数据、信息、知识的区别是什么？
4. 信息的基本特征是什么？
5. 论述信息在企业管理工作中的作用。
6. 系统所具备的条件有哪些？
7. 管理信息系统有哪些主要特点？
8. 论述信息系统的主要发展趋势。
9. 您是如何理解信息技术对企业的负面影响的？
10. 从管理科学的发展趋向上怎样重新认识信息与管理的相互关系？
11. 人们获得了信息，是否就一定能够保证管理决策效率的提高？
12. 有人说"信息系统建设是三分技术，七分管理"。你是否同意这种观点？
13. 目前管理信息系统的应用已发展到哪些方面？

第 2 章

管理信息系统的技术基础

广义上讲，一切涉及信息的生产、处理、储存、物流、应用的相关技术，均可称为信息技术。信息技术也就是扩展人类信息器官功能的专门技术。从狭义上讲，信息技术就是运用计算机技术和现代通讯技术，对信息资源进行采集、加工、存储、传递和反馈的专门技术。主要包括计算机技术、数据库技术、通讯技术以及在这些技术支持下的其他信息相关技术。信息技术是管理信息系统的基础，只有把信息技术和管理结合起来，才能真正发挥管理信息系统的作用。本章主要介绍计算机的硬件技术、软件技术、数据库技术、数据通信和计算机网络等内容。

2.1 计算机系统的组成

计算机系统由硬件系统和软件系统两大部分组成。

2.1.1 计算机硬件系统

计算机的硬件是指组成一台计算机的各种物理装置，是计算机进行工作的物质基础。计算机系统的硬件由五大基本部分所组成，它们是运算器、控制器、存储器、输入设备和输出设备，称为冯·诺依曼体系结构，如图 2.1 所示。

运算器是计算机中执行算术运算和逻辑运算的部件，运算器由算术逻辑单元、累加器、状态寄存器和通用寄存器组等组成。

控制器用来指挥计算机各部件按照指令功能的要求自动协调地运行所需的各种操作，包括程序计数器、指令寄存器、指令译码器和各种控制电路。

存储器是用来存储程序和数据的记忆装置。存储器分为两大类：内存储器和外存储器。

输入设备的任务是将原始信息输入计算机内。常用的输入设备有键盘、鼠标器、扫描仪、光笔、磁带、磁盘和光盘等。

输出设备的任务是将计算机的处理结果以能为人们或其他机器所接受的形式输出。常用的输出设备有显示器、打印机、磁带、磁盘、绘图仪等。

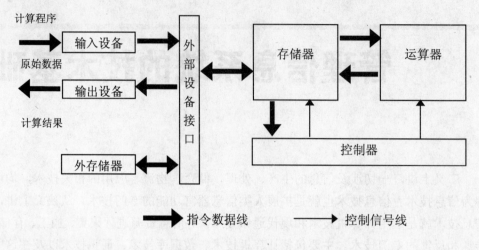

图 2.1　计算机的基本组成

2.1.2　计算机软件系统

计算机软件是指计算机程序和有关的文档。计算机软件系统由系统软件和应用软件组成。图 2.2 显示了计算机软件的分类。

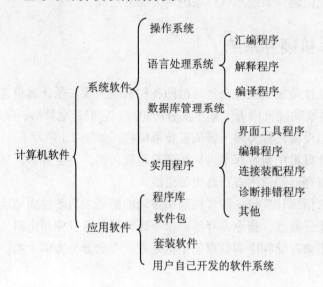

图 2.2　计算机软件的分类

1. 系统软件

系统软件是指负责管理、监控和维护计算机硬件和软件资源的一种软件。系统软件用于发挥和扩大计算机的功能和用途，提高计算机的工作效率，方便用户的使用。系统软件主要包括操作系统、程序设计语言和语言处理系统、数据库管理系统和实用程序。

1) 操作系统

操作系统是软件系统的核心。它负责控制和管理计算机系统的各种硬件和软件资源，合理地组织计算机系统的工作流程，提供用户与操作系统之间的软件接口。操作系统具有如下的五大功能：作业管理、进程管理(处理机管理)、存储管理、设备管理和文件管理。

2) 程序设计语言和语言处理系统

为了让计算机解决实际问题，使计算机按人的意图工作，人们主要通过用计算机能够"理解"的语言和语法格式编写程序并提交计算机执行来实现。编写程序所采用的语言就是程序设计语言。程序设计语言包括机器语言、汇编语言和高级语言。

语言处理系统包括汇编程序与各种高级语言的解释程序和编译程序，其任务是将使用汇编语言或高级语言编写的源程序翻译成能被计算机硬件直接识别和执行的机器指令代码。

3) 数据库管理系统

计算机经常需要处理许多大数据量问题。如何存储和利用这些数据，如何使多个用户共享同一数据资源，都是数据处理中必须解决的重要问题。数据库管理系统就是为此而设计的系统软件。常见的数据库管理系统有 Oracle，DB2，SQL Server，Sybase，Informix 等。

4) 实用程序

一个完善的计算机系统往往配置许多服务性程序，称为实用程序，它们或包含在操作系统之内，或可被操作系统调用。实用程序的种类很多，通常包括界面工具程序、编辑程序、连接装配程序、诊断排错程序等。

2. 应用软件

应用软件是指为解决各类实际问题而设计的程序(完成用户任务)。例如，工资管理程序、图书资料检索程序、办公自动化软件或医疗诊断系统等都属于应用软件。

应用软件可以由用户自己开发，也可在市场上购买。

整个计算机系统的组成如图 2.3 所示。

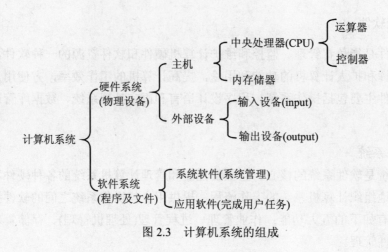

图 2.3　计算机系统的组成

2.2　数据库技术基础

数据库技术是计算机技术中发展最快的领域之一，也是应用最广的技术之一，它是计算机信息系统与应用系统的核心技术和重要基础。数据库技术研究的问题就是如何科学地组织和储存数据，如何高效地获取和处理数据。作为计算机科学中令人瞩目的一个重要分支，数据库技术一直是备受业界关注的焦点，目前基于数据库技术的计算机应用已成为计算机应用的主流。

2.2.1　数据库的发展

数据是描述现实世界事物的符号记录，是指用物理符号记录下来的可以鉴别的信息。

数据处理是指对各种类型的数据进行收集、存储、分类、排序、计算或加工、检索、传输、递交等等工作。数据处理通常也称为信息处理。

计算机进行数据处理的过程如图 2.4 所示。在这个过程中，先把原始数据和对数据进行处理的算法输入到计算机，然后由计算机进行加工处理，最后输出相应的结果。

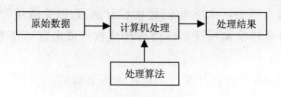

图 2.4　数据处理过程

　　由于在数据处理过程中所遇到的数据是有组织的，相互之间存在一定的联系，因此数据处理的效率往往与数据的存储结构和处理方式有密切的联系。从数据的存储结构和处理方式的角度而言，我们把计算机数据处理技术的发展分为 4 个阶段。

第一阶段：人工管理阶段(20 世纪 50 年代中期之前)

　　这是计算机数据处理的初级阶段，计算机的软硬件均不完善。对数据的处理是由程序员个人考虑和安排的。程序员在编制程序时，还要考虑数据的逻辑定义和物理组织，以及数据存放的存储设备、存储方式和地址分配。在这一阶段，程序和数据混为一体，两者相互依赖，数据成为程序不可分割的一部分(如图 2.5)。当程序之间出现重复数据时，这些数据也不能共享，数据是分散的。计算机在数据处理中没有发挥应有的作用，严重地影响了计算机使用效率的发挥和提高。

应用程序 1	数据集合 1

应用程序 2	数据集合 2

应用程序 3	数据集合 3

图 2.5　程序与数据为一个整体

　　这一阶段数据处理的特点是：数据的物理存储结构和逻辑结构一致，编程者自行设计数据格式，并将数据嵌入程序中；数据与处理它的程序合为一体，多个程序不能共享数据；一批数据在多个对其进行不同处理的程序中重复存储。

第二阶段：文件管理阶段(20 世纪 50 年代中期到 60 年代末)

　　随着计算机硬件性能的改进和软件技术的发展，操作系统的出现标志着数据管理进入一个新的阶段。数据以文件为单位存储在外存，且由操作系统统一管理，操作系统为用户使用文件提供了友好的界面。

　　这一阶段的主要特点是计算机中有了专门管理数据的软件(操作系统的文件管理模块)，文件逻辑结构和物理结构脱钩，程序和数据分离，使数据和程序有了一定的独立性。用户的程序和数据可分别存放在外存储器上，各个应用程序可以共享一组数据，实现了以文件为单位的共享。

　　但由于数据文件是无结构的数据集合，只能反映客观事物的存在，不能反映各个事物间的联系；数据的组织仍然是面向程序的，数据和应用程序互相依赖，数据文件由程序生成，数据存取由程序完成，离开所依赖的程序则失去意义；服务于不同程序的数据文件互相独立，无法实现数据共享。一个应用程序所对应的数据文件不能为另一个程序使用，数据冗余大；应用程序编制比较烦琐，缺乏对数据正确性、安全性、保密性的有效控制手段。

文件管理阶段程序与数据的关系如图 2.6 所示。

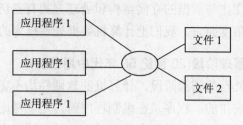

图 2.6　文件管理阶段

第三阶段：数据库管理阶段(20 世纪 60 年代末以后)

计算机的软件工作者针对文件管理方式存在的缺点，经过长期不懈的努力，提出了数据库的概念。数据库技术为数据管理提供了一种较为完善的高级管理方式。它克服了文件管理方式下分散管理数据的弱点，对所有的数据实行统一、集中的管理，使数据的存储独立于使用它的程序，从而实现数据共享，如图 2.7 所示。

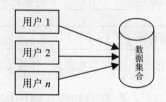

图 2.7　数据库阶段

第四阶段：分布式数据库系统阶段(20 世纪 80 年代中期开始)

数据库技术，以及网络和通信技术的发展，使异机、异地间的数据共享成为可能。分布式数据库就是数据库、网络和通信系统的结合体。处理的数据分散在各个结点上，每个结点的数据由本地数据库管理系统(database management system，DBMS)管理，各结点间通过网络实现数据共享，如图 2.8 所示。

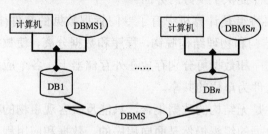

图 2.8　分布式数据库系统阶段

网络数据库是在网络上运行的数据库，通过访问不同用户地址的数据库，数据记录可以以多种方式相互关联。也即它是以后台数据库服务器为基础的，加上一定的前台程序，通过浏览器完成数据存储、查询、应用处理等操作的数据库。

随着计算机向深度计算和普遍化计算两极发展，数据库也将朝着大型的并行数据库系统和小型的嵌入式数据库系统两端发展。高端的超大型数据库系统(VLDB)将用于解决复杂数据类型如视频音频数据、多媒体数据、过程或"行为"数据的处理，满足海量数据的存储和存取，它们将运行在固定的下一代巨型主机服务器上。低端的精小型数据库系统将解决个性化数据的存储和处理要求，它们将嵌入各种电子设备和移动设备中。

2.2.2　数据库的几个基本概念

1. 数据库

数据库是将数据按一定格式存储在计算机内的数据的仓库，即存储在计算机内的相关数据的集合。数据库是有组织、可共享的各类数据的集合，数据库中的数据按照一定的规格组织、描述和存储，具有较小冗余度和较高的数据独立性，易维护性与扩展性。更主要的是数据库中的数据可以共享使用，一经存储，数据库中的数据若不做删除或修改等操作，则不会被损耗。

2. 数据库管理系统

数据库管理系统(DBMS)是数据库系统的核心，是对数据库进行管理的软件系统。DBMS 负责对数据进行组织、存储、获取和维护，它为用户或应用程序访问数据库中数据提供了科学的管理，并对数据的安全性、完整性、保密性、并发性等进行统一的控制。数据库管理系统的主要功能是：数据定义、数据操纵、数据库的运行管理和数据库的建立与维护。

目前流行的数据库管理系统绝大多数是关系型数据库管理系统，一般可分为三类：

(1) 以微机系统为运行环境的数据库管理系统，例如，xBASE 类产品 FoxPro等。这类系统主要作为支持一般事务处理需要的数据库环境，强调使用的方便性和操作的简便性，所以有人称之为桌面型数据库管理系统。

(2) 以 Oracle 为代表的数据库管理系统，这类系统有 IBM DB2、Sybase 等，这类系统强调在理论上和实践上的完备性，具有更强大的数据存储和管理能力，提供了比桌面型管理系统更全面的数据保护和恢复能力，更有利于支持全局性和关键性的数据管理工作，也被称为主流数据库管理系统。

(3) 以 Microsoft SQL Server 为代表的介于以上两类之间的数据库管理系统。

3. 数据库系统

数据库系统是指以数据库方式管理大量共享数据的计算机软件系统，通常把数据库系统简称为数据库。

数据库系统是由外模式、内模式和概念模式组成的多级系统结构。它通常由数据库、数据库管理系统、硬件和软件支持系统、用户(最终用户、应用程序设计员和数据库管理员)4个部分组成。

数据库系统具有数据集成化、数据共享、数据的独立性、最小的数据冗余度，避免了数据的不一致性，可以实施安全性保护，保证数据的完整性，可以发现故障和恢复正常状态，有利于实施标准化等特点。

2.2.3 数据模型及数据库组织结构

1. 数据模型

数据模型是描述数据库中记录间关系的数据结构方式，所以一般理解为数据结构。从用户观点来看，数据模型是用来创建数据库、维护数据库，并将数据库解释为外部活动模型的工具。

数据模型通常由数据结构、数据操作和数据完整性约束三个要素组成。

数据结构： 用于描述系统的静态特征，是所研究的对象类型的集合，它将确定数据库的逻辑结构，即从用户的角度看数据是如何组织的。

数据操作： 用于描述系统的动态特征，是对数据库中各种对象的实例所允许执行的操作的集合。数据库主要有查询和修改两类操作。数据模型要定义这些操作的确切含义、操作及实现操作的语言。

数据完整性约束： 是一组完整性规则的集合。完整性规则是给定的数据模型中数据及其联系所具有的制约和存储规则，用以限定符合数据模型的数据库状态及其变化，以保证数据的正确有效和相容。

在商业数据库产品中,已经提供了4种用于组织记录及确定记录间关系的方法。这些方法就是我们所说的数据库模型，分别为层次数据库模型、网状数据库模型、关系数据库模型和面向对象数据库模型。

1) 层次数据库模型

用树结构表示实体之间联系的模型叫层次数据模型。所谓实体是在现实世界中能保留信息的任一事物。而所说的树是由结点和连线组成的，结点表示实体的集合，连线表示两实体间的联系，但这种联系只能是一对一的联系或者一对多的联系。其特点是：有且仅有一个结点无双亲(有一树根)；其他结点有且仅有一个双亲(有 $1:1$，$1:n$ 的关系)。

在层次数据库模型中，记录被组织成一种层次关系，如同一株倒立的树的结构，如图 2.9 所示。

　　在层次数据库模型中，必须从根开始的某条路径提出询问，否则不能直接回答。另外，对于多对多的联系，层次模型必须设法分解为一对多的联系，这是层次模型的局限性。在现存的许多信息系统中，层次模型虽然仍在使用，但在新系统的开发中已经不再使用这种模型了。

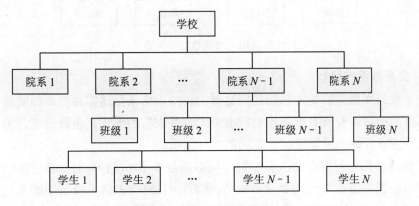

图 2.9　层次数据库模型

2) 网状数据库模型

　　用网络来表示实体之间联系的模型叫网状数据库模型。在网状数据库模型中任何一个结点可以和任意多个结点相连，即实体之间的关系是多对多关系。显然，层次是网状的特殊形式，网状是层次的一般形式。

　　网状数据库模型具有的特点是：有一个以上的结点无双亲(可以多根)；至少有一个结点有多于一个的双亲；两个结点之间可以有两种或多种联系(可以有 $n:m$ 的关系)。

　　网状数据库模型通常将所有记录用系表示。每一个系都包含一个主记录和若干个子记录，并允许一个记录同时属于几个系，即允许多个主记录。例如图 2.10 所示，一所学校里有许多老师和许多班级，一个老师要教几个班级的课程，一个班级一学期要开几门课程，需要多个老师来进行教学。

　　网状模型的数据独立性较差，用户使用不方便，但它在整个数据库技术的发展过程中，有着重大的影响。同层次模型相似，网状模型一般也只在较老的数据库系统中使用，如今一般不选择这种数据库模型。其原因就在于层次、网状模型必须在查询之前就确定记录之间的关系，并在系统中实际实现这种关系。因此，记录之间的关系会因为模型相对固定，一旦管理者在特定的查询中所要求的与已经实现的关系不同，那么完成查询要么很困难，要么很费时间。所以，对于那些经常涉及数据库特定的管理查询的分析、计划活动，层次或网状 DBMS 就不能够给予有效的支持。从其优点来看，层次、网状 DBMS 处理结构化、操作性数据的速度很快。例如，在进行诸如每周工资表或销售账务处理这样的大量批处理操作时，能发挥最快的速度。

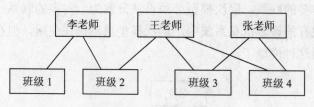

图 2.10　网状数据库模型

3) 关系数据库模型

关系数据库模型的基本思想是用数据的二维表格来描述实体与实体间的联系。在关系模型中，所有的数据都被组织成为"二维表"的形式。也就是说，关系模型用满足一定条件的二维表描述数据间的相互关系。

关系模型具有的特点是：表中每一项必须是基本项(初等项)；表中每一列必须是相同的数据类型；每一列必须有段名(项名)，且同一表格中段名不能重复；表中不能有相同的行(即不能有相同的记录)；行列的顺序均不影响表中信息的内容。

关系数据库模型是如今信息系统使用的主流数据库模型，例如 Oracle、Informax、Sysbase、DB2 等，以及局域网上的 SQL Server 等。层次、网状数据库模型都要求数据库的记录之间具备明确的关系或链接。这两种数据库模型还要求每次只处理一种类型记录的数据，而关系数据库模型完全没有上述要求。

一个关系数据库可以看作一系列二维表。许多管理人员常接触一些表格形式的数据，因此他们很容易理解关系数据库模型。例如学生基本信息表格(见表 2.1)。

表 2.1　关系数据库模型

学号 S	姓名 SN	所属系 SD	⋯
S1	王某	土木系	⋯
S2	李某	工商系	⋯
S3	张某	计算机系	⋯
⋮	⋮	⋮	
SN	陈某	电子系	⋯

从表 2.1 可以看出，学生基本信息表是由学生记录组成的，包括：学号 S、姓名 SN、所属系 SD 等数据项。表中每行相当于一条记录，表中每列代表一种数据项。

关系数据库模型是以数学理论为基础的，它使管理人员可以灵活地进行数据库查询和建立报表。表的查询与新表的建立可以使用一个或多个表中的部分或全部数据。在建立关系数据库时不必明确数据项之间的所有关系，新的连接可以随时建立。因此，关系数据库模型要比层次、网状数据库模型灵活得多，而且关系数据库可以使管理人员方便地制作特定的报告、进行特定的查询。但是由于没有事先规定数据项之间的关系，对于大的批处理应用程序，关系数据库的运行速度要比层次、网状数据库慢。

4) 面向对象数据库模型

管理者使用的大量信息都存储于组织内的记录中。这些记录描述了组织运作的结果，比如销售发票、给厂商付款、给员工的工资等。但是，当今管理所使用的非文本信息的比例日益提高，如图像、图画、声音、录像等非文本数据。这些数据是由多媒体系统、计算机辅助软件工程、计算机辅助设计及其他工程设计系统产生的。这些信息系统的信息可以分布在信件、报表、备忘录、杂志文章、工程草图、图表、图形、教学影片或其他对象中。

这些对象中的数据与典型的面向事务处理数据库系统中的信息有很大的区别。对于后者，具体的信息必须以特定的规范方式输入，而且管理者通常想完成的也只是作总结、合计或列出某些选定数据等。对于前者，数据可以不是事务，取而代之的可以是许多在类型、长度、内容和形式上有实质差异的复杂数据类型。如今，面向对象数据库技术看起来最适于管理上述几种数据类型。

在面向对象的数据库中，每个对象的数据、描述对象的行为、属性的说明三者是封装在一起的。其中对象之间通过消息相互作用，且每个对象都由一组属性来描述。例如，在一个建筑图纸数据库中，"建筑"这一对象与其他数据一样都要包含类型、尺寸、颜色等属性。每个对象还要包括一套方法或例行过程。如图 2.11 所示，面向对象数据库中的建筑、楼层和房间对象。

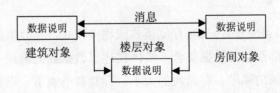

图 2.11　面向对象数据库模型

具有相同属性及方法的对象被称为一个类。例如，建筑、楼层、房间就是建筑图纸数据库中分属三个类的对象。更进一步说，某对象的行为及属性可以由同一个类中的其他对象所继承。这样，在同一个类中的建筑可以继承该类建筑的属性及行为。这种方式减少了编程代码总量，加速了应用程序的开发。结果产生了一个巨大的"可重用对象"库，其中的对象可以重复使用。将库中对象集成到一起，就可以产生新的应用程序，就如同一辆车由许多零部件组装在一起。

面向对象技术也有一个弊端，那就是它与其他数据库技术有本质区别。正是由于这种区别，开发人员在学习使用时有一定的难度。

在实际应用中也有比这几种数据模型更抽象、更高级、更一般、更接近于现实世界、更有实用价值的数据模型，那就是实体联系模型(entity-relation model)，简称E-R 模型。关于 E-R 模型我们将在后面进行介绍。

2. 数据库组织结构

美国国家标准学会(ANSI)于 1975 年规定了数据库按三级体系结构组织的标准——SPARC。这三级结构是以内层(内模式)、中间层(概念模式)和外层(外模式)三个层次来描述数据库的。

1) 概念模式

概念模式(conceptual schema)，又称模式，是数据库结构的中间层。概念模式是用逻辑数据模型对一个企业或部门数据的描述，是一种对数据库组织的全局逻辑观点，反映企业数据库的整体组织和逻辑结构。概念模式的设计是数据库设计最基本的任务。概念模式也可以称为逻辑模式，它指出每一个数据的逻辑定义及数据之间的逻辑联系，统一考虑所有用户的要求。概念模式是用模式数据描述语言来描述的。

2) 外模式

外模式(external schema)，又叫子模式、用户模式、局部模式，是最靠近用户的一层，是用逻辑数据模型对用户所用到的那份数据的描述。每个用户所感兴趣的数据不完全一样，也不宜让用户接触与自己无关的数据，因此每个用户的外模式不一定一样。外模式是由概念模式分解组合而成的，并由子模式定义语言来描述。

3) 内模式

内模式(internal schema)，又叫存储模式或物理模式，是数据库最内一层。它是物理存储设备上实际存储的数据集合，具体描述了数据如何组织并存入外部存储器上。内模式包含记录的顺序、存储块的大小、存储器的索引、指针的使用和所用的存取策略等信息。内模式由物理数据描述语言来描述的。

上述的三种模式中，只有内模式是真正储存数据的，概念模式与外模式仅是一种逻辑性表示数据的方法，而外模式则是根据用户需求，将数据以逻辑方式组织起来，并提交给用户。这就是依靠 DBMS 的映射功能来实现的。

数据库三个模式之间存在着两种映射：一种是模式与子模式之间的映射，这种映射把概念级数据库与用户级数据库联系起来；另一种是模式与内模式之间的映射，这种映射把概念数据库与物理数据库联系起来。正是这两种映射，才能把用户对数据库的逻辑操作转化为对数据库物理操作，方便地存取数据库的数据。

数据库系统的基本结构如图 2.12 所示。

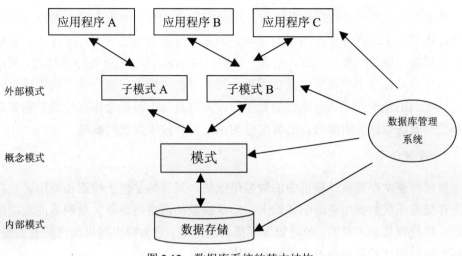

图 2.12 数据库系统的基本结构

2.2.4 数据库开发工具

随着网络技术的发展，客户机/服务器(client/server，C/S)结构的数据库系统已成为主流，数据库应用快速开发工具也迅速向客户机/服务器结构转移。新一代客户机/服务器前端快速开发工具具备的特点是：

- 支持与多种数据库的连接，可进行异种数据库源的透明访问；
- 支持独立于特定 DBMS 的应用开发，提供统一的访问 DBMS 的用户界面和应用程序接口；
- 支持可视化图形用户界面；
- 支持面向对象的程序设计；
- 提供完善的数据对象；
- 支持开发性；
- 工具的完备和集成一体化；
- 支持汉化。

当前应用开发工具的发展趋势是：采用三层的 client/server 结构；对 Web 应用的支持；开放的、构件式的分布式计算环境。

2.2.5 数据仓库和数据挖掘

20 世纪 90 年代开始，人们逐渐认识到数据除了可直接操作外，还有战略计划的用途。传统的操作数据库系统是基于任务需求的联机事务处理和批处理。这些系统借助计算机的力量企图自动建立起商业过程，以便提高效率和速度。

然而今天，只有自动化是不够的。21 世纪的商业竞争不仅取决于对市场的反应速度，还取决于对本行业新知识的获取、积累和有效利用的能力。实际上，效率不再是在商场上取胜的唯一关键。在这个新的启用 Web 的电子商务经济时代，灵活性和敏感性也是在竞争中取胜的重要因素。很多分析家预言，那些善于利用信息的机构将比他们的竞争对手拥有更大的竞争力。关键是对于数据仓库有效的数据管理策略和交互式的数据分析能力。而数据挖掘则是后者技术发展的巅峰。

1. 数据仓库

数据库是由存储在计算机中的数据组成的，其目的是便于检索和使用。数据仓库是在信息系统数据库资源的基础上，出于决策的需求而要从大量积累的数据资源中进一步挖掘信息产生的，是对数据库概念的改进，它为用户提供改进的数据资源，使用户能够用比较直观的方式操纵和使用数据。

正式的数据仓库定义由 W.H.Inmon 提出：数据仓库就是一种面向主题的、集成的、不同时间的、稳定的数据集合，用以支持经营管理中的决策制定过程。

(1) 面向主题：传统数据库主要是为了应用程序进行数据处理，不一定按照同一主题存储数据；数据仓库则侧重于数据分析工作，是按照某一主题分析的需要去组织和存储数据的。

(2) 集成：是指数据仓库中的数据是数据库中数据的有机积累和集合。

(3) 不同时间：意味着出于决策的需要，数据仓库中的数据需要标明时间属性，决策中时间属性非常重要。

(4) 稳定：是因为数据仓库中的数据并不是由数据仓库本身产生的，而是来源于信息系统等其他数据源；数据仓库反映的是历史信息，而不是数据库处理的那种日常事务数据。因此数据仓库的数据是稳定的，但允许向数据仓库添加数据。

数据仓库的特点就是非常大、质量高，而且可检索。有些数据仓库包含 200GB 的数据。但是数量庞大并不是以低质量为代价的，因为广泛的数据清洗，即删除不正确和不连续的数据，使数据的质量比一般商业数据库要高。

数据仓库的出现并不会取代数据库。目前，大部分数据仓库还是用关系数据库管理系统来管理的。数据库和数据仓库相辅相成、各有千秋。

2. 数据挖掘

随着数据库技术的飞速发展以及人们获取数据手段的多样化，人类所拥有的数据急剧增加。数据库系统所能做到的只是对数据库中已有的数据进行存取和简单的操作，人们通过这些数据所获得的信息量仅仅是整个数据库所包含的信息量的一小部分，隐藏在这些数据之后更重要的信息是关于这些数据的整体特征的描述及对其发展趋势的预测，这些信息在决策制定过程中具有重要的参考价值。

数据挖掘就是从大量的、不完全的、有噪声的、模糊的、随机的数据中，提取隐含在其中的、人们事先不知道的、但又是潜在的有用信息和知识的过程。数据挖掘和数据仓库的概念是密不可分的，数据挖掘要求有数据仓库作基础，并要求数据仓库已经有丰富的数据。在实施智能化决策时，一般分两个步骤：第一步实现数据仓库，构造智能决策的基础；第二步实现数据挖掘，再次发挥智能化决策的特色。

数据挖掘是数据信息资源利用价值的再发现，它突破了传统意义上的数据查询，在更大的范围、更深的层次中提高数据的使用价值，但数据挖掘永远不能替代有经验的分析师或管理人员所起的作用，它只是提供一个强大的工具，使得这些人员在进行智能化决策时更容易、更方便，而且有根据。

【案例 2.1】 数据挖掘技术在商业银行中的应用

数据挖掘技术在美国银行金融领域应用广泛。金融事务需要搜集和处理大量数据，对这些数据进行分析，发现其数据模式及特征，然后可能发现某个客户、消费群体或组织的金融和商务兴趣，并可观察金融市场的变化趋势。商务银行业务的利润和风险是共存的。为了保证最大的利润和最小的风险，必须对账户进行科学的分析和归类，并进行信用评估。Mellon 银行使用 Intelligent Agent 数据挖掘软件提高销售和定价金融产品的精确度，如家庭普通贷款。零售信贷客户主要有两类：一类很少使用信贷限额(低循环者)；另一类能够保持较高的未清余额(高循环者)。每一类都代表着销售的挑战：低循环者代表缺省和支出注销费用的危险性较低，但会带来极少的净收入或负收入，因为他们的服务费用几乎与高循环者的相同，银行常常为他们提供项目，鼓励他们更多地使用信贷限额或找到交叉销售高利润产品的机会。高循环者由高和中等危险元件构成。高危险分段具有支付缺省和注销费用的潜力，对于中等危险分段，销售项目的重点是留住可获利的客户并争取能带来相同利润的新客户。但根据新观点，用户的行为会随时间而变化。分析客户整个生命周期的费用和收入就可以看出谁是最具有创利潜能的。Mellon 银行认为"根据市场的某一部分进行定制"能够发现最终用户并将市场定位于这些用户。但是，要这么做就必须了解关系最终用户特点的信息。数据挖掘工具为 Mellon 银行提供了获取此类信息的途径。Mellon 银行销售部在先期数据挖掘项目上使用 Intelligent Agent 寻找信息，主要目的是确定现有 Mellon 用户购买特定附加产品：家庭普通信贷限额的倾向，利用该工具可生成用于检测的模型。据银行官员称：Intelligent Agent 可帮助用户增强其商务智能，如交往、分类或回归分析，依赖这些能力，可对那些有较高倾向购买银行产品、服务产品和服务的客户进行有目的的推销。该官员认为，该软件可反馈用于分析和决策的高质量信息，然后将信息输入产品的算法。另处，Intelligent Agent 还有可定制能力。

美国 Firstar 银行使用 Marksman 数据挖掘工具，根据客户的消费模式预测何时为客户提供何种产品。Firstar 银行市场调查和数据库营销部经理发现：公共数据库中存储着每位消费者的大量信息，关键是透彻分析消费者投入到新产品中的原因，在数据库中找到一种模式，从而能够为每种新产品找到最合适的消费者。Marksman能读取 800~1000 个变量并且给它们赋值，根据消费者是否有家庭财产贷款、赊账卡、存款证或其储蓄、投资产品，将它们分成若干组，然后使用数据挖掘工具预测何时向每位消费者提供哪种产品。预测准客户的需要是美国商务银行的竞争优势。

2.3 数据通信和计算机网络

随着计算机网络技术的飞速发展，计算机网络在企业中的应用越来越广泛，管理信息系统的应用环境也随之由单机系统向计算机网络发展。今天，网络作为企业现代化的管理工具发挥着重要的作用。特别是在资源共享、结构优化、库存减少、加快流通等方面为企业节省了大量资金，带来了可观的经济效益。随着改革开放的深入发展和中国加入 WTO，国内企业已逐步加入世界经济大循环，企业的管理机制和运行方式也随之发生很大变化，对计算机网络的需求已经从单纯的信息传输发展至全面介入企业的经营管理、开展电子商务等。"网络社会"、"网络经济"、"电子政务"等应运而生，在计算机网络的帮助下，人们正在摆脱地域的限制，企业管理的范围和效率越来越高，"跨国公司"的高效率管理成为可能。网络化已成为管理信息系统的主要发展方向。

2.3.1 数据通信

数据通信对管理信息系统起着重要的作用，利用数据通信可以将管理信息系统资源在长距离内有效分配。

通信是把信息从一个地方传送到另一个地方的过程。用来实现通信过程的系统被称为通信系统。通信系统的三个基本要素：信源、通信媒体和信宿。如果一个通信系统传输的是数据，则称这种通信为数据通信，实现这种通信的系统是数据通信系统。数据通信系统具有如下的特点：数据通信系统能实现计算机和计算机之间以及人和计算机之间的通信；计算机之间的通信过程需要定义出严格的通信协议或标准；数据通信系统对数据传输的可靠性要求很高；在数据通信系统中，信息量具有突发性；数据通信系统的"用户"所采用的计算机和终端等设备多种多样，它们在通信速率、编码格式、同步方式和通信规程等方面都有很大的差别；数据通信系统的数据传输效率高；数据通信系统中不同用户、不同应用的通信业务的信息平均长度和延时变化非常大。

数据通信系统的基本形式如图 2.13 所示。

图 2.13 数据通信系统的组成

在图 2.13 中，信源是通信过程中产生和发送信息的设备或计算机；调制解调器将计算机的数字信号转化成一个类似于电话的信号(信号转换装置)，同时它也可以把类似于电话的信号反过来转换成一个数字信号(信号复员装置)；通信媒体就是信道，是信源和信宿之间的通信线路；信宿是通信过程中接收和处理信息的设备或计算机。

数据通信通常被划分为 5 个基本阶段。

第一阶段：建立通信线路，用户将要通信的对方地址信息告诉交换机，交换机查询该地址终端，若对方同意通信，则由交换机建立双方通信的物理通道。

第二阶段：建立数据传输链路，通信双方建立同步联系，使双方设备处于正确收发状态，通信双方相互核对地址。

第三阶段：传送通信控制信号和数据。

第四阶段：数据传输结束。双方通过通信控制信息确认此次通信结束。

第五阶段：由通信双方之一告知交换机通信结束，切断物理链接通道。

在通信系统中，各种信号都要通过通信信道才能从一端点传至另一端点，通信信道是通信双方以通信媒体为基础的信号传递的通道。从抽象的角度看，信道是指电信号在通过传输媒体时所占有的、指定的一段频带，它在准许信号通过的同时，对信号传输加以限制。信道中的设备包括：通信媒体和有关设备。通信信道的分类如表 2.2 所示。

表 2.2 通信信道的分类表

分 类 方 式	类 别	信 道 名 称
传输方式	有线	电话线、同轴电缆、双绞线、光纤、海底电缆、多芯电缆
	无线	微波、红外线
多路复用	频分	只适用模拟数据
	时分	模拟数据、数字数据都适用
数据类别	模拟	电话线
	数字	同轴电缆、双绞线、光纤

串行数据通信的方向性结构有三种，即单工、半双工和全双工。单工数据传输只支持数据在一个方向上传输；半双工数据传输允许数据在两个方向上传输，但是在某一时刻，只允许数据在一个方向上传输，它实际上是一种切换方向的单工通信；全双工数据通信允许数据同时在两个方向上传输，因此，全双工数据通信是两个单工通信方式的结合，它要求发送设备和接收设备都有独立的接收和发送能力。

2.3.2　计算机网络

计算机网络就是利用通信线路和通信设备将分布在不同地点的具有独立功能的多个计算机系统互相连接起来，在网络软件的支持下实现彼此之间的数据通信和资源共享的系统。

1. 计算机网络的特点

当前计算机网络存在以下的主要特点：开放式的网络体系结构，不同软硬件环境、不同网络协议的网可以互联，真正达到资源共享、数据通信和分布处理的目标；向高性能发展，追求高速、高可靠和高安全性，采用多媒体技术，提供文本、声音、图像等综合性服务；计算机网络的智能化，提高了网络的性能和综合的多功能服务，并更加合理地进行各种网络业务的管理，真正以分布和开放的形式向用户提供服务。

2. 计算机网络的功能

计算机网络具有如下的功能：使地理位置遥远的、独立的计算机具有了相互访问、传输数据的能力，缩短了空间距离；入网计算机或终端具有远程控制和执行命令的能力，可以实现资源共享，包括软硬件资源、数据资源，甚至技术和人力资源等。

计算机之间的通讯是计算机网络能够实现资源共享的基础，而资源共享则是开发建设计算机网络的主要目的。资源共享可提供更强的系统处理能力，提高系统的可靠性，均衡负载。

3. 计算机网络的拓扑结构

计算机网络的拓扑结构是指网络的链路和节点在地理上所形成的几何结构。主要有星型、总线型、环型、树型和网型网络等。

星型结构(图 2.14(a))的主要特点是集中式控制，其中每一个用户设备都连接到中央交换(控制)机上，中央交换(控制)机的主要任务是交换和控制。控制机汇集各工作站送来的信息，从而使得用户终端和公用网互联非常方便，但架设线路的投资大；同时为保证中央交换机的可靠运行，需要增加中央交换机备份。

总线结构(图 2.14(b))是局域网络中常用的一种结构。在这种结构中，所有的用户设备都连接在一条公共传输的主干电缆——总线上。总线结构属于分散型控制结构，没有中央处理控制器。各工作站利用总线传送信息，采用争用方式——CSMA/CD方式，当一个工作站要占用总线发送信息(报文)时，先检测总线是否空闲，如果总线正在被占用就等待，待总线空闲再送出报文。接收工作站始终监听总线上的报文是否属于给本站的，若是则进行处理。

环型结构(图 2.14(c)),从物理上看,将总线结构的总线两端点连接在一起,就成了环型结构的局域网。这种结构的主要特点是信息在通信链路上是单向传输的。信息报文从一个工作站发出后,在环上按一定方向一个结点接一个结点地沿环路运行。这种访问方式没有竞争现象,所以在负载较重时仍然能传送信息;缺点是网络上的响应时间会随着环上结点的增加而变慢,且当环上某一结点有故障时,整个网络都会受到影响。为克服这一缺陷,有些环型局域网采用双环结构。

树型结构(图 2.14(d))是由总线结构演变而来的,形状像一棵倒置的树,顶端为根,从根向下分支,每个分支又可以延伸出多个子分支,一直到树叶,树叶就是用户终端设备。这种结构易于扩展,一个结点发生故障很容易从网络上脱离,便于隔离故障。

网型结构(图 2.14(e))的控制功能分散在网络的各个结点上,网上的每个结点都有几条路径与网络相联,即使一条线路出故障,通过迂回线路,网络仍能正常工作,但是必须进行路由选择。这种结构可靠性高,但网络控制和路由选择比较复杂,一般用在广域网上。

混合型拓扑(图 2.14(f))是将两种单一拓扑结构混合起来,取两者的优点构成的拓扑。

上述几种拓扑结构中,总线型、星型和环型在局域网中应用较多,网型和树型结构在广域网中应用较多。

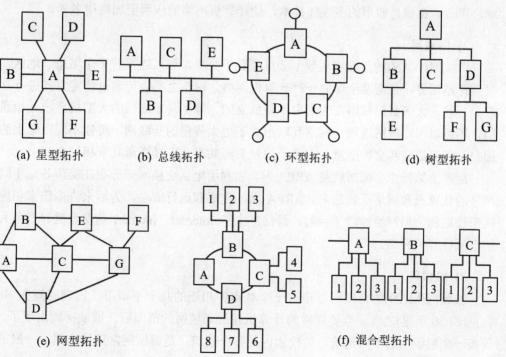

(a) 星型拓扑 (b) 总线拓扑 (c) 环型拓扑 (d) 树型拓扑

(e) 网型拓扑 (f) 混合型拓扑

图 2.14 计算机网络的拓扑结构

4. 计算机网络的分类

计算机网络根据通讯距离或地域覆盖范围来划分，可分为局域网、广域网和城域网。

1) 局域网

局域网(LAN)是一个数据通信系统，它在一个适中的地理范围内，把若干独立的设备连接起来，通过物理通信信道，以高的数据传输速率实现各独立设备之间的直接通信。一个 LAN 上只能连接有限个计算机和其他设备。这个限定与计算机和设备连接用的介质及 LAN 软件有关。

通常，一个局域网的覆盖范围在一个房间、一个建筑物、一个大院或一个校园内。计算机之间的距离一般在 0.6~1.8 米之间，实际的距离由通讯介质的类型、网络接口类型和局域网软件决定。当前的局域网数据传输速度在 10~100MB/s 之间。局域网只能用专用网络介质，它并不在公共电话系统上传输数据。在一个局域网中只能使用一种网络协议，如以太网或令牌网。

局域网具有广泛的应用。将基于个人计算机的智能工作站连成局域网可以共享文件和相互协同工作，共享贵重资源如海量存储器、激光打印机等，可以节约成本。共享电子信息使得用户以小组为单位工作，群体决策的好处对公司是显而易见。用于办公室自动化的局域网也是一个广泛的应用领域，其关键是要提高办公室的效率。综合声音、图像、图形的多媒体技术，使计算机网络的应用更加绚丽多彩。

2) 广域网

广域网(WAN)的范围可从数十公里到数千公里，可以连接若干个城市、地区，甚至跨越国界，是遍及全球的一种计算机网络。网络之间也可通过特定方式进行互联。目前，大多数局域网在应用中不是孤立的，除了与本部门的大型机系统互相通信，还可以与广域网连接，网络互联形成了更大规模的互联网，可使不同网络上的用户能相互通信和交换信息，实现了局域资源共享与广域资源共享相结合。

世界上第一个广域网就是 ARPA 网，它利用电话交换网把分布在美国各地不同型号的计算机和网络互联起来。ARPA 网的建成和运行成功，为后来许多国家和地区组建远程大型网络提供了经验，最终产生了 Internet，Internet 是现今世界上最大的广域计算机网络。

3) 城域网

城域网(MAN)的范围可以覆盖一个城市中相连的几个小城市，物理距离在 48 公里(约 30 英里)之内。当要连接的计算机超过局域网的范围后，城域网就出现了。连接一个组织内的不同建筑，如校园内的各个建筑，是城域网常见的应用。一般的城域网以 100MB/s 的速度传输数据，用光纤作为传输介质。

5. 计算机网络的通信协议

通信协议是通信双方共同遵守的一套规则。

通信协议是使计算机能够顺利识别网络传输的信息，保证传输的正确性而建立的一些软硬件标准或规则。就像邮政信函的传递一样，有一套关于邮局、邮箱、邮车等设施的要求，邮政与交通部门合作的组织规定，还有各种邮资、信封、地址、邮政编码、信件包装等的详细规则。计算机网络通信系统各种规则的复杂性不亚于邮政系统。

例如，以太网采用 CSMA/DA 协议，令牌环网采用令牌环协议，Internet 采用 TCP/IP 协议。

1984 年 10 月，国际标准化组织(ISO)公布了 OSI 协议，这是通信的一种国际标准，参考模型从逻辑上把网络的功能分为 7 层，最底层为物理层，最高层为应用层。Internet 是 TCP/IP 协议。

TCP/IP(transmission control protocol/internet protocol)协议是比 ISO/OSI 协议简单得多的实用性网络协议。它为一组协议，有上百个，但最基本的是 TCP 和 IP 协议。该协议的基本传输单位是数据包(datagram)，TCP 负责将数据分成若干个数据包，并给每个数据包加上包头，包头上有编号，以保证接收端能够还原为原来的数据格式；IP 协议在每个包头上再加上接收端主机地址，可以让数据自己找到要去的地方，就像信封上写明地址一样。如果传输过程中出现数据丢失、失真等情况，TCP 协议要求数据重新传输，并重新组包。总之，IP 保证数据的传输，TCP 保证数据传输的质量。

TCP/IP 协议成功地解决了不同网络之间难以互联的问题，实现了异网互联通信。TCP/IP 是当今网络互联的核心协议，可以说没有 TCP/IP 协议就没有今天的网络互联技术，就没有今天的以互联技术为核心建立起来的 Internet。

6. 网络互联

网络互联是将多个网络互相连接以实现在更大范围内的信息交换、资源共享和协同工作。为了实现网络互联，需要相应的网络连接器，主要是中继器、网桥、路由器和网关。

中继器是用来延长网络距离的。在对网络进行规划时，若网络段已超过规定的最大距离，就要用中继器来延伸。此外，中继器有信号放大和再生功能，它不需要智能和算法的支持，只是将一端的信号转发到另一端，或者是将来自一个端口的信号转发到多个端口。

网桥的主要功能是连接两个同类型的局域网，其主要工作方式为接收、存储、地址过滤与转发。

路由器原则上只能连接相同协议的两个或多个网络,使用带路径信息的逻辑地址,对数据包有拆装功能,可以进行有效的流控和路径选择,完成比网桥更复杂的功能。它是局域网与广域网进行连接,或局域网互联的设备。

网关可执行协议的转换,使不同协议的网络实现通信,可充当转换器的角色。网关重新打包信息,或者更改它的语法,使其符合目的地系统的要求。不少广域网之间的互联要用到网关。

当总线网的网段已超过最大距离时,可用中继器来延伸,网桥可连接两个同类网络;路由器用来连接两个以上的同类网络;网关则用来连接不同类的网络,或连接局域网和广域网,或将局域网连接到远程主机上。

7. 网络管理

网络是公司运作的神经系统。一旦网络瘫痪,就会给企业造成巨大的经济损失。网络管理,简单说就是为保证网络系统能够持续、稳定、安全、可靠和高效地运行,对网络系统实施的一系列方法和措施。网络管理的任务就是收集、监控网络中各种设备和设施的工作参数、工作状态信息,将结果显示给管理员并进行处理,从而控制网络中的设备、设施、工作参数和工作状态,以实现对网络的管理。

网络管理的基本内容有:数据通信网中的流量控制;网络路由选择策略管理;网络管理员的管理与培训;网络的安全防护;网络的故障诊断;网络的费用计算等。

8. 信息安全

信息安全指的是信息不被非法使用和修改,保障信息的完整性和正确性。

影响信息安全的因素主要有:系统软件或信息系统自身的缺陷;管理机制不健全,业务人员的越权操作;计算机犯罪;计算机病毒;软件的非法复制;网络的大量使用;数据的保护措施不足等。

计算机病毒是一种人为制造的程序,它具有潜伏性、传染性及破坏性等特点。为了保障信息的安全,防止信息被有意或无意的破坏,需要采取保密措施来防止未经授权的访问,采取保护措施来防止由于误操作而造成信息的破坏。保密措施有多种加密方法,保护措施主要是信息的备份或转储。

加密是信息保护的重要措施。加密和解密是一对相反的算法过程,前者通过一种算法将明文转换成密文,后者则通过相反的算法将密文转换为明文。这种算法过程分别在加密密钥和解密密钥的控制下完成。不同的加密和解密算法有不同的密钥。只要掌握了加密密钥,就能用对应的算法将任意明文转换成密文;反之,只有掌握解密密钥才能将密文转换成相应的明文。

信息安全三要素是保密性、完整性和可用性服务。

完整的信息安全保障体系应包括保护、检测、响应、恢复等 4 个方面。

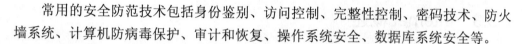

常用的安全防范技术包括身份鉴别、访问控制、完整性控制、密码技术、防火墙系统、计算机防病毒保护、审计和恢复、操作系统安全、数据库系统安全等。

9. 网络新技术

互联网已经成为现代社会信息基础设施的重要组成部分，在国民经济发展和社会进步中起着举足轻重的作用，同时也成为当今高科技发展的重要支撑环境，互联网的巨大成功有目共睹。随着计算机性能的改善、网络带宽的增长、现代移动通信技术的不断进步和用户需求的不断增强，出现了一些新的网络技术。

(1) 基于 IPv6 标准的新一代 Internet 网络

现在被全球广泛使用的互联网协议 IPv4 是"互联网协议第四版"，已经有 30 年的历史。从技术上看，尽管 IPv4 在过去的应用中具有辉煌的业绩，但是现在看来已经露出很多弊端。现有的 IPv4 已经远远不能满足网络市场对地址空间、端到端的 IP 连接、服务质量、网络安全和移动性能的要求。因此人们寄希望于新一代的 IP 协议来解决 IPv4 中所存在的问题。IPv6 协议正是基于这一思想提出的，它是"互联网协议第六版"的缩写。在设计 IPv6 时不仅仅扩充了 IPv4 的地址空间，而且对原 IPv4 协议的各个方面都进行了重新考虑，做了大量改进。与 IPv4 相比，IPv6 在地址容量、安全性、网络管理、移动性以及服务质量等方面有明显的改进，是下一代互联网可采用的比较合理的协议。

(2) P2P 技术

P2P 是一种网络技术，指在网络上用于不同计算机间不经过中继设备而直接进行数据交换服务的技术。关于 P2P，一种理解是英文 peer to peer 的缩写，把 P2P 理解为"伙伴对伙伴"，或称之为对等联网。在对等联网中，P2P 直接将人们联系起来，通过互联网直接交互，使得网络上的沟通变得更容易，计算机之间能够更直接地进行共享和交互，真正地消除了中间商和服务器。另一种解释是英文 point to point 的缩写，即"点对点下载"，意思是在下载一个文件的同时，自己的电脑还要作为主机上传这个文件。它采用多点对多点的原理，同一时间下载一个文件的人越多，下载速度就越快，它改变了互联网以大网站大服务器为中心的状态，使互联网重返"非中心化"，并把网络权力交还给了用户。

(3) 基于 3G 的宽带无线移动网络技术

3G 技术是英文 3rd Generation 的缩写，即第三代移动通信技术。3G 是指支持高速数据传输的蜂窝移动通讯技术，是一种能将无线通信与国际互联网等媒体通信业务结合的新一代移动通信系统。它能够处理图像、音乐、视频等多种媒体形式，包括网页浏览、电话会议、电子商务等多种信息服务；支持从话音到分组数据及多媒体业务；能够根据不同的需要提供相应的带宽。

2.3.3 Internet 概述

新世纪里，计算与通信技术的应用者们在这个由网络编织的广阔世界里，头脑中是与阿基米德的预言几乎同样伟大的梦想：给我一个接口，我就能驱动地球——互联网的疾速发展在理论上肯定了这句话所蕴含的意义。Internet(因特网)也称国际互联网，是当今世界上覆盖面积最广、用户最多、使用最为成功的计算机互联网络。它按照统一的协议，将世界各地已有的各种广域网和局域网连接起来，形成一个跨越国界的庞大的互联网络、全球网、万维网等。目前，已连接世界各国，是一个特定的、被国际社会认可和广泛使用的网络。

每个接入 Internet 的独立计算机都是 Internet 的主机，IP 地址和域名用来代表 Internet 主机的位置。IP 地址是供计算机识别用的，域名则是方便用户记忆和使用的，二者可以互换使用。

域名通常由四部分组成：主机名、商标名(企业名)、单位性质或地区代码、国家代码。常用的单位性质代码有：.com(公司企业)，.net(网络服务机构)，.org(非营利性组织)，.edu(教育机构)，.gov(政府部门)，.int(国际组织)等。

Internet 网与大多数现有的商业计算机网络不同，它不是为某些专用的服务设计的。因特网能够适应计算机、网络和服务的各种变化，它能够提供多种信息服务。因此，因特网成为一种全球信息基础设施。其特点是：采用分组交换的数据传输方式；遵守 TCP/IP 协议；使用客户/服务器工作模式；使用全球唯一的 IP 地址。

Internet 提供的基本服务主要包括以下几个方面。

1. 电子邮件

Internet 可以作为通信媒介，用户可以在自己的计算机上把电子邮件(E-mail)发送到世界各地，这些邮件中可以包括文字、声音、图形、图像等信息。与传统邮件相比，电子邮件具有传输速度快、价格便宜，并且附加了一些新功能。

2. 文件传输

文件传输(FTP)和访问是 Internet 的一种基本信息共享服务。在文件传输的过程中要考虑安全性、传输效率、并发控制、不同平台和文件系统的差异等。这方面的技术已十分成熟，各种平台上都有许多工具支持。

3. 远程登录

远程登录(Telent)是指允许一个地点的用户与另一个地点的计算机上运行的应用程序进行交互对话，是共享网络上其他机器资源的一种基本方法，它把本地机器作为远端机器的虚拟终端来使用。

4．电子数据交换

电子数据交换(EDI)是 Internet 在商业中的一种重要的应用形式。它以共同认可的数据格式，在贸易伙伴的计算机之间传输数据，代替了传统的贸易单据，从而节省了大量的人力和财力，提高了效率。

5．联机会议

利用计算机网络，人们可以通过个人计算机参加会议讨论。联机会议除了可以使用文字外，还可以传送声音和图像。

6．万维网

万维网(WWW)是基于超文本方式的信息查询工具，它为用户带来的是世界范围的超级文本服务。通过 Internet 网可从世界各地调来所需的文本、图像、声音等信息。

7．广域信息服务

广域信息服务(WAIS)是基于关键词的 Internet 检索工具。用户给出信息资源名称等关键词，系统就会自动地进行远程查询。

8．电子公告牌和网络新闻

电子公告牌(BBS)和网络新闻(Usenet)是一个由众多趣味相投的用户共同组织起来的专题讨论组的集合，任何人都可以在上面发布公告、新闻、评论及各种文章供网上用户使用和讨论。

2.3.4　现代企业信息管理平台—— Intranet

Intranet 是基于 Internet TCP/IP 协议，使用环球网 WWW 工具，采用防止外界侵入的安全措施为企业内部服务，并有连接 Internet 功能的企业内部网络。

企业计算机网络技术的发展大体上经历了三个阶段：一是以 Mainframe 为中心的集中处理式网络，即主机—终端模式；二是以 client/server 模式为中心的分布式计算处理网络系统，即客户/服务器模式；三是目前正兴起的 Intranet 模式，它是以基于 Internet 的技术为特征的。

由于 Intranet 应用是独立于平台的，所以可在现成的设备上运行，因此它们的安装和升级费用都很低。Forester 研究机构发现，在调查的美国 50 家公司中，16%已经采用了 Intranet，而另有 50%已有先期计划或已着手考虑。

1．Intranet 的组成

图 2.15 给出的是 Intranet 的基本框架。通过这张图，可以清楚地看出 Intranet的重要组成元素及它们的相互关系。

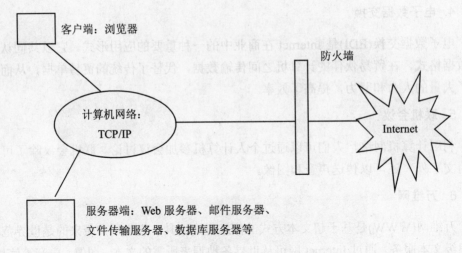

图 2.15　Intranet 的基本组成

(1) 计算机网络：建立在 TCP/IP 协议之上的任意结构的局域网或广域网。

(2) 物理服务器：服务器是整个 Intranet 的核心硬件设备，运行 Windows NT Server、UNIX、OS/2 Warp Server、NetWare Server 等操作系统。

(3) 客户机：客户机为最终用户提供上机应用平台，运行浏览器软件及其他应用软件。

(4) 软件服务器：指运行在物理服务器上提供某种应用支持的软件系统(一台物理服务器原则上可以运行多个软件服务器)。按功能划分主要有：Web 服务器、域名服务器、邮件服务器、代理服务器、文件传输服务器、认证服务器、数据库服务器、目录服务器、检索服务器、日历服务器、新闻组服务器等。

(5) 防火墙：是指安装在内部网与因特网之间或者网络与网络之间一种可以限制相互访问的部件或设备。它一般可以实现多种预防和监视服务，如限定人们从一个特别控制的点离开，有效记录因特网的活动记录等。在逻辑上，它可视为分离器、限制器和分析器。它的兑现硬件可以是专用设备、路由器、计算机或这些设备的组合。但总的来说，防火墙可归纳为三种结构类型，即双宿主主机结构、被屏蔽主机结构和被屏蔽子网结构。

2. Intranet 的特点

Intranet 之所以在世界范围内为众多用户接纳，是因为它有一系列优势，与传统的管理信息系统相比有许多不同之处，归纳起来其主要特点如下。

(1) 它的协议和标准是公开的，它不局限于任何硬件平台和操作系统，用 HTML、Java 和 JavaScript 开发的应用程序，可以简单地移植到任何平台上，所以跨平台性是 Intranet 最重要的特性。

(2) 支持多媒体信息。数据、声音、图形和图像等多种信息，通过标准浏览器显示出来，界面统一、友好且简单易用，从而减轻了培训的工作量，减少了培训费用。

(3) 由于 HTML 简单易用，因此客户通过浏览器存取信息，文件容易共享，传递信息快速、准确。

(4) 由于 Intranet 的建立、维护和教育培训费用相对低廉，因此采用 Internet 技术来发展企业 Intranet，可以降低企业的运营成本。

(5) Intranet 开发简单。传统管理信息系统的开发是复杂的，除了要在服务器端进行大量开发外，还要在客户端进行大量开发，对不同的功能，都要重新开发用户界面。而对于 Intranet，开发者只需做服务器端开发，客户端只要安装一个通用的浏览器即可，不需做任何开发。

(6) 在现有网络中建立 Intranet，只是改变目前企业网的应用方式和界面，并不需要改动现有企业网的物理结构，而且与现有管理信息系统可以有机地集成，平滑过渡到 Intranet。

3. Intranet 的主要用途

现代企业呈现出集团化、多元化的发展趋势，同一企业往往跨越不同的地区、国家，所生产、经营的产品也往往涉及多个领域。这些企业需要及时了解分散在各地的分公司的经营状况，同一企业内不同部门、不同地区的员工之间也需要及时共享、交流大量的企业内部信息。另外，企业与客户之间以及企业与其合作伙伴之间也存在着大量的信息交流。这一切都使企业的管理者认识到怎样更及时有效地进行信息的共享已不仅仅是一种企业形象的问题，而是切实关系到企业的生存与发展的问题了。Intranet 的主要用途有：

(1) Intranet 以企业内部网络为基础，以国际统一标准的 WWW 为界面，提供了良好的用户接口，只要使用者具备简单的计算机知识，经过简单的培训，即可使用任何一种 Web 浏览器在网络的任一结点方便地得到所需的信息。

(2) 由于采用了 Internet 技术，Intranet 通过适当的安全措施可直接接入 Internet。从理论上讲，使用者可在世界的任一地方，通过 Internet 访问企业的站点，管理企业的网络，并可进行全球范围的通信或召开视频会议。

(3) 利用 E-mail，企业员工和合作伙伴可以方便地传递信息，并可进行远程信息传送，将企业总部的信息传送到用户的工作站上进行处理。可以说，E-mail 已成为中型以上企业员工传递信息的一个最重要的手段。

(4) 促进了企业管理信息系统(MIS)的应用，如一般的人事、财务管理系统等，并使企业逐步迈入无纸化办公的境界。

(5) 新闻组讨论的应用。企业员工可就某一事件通过网络进行深入讨论且讨论结果会自动记录在服务器中。

(6) 在 Web 上开展商贸活动，扩大企业的影响，并可接受订单，进行产品展览、销售的信息服务等。

总之，Intranet 最大的好处在于企业内外的信息交流，不仅减少了通信联络费用，还加强了管理，提高了工作效率和质量，改进了客户服务质量，提供了新的商业机会，改进了决策手段，使得 Intranet 大有取代传统的企业内部管理系统之势。

4. 内部网 Intranet 的体系结构

有三种体系结构可以提供给企业选择。

1) 单个局域网 LAN + Internet 技术

企业内部的单个局域网 LAN 利用 Internet 技术构成的企业 Intranet，适合于内部各单位的地理位置相对集中的企业。

2) 多个局域网 + 公用电话交换网 + Internet 技术

以企业内部的多个局域网通过公用电话交换网 PSTN(public switched telephone network)等广域网协议连接而成的广域网，再利用 Internet 技术而构成的企业 Intranet，适合于内部各单位的地理位置比较分散而且内部已经构造好自己的广域应用网的企业。

3) 多个局域网 + Internet 技术

以企业内部的多个局域网直接利用 Internet 及其虚拟专用网技术构成的企业 Intranet，适合于内部各局域网还未连接起来或还未完全连接起来的单位。

5. 基于 Intranet 的管理信息系统模式

基于 Intranet 的管理信息系统实际上是以 Web 为中心，采用 TCP/IP、HTTP 为传输协议，客户端通过浏览器访问 Web 以及与 Web 相连的后台数据库，是一种浏览器/服务器(browser/server，B/S)模式的企业信息网。

B/S 模式由浏览器、Web 服务器、数据库服务器三个层次组成。在这种模式下，客户端使用一个通用的浏览器，代替了形形色色的各种应用软件，用户的所有操作都是通过浏览器进行的。在 HTTP 协议的支持下，客户端通过浏览器发出数据请求，由 Web 服务器向后台取出数据并进行计算，将计算结果返回浏览器。其结构如图 2.16 所示。

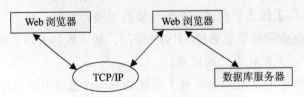

图 2.16　基于 Intranet 的 MIS 结构

【案例2.2】 迈出第一步——大连钢铁集团企业网络管理系统案例分析

企业网站已经成为企业对外信息发布与交流的窗口,恰逢2000年又是我国企业上网年,因此上网已经成为企业信息化建设的重要组成部分。正是基于这个原因,大连钢铁集团(简称大钢)迈出了企业信息化建设的第一步,建设了自己的企业网,有效降低了内部周转时间,增加了市场竞争力,并改善了与客户的联系。

1. 解决方案

大钢管理系统采用了诚高科技公司的解决方案。该公司对大钢经过了深入细致的分析,同时参照了国内外计算机系统集成的先进经验,并结合我国钢铁行业的发展趋势及大钢生产经营的实际状况,确定了以实用、先进、安全、信息集成度高为总体设计思想,并制定了系统实施的三个目标。

一期工程(2000年): 实现财务、销售、物资供应等部门的联网,重点在年内完成财务电算化,销售及物资供应等系统逐步开发完成,统一规划,分步实施。

二期工程(2001年): 实现生产、质量、技术等部门的联网,逐步实现生产、管理、控制自动化。

三期工程(2002年): 实现其他各个业务部门联网,企业 MIS 系统初具规模,网上电子商务开始发挥重要作用,企业信息化建设上一个新台阶,现代化的企业管理模式初步形成。

根据这个目标,并结合自身的管理模式和发展需要,大钢建立了以信息中心为企业网络交换中心,财务、销售、物资供应等各部门为节点的二级交换结构网络,各部门到信息中心的传输速率为 1000MB/s,部门内部 100MB/s 交换到桌面。考虑到企业各种应用模式及系统可管理性的原则,大钢将各种服务器集中放置于信息中心,充分发挥了高速骨干网的优势。大连钢铁企业管理系统网络结构拓扑图如图 2.17 所示。

出于全盘考虑,大连钢铁集团网络系统建设优先选择高性能、规模扩展性强的产品。整个系统的设计以实现技术的标准化、可靠性和技术的先进性为原则。采用当前比较新的技术,如快速以太网、千兆网等。为了防止非法用户盗用和破坏,该系统采用了多种安全防范措施,确保系统运行万无一失。在企业网建成的同时,基于该网络的应用也相应到位,其中包括 MIS 系统、OA 等应用。

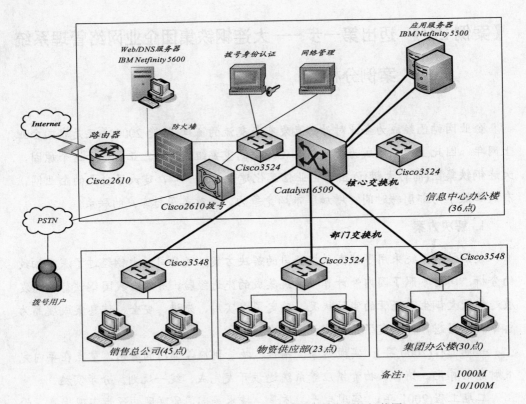

图 2.17 大连钢铁集团企业管理系统网络结构拓扑图

　　该系统的主要结构以一台 Catalyst 6509 高端交换机为中心，为了保证系统的高可靠性，采用了主交换机机箱冗余电源，避免了电源单点故障造成的系统瘫痪。在其他各个联网部门，采用 Cisco Catalyst 3524 或 3548 千兆网交换机作为交换平台，它有 24 或 48 个 10/100M 自适应端口，两个千兆模块插槽，具有 10GB 备板交换能力，是典型的高性能桌面交换解决方案。网络的对外出口(Internet)接入设备采用 Cisco 2610 路由器，一个以太端口用来连接 6509 外网段(Internet 网段)，一个 WAN 接口利用专线连接 ISP 接入 Internet。

2. 安全策略

　　大钢网络系统实现网络安全的途径有：划分多个 VLAN、访问控制、防火墙技术等。

　　该网络对实时性要求很强，所以如果服务器出现故障，意味着整个网络的瘫痪。为了防止这种故障发生，要求服务器有以下功能：完善的容错能力、带电热插拔技术(保证易损部件的更换与维护不影响系统的运行)、智能 I/O 技术和良好的扩充性等。

　　该系统选用了 APC Smart 系列智能 UPS，对计算中心服务器、交换机、路由器等设备进行电源保护。在突发事故出现时，APC UPS 会将计算机立即切换至紧急电池备用电源，该设备 5kVA 输出功率可以保证计算中心机房所有交换机、服务器、路由器、防火墙等设备满负载供电，4 小时在线延时可以使系统忍受长时间断电。

3. 效果评估

大钢网络系统建成后，该系统可将集团生产经营过程中的人、技术和经营管理形成一个有机的整体。系统以投入产出信息为基础，把企业经营和生产过程中的各个环节，包括市场信息，产品设计、物质供应、仓储、生产、销售过程中的物流信息，财务资金运转中的资金流信息与管理控制信息等集成起来，以成本为中心，对经营决策、经营活动、生产过程等进行全方位控制，提高了产品产量与质量，增强了企业的市场应变能力和整个企业的运行效率和效益。

思考题

1. 计算机结构中的主要部件是什么？各起什么作用？
2. 决定计算机性能的主要指标有哪些？
3. 计算机软件的定义是什么？MIS 属于哪一类软件？
4. 数据库系统由哪几部分组成？数据模型有哪几种？
5. 计算机网络的拓扑结构有哪些？
6. 什么是网络协议？什么是 TCP/IP 模型？
7. 网络的常用连接设备有哪些？各自的用途是什么？
8. Internet 有哪些主要的标识技术？
9. Internet 的常用服务有哪些？

第 3 章

管理信息系统的开发方法与开发方式

管理信息系统的开发是一个复杂的系统工程，不仅涉及计算机技术、网络通信技术、系统理论、管理科学等方面的问题，还受到许多方面条件的制约。历史上，国内外许多企业在开发和运用管理信息系统中遭到了失败，失败的原因很多，开发方法选择不当通常是其中一条重要的原因。在管理信息系统建设的长期实践中，人们清醒地认识到，开发一个复杂的系统工程，必须遵循科学的开发策略，采用正式的、科学的开发方法，否则，就会使开发信息系统工作遭到失败。正确的指导思想、必要的开发条件、科学的组织管理和选择合理的开发方法与开发方式是成功地开发管理信息系统的前提和基础性条件。

3.1 系统开发方法

用于管理信息系统开发的方法有多种，这些方法都是在多年来系统开发的研究实践中形成的，每种方法都有其独特的思路、原理和各自不同的优缺点。常用的管理信息系统开发方法有结构化生命周期法、原型法、面向对象法和计算机辅助软件工程法。

3.1.1 结构化生命周期法

结构化生命周期法是一种最常用的信息系统开发方法，又称为结构化开发方法。20 世纪 70 年代，信息系统开发过程中普遍存在着需求不清、步骤混乱和成功率低等问题，人们通过总结经验教训，认识到管理信息系统的开发是一项投入大、历时长、涉及面广、影响因数众多的系统工程，必须用系统理论来指导信息系统的开发过程。在这样的背景下，结构化生命周期法应运而生。

结构化的意思是用一组规范的步骤、准则和工具进行一项工作。结构化的开发方法，是用系统工程的思想和工程化的方法，遵照用户至上的原则，从系统的角度分析问题和解决问题，按照规定的步骤和任务要求，使用图表工具完成规定的文档，采用自顶向下整体分析和设计，自底向上逐步实施的系统开发过程。

1. 系统生命周期的阶段划分

从提出建立一个管理信息系统到系统完全建成，这个过程称为系统开发的生命周期。系统的生命周期一般划分为 5 个阶段。这 5 个阶段分别是：系统规划、系统分析、系统设计、系统实施和系统维护与评价。结构化方法是由结构化分析方法、结构化设计方法和结构化程序设计方法组成，分别用于系统分析、系统设计和系统实施阶段。MIS 的生命周期法开发过程见图 3.1。

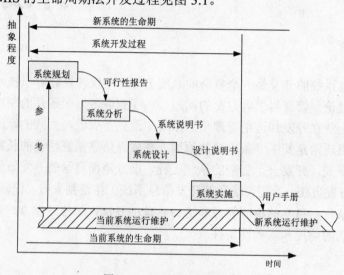

图 3.1　MIS 生命周期模型

2. 结构化生命周期法的开发过程

结构化生命周期法的开发过程如图 3.2 所示。

系统开发生命周期各阶段的主要工作有以下几方面。

1) 系统规划阶段

管理信息系统开发的第一个阶段是系统规划阶段。其内容主要是根据用户提出的系统开发要求，组建规划小组，进行初步调查，了解企业的概况、目标、边界、环境、资源，确定企业目标及信息系统目标。

系统规划的主要目的是避免盲目开发系统，减少不必要的损失。常用的系统规划方法有：企业系统规划方法(business system planning，BSP)，关键成功因素法(critical success factors，CSF)等，这些方法将在第 4 章介绍。

2) 系统分析阶段

系统分析阶段是系统开发过程中一个非常重要的阶段，系统分析的任务是提出新系统的逻辑模型。首先根据调查的数据进行可行性分析，如果认为不可行，开发工作就此结束，若认为可行，则提出信息系统的主要结构、开发方案、进度计划、资源投入计划等，写出可行性分析报告；接着要对企业进行详细调研，了解用户的需求、业务流程，以及信息的输入、处理、存储和输出；然后进行组织机构功能分析；管理业务流程分析；数据与数据流程分析；建立新系统的逻辑模型；最后写出新系统的系统分析报告。

　　系统开发人员拥有开发技术，知道如何用信息技术实现用户的需求，但是他们很难深入把握和深切体会特定用户对信息系统的具体要求。而用户对信息技术的了解有限，不知道计算机解决问题的具体过程，面对他们所需要解决的问题，通常不能用规范的、专业的语言将需求完整地、准确地表达。因此，在这个阶段，双方的密切配合是至关重要的，缺乏用户的参与和支持，系统的开发是难以取得成功的。

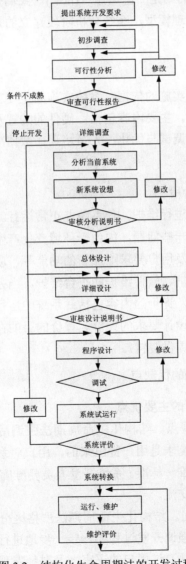

图 3.2　结构化生命周期法的开发过程

3) 系统设计阶段

系统设计工作是建立在系统分析的基础之上，以系统分析报告为依据，结合信息技术的发展，考虑具体情况，提出系统的设计方案，形成系统的物理模型。系统设计阶段的主要工作分为总体设计和详细设计两个部分。总体设计的主要任务是根据系统分析所得到的系统逻辑模型和需求说明书，导出系统的功能模块结构图，并确定合适的计算机处理方式和计算机总体结构及系统配置；详细设计主要是包括代码设计、数据库设计、输出设计、输入设计、对话设计、处理流程设计及制定设计规范等；最后写出系统设计报告。

系统设计阶段与系统分析阶段的区别在于：系统分析解决的是要"做什么"(what)，而系统设计关心的则是"怎么做"(how)。我们把要"做什么"称为逻辑模型，把"怎么做"称为物理模型，系统分析阶段建立的是逻辑模型，系统设计阶段建立的是物理模型。

4) 系统实施阶段

系统设计报告是系统实施的依据，系统实施的主要工作是将新系统的设计方案变成可运行的计算机模型，主要内容包括：硬件的购置及安装；系统软件的购置及其安装调试；程序设计、调试与优化；人员培训；数据准备与录入；系统转换；最后要编写各种文档。

5) 系统维护与评价阶段

系统维护是指对系统进行维护，使系统能正常运行。系统交付用户使用后，在运行的过程中可能会发现一些问题，如由于环境变化产生的问题，在开发过程中没有想到和涉及的问题，以及用户要求增加新的功能等，就需要对系统进行修改或调整。系统维护包括数据维护、软件维护和平台维护。当系统运行一段时间后，组织评价组对新系统进行评价，评价的内容包括：系统的运行效率和经济效率评价，系统运行情况与预期目标和设计要求的评价。评价的目的在于发现问题，总结经验，为今后系统的改进和开发提供资料。

3. 结构化生命周期法的优缺点

1) 结构化生命周期法的主要优点

(1) 建立面向用户的观点。结构化生命周期法强调用户的积极参与，树立用户第一的观点，因为系统的需求是用户提出来的，用户对系统的满意程度是评价管理信息系统开发是否成功的唯一标准。系统开发人员要准确、恰当地理解用户的需求，就必须与用户进行充分的交流。

(2) 严格区分工作区间。结构化生命周期法严格区分各个开发阶段，每个阶段都有明确的任务和目标，强调开发过程要一步一步地进行，每一步工作都要及时地总结，每个阶段的成果必须通过用户的评审，及时地发现问题、反馈问题和纠正问题，每个阶段成果一旦通过评审，就不可修改，并作为下一阶段的任务书。后一阶段的工作总是建立在前一阶段工作成果的基础上，从而使每一阶段的工作都有可靠的依据，避免开发过程的盲目状态，使系统开发的成功率得到提高。

（3）设计方法结构化。结构化生命周期法开发系统采用结构化、模块化，自顶向下进行分析、设计，使得系统中的各个子系统相对独立，便于系统的分析、设计、实施与维护。

（4）文件标准化和文献化。文档是现代软件产品的一个重要组成部分，是开发工作的依据，也是系统维护阶段的重要工具。结构化生命周期法非常重视文档工作，要求每个阶段的工作完成以后，都要完成相应的文档报告和图表。每一阶段对文档的审查，都是对本阶段工作的评定，使这阶段的错误难以传递到下一阶段，以保证各个工作阶段顺利进行。

2）结构化生命周期法的主要缺点

（1）开发周期长。结构化生命周期法要求系统开发必须按顺序一个阶段、一个阶段地进行，严格的阶段划分和文档要求造成开发周期漫长。

（2）繁琐，使用工具落后。采用结构化生命周期法开发系统需要制作大量的图表，编写这些图表的工作量极大，目前虽然已经有很多的 CASE 工具可以支持这一工作，但仍有许多图表的制作难以用计算机完成，必须通过手工绘制，编制这些文档耗费大量的人力和时间。

（3）不能充分预料可能发生的情况及变化。信息技术发展迅速，企业生存的环境也一直在发生变化，这些变化要求系统必须与之相适应。结构化生命周期法是一种必须预先定义需求的方法，由于开发周期长，而且不能变更前一阶段的工作成果，这就使得所开发的系统无法适应迅速变化的环境，这很可能导致最终开发出来的系统脱离实际。

（4）不直观，用户最后才能看到真实模型。采用结构化生命周期法开发系统，用户在系统规划、系统分析、系统设计这些阶段看到的都是文档资料，只有到系统实施的阶段，用户才能看到实际能使用的系统。在系统实施阶段之前的时间里，用户由于长时间看不到实际的系统，会感到疑惑，开发热情减退，使开发人员与用户的交流产生影响。

必须指出的是，尽管结构化生命周期法存在着这样那样的缺点，但其严密的理论基础和系统工程方法仍是系统开发中不可缺少的，对于复杂系统的开发往往必须采用结构化的方法。目前，它仍然是一种被广泛使用的系统开发方法，而且随着大量开发工具的引入，系统开发的工作效率得到了很大的提高。结构化生命周期法也可与其他开发方法结合使用，在结合使用中不同的开发方法互相取长补短，使系统开发的效果更好。

3.1.2 原型法

20 世纪 80 年代，计算机软件技术快速发展，出现了关系数据库系统、第四代程序设计语言和各种功能强大的辅助系统开发工具。信息技术的迅速发展使管理信息系统更新的速度越来越快，企业对系统开发时间的要求也更严格，迫切希望信息系统开发的速度要快、成本要低，这使得结构化生命周期法存在的缺陷日益突出。结构化生命周期法最大的一个缺陷是要求系统开发人员和用户在系统开发初期对整个系统的功能就要有全面、深刻的认识，并制定出每一阶段的计划和说明书。事实上，对于很多管理信息系统，用户要想在项目开发初期就非常清楚地陈述他们的需求几乎是不可能的，用户的需求随着对系统理解的加深会不断地完善与变化。用户需求定义方面的错误是管理信息系统开发中出现的后果最为严重的错误，因为错误形成得越早，对整个系统的影响也越严重。在这种背景下，一种新的信息系统开发方法——原型法(prototyping)产生了。这是一种具有全新的设计思想和开发工具的系统开发方法，它摒弃了结构化生命周期法中的那种必须一步一步地进行周密细致的调查分析，严格地区分开发步骤，并制作大量的文档，直到最后才能让用户看到结果的繁琐做法，而是一开始就凭借着系统开发人员对用户要求的理解，在强有力的软件环境的支持下，迅速给出一个具备一定功能的、可运行的系统原型，通过与用户反复协商修改，最终形成实际系统。20 世纪 80 年代中期，原型法得到了广泛的应用，成为一种流行的管理信息系统开发方法。

1. 原型法的基本概念

原型(prototype)的本意是试验品、模型的意思。在原型法中，原型是指一个管理信息系统的工作模型，这个模型不是仅仅表示在纸面上的系统，而是个实实在在的可以在计算机上运行、操作的工作模型。

原型法是指系统开发人员在初步了解用户的基础上，借助功能强大的辅助系统开发工具，快速开发一个原型(原始模型)，并将其演示给用户，开发人员根据用户的意见和评价对这个原型进行修改，如此反复，逐步完善，直到用户完全满意为止。原型法又称为快速原型法和原型化方法。

原型法不同于结构化生命周期法，它不区分系统开发的各个阶段，而是同时完成各个阶段的活动，并快速反馈给用户，通过反复迭代，完成系统的开发过程。它是随着信息技术的发展和开发软件的不断强大，在人们希望克服结构化生命周期法的不足的背景下产生的。原型法把试验机制引入系统的开发过程，从本质上避开了结构化方法的需求定义阶段，使得用户的需求在反复迭代的开发过程中不断地明晰，随着用户和系统开发人员对信息系统理解的加深，不断地对这些需求进行补充和细化，通过系统设计人员对原型不断地修改和完善，成为用户满意的系统。

2. 原型法的开发过程

原型法的开发过程是：首先建立一个能反映用户主要需求的原型，让用户实际看见新系统的概貌，以便判断哪些功能符合要求、哪些需要改进，通过对原型的反复改进，最终建立符合用户要求的新系统，如图 3.3 所示。原型法在建立新系统时可分为下述 4 个阶段。

1) 确定用户的基本需求

在这个阶段中，系统开发人员首先进行详细的系统调查，识别出新系统的基本需求，如系统功能、人机界面、输入输出、运行环境、性能及安全可靠性。要用户一次提供完整的需求几乎是不可能的，但是要用户快速确定关键需求是可能的。

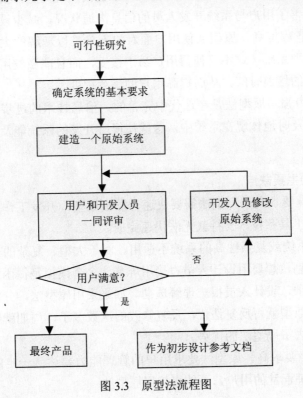

图 3.3　原型法流程图

2) 开发初始原型

根据用户的要求，开发人员迅速建立起一个初始原型，该原型是在计算机上初步实现的信息系统。

3) 征求用户对原型的改进意见

让用户亲自使用原型，用户使用原型系统后，会很快地发现原型存在的缺点和不足，提出改进的意见，同时在系统的启发下，还可能提出新的需求。

4) 修正和改进原型

开发人员对原型进行修改、扩充、完善，反复迭代，直到用户满意为止。

3. 原型法的优点与缺点

1) 原型法的主要优点

(1) 减少开发时间，提高系统开发效率。原型法减少了大量制作文档的时间，减少了用户培训时间，开发周期短，费用相对少。

(2) 改进用户与系统开发人员的信息交流方式。信息系统设计中的问题在大多数情况下是设计人员对用户需求理解不准确造成的，这实际上是一种信息交流的问题。原型法将原型提供给用户，使用户在参与中直接发现问题，及时得到用户的反馈，这种方式改善了用户与系统开发人员的信息沟通状况，减少设计错误。

(3) 用户满意程度高。原型法使用户面对的不是难以理解的大量文档，而是一个活灵活现的原型系统，这不仅使得用户易于接受，而且能激发用户主动参与的积极性，减少用户的培训时间，从而提高用户的满意程度。

(4) 应变能力强。原型法是在迭代中完善的，信息技术的进步，企业经营环境发生变化，都能及时地体现在系统中，这就使得所开发的系统能及时适应迅速变化的环境。

2) 原型法的主要缺点

(1) 开发工具要求高。原型法需要快速开发出原型，开发工作量巨大，如果没有现代化的开发工具和技术支持就无法快速完成。

(2) 对大型系统或复杂性高的系统不适用。对于大型、复杂的系统，不经过系统分析和整体规划，想要由设计人员直接用屏幕一个个模拟是很困难的。复杂系统功能多且技术复杂，设计人员很难理解透彻。如果采用原型法，分析和设计上的深度不够，那这个原型就得反复迭代，反复修改的次数多了，周期就会变长，成本也会增大，这就失去了原型法的优势。

(3) 管理水平要求高。原型法要求用户的管理能力要达到一定的水平，对于管理不善、信息处理混乱的用户，不能直接用原型法。

【案例3.1】 原型法在深圳地铁自动售检票系统中的应用

近年来，随着我国经济建设的快速发展，发展轨道交通与快速公交成为了解决城市的交通拥堵状况、提高人民生活品质的重要手段。自动售检票系统是基于计算机、通信、网络、自动控制等技术，实现轨道交通售票、检票、计费、收费、统计、清分、管理等全过程的管理信息系统。英文名称是 automatic fare collection，简称为 AFC。

AFC 系统开通后，通过乘客进、出站刷卡，可以精确记录乘客乘车的起、终点，准确掌握客流时、空分布规律，实时统计各条线路及各车站的客流量，为地铁运营组织提供基础数据，应对客流变化，及时调整运力，缓解拥挤，同时可以实现各条线路之间票款的独立核算。

深圳地铁 AFC 系统的开发采用了原型法。深圳地铁 AFC 应用系统首先采用了"快速建立需求规格模型法"来确认用户需求。这种方法通过建立模型，密切用户和开发人员的关系，促进相互间的了解，有助于系统开发人员获得比较完整准确的用户需求。深圳地铁 AFC 系统开发人员在初步了解用户的基本需求的基础上，建立了一个他们认为符合用户要求的模型系统，并将这个模型提交给用户，让用户使用，模型为用户提供了获得感性认识系统的机会。用户通过使用这个模型来确定这个模型是否满足自己的需求，根据使用的情况明确提出需要增加哪些功能，哪些地方需要改进。开发人员不断跟踪深圳地铁票务人员、车站人员和乘客使用 AFC 系统的情况，通过与这些用户的交流，不断地理解用户的意图与需求。根据用户的反馈逐步明确用户的需求，加深对用户需求的了解。采用循环进化的方式，对系统的各项功能进行改进和优化，解决使用过程中所发现的各种问题，逐步完善系统所需的各项功能，直到用户感到满意。在深圳地铁培训中心测试平台的支持下，系统开发人员用户对系统的功能进行严格测试，并对测试中所发现的问题进行改进，直至模型测试结果达到要求。

通过系统开发人员和用户的共同努力，系统通过反复测试得以确认。系统开发人员将通过测试的模型转变成目标系统，并将系统投入使用。系统先是小规模的上线使用，经过一段时间的实地运作，在确保系统正确无误后，系统全线铺开实施使用。

原型法增进了系统开发人员和用户之间的沟通与交流，通过系统原型可以比较快速、准确地获得用户确定的需求，节省了开发时间，降低了开发强度，系统目标也能加快实现。

(案例来源：刘乐，符翔. 快速原型法在深圳地铁 AFC 系统中的应用. 计算机与轨道交通，2006，15(7))

3.1.3　面向对象法

20 世纪 90 年代，面向对象(object-oriented，OO)的技术和程序设计语言取得了巨大的成功，成为计算机领域中开发软件的主流技术，因而信息系统的开发更多地采用面向对象的程序设计语言和支持面向对象的数据库管理系统。传统的结构化(SD)方法把数据和过程作为相互独立的实体，不支持软件的可复用性和可维护性，而面向对象的技术把对象的属性(数据)和处理(方法)封装在一起，通过子类对父类的继承，使得软件便于维护和扩充，提高了软件的可复用性。面向对象方法包括面向对象分析、面向对象设计和面向对象程序设计，分别应用于系统分析、系统设计和系统实施三个阶段，分别构成系统的逻辑模型、物理模型和计算机可执行模型。

1. 面向对象的概念和术语

面向对象的开发方法规定了一套专门的术语，这些术语是我们理解面向对象方法的基础。

1) 对象

客观世界中的任何事物都可以在一定前提下看作对象(object)，要解决的问题不同，面向的对象也就不同。面向对象方法认为，每种对象都有各自的内部状态和运动规律，不同对象之间的相互联系和相互作用构成了不同的系统。对象是一个封闭体，它是由一组数据和施加于这些数据上的一组操作构成的，对象的本质就是数据与操作的封装。

2) 类

类(class)是面向对象的基本概念之一，类是具有相同属性的对象的集合。具有一致数据结构和行为(即操作)的对象抽象成类。类具有层次性，类的上层叫超类，类的下层叫子类，一个类可以有多个超类，也可以有多个子类。

3) 消息

消息是对象之间相互作用，相互协作的一种机制，对象之间的相互操作、调用和应答是通过发送消息到对象的外部接口来实施的。消息是为完成某些操作而向对象发送的命令和命令说明。系统可以简单地看作一个彼此通过传递消息而相互作用的对象集合。

4) 继承

继承是指一个类因承袭而具有另一类的能力和特征的机制，继承是面向对象法特有的机制，子类继承父类所定义的属性、操作和约束规则，并可有自己新的内容。

5) 封装

封装又称信息隐藏，把对象及对象的方法、操作的实现封闭在一起。对象的封装性是面向对象技术的一个重要特征，这实际上是一种信息隐蔽技术，使对象的使用者只能看到封装界面上的信息，对象的内部是隐蔽的。

2. 面向对象法的开发过程

面向对象法按系统开发的一般过程分为几个阶段。

1) 系统调查和需求分析

对系统将要面临的具体管理问题以及用户对系统开发的需求进行调查研究。即先弄清要干什么的问题。

2) 面向对象分析

面向对象分析(OOA)是在系统调查资料的基础上，对面向对象方法所需的素材进行归类、分析和整理。它建立在对象及其属性、类及其成员、整体及其部分等概念之上，以对象及其交互关系为手段，将非形式化的需求说明表述为明确的软件系统需求。面向对象分析模型从对象模型、动态模型和功能模型三个侧面进行描述，主要肩负三大任务：其一是通过对问题空间的分析，识别出问题所涉及的对象、对象间的关系和服务，建立对象模型；其二是以对象模型为基础，完成相应需求描述；其三是对需求描述进一步作需求评审。OOA 步骤为标识对象、标识结构、定义属性和定义服务。

3) 面向对象设计

从 OOA 到面向对象设计(OOD)是一个逐渐扩充模型的过程，OOA 模型反映问题域和系统任务，OOD 模型则进一步反映需求的一种实现，即在 OOA 模型中，根据所应用的开发环境功能的强弱程度，填入和扩展有关实现方面的软件设计信息。OOD 工作内容主要有主体部件设计和数据管理部件设计。

4) 面向对象编程

面向对象编程(OOP)的任务是实现 OOD 预定各对象应完成的功能,分为可视化设计和代码设计两个阶段。可视化设计阶段主要是进行用户界面设计，将系统所有的功能与界面中的控件或菜单命令联系起来，即在某一界面对象(如表单)上集合功能所需的控件对象(如按钮、编辑框、标签、组合框、库表等)，设置各对象属性，布置窗口。代码设计阶段的主要任务是为对象编写所需要响应的事件代码，为对象发挥必要的功能，建立不同对象间的正确连接关系。

3. 面向对象法的优点与缺陷

面向对象法的主要优点是：以对象为基础，利用特定的软件工具直接完成对象客体的描述与软件结构之间的转换，解决了传统结构化开发方法中客观世界描述工具与软件结构不一致的问题，缩短了开发周期，解决了从分析和设计到软件模块多次转换的繁杂过程。

面向对象法的主要缺点是：需要有一定的软件基础支持才可以应用，对大型的系统可能会造成系统结构不合理、各部分关系失调等问题。客观世界的对象五花八门，在系统分析阶段用这种方法进行抽象是比较困难的。在某些情况下，纯面向对象的模型不能很好地满足软件系统的要求，其实用性受到影响。

4. 面向对象法与结构化生命周期法的比较

面向对象开发方法的基本思想是将客观世界抽象地看作是若干相互联系的对

象，然后根据对象和方法的特性研制出一套软件工具，使之能够映射为计算机软件系统结构模型和进程，从而实现信息系统的开发。这种方法的主要思路是所有开发工作都围绕着对象而展开，在分析中抽象地确定出对象以及其他相关属性，在设计中将对象等严格地规范化，在实现时严格按对象的需要来研制软件工具，并由这个工具按设计的内容，直接产生出应用软件系统。与结构化生命周期法自顶向下的系统分解方法(如功能分解、数据流分解、数据模型化)相比，面向对象法是一种基于问题对象的自底向上的开发方法论。结构化生命周期法的功能分解软件开发方法通常被描述为从"做什么"到"怎么做"，而面向对象法则是从"用什么做"到"要做什么"。前者强调从系统外部功能去模拟现实世界，后者则强调从系统的内部结构去模拟现实世界。如同其他信息系统设计的方法一样，面向对象方法给出现实世界问题域的一种表示形式，并将其映像为信息系统软件。与其他方法不同的是，面向对象方法是基于问题对象概念分解系统的软件开发方法，使信息和处理都模块化，而在信息和处理之间建立一种映像关系。

3.1.4　计算机辅助软件工程法

计算机辅助软件工程(compute-aided software engineering，CASE)是一种支持整个软件开发生命周期的软件开发自动化技术，是一种从开发者的角度支持信息系统开发的计算机技术。CASE 也被称为计算机辅助系统工程(compute-aided systems engineering，CASE)、计算机辅助软件环境(compute-aided software environment，CASE)、计算机辅助系统环境(compute-aided systems environment，CASE)。

1. CASE 产生的背景

CASE 的产生与软件工程的发展有着密切的关系，它是软件工程发展到一定时期的必然产物。长期以来，软件开发过程中一直存在许多问题，如软件的质量与用户的期望有较大的距离；不能按时完成软件系统开发等。由于软件开发周期长、效率低，软件产品交付用户使用时，用户的业务环境与需求可能已经发生了很大的变化。因此，"手工作坊"式的软件开发模式难以适应软件工业的发展需求。1968 年，在北大西洋公约组织科学委员会召开的一次研讨会上提出了软件工程的概念，软件工程的基本思想是把系统工程的原理应用到软件的开发和维护中，以期低成本、按计划和高效率地生产高质量的软件。20 世纪 60 年代后期产生的软件工程完成了软件生产的第一次变革，由"手工作坊"方式向"工程化"方式转化，在软件开发过程中引入软件生存周期的思想和结构化软件开发方法，使软件开发存在的问题得到了明显的改观。但是，软件工程理论的建立与应用并没有彻底解决软件开发过程中的问题，由于软件工程自身实施的复杂性和存在的实际困难，使得这一理论和方法难以在实践中发挥应有的作用,长期困扰和制约软件工程发展的瓶颈问题仍旧存在。软件开发人员逐步认识到,他们为用户的应用开发出各种各样的软件和信息系统,却没有支持软件开发人员自己使用的工具,要提高软件开发效率,一个有效的途径就是开发出支持开发人员工作的工具。因此,软件工作者利用计算机软件实现软件工程理论中的原理、方法和技术,提出了 CASE 的思想和方法,随着各种各样的软件开发工具的出现,计算机辅助软件工程的技术随之诞生。20 世纪 80 年代后期产生的 CASE 技术完成了软件生产的第二次变革,由"工程化"方式转向"自动化"方式。CASE 技术并不能完全解决软件开发过程中存在的所有问题,但它对软件的生产率提高确实起到了相当大的作用。CASE 技术现在仍然是一种相对年轻的技术,是一个发展中的概念。

计算机辅助软件工程法并不是一门真正意义上的开发方法,严格地说,CASE 只是一种开发环境而不是一种开发方法,它是对整个开发过程进行支持的一种技术。在实际开发一个系统的过程中,CASE 必须依赖具体的开发方法,例如结构化方法、原型法、面向对象方法等,为具体的开发方法提供开发环境,是一种支持开发的专门工具。

2. CASE 的功能

CASE 的功能是支持不同的开发方法(结构化生命周期法、原型法、面向对象方法等);支持软件开发生命周期的各个阶段,包括分析与设计、编码、测试、维护以及项目管理;具有文档出版功能和文字、图形编辑功能;支持软件部分的重用;支持开发信息资源共享。

3. 典型的 CASE 工具

(1) 图形工具

图形工具(diagramming tool)用图形和模型的方式描述信息系统所使用的各种技术,如构造过程模型、数据模型和对象模型。

(2) 描述工具

描述工具(description tool)用于记录、删除、编辑和输出非图形化的信息和说明。例如,业务描述文件,输入和输出内容中的数据项的性质、处理过程和逻辑描述等。

(3) 原型化工具

原型化工具(prototyping tool)用于输入、输出、屏幕或报表的分析和设计。

(4) 质量管理工具

质量管理工具(guality management tool)用于分析图形、描述原型的一致性和完整性,检验系统的开发是否满足一些通用规则。

(5) 文档出版工具

文档出版工具(documentation tool)用于将图形、资源库描述、原型以及质量保证报告组装成正式的文档。

(6) 设计模型和程序代码生成工具

设计模型和程序代码生成工具(design models and program code tool)用于支持某些项目形式上的变换。例如，自动将面向业务的数据模型变换成为面向技术的、可实施的数据模型。

4. CASE 的优点

(1) 提高生产率

CASE 将开发者从众多令人繁琐的文档编写工作中解脱出来。通过 CASE 工具的使用，大大减少了开发者完成某些工作需要的时间，如画图、编制规格说明等。通过 CASE 的使用，可以在很大程度上加快系统的开发速度，提高生产率。

(2) 提高质量

通过 CASE 工具的使用，可以大大减少系统实施或支持过程中的失误。如果系统分析员、设计员和程序员运用正确的开发技术，通过 CASE 可以最大程度地提高信息系统的质量。

(3) 提高文档的质量

编制高质量的文档是 CASE 最为明显的一个优点，CASE 工具还可以使文档的维护变得更加容易。

(4) 减少系统维护的费用和精力

通过提高系统和文档的质量，可以大大减少系统维护的费用和精力，逐渐进行各种需求分析、功能分析、结构图表生成(如数据流图、结构图、实体联系图等)，进而成为支持整个系统开发全过程的一种大型综合系统。

3.2 系统开发方式

3.2.1 自行开发方式

自行开发，即由用户依靠自己的力量独立完成系统开发的各项任务。采用自行开发的方式要求用户有较强的系统分析、设计和编程能力，对于拥有系统开发所需人才和技术的企业来说，自行开发是一种较好的选择。自行开发的优点是：费用低、易维护；开发人员熟悉企业情况，能较好地满足用户的要求；能培养企业自己的MIS 人才。缺点是：开发周期比较长；成功率低；系统的技术水平和规范程度不高。

3.2.2 委托开发方式

企业将开发项目完全委托给开发单位，系统建成后再交付企业使用，这种委托系统集成商按照用户的需求承担开发任务的方式称为委托开发方式。采用这种方式的最大优点是省事。由于开发管理信息系统与企业的管理和企业的运作密切相关，开发单位很难对企业各个方面都有深入的了解，所开发的软件往往由于对用户的需求理解不足而不能满足企业的要求。委托开发方式还存在费用高、维护和扩展均依靠开发单位、不利于企业的人才培养等缺点，因此采用这种开发方式的企业不多。

3.2.3　联合开发方式

由用户中精通管理业务、计算机技术的人员与有丰富经验的机构或专业 MIS 开发人员共同完成的方式称为联合开发方式。用户参与系统分析、设计，并由用户承担系统转换及系统管理、维护工作。这种方式结合了以上两种方式的优点，有利于企业人员熟悉和维护系统。由于是企业与开发单位双方共同开发，开发过程中就存在合作与协调的问题。采用联合开发方式应注意选择合适的开发单位，必要时可以采用招标的方式选择开发伙伴。

3.2.4　购买商品化软件方式

随着软件产业的迅速发展，购买商品化软件成为一种常用的开发方式。采用购买商品化软件的方式对功能单一、简单的小型系统很适合，既节省时间又能保证软件的质量，成功率比较高。但对规模较大、功能复杂、需求不确定性程度比较高的系统，所购买的软件有时难以满足企业的特殊要求，存在二次开发的问题。如果企业自己不具备二次开发的能力，就不宜采用购买商品化软件的方式。

3.2.5　租赁方式

使用系统的用户自己不开发，而是向提供系统的公司租用，双方用合同来规范各自的权利和义务，这种方式称为租赁方式。软件的维护是很多公司头疼的问题，因此，租用软件公司应运而生。许多公司愿意采用租赁的方式，把维护系统这些工作交给专业公司去做，以便自己全力以赴做本公司的业务。

【案例 3.2】　以租赁方式使用 CRM 系统

位于美国旧金山的 Salesforce.com 公司是一家租用软件公司，作为租用 CRM(客户关系管理)的一个先行者，Salesforce.com 公司于 2004 年 6 月上市，成为一家股票上市公司。位于休斯顿的 EGL 公司负责人说，早在 2002 年，EGL 公司就在寻找一种软件，以帮助对其全球销售过程进行标准化并使这些过程更加敏捷。于是这家资产 20 亿美元的公司决定让其他人来处理头痛的 IT 问题，他们采纳了向 Salesforce.com 公司租用 CRM 的方式。而在租用之前，EGL 公司 800 人的销售队伍一直都依赖于电子邮件和其他手工过程来跟踪客户互动情况和销售机遇。如今，处于运输提供商和供应链信息服务位置上的销售人员可以使用 Salesforce.com 公司的租用 CRM 应用系统了。这样一来，销售人员就可以共享数据，保持对销售系统情况的跟踪，并协调市场营销活动。EGL 公司负责人说："Salesforce.com 公司一直是本公司与世界各地保持实时联系的重要工具。"

(案例来源:一方. 租赁方式使用的 CRM 系统渐成时尚. 中华工商时报,2005-04-29)

思考题

1. 简述系统开发的任务与特点。
2. 管理信息系统开发一般应遵循哪些原则？
3. 什么是结构化生命周期法？试述管理信息系统生命周期的组成和各阶段的主要工作内容。
4. 简述生命周期法的优缺点。
5. 原型法的基本思想是什么？
6. 简述原型法的开发过程。
7. 简述原型法的优缺点。
8. 面向对象开发方法的基本思想是什么？
9. CASE 开发方法的主要特点是什么？
10. 试比较几种开发方法的优劣。
11. 系统的开发方式有哪些？

第 4 章

管理信息系统规划

系统规划是关于管理信息系统的长期计划，是系统开发的必要准备和总部署。系统规划阶段的工作是根据组织的目标和发展战略、信息系统建设的客观规律以及组织的内外环境，科学地制定信息系统的发展战略、实现策略和总体方案，确定子系统的开发顺序，规划信息资源配置，从而合理地安排系统建设的进程。系统规划是管理信息系统建设过程的第一步，其工作质量直接影响着系统开发的成败，关系到企业的长远发展。

【引导案例】 **企业信息化建设的风险**

福克斯·梅亚公司曾经是美国最大的分销商之一，年营业收入超过 50 亿美元。为了提高竞争地位、保持快速增长，这家公司决定采用国际上非常流行的企业资源计划(ERP)系统。简单地说，这一系统就是将公司内外原本根本没有联系的职能部门用计算机软件整合在一起，以便使产品的装配和输送更加高效。

由于坚信 ERP 系统的潜在利益，在一家享有声誉的系统集成厂商的帮助下，梅亚公司成了早期的 ERP 系统应用者。然而，在投入了两年半的时间和 1 亿美元之后，这家公司所达到的效果非常不理想，仅仅能够处理 2.4% 的当天订单，而这一目标即使用最早时期的方法也能达到。况且，就是这点儿业务也常常遭遇到信息处理上的问题。最终，梅亚公司宣告破产，仅以 8000 万美元被收购。它的托管方至今仍在控告那家 ERP 系统供应商，将公司破产的原因归结为采用了 ERP 系统。

福克斯·梅亚公司的例子告诉我们，企业应用信息技术实际上也蕴含着巨大的风险。特别是随着信息技术(IT)应用的日益广泛和深入，系统日趋复杂，实施周期长，还涉及组织变革等方面，整个过程充满不确定性。国内外的调查研究表明，企业信息化建设中的风险主要表现在以下几个方面。

(1) 企业在信息系统设计和实施时，往往没有对自己的企业为什么要采用信息技术、如何有效地应用信息技术进行必要的考虑，没有合理规划信息系统建设，所实施的信息系统不能支持组织战略，导致 IT 投资失败。

(2) 信息系统的应用仅仅模仿手工业务流程，并没有进行业务流程的优化和重组，出现新技术迎合旧流程的现象，对管理与业务状况并无显著改善。

(3) 在选用应用软件时，往往关心某个单一的核心应用，没有考虑到不同应用系统之间的关系，项目实施也各自为政，导致"信息孤岛"的产生。

(4) 更为常见的是，随着信息化建设的深入，形成纷繁复杂的应用环境——互不兼容的系统、各式各样的设备，导致维护成本居高不下。而且，复杂的应用环境与多种应用系统之间的冲突正形成一个新的"IT 黑洞"，出现新的"数据处理危机"问题。

企业的信息化建设具有综合性、系统性、变革性和持续性等特点，其对组织的影响不是一时一事性的。如何避免造成"信息孤岛"，避免陷入"IT 黑洞"，避免 IT 投资的失败？这就要求企业在进行信息化建设时，要从战略的高度出发，确定面向长远、面向组织的发展目标，科学地制定信息系统规划。

4.1 管理信息系统规划概述

自 20 世纪 60 年代起，信息系统规划就受到企业界和学术界的高度重视，许多学者和组织在实践的基础上提出了不同的看法。但是，由于组织的特点、类型和对规划具体需求的多样性，导致在进行信息系统规划的过程中经常遇到各种各样的问题。因此，如何正确应用信息系统规划方法，针对组织的具体特点和需求来进行规划，成为企业信息系统建设中的重要问题。

4.1.1 系统规划的内涵

规划通常指关于一个组织的发展方向、长期目标、重大政策与策略等方面的长远计划。一个组织不仅在最高层有规划，而且在中层和基层也有规划，每层规划都应符合上层规划的约束。任何组织的规划都在动态中发展，而且在不同时期，可能需要根据环境条件和政策策略进行调整。

信息系统规划(ISP)是关于信息系统长远发展的规划。它既可以看成是企业战略规划的一个重要组成部分，也可以看成是企业战略规划下的一个专门性规划。

信息系统规划是将组织目标、支持组织目标所必需的信息、提供这些必需信息的信息系统以及这些信息系统的实施等诸要素集成的信息系统方案，是面向组织中信息系统发展远景的系统开发计划。系统规划主要解决如下 4 个问题：如何保证信息系统规划同它所服务的组织及其总体战略上的一致？怎样为该组织设计出一个信息系统总体结构，并在此基础上设计、开发应用系统？对相互竞争资源的应用系统，应如何拟定优先开发计划和运营资源的分配计划？面对前三个阶段的工作，应怎样选择并应用行之有效的方法论？

　　管理信息系统的开发通常是一项耗资巨大、技术复杂、开发周期长的系统工程，它涉及由高层到低层、由整体到局部、由决策到执行等各个层次和多个管理部门，以及人、财、物等各种资源的合理配置等。如果没有一个总体规划来统筹安排和协调，盲目地进行开发，必将造成资源的浪费和开发的失败。好的信息系统规划可帮助组织充分利用信息系统及其潜能来规范组织内部管理，为组织获取竞争优势，实现组织的目标和战略。所以，管理信息系统的规划是非常重要的，尤其是对一些大型的项目开发更要做好系统规划。

4.1.2　系统规划的特点

　　系统规划阶段是管理信息系统总体框架形成的时期。系统规划的重点是高层的分析，它是面向高层的、面向全局的需求分析，其特点如下。

1. 全局性

　　系统规划是面向全局的、未来的、长远的关键问题，关系到整个组织的改革和发展进程，因此具有较强的不确定性，非结构化程度较高。

2. 高层次

　　系统规划是高层次的工作，高层管理人员(包括高层信息管理人员)是工作的主体。

3. 指导性

　　系统规划不宜过细，对系统的描述仅在宏观级上进行。系统规划的目的是为整个系统的建设确定目标、发展战略、总体结构和资源分配计划，而不是解决系统开发中的具体业务问题。在此阶段，系统结构着眼于子系统的划分，对数据的描述在于划分"数据类"，进一步的划分是后续工作的任务。

4. 管理与技术结合

　　系统规划是管理与技术相结合的过程，它需要应用现代信息技术有效地支持管理决策的总体方案。规划人员对管理和技术发展的见识、开创精神、务实态度，也是系统规划成功的关键因素。

5. 环境适应性

　　系统规划是企业总体发展规划的一部分，要服从企业总体发展规划，并且随着环境的发展而变化。

4.1.3　系统规划的组织

制定信息系统规划需要一个领导小组，并进行有关的人员培训，同时明确规划工作的进度。

信息系统规划既要考虑各项规划内容，也要对规划所提出的方方面面之间的相互关联做出规划。为了实现规划目标，首先必须组织一支在最高层领导的倡导、支持下强有力的规划队伍，通常称为信息系统规划领导小组，这个小组要在企业最高层管理者的直接领导之下，由一名负责全面规划工作的信息系统规划负责人和企业中有关部门的主要负责人组成，并通过一批用户分析员和广大的最终用户相联系。其中，有关部门的主要负责人应包括数据处理负责人、系统分析负责人、财务负责人、各业务经理等。信息系统规划负责人应掌握一套成熟的科学规划方法，这样的负责人最好来自企业内的最高层管理人员，也可以是外来的顾问，但将全部规划工作都由外来顾问处理是不合适的。信息系统的最终用户，是指那些直接使用计算机应用系统的各层管理人员，包括高层管理人员、中层管理人员和基层管理人员。这些人员中要抽出一部分人在系统规划期间代表所在的部门参加规划工作，这也就是前面所说的用户分析员。

在信息系统的规划完成以后，规划领导小组实际上就转成信息系统领导小组，由它来决定开发哪些信息系统的应用项目，并组织有关人员完成系统规划所提出的要求。在信息系统技术不断深入到社会各领域的今天，企业中的信息系统领导小组应该成为一种长期性的组织机构。

一个企业准备进行系统规划，意味着要采用一套科学的方法进行信息系统的基础建设。为此，组织应对最高层管理人员、用户分析员以及规划领导小组的其他成员进行培训，使他们掌握制定管理信息系统规划的方法。

明确了规划方法之后，应该为规划工作给出一个大体上的时间限定，以便对规划过程进行严格管理，避免因过分拖延而丧失信誉或被迫放弃。

4.2　系统调查与系统规划

4.2.1　现行系统初步调查

信息系统项目一般开始于立项，并需要以"立项报告"的形式对项目的名称、性质、目标、意义和规模做出回答，以此对将要开展的信息化项目作概括性描述。

　　现行系统的初步调查也称为环境调查，调查的重点是企业与原信息系统的总体情况、企业的外部联系、企业能力、发展规划、各种资源条件和受到哪些外界条件的限制，系统初步调查使系统开发人员对现行系统的运行方式有比较全面的了解。具体地说，初步调查主要包括以下内容。

1. 企业概况

　　主要调查企业目标，目前规模，经营状况及效果，业务范围，管理水平，人员基本情况，组织的中长期计划及存在的主要困难等。

2. 系统目标

　　通过与用户的反复沟通协调，确认用户的整体需求，即用户希望系统达到的要求或具有的功能。

3. 现行 MIS 的一般状况

　　了解信息系统在企业中的地位和功能，应用水平，业务部门对信息系统的满意程度及工作中存在的问题，各职能组织所处理的数据等。

4. 与环境的关系

　　调查企业的内部环境和外部环境信息，包括与哪些企业合作，外部企业计算机化的目前状况和今后的打算等。

5. 企业领导和管理人员的信息意识

　　特别是企业主管对信息系统建设的认识、想法和决心。

6. 可提供的资源

　　企业的资源情况包括资金的来源是否到位、可靠，计算机应用人员的数量和素质，已有计算机设备的数量、功能和运营情况等等。

7. 限制条件

　　主要是指在人员、资金、设备、处理时间、功能要求、性能要求等方面的限制条件和薄弱环节。

　　初步调查注重宏观上的内容，而不是具体的细节。通常调查不仅需要大量的定性材料，也需要大量的定量材料，但最终主要用定量数据说明问题。在系统初步调查阶段采用的方法常常是阅读资料以及同企业组织领导和有关部门领导进行面谈或座谈，也可根据情况设计各种调查表辅助调查。调查时所投入的人力不必太多，但要求这些人具有相当的工作经验。

4.2.2　信息系统规划的工作内容

系统规划阶段是在初步调查的基础上，制定管理信息系统的长期发展方案，决定管理信息系统在整个生命周期内的发展方向、规模以及发展进程。根据 B.Bowman 和 G.B.Davis 等人的研究，将信息系统规划分为制定信息系统战略、制定总体结构方案、资源分配、可行性研究四个部分的工作。

1. 制定信息系统的发展战略

信息系统服务于企业管理，其发展战略必须与整个企业的战略目标协调一致。制定信息系统的发展战略，首先要调查分析企业的目标和发展战略，评价现行信息系统的功能、环境和应用状况。在此基础上确定信息系统的使命，制定信息系统的战略目标及相关政策。信息系统发展战略的规划包括四项重要内容。

(1) 信息系统的目标与约束。包括企业的战略目标、外部环境、内部约束条件、信息系统的总目标、计划等。其中，信息系统的总目标为信息系统的发展方向提供准则，而计划则是完成工作的具体衡量标准。

(2) 当前的能力状况。包括硬件情况、软件情况、应用系统及人员情况、硬件与软件人员及费用的使用情况、信息系统项目状况及评价等。

(3) 业务流程的现状、存在问题和不足，以及流程在新技术条件下的重组。根据信息技术的特点，对原方式下形成的工作流程进行分析、简化并重新设计。主要包括对业务流程的重新认识，以及为降低企业成本而重新审视企业原有的产品制造和服务过程等等。在后面的小节将对业务流程重组的问题进行讨论。

(4) 对影响计划的信息技术发展的预测。信息系统战略自然要受到当前和未来信息技术发展的影响，应能够准确觉察并在战略中有所反映。对软件的可用性、方法论的变化、周围环境的发展以及它们对信息系统产生的影响也应该在所考虑的因素之中。

2. 制定信息系统的总体方案

在调查分析企业信息需求的基础上，提出信息系统的总体结构方案，根据发展战略和总体结构方案，确定系统和应用项目的开发次序及时间安排。这一环节可采用企业系统规划(business system planning，BSP)方法或战略信息规划方法等对信息需求进行认真的分析。工作的重点是：定义企业过程和数据模型，分析研究现行系统对企业的支持，研究管理部门对系统的要求，确定新系统的体系结构与子系统划分，确立新系统各开发项目的优先顺序。

3. 制定信息系统建设的资源分配计划

组织内各部分信息系统建设的需求与条件是不平衡的，应该针对这些应用项目的顺序对有限的开发资源给予合理分配，这就是项目计划与资源分配阶段的主要任务。这一阶段主要是为规划中的每个项目所需要的软硬件资源、数据通信设备、人员、技术、资金等进行估计，提出整个系统建设的概算，对开发资源和运营资源进行分配，并对即将到来的一段时期(如一年)做出相当具体的工作安排。

4. 可行性研究

系统规划的后期是进行可行性研究，分析系统建设的可行性，整体目标尤其是近期目标是否恰当，估计系统实现后的效果，这是项目开始后能顺利进行的必要保证。

在系统规划的指导下，在具备了所需的资源后，就可以进行具体项目(子系统)的开发了。当然对较小的企业，只要信息需求已经很清楚，也可以直接开发其信息系统。信息系统的规划需要不断修改，必须组织有关专家对规划报告进行认证，根据认证意见制定或调整计划。

4.3　信息系统战略分析

信息系统战略是制定系统规划的起点和工具，企业要从使用信息系统中获得最大的收益并带来竞争优势必须具备两个条件：一是对要解决的商业问题或者想在其中产生竞争优势的商业形势有透彻的认识；二是对可获得的信息技术以及该怎样应用技术有较深的了解。

4.3.1　分析基础

为了将信息系统作为竞争工具，必须了解在哪里可能为企业找到战略机会。迈克尔•波特教授创立的框架已被用于识别信息系统所能够提供竞争优势的经营领域。波特教授指出网络时代的信息技术比上一代的信息技术更有利于帮助各公司建立独具特色的企业战略。

波特教授提出的三个框架包括：五种竞争力模型；三种基本战略；价值链模型。

1. 五种竞争力模型

五种竞争力模型(见图 4.1)是为判断一个行业的相对吸引力而构建的，表明企业在行业层上面临多个方面的威胁：客户的讨价还价能力、供应商的讨价还价能力、替代产品和服务的威胁、新进入行业者的压力以及行业中现有竞争对手之间的竞争。

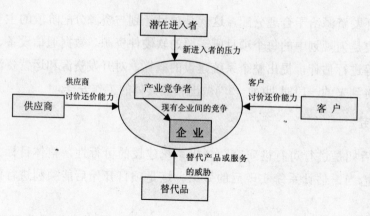

图 4.1　五种竞争力模型

2. 三种基本战略

波特说一个企业适合采用三种基本战略之一。这三种基本战略分别为成本领先战略、产品差别化战略和目标集聚战略。成本领先战略是指企业以更低的成本生产商品和提供服务;产品差别化战略的重点在于创造独特的新产品和服务,以与竞争者区别;目标集聚战略是指通过识别市场目标,使企业能在小范围的目标市场中开展有效的经营活动。企业可以实行上述战略之一或同时采用几种战略来获得竞争优势。

3. 价值链模型

1) 价值链模型

价值链模型将企业看作是由给企业的产品或服务带来价值增加的活动链组成的。根据活动的性质可将链上的活动分为两类,即基本活动和支持活动,如图 4.2 所示。基本活动是指与企业产品/服务生产和分销直接相关联的活动,包括内部后勤、生产运营、外部后勤、销售和营销、服务;支持活动是指使基本活动得以实现的活动,主要包括企业基础设施、人力资源管理、技术开发以及采购。

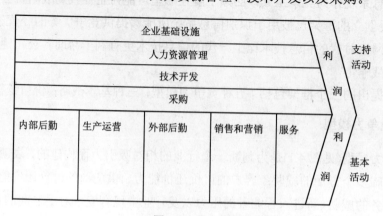

图 4.2　基本价值链模型

2) 扩展的价值系统

公司作为一个协调的组织协同工作，会创造单个公司运作所无法达到的最佳协同作用。这种网络称为扩展的价值系统(extended value system)，如图 4.3 所示。公司可以通过建立能使资源在必要时可用的系统，把公司的价值链与供应商或分销商的价值链连接起来，以减少供应链成本。

图 4.3 扩展的价值系统

4.3.2 不同层次的信息系统战略

组织往往需要从业务层、企业层以及行业层三个层次上分别考虑战略的制定，而不同层次在竞争中所面对的问题不一样，组织可能采用的战略也不一样。单个信息系统不可能对各个层次的战略同时提供支持，往往需要针对不同层次上的不同战略分别考虑。信息技术的应用对不同层次上竞争战略的实施都能提供相应的支持，可以采用适当的模型分析并确定这些信息技术的战略应用，如表 4.1 所示。

表 4.1 组织的战略及信息技术战略应用分析模型

层　次	战　略	模　型	IT 应用
业务层	低成本 差异化产品/服务 目标集聚	价值链模型	运营管理系统 数据挖掘 基于 IT 的产品/服务 有效客户响应
企业层	协同 核心能力	核心能力	知识系统 企业内集成化的信息系统
行业层	合作竞争 行业许可 行业标准	竞争作用力模型	电子化交易 通信网络 组织间信息系统 信息伙伴

1. 业务层信息系统战略

1) 业务层战略

业务层战略需要解决的问题是："在特定的产品/服务市场上，企业如何有效地与竞争对手进行竞争？"对于企业通常采用的三种基本竞争战略，信息系统的有效应用都可以提供有力的支持。

(1) 信息系统与产品/服务差异战略

企业可使用信息系统来产生区别于竞争对手的新产品或服务，这类信息系统的应用可使企业不再需要响应竞争对手基于价格上的竞争。信息技术应用对差异化战略的支持往往多应用在服务企业中，如在线银行服务系统、航空公司的订票系统、联邦快递公司的包裹跟踪系统都是这种类型的信息系统。信息技术已经带来了很多新产品和服务，如表 4.2 所示。

表 4.2　基于信息技术的新产品/服务

新产品或服务	使用的技术
在线银行	专用的通信网络；Internet
资产管理账户	全公司范围内的客户账户管理系统
投资管理(期权、期货等)	交易工作站
全球和国内航空、宾馆以及汽车租赁预订	全球范围内基于通信的预订系统
物流运送跟踪	全球包裹跟踪
邮购管理	整个公司的客户数据库
声音邮件(呼叫服务器)	数字通信系统
ATM	客户账户管理系统
定制	计算机辅助设计/制造

制造企业也可以利用信息系统来为客户提供特殊的服务，从而为企业赢得竞争优势，如戴尔公司的客户个性化产品定制系统。另外，还可利用信息技术进行生产过程的有效管理和控制，以给客户提供高质量的产品。

(2) 信息系统与目标集聚战略

企业信息化在对目标集聚战略的支持上，其典型的方式是通过利用信息技术帮助企业识别出产品/服务的目标市场，然后再从信息系统的应用中得到回报而实现的。也就是利用信息系统收集大量的客户数据，然后对这些数据进行挖掘，确定产品/服务的主要目标市场，并进而针对不同类型的客户采用不同的广告和营销策略。

这类信息系统提供的信息使企业更好地协调销售和营销技术，从而给企业带来竞争优势。系统将市场信息作为可进一步挖掘以增加企业的利润和市场渗透力的资源，帮助企业分析客户的购买模式、品位和喜好。这方面最常用的信息技术就是数据挖掘软件工具，如数据挖掘可用来分析购买模式。对超市购买数据的分析发现，人们购买土豆片时，同时购买苏打的比例是 65%，而通过货架的安排，比例上升到 85%。数据挖掘技术在这方面更多的应用如表 4.3 所示。

表 4.3　数据挖掘技术的应用

- 标识最有可能响应直接邮寄广告的个人或组织
- 确定会同时购买的产品或服务
- 预测可能转向竞争对手的客户
- 识别欺骗性的交易
- 标识购买同样产品的客户的共同特征
- 预测每个网站访问者最感兴趣的内容

(3) 信息系统与成本领先战略

信息系统技术在企业内部的应用，可使企业在工程、设计、制造等方面提高生产率，同时降低成本。但信息系统技术对成本产生最大影响的应用则是利用信息系统技术进行交易过程的有效管理。

由于库存不能直接带来价值，许多企业都采用信息系统以减少仓库逾量的库存成本。例如，沃尔玛将结账系统与库存补充系统连接在一起，供应商可及时了解实时的库存情况，通过完整的供应链管理，使得其在满足客户需求的情况下，具有较低的库存水平。生产控制系统能够把原材料的浪费减至最低并控制生产成本，也同样支持成本领先战略。

上述分析说明，信息系统对业务层上的三种基本竞争战略都有可能提供支持。实际中，有些信息系统的使用可能给企业同时带来多方面的影响，如 UPS 的包裹跟踪系统一方面通过提供新的服务帮助公司进行差异化的竞争，同时又降低了公司的运行成本。

2) 业务层上信息技术战略应用的分析

业务层上最经常使用的分析工具是价值链模型。利用价值链模型可首先分析出企业中与竞争战略关联的活动，在此基础上，分析信息系统最有可能产生战略影响的应用领域，标识出在哪些特定的关键活动上应用信息技术可以最有效地改进企业竞争地位，也就是确定信息系统应用可能给企业经营战略提供最大程度支持的关键应用点。如可应用信息技术创造新产品和服务的活动，可增强市场渗透力的活动，可锁定客户和供应商的活动，可使企业有更低运行成本的活动等。

图 4.4 给出了价值链中各个活动上可能的战略信息系统应用的例子。例如，一个企业可通过让供应商每天向工厂供应货物来降低仓库维护和库存成本，这时可在内部后勤上应用信息系统以实现与供应商的连接。而计算机辅助设计系统则可以给技术活动提供支持，帮助企业在降低成本的同时设计出更具有竞争力的高质量的产品。这些系统对制造企业来说很可能具有战略影响，而办公自动化技术或电子化的日常安排和通信系统对咨询公司则更有战略价值。增值最大的价值活动可能因不同的组织而不同，如沃尔玛通过价值链的分析发现其可在内部后勤上获得竞争优势，

不间断库存补充系统在此活动上的应用帮助公司赢得了竞争。

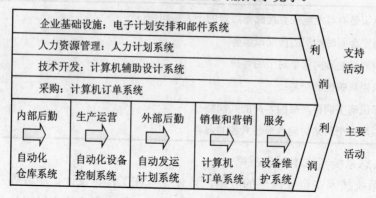

图 4.4　价值链上的活动及信息系统战略应用的例子

2. 企业层信息系统战略

　　一个企业往往是由一系列相关联的战略业务单元组成，企业层上管理人员主要关心的问题是"如何协调各个战略业务单元，从而使整个企业的利润最大化？"要解决这个问题，可采用的战略有协同战略和核心能力战略。

　　协同战略是指通过在企业内部战略业务单元间建立协作关系，降低整个企业的生产、运作成本，提高效益。例如，当一些业务单元的输出可用作另一些业务单元的输入或多个业务单元间可以实现知识、市场等资源共享时，战略协同就会实现这些目标。信息系统对协同战略的支持是通过信息系统将独立运行的各个单元有效地连接起来，以支持它们间协作关系的实现。这类信息系统通常会降低企业的运行成本，使企业能够更快地响应市场需求。

　　企业层面上可采用的另一个战略是核心能力战略。核心能力是企业区别于竞争对手，自己所特有的、能够给企业带来竞争优势的一种能力。企业核心能力的形成往往是企业长期知识和经验积累的结果。在核心能力的形成过程中，企业可采用跨越业务单元的知识共享系统和知识管理系统，增强已有的优势或帮助员工获取更广泛的知识。

3. 行业层信息系统战略

1) 行业层战略

　　在行业层上，企业所需要解决的关键问题是："企业什么时候、以什么方式与行业内企业或相关行业的企业进行竞争或合作？"过去行业层上的战略分析更多强调的是竞争，而随着经济的全球化以及市场的迅速变化，仅依靠企业自身的资源和能力已经很难取得竞争优势。为此，越来越多的企业通过与其他企业建立各种各样的合作关系来增强自己的竞争力。

信息系统特别是组织间的信息系统是企业间各种合作关系运作的有效支持工具。例如，汽车制造商与供应商之间的信息系统的连接，为它们之间合作伙伴关系的运行提供了很方便的信息交换和信息传递方式。再如，美国航空公司与花旗银行之间的战略联盟关系也是在信息技术的支持下实现的。这类信息系统的使用可帮助企业获得新的客户，带来新的机会，使得企业间可共享计算机硬件和软件投资。

使用信息系统技术建立起一套整个行业范围内的信息交换标准，实现行业内电子化业务处理或建立起整个行业的客户服务系统，可提高整个行业的效率和效益，使替代产品不易进入市场，同时可提高进入成本，阻止新的进入者。整个行业范围内通信网络的建立可有效地协调整个行业的行为以应对行业间的竞争和来自境外的竞争。

2) 行业层上信息技术战略应用分析

行业层上可以从前面介绍的竞争作用力模型出发考虑信息技术的战略应用。一个企业要获得竞争优势就必须处理好这五个方面的竞争作用力，而信息技术的应用对这五个方面的竞争作用力都有可能产生影响。

(1) 客户。客户的讨价还价能力可能减少公司的利润，使用信息技术能通过引入转让成本来削弱客户的讨价还价能力。例如，美国医院用品供应公司的销售系统，当各医院使用订货登记系统时，公司就引入了转让成本，一旦医院学会了如何使用系统检验订货和付货情况，它们就不再愿意转向其他公司所提供的系统。因为这将需要进行新的软件安装和人员培训。

(2) 供应商。公司如果能够控制供应商的势力就将具有竞争力。例如，汽车制造商使用质量控制系统来检测供应商提供的货物，并进而控制供应商。

(3) 替代品。具有价格优势的替代品往往会造成公司利润的损失。公司可以通过降低自己产品和服务的成本或者提高产品的使用价值来阻止客户使用替代品。如 Merrill Lynch 公司的现金管理软件将经纪人的财务管理、货币运营管理、信用卡管理以及支票管理等各种金融服务集成到一个软件中，而一般公司只能针对某个独立的项目提供相应的金融服务，这种软件的使用使得客户很难找到替代品。当竞争对手开发出同类产品时，公司已在用户中建立了转让成本。

(4) 新加入者。由于新加入者从其他公司分取市场份额，所以行业中先行进入的公司总是千方百计地阻碍行业中的新进入者。所谓行业进入壁垒是指特定行业内客户期望的公司产品或服务所应具有的特色，行业壁垒使得竞争者要进入某一特定行业变得更加困难，信息系统技术的应用很可能成为一种阻止新加入者的壁垒。行业壁垒的一个很好的例子就是我们期望银行提供的特殊服务。客户要求自己所选择的银行能提供 ATM 卡，这个卡可以在当地很多地点甚至世界各地都能使用；也希望能够在网络上查询账户和付账单。如果某个地区的一家银行率先提供了这样的服务，那么他们就获得了竞争优势。其他银行则必须引进类似的系统，不然就会被采用先进技术的银行抢走自己的客户，而这种服务就是摆在想要开一家新银行的商家面前的行业壁垒。

(5) 竞争对手。所有行业的竞争者都存在对抗，竞争是有价值的，由于竞争能建立市场价格并使成功的企业赢得利润，行业中某个企业可以利用信息技术来更有效地对付竞争对手。例如，很多零售商都在打价格战，特别是当他们出售的产品属于日用品时。比如在一家便利商店或者一家特价连锁店都可以买到 1 箱 6 瓶装的百事可乐，其味道不会有什么差别，唯一可能不同的就是可乐的价格。特价连锁店的价格可能比便利店的价格低，而其价格低的原因就是因为特价连锁店应用信息系统使自己更加高效，拥有信息系统会使零售商获得高效率和低成本，进而以较低的价格获得明显的竞争优势。

某个行业的企业可以利用信息技术与其他行业中的竞争对手合作。某一行业中众多的小公司在信息技术的支持下也可以联合起来，同本行业的大公司进行竞争。一些小型航空公司已经开始联合资源，共同开发出预订系统，与大型航空公司的航班预订系统相抗衡。

为了利用信息技术获得竞争优势，公司必须正确评价影响其产业地位的各种竞争作用力，针对客户、供应商、替代品和竞争对手制定战略规划。

3) 企业生态系统

用于行业层的一个战略概念是企业生态系统。互联网和新生的数字企业带来了企业竞争力模型的一些修改。传统的波特模型假设有一个相对静态的竞争环境，相对清晰的行业边界和相对稳定的供应商、替代品和顾客。与单个行业有所不同，现在的某些企业参与一个行业群，即提供相关产品和服务的行业集合，企业生态系统（business econsystems）就是这些松弛连接但相互依赖的供应商、分销商、外包商、运输服务商和技术制造商的网络系统。

企业生态系统与价值网的区别在于合作是跨许多行业，而不只是许多企业。例如，沃尔玛和微软均提供信息系统、技术和服务组成的平台，不同行业的几千个企业用它提高自己的能力。微软估计有超过 4 万家企业用它的 Windows 服务器递送它们的产品，扩展了微软公司的价值。沃尔玛订货输入和库存管理系统被几千个供应商和顾客用做顾客需求、货物跟踪和库存控制信息的实时交换平台。

企业生态系统的特点是，它由一个或少数基础企业统领着这个生态系统并建造了被其他小企业应用的平台。个别企业应考虑的是如何通过 IT 的应用加入这些生态系统并获得利益。

4.3.3　企业战略与信息系统战略

现代信息系统是作为企业的战略资源而存在的。企业战略与信息系统战略的关系如图 4.5 所示。企业战略关注于实现企业的使命、愿景和目标，而信息系统(IS)战略关注于信息系统/信息技术(IS/IT)的应用，信息技术(IT)战略关注于技术基础设施。在一个企业中存在着各种不同的 IS/IT 应用，为了避免产生信息化应用孤岛，这些应用之间必须相互关联。图 4.7 中箭头 1、2 表示匹配(alignment)关系，即企业战略与 IS 战略、IS 战略与 IT 战略之间是 what 与 how 的关系；而箭头 3、4 表示影响(impact)关系，即现代信息技术对业务的潜在影响。

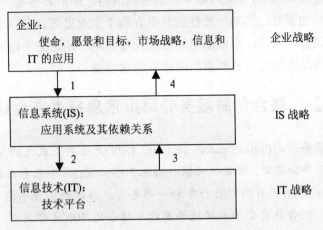

图 4.5　企业战略与信息系统战略的关系

企业战略主要的组成部分有使命，愿景和目标，市场战略，使用信息、信息系统和信息技术的一般方法。企业战略中有关信息和 IT 的部分也称为信息管理战略。IS 战略的主要组成部分有未来的 IS/IT 应用、未来的人力资源能力、未来的组织结构以及 IS/IT 功能的控制。其主要的工作是规划未来 IS/IT 应用的优先级，规划信息系统的开发或获取(制造或购买)，考虑用户的需要及系统的安全策略，规划未来人力资源所需的知识技能，定义未来 IS/IT 组织的任务、角色、管理以及所需的外部资源等。IT 战略的主要组成部分有 IT 硬件、基础软件和网络的选择，以及这些组件如何交互成为一个技术平台，所需的安全级如何实现等。IT 平台包括硬件、系统软件、网络和通信、标准以及所选供应商的支持等。

广义的信息系统战略包括 IS 战略和 IT 战略，可简称 IS/IT 战略。IS/IT 战略必须服从于企业的战略，为企业战略提供服务，只有支持企业战略的信息系统战略才能给企业带来长远的利益；另一方面，IS/IT 战略通过影响企业的业务运营模式、行业竞争态势，为企业带来变革，发展成为企业的战略信息应用，从而影响企业的战略。因此，IS/IT 战略的框架如图 4.6 所示。

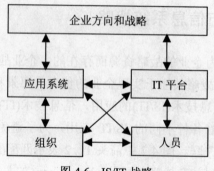

图 4.6　IS/IT 战略

在当前的竞争环境中,企业战略和信息系统战略之间的调整是一个动态的过程,而不是一个单一的事件。战略一致性的分析有助于企业思考自身在企业战略与信息系统战略上的调整。另外,组织也可以通过反复使用上述这些不同的调整机制,来建立有效转型的动态能力,并积累组织特有的竞争能力。

【案例4.1】　联合包裹服务公司用信息技术在全球竞争

联合包裹服务公司(united parcel service,UPS)是世界上最大的空中和地面包裹递送公司。1907 年初建时,只有一间很小的地下办公室。两个来自西雅图的少年 Jim Casey 和 Claude Ryan 只有两辆自行车和一部电话,当时他们曾承诺"最好的服务,最低的价格"。联合包裹公司成功地运用这个信条近 100 年之久。

今天联合包裹公司仍然兑现那个承诺,它每年向美国各地和 185 个以上的国家和地区递送的包裹和文件几乎达到 30 亿件。公司不仅胜过传统的包裹递送方式,并且可以和联邦特快专递的"不过夜"递送生意抗衡。

公司之所以成功的关键是投资于先进的信息技术。1992—1996 年之间,联合包裹公司预期投资于信息技术 1.8 亿美元。这使公司在全世界市场上处于领导地位。技术帮助联合包裹公司在保持低价位和改进全部运作的同时,促进了对客户的服务。

由于使用了一种叫做发货信息获取装置(DIAD)的手持计算机,联合包裹公司司机们可以自动地获得有关客户签名、运货汽车、包裹发送和时间表等信息。然后司机把 DIAD 接入卡车上的车用接口中,即一个连接在移动电话网上的信息传送装置。接着包裹跟踪信息被传送到联合包裹公司的计算机网上,在联合包裹公司位于新泽西州 Mahwah 的主计算机上进行存储和处理。在那里信息可以通达世界各地向客户提供包裹发送的证明。这个系统也可以为客户的查询提供打印信息。

依靠"全程监督"——即公司的自动化包裹跟踪系统,联合包裹公司能够监控包裹的整个发送过程。从发送到接收路线的各个点上,有一个条形码装置扫描包裹标签上的货运信息,然后信息被输入到中心计算机中。客户服务代理人能够在与中心机相连的台式计算机上检查任何包裹的情况,并且能够对客户的任何查询立刻做出反应。联合包裹公司的客户也可以使用公司提供的专门的包裹跟踪软件来直接从他们的微型计算机上获得这种信息。

联合包裹服务公司的商品快递系统建立于 1991 年,为客户储存产品并一夜之间把它们发到客户所要求的任何目的地。使用这种服务的客户能够在凌晨 1:00 以前把电子货运单传送给联合包裹公司,并且在当天上午 10:30 货物的运送就应完成。

1988 年,联合包裹公司积极进军海外市场,建立它自己的全球通信网络——联合包裹服务网。该网作为全球业务的信息处理通道,通过提供有关收费及送达确认、跟踪国际包裹递送和迅速处理海关通关信息的访问,拓展了系统的全球能力。联合包裹公司使用自己的电信网络把每个托运的货物文件在托运的货物到达之前直接输送给海关官员,海关官员让托运的货物过关或者标上检查标记。

联合包裹公司正在增强其信息系统的能力,以便能保证某件包裹或若干包裹能按规定的时间到达其目的地。如果客户提出要求,联合包裹公司将会在送达之前拦截包裹,并派人将其返回或更改送货路线。公司甚至可能使用它的系统直接在客户之间传送电子书信。

4.4 信息系统规划的模型与方法

以合理的模型与方法作为指导是提高信息系统规划的重要基础。模型刻画了信息系统规划过程中的指导模式,而方法描述了具体实施规划时的步骤。信息系统规划常用的模型和方法有诺兰的阶段模型、关键成功因素法、战略目标集转化法以及业务系统规划法。其他还有战略数据规划法、目的手段分析法、投资回收法、零点预算法等。这些方法都从某个侧面给人以必要的启示,帮助管理者进行正确的思考和分析,但没有哪一种方法能够直接得到企业 IT 发展的解决方案,需要根据实际情况灵活运用。

4.4.1 诺兰的阶段模型

诺兰模型由哈佛商学院理查德•诺兰(Richard Nolan)教授于 20 世纪 70 年代末提出,是企业进行管理信息系统规划的指导性理论之一。模型认为,企业及地区信息系统的发展具有一定的规律性,要经过从低级到高级的阶段性发展过程,各个阶段是循序渐进的。诺兰的早期模型中把企业计算机应用发展只分为 4 个阶段,1979年诺兰发表在《哈佛商业评论》的一篇论文 *"Managing the Crises in Data Processing"* 中,修正为 6 个阶段,即起步、扩展、控制、集成、数据管理、成熟,如图 4.7 所示。

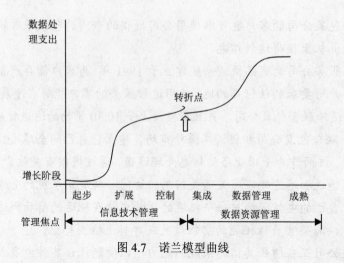

图 4.7　诺兰模型曲线

第一阶段是起步阶段。这个阶段从企业引进第一台计算机开始，一般都是先在财务、统计、物资等部门开始使用，随着企业对计算机应用认识的深入，人们体会到计算机应用的价值，开始学习、使用、维护计算机。

第二阶段是扩展阶段。随着计算机在一些部门见到成效，从最初的一些应用部门向其他部门扩展，大量的人工数据处理转向计算机处理，人们对计算机的热情增加，需求增长。但对于整个组织来说，无整体的信息系统。这个阶段需要大量的投资。

第三阶段是控制阶段。由于人们对计算机信息处理需求的增长，造成支出大幅度上涨，企业领导不得不对之进行控制，注重采用成本/效益去分析应用开发，并针对各项已开发的应用项目之间的不协调和数据冗余等进行统一规划。控制阶段是实现从以计算机为主转向以数据管理为主的关键，一般发展较慢。

第四阶段是集成阶段。即在经过第三阶段的全面分析后，引进数据库技术，在开发网络的条件下，系统应用又进入一个高速发展阶段，逐步改进原有系统，建立集中式的数据库，开发一个能为整个组织提供各种信息资源的管理系统。该阶段的投资和费用将再次迅速增长。

第五阶段是数据管理阶段。即系统通过集成、综合之后才有可能进入有效的数据管理，实现数据共享，这时的数据已成为企业的重要资源。

第六阶段是成熟阶段。信息系统成熟表现在它与组织的目标一致，从组织的事务处理到高层的管理与决策都能给予支持，并能适应任何管理和技术的新变化。

诺兰模型还指明了信息系统发展中的 6 种增长要素。

(1) 计算机软硬件资源：从早期的磁带向最新的分布式计算机发展。

(2) 应用方式：从批处理方式到联机方式。

(3) 计划控制：从短期的、随机的计划到长期的、战略的计划。

(4) MIS 在组织中的地位：信息系统从附属于别的部门发展为独立的部门。

(5) 领导模式：一开始以低层技术领导为主，随着用户和上层管理人员越来越了解 MIS，上层管理部门开始与 MIS 部门一起决定发展战略。

(6) 用户意识：从作业管理层的用户发展到中上层管理层。

诺兰的阶段模型总结了信息系统发展的经验和规律。诺兰模型理论在信息系统规划中有两方面的重要应用：一是诊断信息系统当前所处的阶段，有利于选择信息系统开发的时机；二是对系统的规划做出安排，控制系统发展的方向，对处于不同阶段上的系统提出限制条件和制定针对性的发展策略。在系统规划过程中，根据各阶段之间的转换和随之而来的各种特性的逐渐出现，运用诺兰的阶段模型辅助规划的制定是十分有益的。

4.4.2 关键成功因素法

1970 年，哈佛大学的威廉·扎尼(William Zani)教授在 MIS 模型中用到了关键成功变量，这些变量是确定 MIS 成败的因素。10 年后，麻省理工学院的约翰·罗克特(John Rockart)把关键成功因素法(critical success factors，CSF)提高为一种 MIS 规划方法。关键成功因素法的主要思想是"抓主要矛盾"。借助这种方法，可以对企业成功的重要因素进行识别，确定组织的信息需求，规划开发能够满足这些需求的信息系统。

1. CSF 的基本概念

关键成功因素是指在一个组织中的若干能够决定组织在竞争中能否获胜的因素，它们也是企业最需要得到的决策信息，是值得管理者重点关注的活动因素。

通常，不同的企业、不同的部门、不同的业务活动中的关键成功因素都是不同的；即使是同一组织，在不同的时期，关键成功因素也有所不同。企业的关键成功因素应当根据具体情况来判断，包括企业所处的行业结构、企业的竞争策略、企业在该行业中的地位、市场和社会环境的变动等。例如，在汽车工业中，成本控制就是一项非常重要的关键成功因素；对于一家享有声誉的百货公司，它会以优质的客户服务、商品的新潮款式以及质量控制作为竞争的关键成功因素。

可以说，关键成功因素在组织的目标和完成这些目标所需要的信息之间，起着一种引导和中间桥梁的作用。关键成功因素决定了组织所需的关键信息集合，信息系统必须对它们进行连续的控制和报告。

2. CSF 应用步骤

关键成功因素法包含以下几个步骤：

(1) 了解企业目标。

(2) 识别关键成功因素。

(3) 识别各关键成功因素的性能指标和标准。

(4) 识别测量性能指标的数据。

这 4 个步骤可以用图 4.8 来表示。

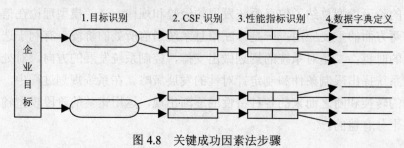

图 4.8　关键成功因素法步骤

关键成功因素法源自企业目标，通过目标分解和识别、关键成功因素识别、性能指标识别，一直到产生数据字典。

关键成功因素法就是要识别联系于系统目标的主要数据类及其关系。识别关键成功因素所用的工具是树枝因果图。例如，某企业有一个目标是提高产品竞争力，可以用树枝因果图画出影响它的各种因素，以及影响这些因素的子因素，如图 4.9 所示。

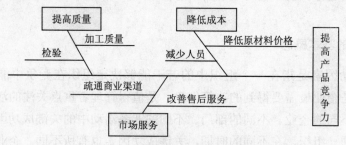

图 4.9　识别成功因素的树枝图

如何评价这些因素中哪些因素是关键成功因素，不同的企业是不同的。对于一个习惯于高层人员决策的企业，主要由高层人员在图中直接选择。对于习惯于群体决策的企业，可以用德尔斐法或其他方法把不同人设想的关键因素综合起来。

关键成功因素法的优点是它能使目标的识别突出重点，集中于获取高层领导的信息需求，并且进行信息需求调查所需的时间较少。该方法适用于为不同竞争战略而建立不同信息系统的各种产业结构，特别适合企业对管理报表系统、DSS 和 ESS 的开发。它的不足在于数据的汇总过程和数据分析都是一种随意的方式，缺乏严格的方法将诸多关键成功因素进行汇总。另外，也难以解决个人和组织的关键成功因素不一致问题。

4.4.3 战略目标集转化法

战略目标集转化法(strategy set transformation，SST)是由 William King 于 1978 年提出的，他把整个战略目标看成是一个"信息集合"，由使命、目标、战略和其他战略变量(如管理复杂度、改革习惯以及重要的环境约束)等组成。信息系统的战略规划过程实际上就是把组织的战略目标转变为信息系统战略目标的过程，如图 4.10 所示。

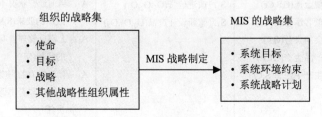

图 4.10 管理信息系统战略制定过程

SST 方法的应用包括以下两个步骤。

1. 识别组织的战略集

组织的战略集应在该组织及长期计划的基础上进一步归纳形成。在很多情况下，组织的目标和战略没有书面的形式，或者它们的描述对信息系统的规划用处不大。为此，信息系统规划就需要一个明确的战略集元素的确定过程。这个过程可按如下步骤进行。

(1) 描述组织关联集团的结构。"关联集团"是与该组织利益相关的人员，如客户、股东、雇员、管理者、供应商等。

(2) 确定关联集团的要求。组织的使命、目标和战略就是反映每个关联集团的要求。要对每个关联集团要求的特性作定性描述，还要对这些要求被满足程度的直接和间接度量给予说明。

(3) 定义组织相对于每个关联集团的任务和战略。识别组织的战略后，应立即交给企业组织负责人审阅，收集反馈信息，经修改后进行下一步工作。

2. 将组织的战略集转化成 MIS 战略集

MIS 战略集应包括系统目标、约束以及设计原则等。这个转化过程先对组织战略集的每个元素识别相应的 MIS 战略约束，然后提出整个 MIS 的结构。最后，选出一个方案提交给组织领导。

SST 方法从另一个角度识别管理目标，它反映了各种人的要求，而且给出了按这种要求的分层，然后转化为信息系统的目标的结构化方法。它能保证目标比较全面，疏漏比较少，这是 CSF 方法所做不到的，但它在突出重点方面不如前者。

如图 4.11 给出了一个企业战略目标集转化的例子。

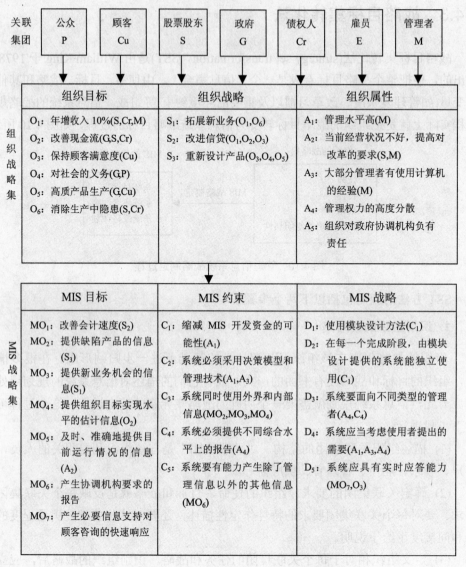

图 4.11　某企业运用 SST 方法制定 MIS 战略的过程

【案例 4.2】　运用 SST 方法制定 MIS 战略

图 4.11 的例子表明两个战略集的关系，指出它们由关联集团推导出来的过程。例如，MIS 目标中提供新业务机会的信息(MO_3)是由组织的拓展新业务(S_1)的战略导出的，这一战略又是组织目标中的年增收入 10%(O_1)和消除生产中隐患(O_6)所要求的，其中年增收入 10%(O_1)是关联集团中股票股东、债券人和管理者要求的反映，消除生产中隐患(O_6)是关联集团股票股东和债权人要求的反映。又如，MIS 设计战略中的使用模块设计方法(D_1)是由 MIS 约束中的缩减 MIS 开发资金的可能性(C_1)导

出的，缩减 MIS 开发资金的可能性(C_1)与组织属性中的当前经营状况不好，提高对改革的要求(A_2)有关，而这个组织属性又是关联集团股票股东和管理者的要求。要说明的是，在使用 SST 方法确定 MIS 的战略和目标时，把两个战略集之间的关系完全表达出来是非常困难的。

4.4.4 企业系统计划法

企业系统计划法(business system planning，BSP)是 20 世纪 70 年代初 IBM 公司用于内部系统开发的一种方法，也称为业务系统规划法。它主要是基于用信息系统支持企业运行的思想。在总的思路上和前述的方法有许多类似之处，它也是先自上而下地识别系统目标，识别企业过程，识别数据，然后再自下而上地设计系统，以支持目标，如图 4.12 所示。

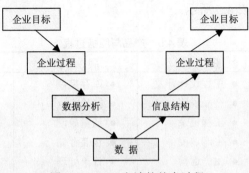

图 4.12 BSP 方法的基本过程

1. BSP 法的工作步骤

使用 BSP 法进行系统规划是一项系统工程，其工作步骤如下。

1) 准备工作

准备工作包括接受任务和组织队伍，一般接受任务是由一个委员会承担。委员会应当由组织单位的主要领导牵头，并设立系统规划小组，专门负责此项工作。委员会成员思想上要明确"做什么"(what)，"为什么做"(why)，"如何做"(how)，以及希望达到的目标是什么。要准备必要的条件：一个工作控制室、一个工作计划、一个调研计划、一个最终报告的纲领，还要有一些必要的经费。所有这些均落实后，即可按下述的工作步骤正式开始工作。

2) 定义业务过程(或称定义管理功能)

业务过程是指企业管理中逻辑相关的一组决策和活动的集合。定义业务过程的目的是了解信息系统的工作环境。业务过程的识别是一个非结构化的分析和综合过程，主要包括计划与控制、产品和服务、支持资源三个方面的识别过程，可以说任何企业的活动都是由这三个源泉衍生出来的。

计划与控制活动不是面向孤立的产品或资源，识别这类活动要依靠现有材料，分析研究，要和有经验的管理人员讨论商议。常见的活动如表 4.4 所示。

表 4.4　计划与控制活动

计　　划	管 理 控 制
● 经济预测	● 市场/产品预测
● 组织计划	● 工作资金计划、运营计划
● 放弃/需求分析	● 员工水平计划
● 预测管理	● 预算
● 目标开发	● 测量与评估

识别产品与服务过程是从其生命周期进行分析，因为任何一种产品或服务都有要求、获得、服务、离开四个阶段组成的生命周期，对于每一个阶段，都有一些活动对它进行管理，如表 4.5 所示。

表 4.5　产品与服务过程

要　　求	获　　得	服　　务	退　　出
● 市场计划	● 工程设计开发	● 库存控制	● 销售
● 市场研究	● 产品说明	● 接受	● 订货服务
● 预测	● 工程记录	● 质量控制	● 运输
● 定价	● 生产调度	● 包装存储	● 运输管理
● 材料需求	● 生产运营	● 订单处理	
● 能力计划	● 购买		

支持资源是指企业为完成其目标的消耗品和使用物，主要包括资金、人员、材料和设备等。识别支持资源的企业过程，其方法类似于产品和服务，由资源的生命周期出发来分析，如表 4.6 所示。

表 4.6　支持资源活动

资　　源	生命周期的四个阶段			
	要　　求	获　　得	服　　务	退　　出
资金	财务计划 成本控制	资金获取 应收款项	证券管理、银行业务 资产管理	会计支付
人事	人员计划 工资管理	招募 转业	福利报酬 专业开发	终止合同书 退休
材料	需求产生	采购 接收	库存控制	订货控制 运输
设备	设备计划	设备采购 建筑物管理	机器维护 装修	设备报损

在业务过程的定义中要结合业务流程重组的思想，对低效或不适合计算机信息处理的过程进行优化处理。对于最后确定的过程应写出简单的过程说明，以描述它

们的职能。还要说明的是，系统规划阶段只是在宏观上对现行系统最主要的过程进行定义，为信息系统的结构划分提供基本依据。

3) 定义数据类

数据类是指支持业务过程所必需的逻辑相关的一组数据，即业务过程产生和利用的数据。识别数据类的目的在于了解企业目前的数据状况和数据要求，以及数据与企业实体、业务过程之间的联系，查明数据共享的情况。数据的分类可以用两种方法划分。

(1) 实体法。实体法是先识别系统的实体，如记账凭证、物资、产品等，联系于每个实体的生命周期阶段就有各种数据，即计划、统计、存储和业务四种类型，然后用这四种类型的数据类描述每个实体，再把实体和数据类的关联作在一张表上，得到实体/数据类表，如表 4.7 所示。

表 4.7　实体/数据类表

类型	产品	顾客	设备	物料	现金	人员
计划	产品计划	销售计划	设备使用计划、能力计划	材料需求 生产调度	预算	人员需求规划
统计	产品需求	销售历史	设备利用率	材料耗用	财务统计	各类人员统计
存储	产品、成品、零件	顾客	设备维护使用记录	材料入库、出库记录，成本	会计总账	员工文件
业务	订货	销售	设备进出记录	采购订货、收发	接收、支付	调动、晋升记录

(2) 企业过程法/功能法。利用前面识别的企业过程，分析每个过程利用什么数据，产生什么数据，或者说每个过程的输入和输出数据是什么，然后用输入—处理—输出图来形象地表达，最后归纳出系统的数据类，一般为 30~60 个数据类。图 4.13 是过程/功能法的例子。

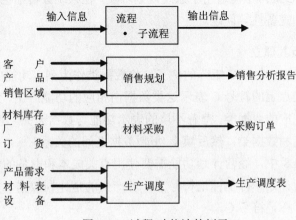

图 4.13　过程/功能法的例子

4) 定义信息系统总体结构

数据类和业务过程都被识别出来后，就可定义信息系统的总体结构。定义信息系统总体结构的目的是刻画未来信息系统的框架和相应的数据类，主要工作就是划分子系统，它是根据信息的产生和使用来划分子系统的。其思想就是尽量把信息产生的企业过程和使用的企业过程划分在一个子系统中，减少子系统之间的信息交换。具体实现可以使用功能/数据类(U/C)矩阵。

5) 确定总体结构中的优先顺序

由于资源的限制，系统的开发总有先后次序，而不可能全面进行。一般来说，确定项目的优先顺序应考虑如下四类标准。

- 潜在效益：在近期内项目的实施是否可节省开发费用，长期内是否对投资回收有利，是否明显增强竞争优势。
- 对组织的影响：是否是组织的关键成功因素或待解决的主要问题。
- 成功的可能性：从技术、组织、实施时间、风险情况以及可利用资源等方面，考虑项目成功的可能性。
- 需求：用户的需求、项目的价值以及它与其他项目间的关系。

6) 形成最终研究报告

BSP 工作最后提交的报告就是信息系统建设的具体方案，包括系统构架、子系统划分、系统的信息需求和数据结构、开发计划。根据此方案就可以进行下一步的设计与实施。

2. BSP 法的分析工具——U/C 矩阵

在对实际系统的业务过程和数据类作了描述以后，就可在此基础上进行系统化的分析，以便整体性地考虑新系统的功能子系统和数据资源的合理分布。进行这种分析的有力工具之一就是功能/数据矩阵，即 U/C 矩阵，其中 U 表示使用(use)，C 表示产生(create)。U/C 矩阵不但适用于系统规划阶段，在系统分析中也可以借用它来分析数据的合理性和完备性等问题。

1) U/C 矩阵及其建立

表 4.8 所示的是一个 U/C 矩阵的例子。将数据类作为列，功能(或过程)作为行，功能与数据类交叉点上的符号 C 表示这类数据由相应的功能产生，交叉点上的 U 表示这类功能使用相应的数据类，空着不填的表示功能与数据无关。建立 U/C 矩阵时，要先逐个确定功能和数据类，然后填上功能/数据之间的关系。

例如，在表 4.8 中，经营计划功能需要使用有关成本和财务的数据，则在这些数据下面的"经营计划"行上标记符号 U；若产生的是计划数据，则在"计划"下"经营计划"行上标记符号 C。

表4.8　U/C矩阵的建立

功能＼数据类	客户	产品	订货	成本	工艺流程	材料表	零件规格	材料库存	职工	成品库存	销售区域	财务计划	机器负荷	计划	工作令	材料供应
经营计划				U								U		C		
财务计划				U					U			U		C		
资产规模												C				
产品预测	U	U									U			U		
产品设计	U	C				U	C									
产品工艺		U				C	C	U								
库存控制								C		C					U	U
调度		U											U		C	
生产能力计划					U								C			U
材料需求		U				U										C
操作顺序					C								U		U	U
销售管理	C	U	U													
市场分析	U	U	U								C					
订货服务	U	U	C													
发运		U	U							U						
财务会计	U	U							U							
成本会计			U	C												
人员计划									C							
绩效考核									U							

2) 正确性检验

建立U/C矩阵后要根据"数据守恒"原则进行正确性检验，这项检验可以使我们及时发现表中的功能或数据项的划分是否合理，以及符号"U"、"C"有无错填或漏填的现象发生。具体说来，U/C矩阵的正确性检验可以从如下三个方面进行。

● 完备性检验

完备性检验是指对具体的数据项(或类)必须有一个产生者(即"C")和至少一个使用者(即"U")。功能则必须有产生或使用("U"或"C")发生，否则这个 U/C 矩阵的建立是不完备的。

如表 4.8 中的第 7 列数据无使用者，故第 6 行第 7 列符号"C"改为"U"。

● 一致性检验

一致性检验是指对具体的数据项/类必有且仅有一个产生者("C")。如果有多个产生者的情况出现，则产生了不一致的现象，其结果将会给后续开发工作带来混乱。

这种不一致现象的产生可能有如下两个原因：

没有产生者——漏填"C"或者是功能、数据的划分不当；

多个产生者——错填"C"或者是功能、数据的划分不独立，如表 4.8 中的第 7 列和第 14 列。故第 6 行第 7 列和第 2 行第 14 列的"C"应改为"U"等等。

● 无冗余性检验

无冗余性检验即表中不允许有空行空列。如果有空行空列发生，则可能是因为漏填了符号"C"或"U"，或者功能和数据项的划分是冗余的、没有必要的。如表 4.8 中就没有冗余的功能和数据。

3) U/C 矩阵的调整

U/C 矩阵的调整过程就是对系统结构划分的优化过程。具体做法是：首先，将功能按功能组排列。功能组是指同类型的功能，如"经营计划"、"财务计划"和"资产规模"属于计划类型。然后，调换"数据类"的横向位置，使得矩阵中的符号"C"尽量地朝对角线靠近，如表 4.9 所示(注意：这里只能尽量地朝对角线靠近，但不可能全在对角线上)。

表 4.9　U/C 矩阵的调整过程

数据类 \ 功能	计划	财务计划	产品	零件规格	材料表	材料库存	成品库存	工作令	机器负荷	材料供应	工艺流程	客户	销售区域	订货	成本	职工
经营计划	C	U													U	
财务计划	U	U													U	U
资产规模		C														
产品预测	U		U										U	U		
产品设计			C	C	U								U			
产品工艺				U	U	C	U									

(续表)

数据类 功能	计划	财务计划	产品	零件规格	材料表	材料库存	成品库存	工作令	机器负荷	材料供应	工艺流程	客户	销售区域	订货	成本	职工
库存控制						C	C	U		U						
调度			U					C	U							
生产能力计划									C	U	U					
材料需求			U		U					C						
操作顺序								U	U	U	C					
销售管理			U									C		U		
市场分析			U									U	C	U		
订货服务			U									U		C		
发运			U				U							U		
财务会计			U									U				U
成本会计														U	C	
人员计划																C
绩效考核																U

4) U/C 矩阵的应用

调整 U/C 矩阵的目的是为了对系统进行逻辑功能划分，通过子系统之间的联系（"U"）可以确定子系统之间的共享数据，考虑今后数据资源的合理分布。

(1) 系统逻辑功能的划分

系统逻辑功能的划分是在调整后的 U/C 矩阵中以符号"C"为标准划分子系统，如表 4.10 所示。划分时应注意：

- 沿对角线一个接一个地画，既不能重叠，又不能漏掉任何一个数据和功能。
- 方框的划分是任意的，但必须将所有的符号"C"都包含在方框之内。给方框取一个名字，每个方框就是一个子系统。值得一提的是，对同一个 U/C 矩阵调整出来的结果，方框(子系统)的划分不是唯一的，如表 4.10 中实线和虚线所示。具体如何划分为好，要根据实际情况以及分析者个人经验来定。

表 4.10 划分子系统

功能	数据类	计划	财务计划	产品	零件规格	材料表	材料库存	成品库存	工作令	机器负荷	材料供应	工艺流程	客户	销售区域	订货	成本	职工
经营计划	经营计划	C	U													U	
	财务计划	U	U													U	U
	资产规模		C														
技术准备	产品预测	U		U									U	U			
	产品设计			C	C	U							U				
	产品工艺			U	U	C	U										
生产制造	库存控制						C	C	U		U						
	调度			U					C	U							
	生产能力计划									C	U	U					
	材料需求			U		U					C						
	操作顺序								U	U	U	C					
销售	销售管理			U									C		U		
	市场分析			U									U	C	U		
	订货服务			U									U		C		
	发运			U				U					U		U		
财会	财务会计			U									U			U	
	成本会计														U	C	
人事	人员计划																C
	绩效考核																U

(2) 确定子系统之间的联系

子系统划分之后，在方框(子系统)外还有若干个符号"U"，这就是今后子系统之间的数据联系，即共享的数据资源。将这些联系用箭头表示，从产生数据的子系统指向使用数据的子系统，如表 4.11 所示。例如，"计划"数据类由"经营计划"子系统产生，"技术准备"子系统将用到此数据类。

表 4.11　子系统之间的数据联系

数据类功能	计划	财务计划	产品	零件规格	材料表	材料库存	成品库存	工作令	机器负荷	材料供应	工艺流程	客户	销售区域	订货	成本	职工
经营计划	经营计划子系统														U	
															U	U
技术准备	U		产品工艺子系统									U	U			
													U			
					U											
生产制造			U			生产制造子系统										
			U		U											
销售			U										销售子系统			
			U													
			U													
			U			U										
财会			U									U			1	U
														U		
人事																2

注：1 为财会子系统；2 为人事子系统。

为了表达清楚，可将矩阵中的具体符号 U 和 C 去掉，即可得出简化的子系统结构图，使得数据联系更加简明、直观。

BSP 方法是最易理解的信息系统规划技术之一，相对于其他方法的优势在于其强大的数据结构规划功能。它全面展示了组织状况、系统或数据应用情况及差距，可以帮助众多管理者和数据用户形成组织的一致性意见，并通过对信息需求调查来帮助组织找出在信息处理方面应该做什么。

BSP 法的主要缺点在于，收集数据的成本较高，数据分析难度大，真正实施起来非常的耗时、耗资。它被设计用来进行数据结构规划，而不是解决诸多信息系统组织以及规划管理和控制等问题。对 BSP 的批评包括，它不能够为新信息技术的有效使用确定时机，也不能将新技术与传统的数据处理系统进行有效的集成。

通过对以上三种规划方法的介绍，可以看到这三种方法各有利弊，在实际的规划工作中要根据企业和信息系统的实际情况来选择。此外，还可以把这三种方法综合起来使用，先用 CSF 方法和 SST 方法确定企业目标，并将这些目标转化为信息系统目标，用 BSP 方法校核两个目标，并确定信息系统的结构，这样就补充了单个方法的不足。当然，这也使整个方法过于复杂，而削弱了单个方法的灵活性。

4.5 业务流程重组

信息系统的规划不仅要关注计算机应用系统、组织的信息平台等技术性项目，更要关注这些项目对企业组织和流程的影响，以及潜在的信息技术应用所需要的组织和管理基础。

4.5.1 业务流程重组的概念

业务流程重组(business process reengineering，BPR)是 20 世纪 90 年代初由美国学者 Michael Hammer 和 James Champy 等提出的一种观念。BPR 的思想一经提出，即引起美国舆论的广泛注意，成为管理学界的一个重大成就。

业务流程重组就是对企业过程进行根本的再思考和彻底的再设计，以求企业关键的性能指标获得巨大的提高，如成本、质量、服务和速度。该定义包含了三个关键信息：根本的、彻底的和巨大的。

1. 根本的思考

"根本的"意思是指不是枝节的，不是表面的，而是本质的。也就是说，它是革命性的，是对现存系统进行彻底的怀疑，首先认为"现存的均是不合理的"。提出的问题是"我们为什么要做现在的事，为什么要以现在的方式做事，有没有别的工作方式"，而不是"如何把现在的事情做得更好"。在企业实施流程重组时，不需要任何条条框框的限制，同时还必须抛弃一般已经认可的习惯和假设，以事物发生的自然过程寻找解决问题的途径。

2. 彻底的重新设计

彻底的重新设计意味着追根溯源，从根本上重新设计企业的经营过程或业务流程，而不仅仅是做表面的改变或修补，是完全抛弃旧有的结构和过程，创造出新的工作方法。企业流程重组是彻底的、全方位的重组。它涉及企业的人、经营过程、技术、组织结构和企业文化等各个方面，包括观念的重组、流程的重组和组织的重组。其中信息技术的应用是流程重组的核心，它既是流程重组的出发点，同时也是流程重组最终目标的体现。

3. 巨大的业绩

进行企业流程重组的目标不是为了获得小的改善，而是取得业绩的巨大进步。如果企业只是需要对现有业绩有小的提高，即使不实施 BPR 也可以达到目标。因为有许多传统的方法可以采用。例如，激励员工的积极性或者扩大产品宣传力度，开展产品促销活动，等等。当企业需要彻底改变时，才可实施企业流程重组。因为实现企业流程重组是一件有风险、有阻力的重大改革。

业务流程重组较为成功的例子是福特公司的"无票据处理"流程的再造(见案例4.3)。BPR 实现的手段是两个使能器(enabler)：一个是 IT(信息技术)，另一个是组织。BPR 之所以对企业的关键性能有重大的提高，就在于它充分地利用了信息技术的潜能来改变企业的业务过程；另一个方法就是变革组织结构，达到精简组织和提高效率的目的。

业务流程重组的要点在于简化和优化过程，它的主要思想是战略上精简分散的过程；职能上纠正错位的过程；执行上删除冗余的过程。BPR 在利用信息技术简化流程上有一些指导性原则，这些原则包括：横向集成，纵向集成，减少检查、校对和控制，单点对待顾客，单库提供信息，单条路径到达输出，并行工程和灵活选择过程联接等。表 4.12 给出了一些运用信息技术对业务流程进行创新的实例，它们改变了企业的一些传统过程。

表 4.12　信息技术对传统流程的改变

传 统 流 程	信 息 技 术	新 的 选 择
需要有办公室来存储、传输和接收信息	无线通讯	人们可在任何地方传输和接收信息
信息只能在一个地方出现或只能出现一次	共享数据库	人们可在不同地方共享信息，共同完成一个项目
人们必须确定事情发生地点	自动识别跟踪技术	事情发生时自动告知自己的位置
要经常查看库存状态以防止发生缺货	远距离通讯网与 EDI 技术	准时交货制与无库存供应
用固定分工和技能专业化来提高绩效	DSS	支持灵活的工作任务，简化决策过程

4.5.2　业务流程重组与信息系统建设的关系

BPR 是与信息系统建设密切相关的一项活动。业务流程重组是一种管理思想、一种经营变革的理念。信息技术是一种技术，BPR 可独立于信息技术而存在。这种独立是相对的，在 BPR 由思想到现实的转变过程中，信息技术起到了良好的催化剂作用。从管理信息系统的角度来认识，BPR 主要是指利用信息技术，对组织内部或组织之间的工作流程和业务过程进行分析和再设计，用于减少业务的成本，缩短完成时间和提高服务质量。

在管理信息系统建设中，企业仅用计算机去模拟原手工管理的过程，并不能从根本上提高竞争能力，重要的应该是重组业务流程。按现代化信息处理的特点，对现有的业务流程进行重新设计，成为提高企业运行效率的重要途径。业务流程重组的本质在于根据新技术条件下信息处理的特点，在事物发生的自然过程中寻找解决问题的途径。

企业在实现信息化的过程中，一般是先实施 BPR，再利用信息技术促进 BPR 的实现。两项工作也可以同时进行，相互融合。这样的企业信息化过程，实际上也是管理创新的过程，需要处理好企业信息化和业务流程重组的关系，但不能把两者等同起来。企业信息化建设需要做好业务流程的重组工作，而信息技术对新业务流程的重组是有极大促进作用的。

4.5.3 业务流程重组的步骤

业务流程重组实际上是站在信息的高度，对企业流程的重新思考和再设计，是一个系统工程。为了有效地实施流程重组，专家们把实施的过程分成 5 个主要阶段。

1. 启动

此阶段的主要相关活动包括：获得高层经理人员对业务重组的支持；定义重组的范围，确定重组的战略目标(如降低成本，加速新产品开发或使企业成为行业巨头)，组建并且培训重组团队的成员等。为了保证 BPR 的顺利进行，必须做好沟通工作，使企业的全体员工充分理解重组的必要性，达成共识。企业领导要给 BPR 营造一个好的环境，领导的决心和能力对 BPR 是非常重要的。

2. 选择需重新设计的流程

企业应找出几个最有可能产生极大回报的核心业务过程进行重新设计。选择需要再设计的流程时，一般从三个方面考虑：迫切性，即哪些流程遇到了最大的困难；重要性，即哪些流程对客户的影响最大；可行性，即哪些流程可以成功地进行重新设计。分析人员还应找出哪些组织职能和部门与该业务过程有关。

3. 分析并衡量现有流程的绩效

对需要重新设计的流程进行量化分析。如改进流程的目的是减少新产品开发或填写一份订单所需的时间和成本，那么组织就需要测出原有流程所花费的时间和成本。可以采用列表的方式进行业务流程重组的分析。

4. 确定应用信息技术的机会

重新设计企业流程常规的方法是先建立新的业务流程模型，确定新流程的信息需求，然后确定如何通过信息技术来支持这些需求。信息技术能够创造出新的设计，它能够应付那些束缚企业实现其长期目标的工作所提出的挑战。业务流程重组从开始就应该允许信息技术对企业过程设计产生影响。

5. 建立一个新的原型

组织应在实验的基础上设计这个新过程，在重新设计的过程获得批准之前，还要进行一系列的修订和改进。

需要说明的是，以上步骤只是重新设计企业流程的一般过程，并不意味着照这些步骤去做，就一定保证业务流程重组工程会成功。BPR 不像工程设计那样，总有一些明确的规则，只要正确地遵循它们，就能得到预期的结果。事实上，大多数 BPR 项目都没能取得重大的效果。流程重组只是组织变革的大目标中的一部分。这个大目标就是为使组织变革达到最大的效益，而引入包括信息技术在内的所有新的改革方法。对管理的变革既不能简单化也不能凭直觉。业务过程的再造，或者一个新的信息系统的建立不可避免地会引起原有的工作岗位、技能需求、工作流程和各部门原有的隶属关系发生变化，直接或间接地影响到一些人和部门的权、责、利。而对这种变革的畏惧会形成变革的阻力，甚至导致部分人有意识地去破坏这一变革，但是组织变革对信息系统的成功开发是非常重要的。

【案例 4.3】　北美福特汽车公司财会部的付款业务流程重组

北美福特汽车公司财会部如何再造其应付账款业务流程以减少其管理费用，是 BPR 最经典的案例之一。福特汽车公司是美国三大汽车巨头之一，但是到了 20 世纪 80 年代初，福特像许多美国大企业一样面临着日本竞争对手的挑战，正想方设法削减管理费和各种行政开支。

北美福特汽车公司 2/3 的汽车部件需要从外部供应商购进，为此需要有相当多的雇员从事应付账款管理工作。当时，公司财会部有 500 多名员工，负责审核并签发供应商供货账单的应付款项。按照传统观念，这么大一家汽车公司，业务量如此之大，有 500 多个员工处理应付账款是合情合理的。

促使福特公司认真考虑"应付账款"工作的是日本马自达汽车公司。这是一家福特公司占股 22%的参股公司，有 5 位职员负责应付账款工作。尽管两个公司在规模上存在一定的差距，但按公司规模进行数据调整后，福特公司仍多雇佣了 5 倍的员工，5∶500 这个比例让福特公司的经理再也无法泰然处之了。福特公司决定对与应付账款相关的整个业务流程进行彻底重组。进行业务流程重组之前，管理人员计划通过业务流程重组和应用计算机系统，将员工裁减到最多不超过400人，实现裁员 20％的目标。

福特汽车公司原付款流程是：财会部门接受采购部门送来的采购订单副本、仓库的验货单和供应商的发票，然后将三张票据在一起进行核对，查看其中的14项数据是否相符，核对相符后，财会部门才予以付款。财会部门要花费大量的时间核对三张单据上14项数据是否相符。原付款业务处理流程如图 4.14 所示。

第一，采购部门向供货商发出订单，并将订单的副本送往应付款部门；第二，供货商发货，福特的验收部门收检，并将验收报告送到财会部；第三，供货商同时将产品发票送至财会部。

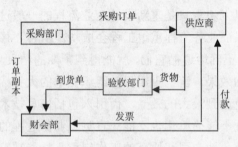

图 4.14　重组前的业务流程

针对上述流程进行重组后，财会部门不再需要发票，需要核实的数据项减为三项：零部件名称、数量和供应商代码，采购部门和仓库分别将采购订单和收货确认信息输入到计算机系统后，由计算机进行电子数据匹配。重组之后的业务流程如图 4.15 所示。

新的流程中包含两个工作步骤：第一，采购部门发出订单，同时将订单内容输入联机数据库；第二，供货商发货，验收部门核查来货是否与数据库中的内容相符合，如果符合就收货，并在终端上按键通知数据库，计算机会自动生成付款单据。

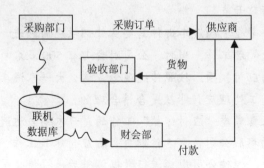

图 4.15　重组后的业务流程

业务流程重组的结果是：①以往财会部需在订单、验收报告和发票中核查 14 项内容，而如今只需核查 3 项零件名称、数量和供货商代码；②有 125 位员工负责应付账款工作，财会部门减少了 75％的人力资源，而不是计划的 20％；③简化了物料管理工作，提高了准确性。

4.5.4　基于 BPR 的信息系统规划

基于 BPR 的信息系统规划方法是由复旦大学管理学院黄丽华教授提出的，其基本出发点是：信息系统的成功实施有赖于业务过程、组织管理乃至管理模式的变革。信息系统的需求应该来自优化以后的企业运营及其管理。而传统的 CSF 和 BSP 方法忽略了信息系统中企业业务过程变革这一重要因素，以变革前的信息需求为信息系统的战略框架。

表 4.13 列出了基于 BPR 的信息系统规划的具体内容。

表 4.13　基于 BPR 的信息系统规划步骤

阶　段	任　务	成　果
企业战略分析	(1) 分析企业发展战略 (2) 确定关键成功因子 (3) 确定核心过程	• 企业发展战略及运营模式 • 关键成功因子 • 企业核心过程
关键业务过程分析	(4) 分析过程现状 (5) 确定过程未来运营模式 (6) 确定支持未来过程的 IS 需求	• 业务过程模型和信息模型 • 未来的过程模型和信息模型 • 信息系统需求
信息系统规划	(7) 建立信息系统战略 (8) 建立信息技术战略	• 信息系统框架 • 信息技术框架
信息系统实施规划	(9) 确定系统开发次序 (10) 制订项目开发计划	• 系统开发优先次序 • 项目开发计划

4.6　可行性研究

可行性研究又称为可行性分析或可行性设计。可行性研究是任何大型项目在正式投入建设之前都必须进行的一项工作，这对于保证资源的合理使用、避免浪费是十分必要的，也是项目开始以后能顺利进行的必要保证。对于管理信息系统开发而言，可行性研究的目的是解决新系统开发"是否可能"和"有无必要"的问题，可行性研究是在对现行系统初步调查的基础上，根据组织当前的实际情况和环境条件，运用经济理论和技术方法，从各个方面对建立管理信息系统的必要性和可能性进行详细完整的分析讨论。可行性分析工作的长短取决于管理信息系统的规模。一般来说，可行性分析工作的成本是预期项目总成本的 5%~10%。

1. 建立信息系统的必要性分析

必要性分析主要是分析用户提出建立信息系统的理由是否充分合理。一般来说，建立信息系统的必要性大概有三种情况。

1) "显见"的必要性

比如企业的发展使得数据量愈来愈多，无论怎样增加人力，也不能及时、正确地完成处理任务；或者由于精确度的要求，人工已无法做到；或者是由于技术本身的复杂性，非使用计算机处理不可等等。由于这些明显的理由，很自然地提出要建立一个手工无法比拟的新的系统——计算机信息系统。这种情况的必要性很容易分析，结论也很容易得到。

2) "预见"的必要性

例如企业发展及技术的进步，使得一些企业领导者预见，未来不久信息处理必须更新，否则不能适应未来发展的需要，不能适应竞争的环境。企业领导者居安思危，提前采取措施，建立一个计算机化的信息系统，经过一个开发生命周期后正好用上新的信息系统，使企业立于不败之地。这种必要性应当说也是合理的，但必须注意两点：一是企业领导是否确有此预见性及决心；二是这种预见性是否正确。因此，系统分析员必须认真研究。

3) "隐见"的必要性

有些社会服务系统，服务效率很低，影响社会效益和经济效益。但这种影响不是直接看得见、摸得着的，不是集中而是分散的，不是突出而是长期积累的。因此，尽管办事效率低，单个服务对象怨声载道，很有意见，但没有也不可能出现群体反应，所造成的损失也是如长期流水，得不到人们的注意，不会引起社会震动。这种对现状的变更似乎还没有达到火烧眉毛的地步，似乎可以"混"下去，实际上这是极其危险的。因此，必须重视那些隐见的必要性，有条件时，必须下决心毫不足惜地抛弃效率低下、隐含着各种各样浪费的旧系统。

2. 信息系统的可行性分析

1) 经济可行性分析

经济可行性分析是指根据用户提出的系统功能、性能及实现系统的各项约束条件，从经济的角度研究实现系统的可能性。

成本效益分析(或费用/效益分析)是经济可行性分析的重要方法，它用于评估信息系统的经济合理性，给出系统开发的成本论证，并将估算的成本与预期的收益进行对比。由于项目开发成本受项目的特性、规模所制约，事先很难直接估算信息系统的成本和收益，因此，得到完全精确的成本效益分析是十分困难的。但是，信息系统开发费用以及信息系统建成后预见的效益是领导层权衡决策时必须考虑的重要因素。权衡的原则是系统的效益/费用比越大越好。

(1) 信息系统的成本

信息系统的成本是指建立和维护信息系统所需开支的经费总额，包括以下几个方面。

- 设备费：包括计算机的硬件、软件、空调设备、电源等的购置及机房的建设费用。
- 人工费用：指系统的开发费、人员的培训费用及测试执行等方面所需的费用。
- 运行维护费用：指系统投入使用以后的费用，主要有以下几种。
  - 硬件维护费：计算机、外设、机房等设施的维护费用，场所与设备租金。
  - 软件维护费：系统软件与应用软件的维护费用。
  - 人员费用：管理人员工资、系统运营的维护人员工资。
  - 系统的使用所需消耗的材料费用：打印纸、磁盘、光盘、色带、水电费等。
- 组织变革所导致的成本：信息技术应用都会导致组织内部发生一些变革，所有的变革都会有相应的成本支出，如用户培训、机构调整、专家咨询等费用也应考虑在内。

(2) 信息系统的效益

使用新系统以后所带来的效益估算可从直接经济效益、间接经济效益等方面进行分析。

- 直接经济效益主要表现在节省人员、压缩库存、产量增加、降低成本及减少废品等对利润有直接影响的方面，可直接折合成货币形式。
- 间接效益体现在决策质量的提高、管理效能的提高、市场竞争力的提高、改进服务和社会形象等等所带来的企业整体效益上。

根据以上的费用、效益分析，确定系统开发的经济性，同时也可以算出整个系统的投资回收期。对信息系统开发的统计表明，信息系统的投资回收期一般为 3~4 年。这里还要强调的是，经济分析实际上贯穿系统开发的整个过程，在可行性分析以及系统分析中无疑应进行费用/效益分析，系统设计结束时还要再次分析。开发初期的分析可能不十分精确，但随着工程的实施，成本、效益问题越来越具体，对它们的估计就越精确。

2) 技术可行性分析

技术可行性分析是根据用户提出的系统功能、性能及实现系统的各项约束条件，从技术角度研究实现系统的可能性。

技术可行性分析往往是系统开发过程中难度最大的工作。技术可行性分析包括：风险分析、资源分析和技术分析。

风险分析的任务是，在给定的约束条件下，判断能否设计并实现系统所需的功能和性能。资源分析的任务是，论证是否具备系统开发所需的各类人员(管理人员与技术人员)，计算机软、硬件和工作环境等，实际上，它是技术资源、人才资源、设备资源的综合分析。技术分析的任务是，当前信息技术是否支持系统开发的全过程。

在技术可行性分析过程中，系统分析人员应采集系统性能、可靠性、可维护性和可生产性方面的信息，分析实现系统功能和性能所需的各种设备、技术、方法和过程，分析项目开发在技术方面可能担负的风险，以及技术问题对开发成本的影响等。

3) 环境可行性分析

环境可行性是指所建立的管理信息系统能否在该组织实现，在当前操作环境下能否很好地开发和运行，即组织内外是否具备接受和使用新系统的条件。环境可行性包括的因素很多，例如领导是否支持，管理是否科学，组织机构是否健全，基础数据是否齐全，外部单位是否接受等。从组织内部来讲，管理信息系统的建立，可能导致某些制度，甚至管理体制的变动。对于这些变动，组织的承受能力影响着系统的生存，尤其是从手工系统过渡到人机系统，这个因素的影响更大。领导者不积极参与或怀疑，中下层的惰性或抵触情绪，都是系统失败的关键因素。从组织外部来讲，管理信息系统的开发时机是否成熟，是否具备有利于信息化发展的社会环境；信息系统运行后，报表、票证格式的改变，是否被有关部门认可和接受，将直接影响系统的运营情况；对于涉及社会经济现象的系统，还必须考虑原始数据的来源有无保证等。

3. 开发方案的选择性研究

在分析、评价的基础上，对所提出的各种系统开发方案进行综合性评估，从中选出一种方案用于项目开发。

由于每种方案对成本、时间、人员、技术、设备等都有不同的要求，因此，采用不同方案开发出来的系统在系统功能和性能方面会有很大差异。同时，在开发系统所用总成本一定的情况下，系统开发各阶段所用成本分配方案的不同也会对系统的功能和性能产生相当大的影响。另外，系统功能和性能也是由多种因素组成的，某些因素是彼此关联和制约的。以上充分说明，系统开发方案的选择性研究很大程度上是对系统开发活动中多种因素的权衡和折衷。

4.7　系统规划报告

对于大规模的管理信息系统，系统规划报告包括总体规划文档和可行性研究，该报告大致由如下几方面的内容组成。

1. 引言

说明新系统的名称、目标和功能，项目的产生，系统建设的背景和意义，以及本报告中使用的专业术语及其定义等。

2. 对现行系统的分析

主要包括：企业的性质、经营规模等，企业发展战略，现行管理的状况，MIS系统的应用情况，业务流程的现状和改进建议，可供利用的资源及限制条件，存在的主要问题及薄弱环节等基本情况。

3. 系统总体规划

系统总体规划文档是系统规划报告的主体，具体包括以下几方面。

(1) 企业的信息系统战略：对信息系统的发展阶段作出判断，提出信息系统总体目标和发展策略。

(2) 信息系统的总体结构：分应用架构和技术架构两个方面。在信息系统总体目标的指导下，通过现状分析和对将来的预测，产生整个企业的组织功能模型和数据模型，提出一个应用架构规划，即企业执行其业务功能所需的信息系统的描述。技术架构是为了实施规划的信息系统所需要的硬件、软件和通信网络的描述。

(3) 实施顺序：说明了信息系统总体构架的实施方案、子系统优先级与时间计划、资源计划、人员培训计划以及财务预算等。

4. 拟建新系统的方案

根据系统现状和环境约束条件，提出拟建系统的候选方案，包括新系统应达到的目标、主要功能、项目范围、商业收益、新系统运营对管理模式的影响、系统研制计划等，为进行资金预算、人员准备等提出依据。

5. 可行性研究

可行性研究包括开发新系统的必要性、经济可行性、投资收益比、投资回收期、技术上的可行性、组织环境上的可行性等。最后应明确写上可行性分析的结果，一般分为三种：结论一是条件成熟，可以立即进行新系统的研制开发工作；结论二是暂缓开发新系统，原因之一是需要追加投资资金或等到某些条件成熟后才能开始开发工作，原因之二是要对系统目标做某些修改后再进行系统开发；结论三是因条件不具备，或经济上不合算，或技术条件不成熟，或上级领导不支持，或现行系统还可以使用，而不能或没有必要进行新系统的开发工作。

系统规划报告是系统规划阶段工作的结论，一旦正式通过，就成为用户单位主管、管理人员和系统开发人员的共识，并初步规定了系统目标，规定了所需的资源条件，成为下一阶段工作的依据。

思考题

1. 为什么要对信息系统的开发进行规划？
2. 系统初步调查的内容是什么？
3. 简述信息系统规划的工作内容和特点。
4. 三种基本的竞争战略是什么？信息系统如何帮助公司实现这些战略？
5. 如何利用 5 种竞争力模型分析信息系统对行业层战略的支持？
6. 诺兰模型的实用意义何在？它把信息系统的成长过程划分为几个阶段？
7. 制定信息系统规划时采用的 CSF、SST 和 BSP 法的优缺点分别是什么？
8. 什么是 BSP 法？简述 BSP 法的主要步骤。
9. 试述 U/C 矩阵的建立方法及其在系统规划中的作用。
10. 什么是业务流程重组？它与 MIS 之间有何关系？
11. 如何理解"IT(信息技术)和组织是 BPR 实现的两个使能器"？
12. 对管理信息系统进行可行性分析时，应对哪些方面进行分析？
13. 系统规划报告中包括哪些内容？

第 5 章

管理信息系统的系统分析

系统分析是管理信息系统开发过程中一个非常重要的环节。系统分析阶段的工作是在系统规划的基础上，对现行系统进行全面详细的调查，并分析系统的现状和存在的问题，真正弄清楚所开发的新系统必须要"做什么"，提出新的管理信息系统的逻辑模型，为下一阶段的系统设计工作提供依据。

5.1　系统分析概述

系统分析阶段工作的实质在于确定系统必须"做什么"，是管理信息系统开发过程工作量最大、涉及部门和人员最多的一个阶段。系统分析的结果是系统设计和系统实施的基础，系统分析没有做好，整个管理信息系统的开发工作要取得成功是不可能的。系统分析阶段的工作质量决定后面的系统设计和系统实施能否顺利进行，关系到管理信息系统开发工作的成败。系统分析是整个管理信息系统开发工作的一个重要阶段。

5.1.1　系统分析的任务

系统分析是在系统规划的指导下，运用系统的观点和方法，对系统进行深入详细的调查研究，通过问题识别、系统调查、系统化分析等工作来确定新系统的逻辑模型。系统分析(system analysis)也称为逻辑设计(logical design)，逻辑设计是指在逻辑上构造新系统的功能，解决系统"做什么"的问题。系统分析的主要任务是定义新系统应该"做什么"的问题，至于新系统的功能如何实现，即"怎么做"的问题，那是下一工作阶段——系统设计的任务，我们将在第 6 章进行讨论。

系统分析是确定新系统逻辑设计方案的关键阶段，要完成这个目标，系统分析必须从现行系统入手，调查系统的组织结构和各机构间的内在联系，分析组织的职能，详细了解每个业务过程和业务活动的工作流程及信息处理流程，理解用户对信息系统的需求，包括对系统功能、性能方面的需求，对硬件配置、开发周期、开发方式等方面的意向及打算。在详细调查的基础上，系统分析员运用各种系统的开发理论、开发方法和开发技术，确定系统应具有的逻辑功能，经过与用户反复讨论、分析和修改后产生一个用户比较满意的总体设计，再用一系列图表和文字表示出来，形成符合用户需求的系统逻辑模型，为下一阶段的系统设计提供依据。

5.1.2　系统分析的基本步骤

系统分析阶段的工作内容主要包括如下几个方面。

1. 现行系统的详细调查

现行系统的详细调查是通过各种方式和方法对现行系统做详细、充分和全面的调查，弄清现行系统的边界、组织机构、人员分工、业务流程、各种计划、单据和报表的格式、处理过程、企业资源及约束情况等，使系统开发人员对现行系统有一个比较深刻的认识，为新系统开发做好原始资料的准备工作。

2. 组织结构与业务流程分析

在详细调查的基础上，用图表和文字对现行系统进行描述，详细了解各级组织的职能和有关人员的工作职责、决策内容对新系统的要求，业务流程各环节的处理业务及信息的来龙去脉。其目的是把系统的内在关系分析清楚，以便确定形成新系统的逻辑模型。

3. 系统数据流程分析

在对业务流程分析的基础上，分析数据的流动、传递、处理与存储过程，用数据流程图进行描述，建立数据字典。

4. 建立新系统的逻辑模型

在系统调查和系统化分析的基础上建立新系统的逻辑模型，采用一组图表工具来表达和描述新系统的逻辑模型，使新系统的概貌清晰地呈现在用户面前，方便分析人员和用户对模型进行交流讨论，在与用户充分的交流下使新系统的逻辑模型得到完善。

5. 提出系统分析报告

对前面的分析结果进行总结，编制系统分析阶段的成果文档，完成系统分析报告。系统分析报告是系统分析阶段的成果和总结，是向开发单位有关领导提交的正式书面报告，也是下一工作阶段系统设计的工作依据。

在系统分析阶段，应牢牢记住开发出来的新系统最终是要交付用户使用的，用户才是新系统的使用者，因此在系统分析过程中，一定要从用户的需求出发，做大量细致的工作。用户对开发的系统是否满意取决于系统是否满足用户的需求，因此，需求分析是系统分析阶段一项非常重要的工作，是整个信息系统开发的基础。过去发生的大量实践表明，管理信息系统发生的许多错误都是由于需求定义不准确或者需求定义错误造成的。用户具备的是本企业经营管理和业务方面的知识，系统开发人员具备的则是信息系统开发技术方面的知识，两者之间存在着鸿沟，开发人员如果不重视用户的参与，在系统分析阶段对用户的需求理解不准确或理解错误，开发出来的系统就不能满足用户的需求，为修改这些错误将要付出昂贵的代价。系统分析深入的程度将是影响管理系统成败的关键问题，要深刻地理解和体会用户需求的途径就是与用户进行充分的交流，从很大程度上说，系统分析过程是一个系统开发人员与用户的交流的过程，双方的交流是系统分析的一个重要组成部分。

分析阶段工作的质量是系统开发成功与否的关键阶段，因此，必须扎扎实实做好系统分析阶段的工作，为系统的开发打下良好的基础。

5.2　系统详细调查

系统的详细调查是在可行性研究的基础上进一步对现行系统进行全面的调查和分析，弄清楚现行系统的运行状况，发现其薄弱环节。初步调查只是在宏观上对现行系统进行调查，不是很细致，调查的目的是论证企业是否有必要开发新系统，因此调查工作是一种概括的、粗略的调查，调查所掌握的资料不足以满足新系统逻辑设计的需要。系统分析阶段的详细调查，涉及企业各个部门的各个方面，是一项深入、细致、详尽的调查，必须从上而下，从粗到细，由表及里地对现行系统的基本功能和信息流程进行详细调查。详细调查的过程是大量原始素材的汇集过程，分析员通过对这些大量的材料进行整理、研究和分析，与用户进行反复讨论和研究，力求在短期内对现行系统有全面详细的认识。

5.2.1　详细调查的原则

1. 真实性

真实性是指系统调查的资料必须真实、准确地反映现行系统的状况，不能依照调查者的意愿反映系统的优点或不足。

2. 全面性

全面性是指调查必须涉及企业的各个部门和各个方面，调查的不全面必然导致对系统认识的片面。

3. 规范性

规范性指的是在详细调查中有一套循序渐进、逐层深入的调查步骤和层次分明、通俗易懂的规范化逻辑模型描述方法。

4. 启发性

详细调查的过程是系统分析人员与企业的各类工作人员进行交流的过程。启发性是指在调查中，调查人员要用被调查者能够理解的方式提出问题，逐步引导，不断启发，尤其在考虑计算机处理的特殊性而进行的专门调查中，更应该善于启发被调查者的思路，获取有价值的第一手资料。

5.2.2 详细调查的范围及内容

详细调查的范围应该是围绕组织内部信息流所涉及领域的各个方面。但应该注意的是，信息流是通过物流而产生的，物流和信息流又都是在组织中流动的，因此我们所调查的范围就不能仅仅局限于信息和信息流，应该包括企业的生产、经营、管理等各个方面。

系统开发小组的分析员，要向企业用户的各级领导、业务人员以及其他有关人员进行多种调查，调查大致从以下几方面进行。

1. 系统界限和运行状态

调查现行系统的发展历史、生产规模、经营效果、业务范围以及与外界的联系等，以便确定系统界限、外部环境，了解现有的管理水平等。

2. 组织机构和人员分工

调查现行系统的组织机构、领导关系、人员分工等情况。从中不仅可以了解现行系统的构成、业务分工，而且可以进一步了解人力资源的情况，同时还可以发现组织和人事等方面的不合理现象。

3. 业务流程

现行系统中进行着各种各样的业务处理过程。系统分析人员要全面细致地了解整个系统各方面的业务流程，以及商流、物流和信息流的流通状况，对各种输入、输出、处理、处理速度和处理量以及处理过程的逻辑关系都要进行详尽的了解。

4. 各种计划、单据和报表

调查中要收集各类计划、单据和报表，了解它们的来龙去脉及其各项内容的填写方法和时间要求，以便得到完整的信息流程。

5. 资源情况

除了人力资源外，还要调查了解现行企业系统的物资、资金、设备、建筑平面布置和其他各项资源的情况。现行系统如已配置了计算机，则要详细调查其型号、功能、容量、外设配置和计算机软件配置情况，还必须了解目前的使用情况和存在的问题。

6. 约束条件

调查了解现行系统在人员、资金、设备、处理时间以及处理方式等各方面的限制条件和规定。

7. 薄弱环节和用户要求

现行系统的薄弱环节正是新系统所要解决的，因此是调查中最为关心的主要问题是新系统目标的重要组成部分。在调查中，要注意收集用户的各种要求，善于发现问题并找到问题的关键所在。

5.2.3　详细调查的方法

对现行系统的调查研究是一项繁琐而艰巨的任务，要求系统分析员在比较短的时间内，全面、准确地获取现行系统的各个方面的资料。为了使调查工作能顺利进行并获得预期成效，需要掌握有关的方法、要领和一定的技巧。在管理信息系统开发中所采用的调查方法有访问、问卷调查、深入现场跟班劳动、座谈、填表、抽样、查阅资料和参加会议等方法，系统分析人员根据企业的具体情况采用合适的方法进行多方面的调查研究。

系统分析人员通常采用的详细调查方法有如下几种。

1. 重点询问调查方式

重点询问调查是列举若干可能的问题，自顶向下尽可能全面地对用户进行提问，然后对询问的结果分门别类进行归纳总结，找出其中真正关系到此项工作成败的因素。例如，可以先准备好调查方案和问题，然后按照方案和问题分别对各方面人员(包括管理层和操作层)进行访问，并分类整理结果，则得到各管理部门(或岗位)的具体情况，并对企业在初步了解的基础上形成下一步工作的设想和方案。

重点询问一般要提前准备好提问的问题，可以包括以下几个方面的内容。

- 你所在的工作岗位是什么？岗位工作的性质是什么？
- 你的工作分为几班？工作前后的交接工作如何进行？

- 你所接触的报表有几类？数据有哪些？
- 你的工作岗位存在什么问题?(组织不力?规划不好?信息不畅？)
- 你认为存在的问题应该如何改进？
- 你通常采取什么样的手段提高工作效率？使用计算机了吗？
- 你认为提高经营的潜力在哪里？现存管理体制有哪些问题？
- 信息系统的开发在本单位是否有必要？
- 你认为新的信息系统应该重点解决哪些问题？
- 你认为企业现在使用计算机有什么困难吗？
- 在你所了解的管理决策工作中，有哪些可以定量或定性用计算机处理吗？
- 本企业与外部哪些企业有业务联系？业务往来用计算机处理吗？
- 原来开发的软件有哪些毛病？存在问题的原因是什么？
- 在你所了解的管理工作中，你认为决策的效益应从哪些方面去衡量？

在实际调查中，要了解的问题很多，应根据具体调查的对象作相关的准备，提问要灵活，问题要有针对性。

2. 问卷调查方式

问卷调查可以用来调查系统普遍性的问题。问卷调查方式是针对所需调查的各项内容，绘制出相应各种形式的图表(问卷)，通过这些图表对企业管理岗位上的工作人员进行全面的需求调查，然后分析整理这些图表，逐步得出需要调查和研究的内容。

一个好的调查表应该具备有效、可靠和易于评估的特点。有效是指通过调查表能够得到所想要得到的信息，可靠是指同一信息是通过对多个问题的回答得到的，所得到的信息确实反映被调查者的意思。

采用问卷调查方式进行调查，可以缩短调查时间，易于沟通被调查者和调查者之间对所调查内容的理解。根据所需调查的内容，可以设计制作多种调查表。

3. 深入实际的调查方式

通过问卷和填表的调查方式后，要及时整理调查的结果。如果在整理中发现各个不同工作岗位上的调查结果不一致或前后矛盾时，就必须带着问题深入到具体的工作岗位去做实际调查，摸清详细的业务和数据流程以及具体的工作细节，弄清问题之所在，并予以解决。

4. 面谈

面谈是指系统分析员通过口头提问的方式收集现行系统的有关资料。面谈的对象是企业领导、管理人员和业务人员等各个岗位的工作人员，对某些特殊问题或细节的调查，可对有关的业务人员作专题访问，仔细了解每一步骤、方法等细节。采用这种方法采集信息时，被访问者就在现场，能对所了解的情况立即做出反应，系统分析员能够引导被访问人员，得到所需要的信息。

采用面谈的方法，应注意几个问题：

- 选择合适的面谈对象。根据所要了解的内容，认真选择面谈的对象，企业中不同岗位的工作人员所能提供的信息是不一样的，选择合适的面谈对象，能起到事半功倍的效果。
- 事先准备面谈内容。面谈前，系统分析员应事先学习所要讨论的内容中有关业务方面的知识，准备所要了解的主题，并在面谈前通知被访问者，以便被访问者有足够的时间准备有关材料。
- 使用合适的语言。面谈中，应尽量避免使用系统开发的专业语言，而应使用被访问者熟悉的专业术语，用"行话"与对方交流，使交谈顺利进行。
- 掌握面谈效率。交谈是一种艺术，面谈中，应把握交谈的方向和内容，争取在比较合适的时间内获得所需要的信息。

5. 阅读

每个企业都有大量的资料，如企业制定的与各个部门业务相关的标准和规范、下发的各类文件、各部门的工作总结、工作标准和规章制度、工作计划和统计报表等。这些资料是系统分析员了解现行系统的素材，在详细调查过程中，系统分析员可以通过阅读这些资料了解企业的各个方面。

6. 观察和参加企业业务实践

开发人员亲自参加业务实践，不仅可以获得第一手资料，而且便于开发人员和业务人员的交流。面谈和阅读的方式是通过他人整理的资料获得关于企业的信息，观察和参加业务实践则使系统分析员亲身体会实际工作情况，身临其境去感受工作流程，发现问题，获取第一手资料。

调查的方法多种多样，其他还有抽样统计分析、专家调查、召开调查会、个别访问、由用户的管理人员向开发者介绍情况等方法，可以根据系统调查的具体需要确定调查方法。不管采用何种调查方法，都是以了解清楚企业现状为最终目标的。

5.2.4　详细调查中应注意的问题

在系统详细调查中，应注意以下几个问题。

(1) 调查前要做好计划和用户培训。根据系统需要明确调查任务的划分和规划，列出必要的调查大纲，规定每一步调查的内容、时间、地点、方式和方法等。对用户进行培训或发放说明材料，让用户了解调查过程和目的，并参与调查的整个过程。

（2）调查要从系统的现状出发，避免先入为主。要结合组织的实际情况和管理现状，了解实际问题，得到客观资料。

（3）调查与分析整理相结合。调查要深入到现行组织各部分的细节，并对得到的资料进行分析，通过详细调查、分析整理对组织有一个完整的了解。

（4）规范调查图表。调查中应使用规范的、简单易懂的图表工具，以方便开发者和用户对调查中得到的结果和问题进行交流和分析。

系统详细调查的调查过程是大量原始素材的汇总过程，系统分析人员应当具有虚心、热心、耐心和细心的态度。分析员通过对详细调查的内容进行整理、研究和分析，形成描述现行信息系统的文字材料，并将有关内容绘制成描述现行系统的各种图表，与各级用户进行反复讨论、研究、修改，力求真实准确，以便在短期内对现行信息系统有全面详细的了解。

5.3　组织结构与功能分析

组织机构与功能结构的调查分析是系统分析工作中的一个环节，这个环节的工作内容是通过调查了解企业各机构间的内在联系，绘出企业的组织结构图；对机构的职能进行分析，分析各机构设置是否合理，是否真正发挥其应有的职能作用，找出存在的问题；根据基于计算机管理的要求，提出调整机构设置的意见。

5.3.1　组织结构图

现行系统中的信息流动是以组织结构为基础的。因为各部门之间存在着各种信息和物质的交换关系，只有理顺了各种组织关系，才能使系统分析工作找到头绪。有了调查问题的突破口，才能使我们按照系统工程的方法自顶向下地进行分析。

组织结构图是对组织机构调查的结果，将在详细调查中得到的关于企业组织的资料进行整理，用图的形式反映企业内部组织各部门之间的隶属关系。组织结构图是用来描述组织的总体结构以及组织内部各部分之间的联系，它把企业组织分成若干部分，按级别、分层次构成的，以树型结构显示，是一张反映组织内部之间隶属关系的树状结构图。通常用矩形框表示组织机构，用箭头表示隶属关系。例如，图 5.1 是某企业的行政组织结构图，从图中可见，该企业的组织分为三层：企业领导决策层、业务管理层和业务执行层。企业领导决策层由正副厂长、总工程师、总经济师和总会计师组成，主要职能是决定企业目标、确定经营方针、做出生产经营的具体决策。业务管理层包括计划科、财务科、生产科和销售科等机构，其主要职能是按照经营方针，在规定的职权范围内对各项业务进行管理。业务执行层由车间、班组等生产第一线的组织机构组成，完成日常的生产、业务和调度。

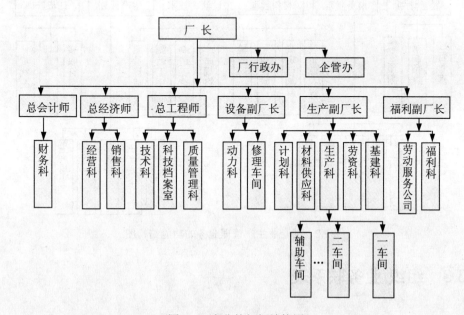

图 5.1 企业的组织结构图

在绘制组织结构图时应注意，与企业生产、经营、管理环境直接关系的部门一定要全面、准确地反映出来，有时候会出现有些部门的名称和实际工作性质存在较大差异的情况，要通过详细的调查搞清楚这些部门与其他部门之间的关系，详细、准确地画出组织结构图。

5.3.2 功能结构图

系统都有一个总的目标，为了达到这个目标，必须要完成各子系统的功能，而各子系统功能的完成，又依赖于下面各项更具体功能的执行。系统功能结构调查的任务，就是要了解或确定系统的目标、系统功能的结构以及它们的关系。

功能指的是完成某项工作的能力。每个系统都具有一定的功能，对调查资料进行整理，归纳出企业的部门与业务层次的功能，用树型图的形式描绘出来，就是功能结构图。功能要依靠组织机构来具体实现。因此，在理想情况下，功能和组织应该是一致的。但是由于客观情况的复杂性，在现行系统中，功能结构和组织机构并不能一一对应，这就要求我们在进行调查时要认真分析，加以划分。例如，图 5.2 就是与图 5.1 相对应的功能结构图，这里仅画出了有关生产管理的内容。

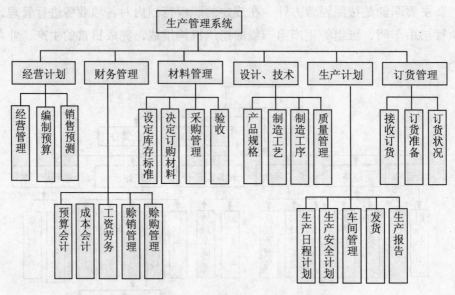

图 5.2　某企业生产管理业务的功能结构图

5.3.3　组织/业务联系表

组织结构图反映了组织内部的上下级关系，但是对于组织内部各部分之间的联系程度，组织各部分的主要业务职能和它们在业务过程中所承担的工作等却不能反映出来，这将给后续的业务、数据流程分析和过程/数据分析等带来困难。为了弥补这方面的不足，通常增设组织/业务联系表来反映组织各部分在承担业务时的关系，如表 5.1 所示。

通常习惯将组织/业务联系表同组织结构图画在一张图上，以便对照、比较、分析它们之间的各种联系。

运用组织/业务联系表可以对组织/业务进行调整和分析。分析的内容有：

- 现行系统中的组织结构是否合理，不合理的地方在哪里？
- 不合理的部分对组织整体目标的影响有哪些？表现在哪些方面？
- 不合理现象产生的历史原因是什么？
- 哪些部门需要整改？改进措施是什么？
- 对整改涉及的部门和有关人员的利益产生哪些影响？

表 5.1　某企业的组织/业务联系表

序号	联系程度　组织 业务功能	计划科	总工室	技术科	生产科	供应科	设备科	销售科	质检科	人事科	研究所	仓库	……
1	计划	○	√		△	△	△	△				△	
2	销售							○	√			△	
3	供应	√			△	○						√	
4	人事									○			
5	生产	√	○	△	○	△	△	√	△			√	
6	设备更新		√		△		○				√		
……													

注：　"○"表示该项业务是对应组织的主要业务(即主持工作的单位)；"△"表示该单位是参加协调该项业务的辅
　　助单位；"√"表示该单位是该项业务的相关单位。

通过组织/业务分析，目的是要找出现行系统中组织结构和功能存在的问题，研究解决这些问题的方法和措施，进一步理顺组织的功能，让组织和信息系统更好地适应。

5.4　业务流程分析

5.4.1　业务流程调查的任务及方法

业务流程调查的主要任务是在对系统的组织结构和功能进行分析的基础上，调查系统中各环节的业务活动，掌握业务的内容、作用及信息的输入、输出、数据存储和信息的处理方法及过程等，对原系统业务处理过程的有关资料进行整理，用流程图的方式把企业的具体管理活动和业务的处理过程绘制出来。

业务流程调查一般是顺着原系统信息流动的过程逐步地进行，内容包括企业各工作环节的业务活动。由于业务流程调查的工作量很大，而且非常繁琐，因此在系统调查过程中，系统开发人员与用户彼此之间需要进行良好的沟通，保持密切的联系，做耐心细致的工作，才能真正掌握现行系统的业务活动状况。通常用业务流程图(transaction flow diagram，TFD)反映现实的业务活动。

5.4.2 业务流程图

业务流程图是业务流程的描述工具，是用规定的符号及连线来表示某个具体业务处理过程。绘制业务流程图是管理信息系统开发过程中分析业务处理过程的重要步骤，业务流程图基本上按照业务的实际处理步骤和过程进行绘制。

1. 业务流程图的符号及含义

业务流程图的画法目前还没有统一的标准，但都大同小异，只是在一些具体的规定和所用的图形符号方面有所不同。不管采用什么标准和什么符号，目的都是为了准确明了地反映业务流程。在同一个系统开发过程中，要采用统一的图形符号和标准来描述系统业务处理的具体方法、规程与过程。图 5.3 是绘制业务流程图常用的符号。

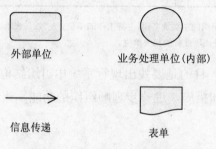

图 5.3　业务流程图常用的符号

2. 业务流程图的绘制步骤

业务流程图是一种用尽可能少、尽可能简单的方法来描述业务处理过程的方法。由于业务流程图的符号简单明了，使阅读者非常容易阅读和理解企业的业务流程。图 5.4 是绘制业务流程图的流程。

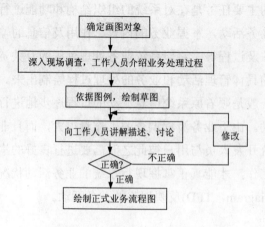

图 5.4　业务流程图的绘制步骤

5.4.3　业务流程分析

对业务流程进行分析的目的是发现现行系统中存在的问题和不合理的地方，优化业务处理过程，以便在新系统建设中予以克服或改进。对业务流程进行分析是掌握现行系统状况，确立新系统逻辑模型不可缺少的一个重要环节。

系统中存在问题的原因可能是管理思想和方法落后，也可能是因为在手工状态下或在原系统的技术水平下，业务流程虽不尽合理但只能这么处理。例如，银行在信息化建设之前，银行下属的各储蓄所之间没有联网，储户到储蓄所办理存钱业务，储蓄所给储户开户，办了个存折，那么，这个存折与储蓄所是一一对应的，即储户在哪个储蓄所办的存折，要用这个存折存钱或取钱就只能在那个储蓄所办理。这对储户来说当然很不方便，也很不利于银行开展各种金融服务，但在当时的条件下，业务流程只能这么运行。现在，各商业银行都建设了管理信息系统，不仅银行下属的各储蓄所之间联网，银行与银行之间也联网。储户不管在哪个银行的储蓄所开户，不仅可以在这个银行的各个储蓄所办理业务，还可以享受跨行的服务。可见，计算机信息系统的建设为优化业务流程提供了可能性。在对业务流程进行分析的时候，不仅要找出原业务流程不合理的地方，还要充分考虑信息系统的建设为业务流程的优化带来的可能性，在对现有业务流程进行认真、细致分析的基础上进行业务流程重组，产生新的更为合理的业务流程。

业务流程分析过程包括以下内容：

首先，对现行流程进行分析。对现行系统业务流程的各处理过程进行分析讨论，看看原有的业务流程是否合理？产生不合理的业务流程的历史原因是什么？

其次，对现行业务流程进行优化。现行业务流程中哪些过程可以按计算机信息处理的要求进行优化，改进措施有哪些，改进会涉及哪些方面，流程的优化可以带来什么好处。

最后，确定新的业务流程。也就是画出新系统的业务流程图。

【案例 5.1】　订货系统的业务流程图

图 5.5 给出了某订货系统的业务流程图。订货过程包括从填写材料申请表开始，到处理材料出库事务、产生订货需求为止。企业的生产、销售各部门提出材料领用申请，仓库负责人根据用料计划对领料单进行审核，将不合格的领料单退回各部门，仓库保管员收到已批准的领料单后，核实库存账，如库存充足，办理领料手续，并变更材料库存账；如变更后的库存量低于库存临界值，将缺货情况登入缺货账，并产生订货报表送交有关领导。经领导审批后，下发给采购部。报表按材料编号排序，表中列出所有需要再次订货的材料。对于每种需要再次订货的材料应列出下列数据：

材料编号、名称、订货数量、目前价格(或参考价格)、主要供应单位、第二供应单位等。

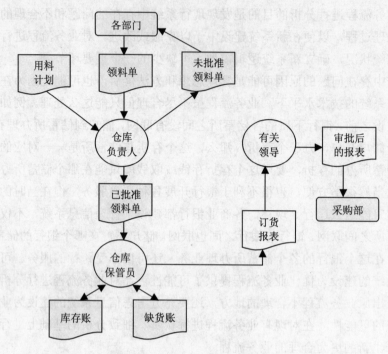

图 5.5　订货系统的业务流程图

5.5　数据流程分析

业务流程图虽然形象地描述了企业业务活动的过程，但仍然没有摆脱一些物质的因素，在业务流程图里有材料、资金和产品等具体的物质。我们建立基于计算机的管理信息系统，目的是用管理信息系统对企业的信息进行收集、传递、存储、加工、维护和使用。那么，信息在企业中是怎么传递、加工和使用的呢？在系统分析过程中，必须对数据与数据流程进行详细的调查和分析讨论，即舍去组织机构，具体的作业处理，物流、材料、资金等具体背景，把数据在现行系统内部的流动、存储与变换的情况抽象出来，考察实际业务的信息流动模式。

数据流程是指数据在系统中产生、传输、加工处理、使用、存储的过程。数据流程分析主要包括对信息的流动、变换、存储等的分析，其目的是尽量地发现数据流动中存在的问题，如数据流程不通畅，前后数据不匹配，数据处理过程不合理等问题，并找出加以解决的方法，优化数据流程。

5.5.1　数据的收集与分析

系统数据流程分析的基础是数据或资料的收集和分析。数据的收集和数据分析工作没有明显的界线，数据收集常伴随着分析，而数据分析又常需要补充收集数据。

1. 数据收集

数据收集实际上在系统调查阶段资料收集时就已经开始了，数据收集工作量很大，故要求系统研制人员应耐心细致地深入实际，协同业务人员收集与系统有关的一切数据。

数据收集的渠道主要有现行的组织机构；现行系统的业务流程；现行的决策方式；各种报表、报告、图示。在收集数据的过程中，应尽量全面地收集企业现行系统的各类数据，收集的资料包括：原系统全部输入单据，如入库单、收据、凭证等；输出报表和数据存储介质，如账本、清单等。在上述各种单据、报表、账本的样品上注明制作单位、报送单位、存放地点、发生频度(如每月制作几张)、发生的高峰时间及发生量等内容，并注明各项数据的类型，如数字型、字符型，数据的长度、取值范围。还应收集各个处理环节对数据的处理方法和计算方法。

2. 数据分析

收集上来的数据是"原材料"，其中有些数据不能用作系统设计的依据，要把这些原材料加工成系统设计可用的资料，就必须做的数据分析工作。数据分析包括以下几个方面。

(1) 围绕系统目标进行分析。先从业务处理角度来看，为了满足正常的信息处理业务，需要哪些信息，哪些信息是冗余的，哪些信息暂缺，有待于进一步收集。

再从管理角度来看，为了满足科学管理的需要，应该分析这些信息的精度如何，能否满足管理的需要；信息的及时性如何，可行的处理区间如何，能否满足对生产过程及时进行处理的需求；对于一些定量化的分析(如预测、控制等)能否提供数据支持等。

(2) 弄清信息源周围的环境。对数据进行分析就必须分清，这些信息是从现存组织结构中哪个部门来的，目前用途如何，受周围哪些环境影响较大(如有的信息受具体统计人员的计算方法影响较大；有的信息受检测手段的影响较大；有的受外界条件影响起伏变化较大)，它的上一级(或称层次)信息结构是什么，下一级的信息结构是什么等。

(3) 围绕现行的业务流程进行分析。分析现有报表的数据是否全面，是否满足管理的需要，是否正确反映业务实物流；分析业务流程，现行的业务流程有哪些弊病，需要做出哪些改进；做出这些改进以后对信息与信息流应该做出什么样的相应改进，对信息的收集、加工、处理有哪些新要求等；根据业务流程分析，确定哪些信息是多余的，哪些是系统内部可以产生的，哪些需要长期保存。

(4) 数据特征分析。数据特征分析是下一步设计工作的准备工作。特征分析包括以下几方面的内容。

- 数据的类型以及长度：是数字型还是字符型，是定长的还是变长的，长度是多少(字节数)，以及有何特殊要求(如精度、正负号)等。

- 合理的取值范围：这对于将来设计校验和审核功能都是十分必要的。

- 数据所属业务：哪些业务要用到这个数据。

- 数据业务量：每天、每周、每月的业务量(包括平均数量、最低的可能值、最高的可能值)以及要存储的量有多少，要输入、输出的频率有多大。

- 数据重要程度和保密程度：重要程度即对于检验功能的要求有多高，对后备储存的必要性如何。保密程度即是否需要有加密措施，它的读、写、改、看权限如何等。

5.5.2 数据流程图

数据流程图(data flow diagram，DFD)是一种能全面地描述系统数据流程的主要工具，它用一组符号来描述整个系统中信息的全貌，综合地反映出信息在系统中的流动、处理和存储情况。

数据流程图有两个特征：抽象性和概括性。抽象性指的是数据流程图把具体的组织机构、工作场所、物质流都去掉，只剩下信息和数据存储、流动、使用以及加工情况。概括性则是指数据流程图把系统对各种业务的处理过程联系起来考虑，形成一个总体。

1. 数据流程图的基本符号

1) 外部实体

外部实体定义了系统的边界，用来表示与系统有关的人员或单位，他们向系统提供输入，接收系统产生的输出。如超市管理信息系统中的顾客、供应商都是外部实体。在绘制某一子系统的数据流程图时，凡是本子系统之外的人和单位，都被列为外部实体，如图 5.6 所示。

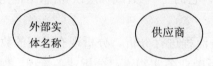

图 5.6　外部实体的画法

2) 数据流

数据流由一组确定的数据组成。例如"发票"为一个数据流，它由品名、规格、单位、单价、数量等数据组成。数据流用带有名字的具有箭头的线段表示，名字称为数据流名，表示流经的数据，箭头表示流向。数据流可以从加工流向加工，也可以从加工流进、流出文件，还可以从源点流向加工或从加工流向终点，如图 5.7 所示。

数据流名　　　　　　购货合同

图 5.7　数据流的画法

3) 处理逻辑

处理逻辑是对数据进行的操作，它把流入的数据流转换为流出的数据流。数据流程图中处理逻辑用矩形表示，由于处理逻辑表示对数据的加工处理，因此处理逻辑名称一般都是由动词和宾语表示，动词表示加工处理的动作，宾语表示被加工处理的数据。一张数据流程图中一般有多个处理逻辑，因此要用编号来标示，不同处理逻辑使用不同的编号。在表示处理逻辑的矩形里加一条直线，直线上方标示该处理逻辑的编号，直线下方标示该处理逻辑的名称，如图 5.8 所示。

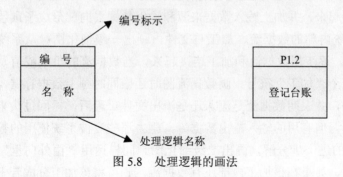

图 5.8　处理逻辑的画法

4) 数据存储

数据存储是数据的仓库，用来标示需要暂时存储或长久保存的数据类，表示系统产生的数据存放的地方。数据存储是对数据文件的读写处理，通过数据流与处理逻辑和外部实体发生联系，当数据流的箭头指向数据存储时，表示将数据流的数据写入数据存储，反之，则表示从数据存储读取数据流的数据。数据存储用图 5.9 所示的右边不封口的长方形并在里面加一条竖线来表示，左边标示数据存储的编号，右边标示数据存储的名称。

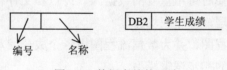

图 5.9　数据存储的画法

2. 数据流程图的绘制

1) 绘制数据流程图的原则

一般遵循"由外向里"的原则，即先确定系统的边界或范围，再考虑系统的内部，先画加工的输入和输出，再画加工的内部。即：

(1) 识别系统的输入和输出。

(2) 从输入端至输出端画数据流和加工，并同时加上数据存储。

(3) 加工的分解"由外向里"进行分解。

(4) 数据流的命名要确切，能反映整体。

(5) 各种符号布置要合理，分布均匀，尽量避免交叉线。

(6) 先考虑稳定态，后考虑瞬间态。如系统启动后先考虑在正常工作状态，稍后再考虑系统的启动和终止状态。

2) 绘制数据流程图的基本步骤

(1) 识别系统的输入和输出，画出顶层图。即确定系统的边界。在系统分析初期，系统的功能需求等还不是很明确，为了防止遗漏，不妨先将范围定得大一些。系统边界确定后，那么越过边界的数据流就是系统的输入或输出，将输入与输出用加工符号连接起来，并加上输入数据来源和输出数据去向就形成了顶层图。

(2) 画系统内部的数据流、加工与文件，画出一级细化图。从系统输入端到输出端(或反之)，逐步用数据流和加工连接起来，当数据流的组成或值发生变化时，就在该处画一个"加工"符号。画数据流图时还应同时画上数据存储，以反映各种数据的存储处，并表明数据流是流入还是流出文件。最后，再回过头来检查系统的边界，补上遗漏但有用的输入输出数据流，删去那些没被系统使用的数据流。

(3) 加工的进一步分解，画出二级细化图。同样运用"由外向里"方式对每个加工进行分析，如果在该加工内部还有数据流，则可将该加工分成若干个子加工，并用一些数据流把子加工连接起来，即可画出二级细化图。二级细化图可在一级细化图的基础上画出，也可单独画出该加工的二级细化图，二级细化图也称为该加工的子图。

(4) 其他注意事项。①一般应先给数据流命名，再根据输入/输出数据流名的含义为加工命名。名字含义要确切，要能反映相应的整体。若碰到难以命名的情况，则很可能是分解不恰当造成的，应考虑重新分解。②从左至右画数据流程图。通常左侧、右侧分别是数据源和终点，中间是一系列加工和文件。正式的数据流程图应尽量避免线条交叉，必要时可用重复的数据源、终点和文件符号。此外，数据流程图中各种符号布置要合理，分布应均匀。

当画出分层数据流程图，并为数据流程图中各个成分编写词典条目或加工说明后，就获得了目标系统的初步逻辑模型。

【案例 5.2】　订货系统的数据流程图

以"订货系统"为例介绍数据流程图的绘制方法。数据流程图实质上是对业务流程图进行分析的结果，当考虑运用信息系统来完成订货业务的处理时，要从现行业务中抽取能够由计算机完成的那一部分业务活动，根据计算机特点进行分析。假设仓库保管员通过仓库的计算机接收领料单，报告给订货系统，如图 5.10 所示。各部门填写材料申请表的审核工作并不在系统中记录，因此不必在数据流程图中体现出来。另外，领导对订货报表的审批过程在信息系统中也不能实现，所以在数据流程图中也不反映出来。具体绘制过程如下：

(1) 考虑数据的源点和终点，确定系统的边界。从上面对订货业务的描述可以知道，采购部每天需要一张订货报表，仓库保管员通过终端把领料需求报告给订货系统。所以，采购员是数据的终点，而仓库保管员是数据的源点。

(2) 考虑处理。问题给出"采购部需要报表"，因此必须有一个用于产生报表的处理。领料单处理后改变材料库存量，然而任何改变数据的操作都是处理，因此对领料单进行的加工是另一个处理。

(3) 考虑数据流。系统把订货报表送给采购部，因此订货报表是一个数据流；领料单需要送到系统中，显然领料单是另一个数据流。

(4) 考虑数据存储。从问题的阐述中，可以看出产生报表和处理领料单这两个处理在时间上明显不匹配，每当有一张领料单发生时就必须立即处理，而每天只产生一次订货报表。因此，用来产生订货报表的数据必须存放一段时间，也就是应该有一个数据存储。另外，"当某种材料的库存数量少于库存量临界值时就应该再次订货"，这个事实意味着必须在某个地方有材料库存量和库存量临界值这样的数据。因此，需要有一个保存清单的数据存储。

一旦把数据流程图中的 4 种成分都分离出来之后，就可着手绘制系统的数据流程图了。数据流程图的绘制也是采用由外向里、自顶向下的方法，由粗到细，逐层细化，最后形成一套完整的拟建系统的数据流程图，如图 5.10 所示。

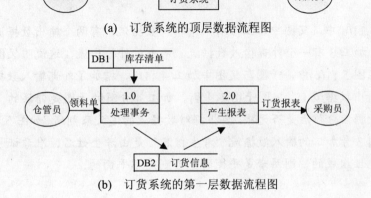

(a)　订货系统的顶层数据流程图

(b)　订货系统的第一层数据流程图

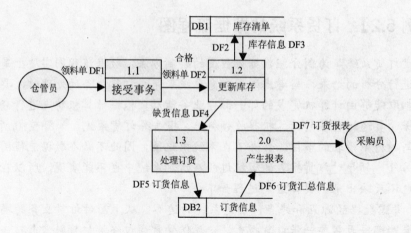

(c) 订货系统的第二层数据流程图

图 5.10 系统的数据流程图

3) 画分层数据流程图时应注意的问题

下面从几个方面讨论画分层数据流程图时应注意的问题。

(1) 合理编号：分层数据流程图的顶层称为 0 层，称它是第一层的父图，而第一层既是 0 层图的子图，又是第二层图的父图，依此类推。由于父图中有的加工可能就是功能单元，不能再分解，因此父图拥有的子图数少于或等于父图中的加工个数。

为了便于管理，应按下列规则为数据流程图中的加工编号：子图中的编号为父图号和子加工的编号组成；子图的父图号就是父图中相应加工的编号。

(2) 注意子图与父图的平衡：子图与父图的数据流必须平衡，这是分层数据流的重要性质。这里的平衡指的是子图的输入、输出数据流必须与父图中对应加工的输入、输出数据流相同。但下列两种情况是允许的，一种是子图的输入/输出流比父图中相应加工的输入/输出流表达得更细；另一种是考虑平衡时，可以忽略枝节性的数据流。

【案例 5.3】 父子图平衡原则的应用

在图 5.11(a)中，父图中加工 3 有一个输入数据流，有两个输出数据流。在子图 5.11(b)中，加工 3 有一个外部输入数据流，两个对外输出流，这说明父图与子图是平衡的。在图 5.11(c)中，子图与父图中加工 4 相比，增加了外部输入数据流 K，增加了对外输出数据流 L，父图子图不平衡，加工 4 分解的子图是错误的。

父图数据流分解后是否无损，要根据对数据流的定义来判断。如图 5.11(d)所示，如果在父图 3 号加工的输入数据流"考生信息"是由考生姓名、准考证号、考试成绩、通讯地址组成的，则两者是平衡的，否则是不平衡的。

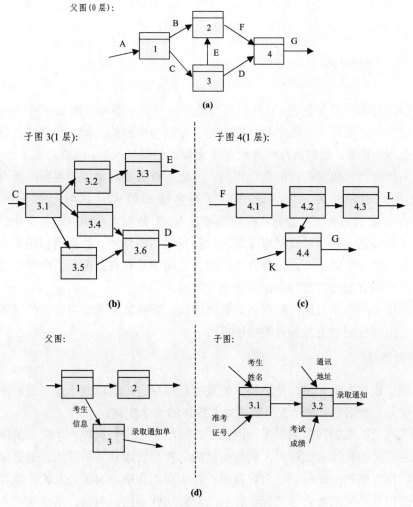

图 5.11 父图与子图平衡的例子

(3) 分解的程度：对于规模较大的系统的分层数据流程图，如果一下子把加工直接分解成基本加工单元，一张图上画出过多的加工将使人难以理解，也增加了分解的复杂性。然而，如果每次分解产生的子加工太少，会使分解层次过多而增加作图的工作量，阅读也不方便。经验表明，一般说来一个加工每次分解量最多不要超过 7 个为宜。同时，分解时应遵循以下原则：

● 分解应自然，概念上要合理、清晰。
● 上层可分解的快些(即分解成的子加工个数多些)，这是因为上层是综合性描述，对可读性的影响小，而下层应分解得慢些。
● 在不影响可读性的前提下，应适当地多分解成几部分，以减少分解层数。
● 一般来说，当加工可用一页纸明确地表述时，或加工只有单一输入/输出数据流时(出错处理不包括在内)，就应停止对该加工的分解。另外，对数据流程图中不再作分解的加工(即功能单元)，必须做出详细的加工说明，并且每个加工说明的编号必须与功能单元的编号一致。

5.5.3　数据字典

数据流程图用形象直观、容易理解的简单符号表示了相关的系统用"什么数据"去"做什么"，概括了系统中数据的流动、存储与变换的过程。但许多具体细节无法在图上表示清楚，数据流程图并没有表明数据的具体内容，这就产生了一个问题，不同的人员对同一数据的理解是否相同？因此，有必要对数据流程图的所有数据建立一个共同的词汇表来表述这些数据的名称和组成，这就是数据字典(data dictionary)。数据字典是在数据流程图的基础上，对数据流程图中的各个元素进行详细的定义与描述，起到对数据流程图进行补充说明的作用。数据流程图是系统的大框架，而数据字典以及下面将要介绍的加工说明则是对数据流程图中每个成分的精确描述，它们有着密切的联系，必须结合使用。

数据字典的内容包括：数据项、数据结构、数据流、数据存储、外部实体和处理逻辑。下面分别讨论各条目的描述方法。

1. 数据项

数据项也称数据元素，是最基本的数据组成单位，也就是不能再分解的数据单位，如学号、姓名等。表5.2是数据元素描述的一个实例。

由于系统的数据项个数很多，因此，必须给予每个数据项一个唯一的编号。数据项的名称是数据元素的标识，它的命名应该符合管理业务的要求，最好采用相关的术语，而且能唯一地标识一个数据项。在实际工作中，对于公共的数据项，不同的业务部门或不同的场合可能有多种叫法，对这些不同的叫法，都应该列入到别名中。数据项的简述是对相关数据的进一步解释。数据元素的长度需要按最大可能的值来确定，取值是指数据元素的取值范围。

表5.2　数据项描述实例

数据项编号：DI0001
数据项名称：学号
简　　　述：学籍信息管理系统中的学生编号
别　　　名：学生编码
类　　　型：char
长　　　度：8
取值/含义：aabbcddd，aa-入学年度，bb-学院编号，c-系号，ddd-流水号

编写：胡杨　日期：2010.08.28　　　审核：纪宇　日期：2010.08.29

2. 数据结构

数据项是不能分解的数据，而数据结构是可以进一步分解的数据包。数据结构是由两个或者两个以上相互关联的数据元素或者其他数据结构组成的。一个数据结构可以由若干个数据元素组成，也可以由若干个数据结构组成，还可以由若干个数据元素和数据结构组成。如教师情况是由教师代码、教师名称、地址、电话、电子邮件等数据元素组成的数据结构，企业用户订单的数据结构是由订单标识、用户情况和配件情况三个数据结构组成的数据结构，其中订单标识由订单编号和日期两个数据元素组成，用户情况由用户代码、用户名称、用户地址、用户姓名、电话、开户银行和账号行等数据元素组成，配件情况由配件代码、配件名称、配件规格和订货数量组成。表 5.3 是数据结构描述的一个实例。数据结构编号必须唯一地标识一个数据结构，数据结构的名称以相关管理工作的术语命名，不同的数据结构应采用不同的名称。对于只有数据项组成的数据结构，直接列出所包含的数据项，并在其后用中括号注明此数据项的类型和长度；对于包含了数据结构的数据结构，则只需列出所包含数据结构的名称或编号。凡是用到的数据结构，在数据字典中都应该给予描述。

表 5.3　数据结构描述实例

数据结构编号：DS0001

数据结构名称：学生基本信息

简述：描述学生固有的属性

别名：学生情况

数据结构组成：DI0001+姓名(char/8)+性别(logic/1)+出生日期(date/8)+民族(char/8)+家庭地址(char/28)

有关的数据流或数据结构：DF0003，DS0005

有关的处理逻辑：P0002，P0005

编写：胡杨　　日期：2009.08.28　　　　审核：　纪宇　　日期：2009.08.29

3. 数据流

数据流是数据结构在系统内传输的路径。数据流的组成可以是一个已定义的数据结构，也可以由若干数据项和数据结构组成。如果是已定义的数据结构，可以直接在描述栏写上该数据结构的编号和名称；如果是由若干数据项和数据结构组成，则必须按数据结构组成的描述方式来描述该数据流的组成。表 5.4 是数据流描述的一个实例。数据流来源说明该数据流来自哪个过程，数据流去向说明该数据流将流向哪个过程。数据流量是指该数据流在单位时间内(每天、每周、每月、每年)的传出次数，它是反映系统运行状态的一个重要参数，高峰期及流量是指在产生该数据流高峰时期的时间和流量。

表 5.4　数据流描述实例

数据流编号：DF0001

数据流名称：新生登记表

简述：描述入学新生的基本信息

数据流来源：学生

数据流去向：建立档案

数据流组成：DS0001+学生简历

数据流量：6000 张/年

高峰期及流量：1000 张/2 月，5000 张 /9 月

编写：胡杨　日期：2010.08.28　　　　审核：　纪宇　　日期：2010.08.29

4. 数据存储

数据存储是数据结构停留或保存的地方，也是数据流的来源和去向之一。在数据字典中，只描述数据存储的逻辑结构，而不涉及它的物理结构。表 5.5 是数据存储描述的实例。

数据存储的编号和名称应具有唯一性，且与数据流程图中表示的编号和名称是一致的，在不同数据流程图中出现的同一数据存储应该标识相同的编号和名称。其中关键词标识唯一确定一条记录的数据项。

表 5.5　数据存储描述实例

数据存储编号：DB0001

数据存储名称：学习成绩表

简述：描述学生各科学习成绩

别名：成绩一览表

组成：班级+科目编号+科目名称+考试时间+DI0001+姓名+成绩

关键词：科目编号/DI0001

记录长度：98B

记录数：60 000 条

容量：5 880kB

有关的处理逻辑：P0001

编写：胡杨　日期：2010.08.28　　　　审核：纪宇　　日期：2010.08.29

5. 外部实体

外部实体是数据的来源和去向，外部实体主要说明外部实体产生的数据流、接收到的数据流以及该外部实体的数量。在学籍管理系统中，学生、家长、教师、教务处、学生处和用人单位等都是外部实体。外部实体定义包括外部实体编号、外部实体名称、简述、输入数据流和输出数据流等。表 5.6 是外部实体描述的实例。

外部实体编号和外部实体名称是唯一的，且与数据流程图中外部实体标识的编号和名称是一致的。输入数据流是指外部实体发出的信息，输出数据流是指外部实体获得的信息。

表 5.6　外部实体描述实例

外部实体编号：E0001

外部实体名称：学生

简述：在学校接受教育的对象

输入数据流：新生名单

输出数据流：成绩单

编写：胡杨　日期：2010.08.28　　　　审核：纪宇　日期：2010.08.29

6. 处理逻辑

处理逻辑描述数据流程图中数据的基本处理过程，比较复杂，在数据字典中仅对数据流程图中最底层的处理逻辑加以说明。如销售公司用信誉度来确定是否接受用户的赊账订单，用订货的数量来确定给用户的优惠折扣。又如学生的期末成绩是由平时作业成绩、出勤率、实验成绩和期末试卷成绩来确定的，平时作业成绩、出勤率、实验成绩和期末试卷成绩所占的权重各不相同。表 5.7 是描述处理逻辑的实例。

表 5.7　处理逻辑描述实例

处理逻辑编号：P0001

处理逻辑名称：计算学生成绩

层次号：P4.2

简述：依据学生平时作业成绩、出勤率、实验成绩和期末试卷成绩所占的权重计算学生成绩

输入数据流：平时作业成绩单、考勤表、实验成绩单、期末试卷成绩单

输出数据流：成绩单

处理：平时作业成绩占 15%，出勤率占 5%，实验成绩占 10%，期末试卷成绩占 70%

处理过程为：

　　根据平时作业的次数、成绩和考勤的次数确定平时作业成绩和出勤率的成绩；

　　根据平时实验次数和每次的成绩确定实验成绩；根据试卷确定试卷成绩。

计算公式：

　　学生成绩=平时作业成绩×15%+出勤率的成绩×5%+实验成绩×10%+期末试卷成绩×70%；按学生成绩的计算公式计算每一位学生的成绩，填写学生成绩单。

编写：胡杨　日期：2010.08.28　　　　审核：纪宇　日期：2010.08.29

处理逻辑编号和处理逻辑名称应与数据流程图中的编号和名称保持一致，处理是对处理逻辑的功能进行概括性的描述。

【案例 5.4】 订货系统的数据字典

前面我们已画出订货系统的数据流程图，如图 5.10(c)所示，对数据流程图中的每一个元素进行详细的定义与描述如下。

1. 数据文件(存储)条目

编号	名　称	流入数据流	流出数据流	组　成	组织形式
DB1	库存清单文件	DF2	DF3	材料编号、材料名称、单价、数量	按材料类别排序
DB2	订货信息文件	DF5	DF6	时间、材料编号、材料名称、订货数量、目前价格、主要供应者、次要供应者	按时间和材料类别排序

2. 数据流条目

编号	名　称	来　源	去　处	组　成	流　量	说　明
DF1	领料单	仓管员	接收事务	日期、材料编号、材料名称、单价、数量	每天60份	
DF2	合格领料单	接收事务	更新库存	日期、材料编号、材料名称、单价、数量	每天60份	
DF3	库存信息	更新库存	库存清单	材料编号、材料名称、单价、数量		处理与库存双向流动
DF4	缺货信息	更新库存	处理订货	日期、材料编号、材料名称、单价、库存数量		低于库存临界的库存数量
DF5	订货信息	处理订货	订货信息文件	时间、材料编号、材料名称、订货数量、目前价格、主要供应者、次要供应者		
DF6	订货汇总信息	订货信息文件	产生报表	时间、材料编号、材料名称、订货数量、目前价格、主要供应者、次要供应者		
DF7	订货报表	产生报表	采购部	时间、材料编号、材料名称、订货数量、目前价格、主要供应者、次要供应者	每天1份	

3. 数据项条目

编　　号	名　　称	数据类型	长　　度	小　数　位	取值范围	说　　明
DI01	日期	D	08			
DI02	材料编号	C	04		0000~9999	
DI03	材料名称	C	20			
DI04	单价	N	08	03		
DI05	库存数量	N	08	02		
DI06	订货数量	N	08	02		
DI07	目前价格	N	08	03		
DI08	主要供应者	C	20			
DI09	次要供应者	C	20			

4. 数据处理条目

编号	名　　称	输　入	处理逻辑	输　　出
P1.1	接收事务	领料单	提供一个领料单的录入界面	合格领料单
P1.2	更新库存	合格领料单	库存量=现库存量－领料量；若库存量<库存临界量，则产生缺货信息	领料信息 缺货信息
P1.3	处理订货	缺货信息	根据缺货信息处理订货	订货信息
P2.0	产生报表	订货汇总信息	根据处理订货的请求，生成订货报表，并打印	订货报表

5. 外部实体条目

编　　号	名　　称	简　　述	输入数据流	输出数据流
E01	仓管员	对材料的领用进行登记	领料单	无
E02	采购部	根据订货报表进行订货	无	订货报表

5.5.4　描述处理逻辑的工具

　　数据流程图中的处理逻辑有的比较简单，有的则比较复杂。对于比较简单的处理逻辑，有数据字典中的处理逻辑描述就很清楚了；但对于比较复杂的处理逻辑，用文字描述就存在着不足之处，如文字描述内容过长，不容易一目了然地看清楚所叙述的内容；有时语义比较含糊，容易造成理解的二义性。处理逻辑的描述关系到程序员是否能准确地利用计算机程序来实现处理过程，其描述是否准确、容易理解是至关重要的。因此，对于比较复杂的处理逻辑有必要运用一些描述处理逻辑的工具来进行更为详细、易懂的说明。

常用的描述处理逻辑的工具有判断树、判断表和结构化语言等方法，这些描述处理逻辑的工具又称为加工说明和处理逻辑小说明。下面对这三种方法进行介绍。

1. 判断树

判断树也称为决策树，是采用树型结构来表示处理逻辑的一种方法。判断树用来描述在一组不同的条件下，决策的行动根据不同条件来选择的处理过程。判断树是一种图形，从图形上可以一目了然地看清用户的业务在什么条件下应采取什么样的处理方式，一个树枝代表一组条件的组合和相对应的一种处理方式。

例如，某企业对不同交易额、不同信誉的新老客户采取不同的优惠待遇，具体销售策略为：每年的交易额小于等于 5 万元的客户不给优惠；每年的交易额大于 5 万元的客户，如无欠款，给 15%的折扣率；如有欠款，还应考虑客户与本企业的交易时间，交易时间大于 20 年，折扣率为 10%，交易时间小于等于 20 年，折扣率为 5%。那么，该企业的判断树如图 5.12 所示。

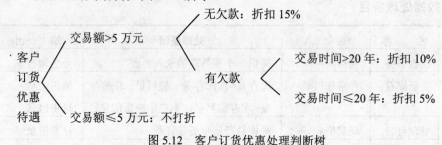

图 5.12　客户订货优惠处理判断树

图中的三个分叉分别表示了三个条件。第一分叉表示交易额，第二分叉表示顾客的信誉，第三分叉表示交易时间。客户订货优惠待遇判断树清楚地显示了企业销售部门根据顾客的不同情况采取的不同优惠措施，简洁地描述了销售人员在计算顾客订货金额时的判断和决策过程。判断树的优点是直观清晰，易于检查和修改，寓意明确，没有二义性，但是对于复杂的条件组合关系的表达不太适合。复杂的条件组合关系的表达可以由判断表来解决。

2. 判断表

如果判断树的条件较多，各个条件又相互组合，相应的决策比较多，在这种情况下用判断树就比较复杂，可以考虑用判断表。判断表也称决策表，可在复杂的情况下，用二维表格直观地表达具体条件、决策规则和应当采取的行动策略之间的逻辑关系。判断表的内容由条件说明、行动说明、条件组合和行动选择构成，用"Y"表示条件满足，用"N"表示条件不满足，用"#"或"√"等符号表示采取的行动。

上述示例中企业的判断如表 5.8 所示。

表 5.8 客户优惠待遇判断表

条件和行动		1	2	3	4	5	6	7	8
条件组合	交易额>5万	Y	Y	Y	Y	N	N	N	N
	无欠款	Y	Y	N	N	Y	Y	N	N
	与本公司交易时间>20年	Y	N	Y	N	Y	N	Y	N
行动	折扣率15%	√	√						
	折扣率10%			√					
	折扣率5%				√				
	无折扣					√	√	√	√

从上面的判断表可以看出，有些条件的组合有相同的行动，有的条件组合则没有实际意义。对于那些有相同行动的条件组合，可以采取合并的方式；对于没有意义的条件组合则采取删除的方式，达到优化判断表的目的。因此，在原判断表的基础上，要进行一系列的整理和综合分析工作，最后得到简单明了、具有实际意义的判断表。表 5.9 是优化后的判断表，表中的"—"的意思既可以是"Y"，也可以是"N"，表示与相应的条件无关。

表 5.9 优化后的判断表

条件和行动		1	2	3	4
条件组合	交易额>5万元	Y	Y	Y	N
	无欠款	Y	N	N	—
	与本公司交易时间>20年	—	Y	N	—
行动	折扣率15%	√			
	折扣率10%		√		
	折扣率5%			√	
	无折扣				√

3. 结构化描述语言

结构化描述语言是一种介于自然语言和计算机程序设计语言之间的一种语言，没有严格的语法，采用很简洁的词汇来表述处理逻辑，既可以用英语表达，也可以用汉语表达。它根据结构化程序设计的思想，采用三种基本逻辑结构来描述处理逻辑，这三种基本逻辑结构是：顺序结构、循环结构和选择结构。

1) 顺序结构

顺序结构是按出现的先后顺序执行的一种结构。顺序结构是由一条条的祈使句构成的，每一条祈使句至少要有一个动词，表明要执行的动作，还至少应有一个名词作为宾语，表示动作的对象。祈使句必须尽量简短、清楚和易懂，构造祈使句时，应该注意使用的动词要能够准确地表达相应的动作，所用的宾语应该准确地表示动作的对象，不要使用形容词和副词。

如"工资计算"处理逻辑可以用表 5.10 表述。

表 5.10　"工资计算"处理逻辑

输入职工号
读基本工资文件
读考勤表文件
读扣款文件
计算应付工资
计算代扣工资
计算实发工资

2) 选择结构

处理逻辑在对数据的加工中，常常要按不同的条件状况分别执行不同的处理功能，这种情况通常采用选择结构来描述。前文示例中的客户优惠待遇可用表 5.11 描述。

表 5.11　"客户优费待遇"处理逻辑

IF　每年交易额 > 5 万元
　THEN　IF　无欠款
　　　　　THEN　折扣率=15%
　　　　　ELSE　IF　与本公司交易>20 年
　　　　　　　　　THEN　折扣率=10%
　　　　　　　　　ELSE　折扣率=5%
ELSE　无折扣

3) 循环结构

循环结构是指在某种情况下，反复执行某一相同处理功能的一种结构。例如，在"学生成绩处理"中，需要将某个班级全部学生的某一门成绩输入并保存，这就需要循环语句。表 5.12 是对"学生成绩管理"处理逻辑的描述。

表 5.12　"学生成绩管理"处理逻辑

对每个学生循环处理
输入学生学号
输入课程号
在"学生选课"数据存储中查找该生纪录
如果找到
则输入成绩
将学生成绩存入成绩档案中
直到全部学生的成绩处理完毕

4．几种表达工具的比较

以上介绍的三种用于描述加工说明的工具各自具有不同的优点和不足，它们之间的比较如表 5.13 所示。通过比较可以看出它们的适用范围。

表 5.13　几种表达工具的比较

比 较 指 标	结构化语言	判 断 表	判 断 树
逻辑检查	好	很好	一般
表示逻辑结构	好(所有方面)	一般(仅是决策方面)	很好(仅是决策方面)
使用方便性	一般	一般	很好
用户检查	不好	不好	好
程序说明	很好	很好	一般
机器可读性	很好	很好	不好
机器可编辑性	一般(要求句法)	很好	不好
可变性	好	不好(除简单组合变化)	一般

从表 5.13 中我们可得出如下的结论：结构化语言最适用于涉及具有判断或循环动作组合顺序的问题；判断树较适用于含有 5~6 个条件的复杂组合，条件组合过于庞大则将造成不便；判断表适用于行动在 10~15 之间的一般复杂程度的决策，必要时可将判断树上的规则转换成判断表，以便于用户使用；判断表和判断树也可用于系统开发的其他阶段，并被广泛地应用于其他学科。

5.6　建立新系统的逻辑模型

通过系统调查，对现行系统的业务流程、数据流程、处理逻辑等进行深入的分析，并对原有系统进行了大量的分析和优化，这个分析和优化的结果就是新系统拟采用的信息处理方案。因而对原系统分析之后就应该提出系统的建设方案，即建立新系统的逻辑模型。建立逻辑模型是系统分析中重要的任务之一，它是系统分析阶段的重要成果，也是下一个阶段工作的主要依据。

新系统的逻辑模型主要包括新系统的目标、新系统的业务处理流程、数据处理流程、新系统的总体功能结构及子系统的划分和功能结构等，是系统分析阶段系统分析结果的综合体现。

5.6.1　确定系统目标

系统目标是指达到系统目的所要完成的具体事项。在对现行系统做详细调查的基础上，根据详细调查结果对系统规划报告中提出的系统目标进行再次考查，对项目的可行性和必要性进行重新考虑，并根据对系统建设的环境和条件的调查修正系统目标，使系统目标适应组织的管理需求和战略目标。系统目标主要包括：系统功能目标、系统技术目标和系统经济目标。

1. 系统功能目标

系统功能目标是指系统所能处理的特定业务和处理这些业务的质量。管理信息系统为管理者提供信息的数量和质量，管理者对管理信息系统所提供信息的满意程度，有了管理信息系统后能为管理者提供哪些原来所无法提供的便利等都是衡量系统功能目标的依据。

2. 系统技术目标

系统技术目标是指系统应具有的技术性能和应达到的技术水平。常用的衡量技术的指标有运行效率、响应速度、吞吐量、可靠性、灵活性、可维护性、审核能力、操作使用方便性等。

3. 系统经济目标

系统经济目标是指系统开发的预期投资费用和预期经济效益。预期投资费用可分别从研制阶段和运行维护投资两方面进行估算。预期经济效益则应从直接经济效益和间接经济效益两方面进行预测。直接经济效益可以用货币额来度量，间接经济效益不容易量化，主要从提高管理水平、优化管理方法、提高客户的满意度等方面考虑。

5.6.2　确定新系统的业务流程

新系统的业务流程不仅是对企业业务过程进行描述，还是企业业务过程的重组与优化的过程。在业务流程分析的过程中，已经对原系统的业务流程进行了分析与优化，在确定新系统的逻辑模型时，还应再次分析讨论。

确定新系统业务流程的具体内容包括：

(1) 对企业的业务流程进行分析讨论，找出业务流程中仍不合理的地方。

(2) 对业务流程中不合理的过程进行优化，分析优化后将带来的益处。

(3) 确定新系统的业务流程。

5.6.3　确定新系统的数据和数据流程

新系统的数据流程图是系统"做什么"的逻辑基础，在数据流程分析的过程中，已经对原系统的数据流程进行了分析与优化，在确定新系统的逻辑模型时，还应再次分析讨论。

确定新系统的数据和数据流程具体内容包括：

(1) 与用户讨论数据指标体系是否全面合理，数据精度是否满足要求等有关内容，确认最终的数据指标体系和数据字典。

(2) 对数据流程进行分析讨论，找出数据流程中仍不合理的地方。

(3) 对数据流程中不合理的过程进行优化，分析优化后将带来的益处。

(4) 确定新系统的数据流程。

5.6.4　确定新系统的功能模型

确定新系统的功能模型就是对新系统进行子系统的划分。在进行组织结构与功能分析时，对系统必须具有的功能做了详细的调查和分析，通过对子系统的划分，建立了系统的功能模型。在确定新系统逻辑模型时，必须再次进行分析讨论，最后确定新系统总的功能模型。对于大系统来说，划分子系统的工作通常在系统规划阶段进行，常用的工具是 U/C 矩阵。

5.6.5　确定新系统的数据资源分布

在系统功能分析和子系统划分之后，应该确定数据资源在新系统中的存放位置，即哪些数据资源存储在本系统的内部设备上，哪些是存储在网络或主机上的。

5.6.6　确定新系统中的管理模型

管理模型是系统在每个具体管理环节上所采用的管理方法的抽象，在计算机技术支持下，一些较复杂的现代管理方法的应用具有了实现的可能。系统分析中要根据数据流程图对每个处理过程进行认真分析，研究每个管理过程的信息处理特点，找出相适应的管理模型。

常用的管理模型如表 5.14 所示。

表 5.14　常用的管理模型

模 型 大 类	模 型 小 类	模 型 作 用	常 用 模 型
综合计划模型	综合发展模型	这是企业的近期发展目标模型，包括赢利指标、生产规模等	企业中长期计划模型、目标分解模型、新产品开发和生产结构调整模型、中期计划滚动模型
	资源限制模型	反映了企业各种资源对企业发展模型的制约	数学规划模型、资源分配限制模型
生产计划管理模型	生产计划大纲模型	主要安排与综合生产计划有关的生产指标	优化生产计划模型、物料需求计划模型、能力需求计划模型、投入产出模型
	作业计划模型	具体安排了生产产品数量、加工路线、加工进度、材料供应、能力平衡等	投入产出矩阵、网络计划模型、关键路径模型、排序模型、物料需求模型、设备能力平衡模型

（续表）

模 型 大 类	模 型 小 类	模 型 作 用	常 用 模 型
库存管理模型	库存管理模型	用于安排库存数量	库存物资分类法、库存管理模型、最佳经济批量模型
财务成本管理模型	成本核算模型	包括直接生产过程的消耗计算和间接费用的分配	品种法、分步法、逐步结转法、平行结转法、定额差异法等
			完全成本法和变动成本法
	成本预测模型		数量经济模型、投入产出模型、回归分析模型
	成本分析模型		实际成本与定额成本比较模型、本期成本与历史同期可比成本比较模型、产品成本与计划指标比较模型、产品成本差额管理模型、量本利分析模型
统计分析与预测模型	统计分析与预测模型	一般用来反映销售、市场、质量、财务状况等的变化情况及未来发展的趋势	多元回归预测模型、时间序列预测模型、普通类比外推模型

5.7　系统分析报告

　　系统分析阶段的成果就是系统分析报告，它反映了这一阶段调查分析的全部情况，是下一步设计与实现系统的基础。系统分析报告不仅能够展示系统调查的结果，而且还能反映系统分析的结果——新系统逻辑方案。经过上述过程，我们已经完成了建立新系统逻辑模型的任务，即已经完成了整个系统分析阶段的工作。作为该阶段的一个工作成果，应提交一份完整的系统分析说明书。

　　系统分析报告形成后，必须组织各方面的人员，即组织的领导、管理人员、专业技术人员、系统分析人员等一起对已经形成的逻辑方案进行论证，尽可能地发现其中的问题、误解和疏漏。对于问题、疏漏要及时纠正，对于有争论的问题要重新核实当初的原始调查资料或进一步地深入调查研究，对于重大的问题甚至可能需要调整或修改系统目标，重新进行系统分析。

　　系统分析报告一经确认由用户认可接受后，就成为具有约束力的指导性文件，成为下一阶段系统设计工作的依据和今后验收目标系统的检验标准。

　　系统分析报告一般包括以下几个方面。

1. 系统概述

主要对组织的基本情况进行简单介绍，包括组织的结构，组织的工作过程和性质，外部环境，与其他单位之间的物质、信息交换关系以及新系统的目标、主要功能、背景等。

2. 现行系统状况

主要介绍详细调查的结果，包括以下两方面。

(1) 现行系统现状调查说明：通过现行系统的组织/业务联系表、业务流程图、数据流图等图表，说明现行系统的目标、规模、主要功能、业务流程、数据存储和数据流，以及存在的薄弱环节。

(2) 系统需求说明：用户要求以及现行系统主要存在的问题等。

3. 新系统的逻辑设计

新系统的逻辑设计结果是系统分析报告的主体，具体包括以下几方面。

(1) 系统功能及分析：提出明确的功能目标，并与现行系统进行比较分析，重点要突出计算机处理的优越性。

(2) 系统逻辑模型：各个层次的数据流图、数据字典和加工说明，在各个业务处理环节拟采用的管理模型。

(3) 其他特性要求：例如，系统的输入输出格式、启动和退出等。

(4) 遗留问题：根据目前条件，暂时不能满足的一些用户要求或设想，并提出今后解决的措施和途径。

4. 系统实施的初步计划

这部分内容因系统而异，通常包括与新系统相配套的管理制度、运行体制的建立，以及系统开发资源与时间进度估计、开发费用预算等。

在系统分析说明书中，数据流程图、数据字典和加工说明这三部分是主体，是系统分析说明书中必不可少的组成部分。而其他各部分内容，则应根据所开发目标系统的规模、性质等具体情况酌情选用，不必生搬硬套。总之，系统分析说明书必须简明扼要，抓住本质，反映出目标系统的全貌和开发人员的设想。

系统分析报告描述了目标系统的逻辑模型，是开发人员进行系统设计和实施的基础；是用户和开发人员之间的协议或合同，为双方的交流和监督提供基础；是目标系统验收和评价的依据。因此，系统分析报告是系统开发过程中的一份重要文档，必须要求该文档完整、一致、精确且简明易懂，易于维护。

5.8 信息系统分析实例
—— 考试管理信息系统的系统分析

本节以大家比较熟悉的考试管理系统为例进行介绍。本系统的开发过程较好地体现了结构化方法的思想和原则，有关文档比较规范。为了突出开发方法的应用，对系统背景作了一些合理的简化。本节讨论系统分析部分，第6章介绍系统设计的有关知识。

5.8.1 系统开发的可行性分析

随着教育体制改革的深入和发展，某学院的教学改革也在扎实地进行，招生规模不断扩大，使学院的考试管理工作越来越复杂。为了把工作人员从繁重、低效的工作中解脱出来，建立考试管理信息系统是非常必要的。

经过初步调查，了解到该学院的考试管理情况如下。学院现设4个专业，学生人数约3 000人。学院每学期都要组织学生进行各种考试来检验一个学期以来学校的教学质量和学生的学习情况，学院的师生对这些考试都很重视，这也是教学工作的重要组成部分。但该学院的考试管理一直依靠手工方式，投入了较多的人力、物力。而且，手工管理容易造成失误、出错的情况，不能及时向老师和学生提供各类有关考试的情况，从一定程度上影响了教学管理改革的进程。因此，学院领导决定拨出专款建设考试管理信息系统。考试管理信息系统能及时反映学生在校期间的各种信息及其变化，并对这些信息进行各种统计分析，使管理者能从不同角度对学生个体和群体的成绩情况做出快速准确的分析判断。同时通过对学生学习质量的分析，还可以为综合评价教师的教学质量提供依据。

考试管理系统是比较简单的系统，对开发技术的要求不高。由于人机界面友好，操作方便，一般人员都可以使用。学院采用集中统一的管理方式，数据处理量不大，可以考虑开发基于局域网的数据处理信息系统。因此投资不大，学院完全可以承担。系统投入运行后，能够减少因手工劳动产生的管理费用，同时带来一些潜在的收益，如克服信息不畅、提高信息服务质量等。学院领导和工作人员对新系统的开发都给予支持。因此，该信息系统的开发是必要的和可行的，可以立即进行开发。

5.8.2 现行系统的调查与分析

1. 组织机构和管理功能

该学院考试管理工作的组织结构如图5.13所示。在图中只介绍了与考试管理相关的部分，其他的业务部门没有列出。

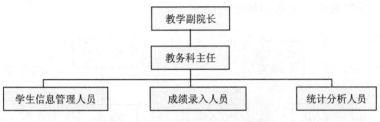

图 5.13　考试管理组织机构图

为了实现系统目标，现行系统的管理功能设置如图 5.14 所示。

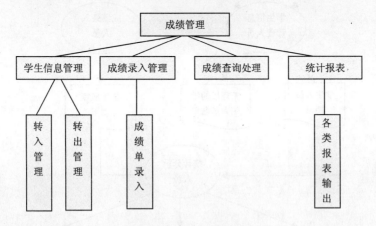

图 5.14　考试管理功能图

在实际管理活动中，各种各样的查询请求随时都可能发生。例如：

(1) 根据学号可以查询成绩。

(2) 根据学生人员变动名单的学号查询最新的人员变动情况。

(3) 根据成绩统计报表的班级代码可以了解各班的成绩在整个学校的水平。

2. 业务流程分析

(1) 系统的业务流程调查：学院考试管理包括学生信息管理和成绩管理两部分工作。

学生信息管理的过程是，当学生人员发生变动时，学生信息管理人员应对变动人员进行添加或修改。每年新生入学时，由学生工作办公室提供新生信息，并由教务科存档以备用。学生毕业前，应将毕业生信息删除。其他学生的变动信息应及时更新，经过检查的变动名单由学生信息管理人员进行整理，并存入学生库中。

学生成绩管理的过程是，每当考试完毕后，任课教师把成绩单一式三份分别送教务科、各系部和学生工作办公室，成绩录入人员将整理后的成绩输入到学生成绩库中。录入成绩完毕后，统计分析人员应根据学生库文件和学生成绩库文件汇总出各班总成绩、各科总成绩和学生总成绩等资料，并把这些累计汇总后的资料报送有关人员。考试管理业务流程图如图 5.15 所示。

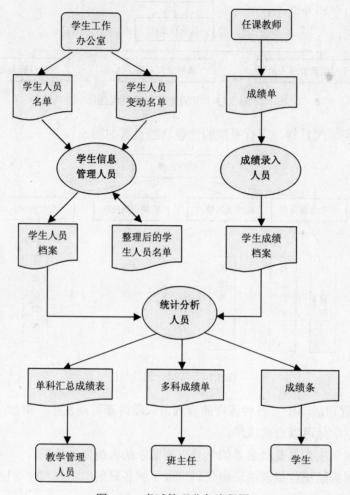

图 5.15　考试管理业务流程图

(2) 业务流程分析：根据计算机信息处理的特点，还应对业务流程进行分析，找出不合理的环节和冗余的业务信息，然后在新系统中加以改进。本系统对业务流程的改进如下：

● 去掉不增值的活动。学生信息处理人员根据学生人员名单和变动名单产生一份整理后的学生人员名单，这份名单没有实际的用途，可将整理名单这个步骤去掉。

● 消除冗余信息。在原系统中教师要抄送三份成绩单，加大了教师的工作量，在建立新系统逻辑模型时应去掉不必要的数据冗余,改由学院教务科建档统一管理。

3. 数据流程调查和分析

这项工作的任务是收集和分析原系统全部单据、报表、账册等信息需求，并把数据的流动情况抽象独立出来，绘制现行系统的数据流程图。

结合业务流程分析，可以对收集的数据进行分析及汇总处理，本系统的输入数据有学生名单、学生变动名单、各科成绩单，输出报表为单科成绩汇总表、班级成绩汇总表、成绩条。

表 5.15 是数据调查表的例子。

表 5.15　现行系统的数据调查表

单位名称：

序号	名　　称	类型(输入/输出)	来源/去处	发生频率	保密要求	保存时间
1	学生名单	输入	学生工作办公室	10 份/学期	无	5 年
2	学生变动名单	输入	学生工作办公室	2 份/月	无	3 年
3	成绩单	输入	任课教师	200 份/学期	有	2 年
4	单科成绩统计表	输出	教学管理人员	30 份/学期	有	2 年
5	班级成绩统计表	输出	班主任	18 份/学期	无	2 年
6	成绩条	输出	学生	3 000 张/学期	无	2 年

制表人：　　　　　审核人：　　　　　　　　　日期：　　　第　　页

5.8.3　新系统的逻辑模型

1. 系统目标

考试管理系统的目标是实现考试管理的自动化处理，增强资源共享，减少人员和管理费用，加快信息的查询速度和准确性，提供更方便、更全面的服务。

2. 系统数据流程图

通过对现行系统的全面调查与分析，本系统数据流向基本合理，系统功能可以满足实际管理工作的需要。新系统的处理分为学生基本信息维护、成绩录入处理、统计报表三部分。系统的主要外部实体有：学生、任课教师、学生工作办公室、班主任、教学管理人员等。

顶层数据流程图反映了系统边界，如图 5.16 所示。

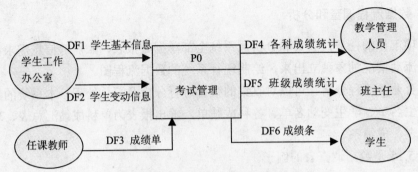

图 5.16　考试管理的顶层数据流程图

第 1 层数据流程图中明确了新系统的功能划分，及各功能之间的数据联系，如图 5.17 所示。

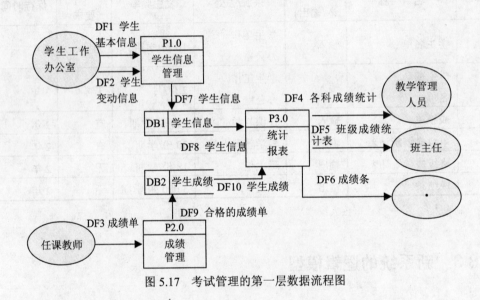

图 5.17　考试管理的第一层数据流程图

3. 数据字典

数据字典对 DFD 中的所有元素做出了严格定义，是此后数据库设计的基础。以下是考试管理系统的数据字典。

1) 数据项的定义

数据项编号：DI01　　　　　　数据项编号：DI02

数据项名称：学号　　　　　　数据项名称：班级代码

类型：字符型　　　　　　　　类型：字符型

长度：7　　　　　　　　　　长度：4

数据项编号：DI03
数据项名称：班级名称
类型：字符型
长度：8

数据项编号：DI04
数据项名称：姓名
类型：字符型
长度：8

数据项编号：DI05
数据项名称：性别
类型：字符型
长度：2

数据项编号：DI06
数据项名称：出生年月
类型：日期型
长度：8

数据项编号：DI07
数据项名称：籍贯
类型：字符型
长度：20

数据项编号：DI08
数据项名称：家庭情况
简述：学生家庭的基本情况
类型：字符型
长度：40

数据项编号：DI09
数据项名称：家庭住址
类型：字符型
长度：20

数据项编号：DI10
数据项名称：家庭电话
类型：字符型
长度：12

数据项编号：DI11
数据项名称：备注
类型：备注型
长度：10

数据项编号：DI12
数据项名称：课程号
类型：字符型
长度：3

数据项编号：DI13
数据项名称：课程名称
类型：字符型
长度：10

数据项编号：DI14
数据项名称：成绩
类型：数值型
长度：5
小数字：1
取值范围：0~100

数据项编号：DI15
数据项名称：学期

数据项编号：DI16
数据项名称：变动班级

类型：字符型　　　　　　　　　类型：字符型

长度：1　　　　　　　　　　　　长度：4

取值范围：1~8　　　　　　　　　取值/含义：　0——毕业；

　　　　　　　　　　　　　　　　　　　　　　-1——退学；

　　　　　　　　　　　　　　　　　　　新班级代码——转专业；留

　　　　　　　　　　　　　　　　　　　　　　　级；跳级

数据项编号：DI17

数据项名称：变动时间

类型：日期型

长度：8

2) 数据流的定义

数据流编号：DF1

数据流名称：学生人员基本情况名单

简述：学生的基本情况

数据流来源：学生工作办公室

数据流去向：学生基本信息维护功能(P1.0)

数据流组成：学号+班级代码+班级名称+姓名+性别+出生年月+籍贯+家庭情况
+家庭住址+家庭电话+备注

流通量：10 份/学期

数据流编号：DF2

数据流名称：学生人员变动名单

简述：学生的变动情况

数据流来源：学生工作办公室

数据流去向：学生基本信息维护功能(P1.0)

数据流组成：学号+班级代码+班级名称+姓名+变动班级+变动时间+备注

流通量：2 份/月

数据流编号：DF3

数据流名称：成绩单

简述：学生各科考试成绩

数据流来源：任课教师

数据流去向：成绩录入处理功能(P2.0)

数据流组成：课程名+班级代码+班级名称+{姓名+成绩}

流通量：200 张/学期

数据流编号：DF4
数据流名称：单科成绩汇总表
简述：按班级汇总的单科成绩
数据流来源：统计报表功能(P3.0)
数据流去向：教学管理人员
数据流组成：课程名+学期+{班级代码+班级名称+平均成绩+排名}
流通量：30 份/学期

数据流编号：DF5
数据流名称：班级成绩汇总表
简述：给班主任的成绩
数据流来源：统计报表功能(P3.0)
数据流去向：班主任
数据流组成：班级代码+班级名称+学期+{学号+姓名+{课程名+成绩}+平均成绩}
流通量：18 份/学期

数据流编号：DF6
数据流名称：成绩条
简述：给学生的各科成绩
数据流来源：统计报表功能(P3.0)
数据流去向：学生
数据流组成：学号+班级代码+班级名称+姓名+学期+家庭地址+{课程+成绩}+
平均成绩
流通量：3 000 份/学期

数据流编号：DF7
数据流名称：学生基本信息
简述：变动后的学生基本情况
数据流来源：学生基本信息维护功能(P1.0)
数据流去向：学生库
数据流组成：学号+班级代码+班级名称+姓名+性别+出生年月+籍贯+家庭情况
+家庭住址+家庭电话+变动班级+变动时间+备注
流通量：1000 条/学期

数据流编号：DF8

数据流名称：统计表中的学生信息

简述：提供学生情况进行成绩汇总分析

数据流来源：学生库

数据流去向：统计报表功能(P3.0)

数据流组成：学号+班级代码+班级名称+姓名+家庭住址

流通量：3 000 条/学期

数据流编号：DF9

数据流名称：合格的成绩单

简述：学生各科考试成绩

数据流来源：成绩录入处理功能(P2.0)

数据流去向：学生成绩库

数据流组成：同 F3

数据流编号：DF10

数据流名称：学生成绩

简述：学生各科考试成绩

数据流来源：学生成绩库

数据流去向：统计报表功能(P3.0)

数据流组成：同 DF3

3) 数据存储的定义

数据存储编号：DB1

数据存储名称：学生库

简述：学生的学号、姓名等信息

数据存储结构：学号+班级代码+班级名称+姓名+性别+出生年月+籍贯+家庭情况+家庭住址+家庭电话+变动班级+变动时间+备注

关键词：学号

相关的处理：P1.0、P3.0

数据存储编号：DB2

数据存储名称：学生成绩库

简述：记录学生各科成绩信息

数据存储结构：学号+班级代码+班级名称+姓名+学期+{课程名+成绩}

关键词：学号

相关的处理：P2.0、P3.0

4) 处理逻辑的定义

处理逻辑编号：P1.0

处理逻辑名称：修改学生基本信息

输入：数据流 DF1、DF2，来自学生工作办公室

输出：数据流 DF7，去向学生库

描述：将学生情况和变动情况录入和更新，以备后用

激发条件：新生入学、毕业或学籍变动的情况发生

处理逻辑编号：P2.0

处理逻辑名称：成绩输入

输入：数据流 DF3，来自任课教师

输出：数据流 DF9，去向学生成绩库

描述：考试后将学生成绩整理输入到学生成绩库中

激发条件：考试后阅完卷发生

处理逻辑编号：P3.0

处理逻辑名称：统计报表

输入：数据流 DF8、DF10，分别来自学生库、学生成绩库

输出：数据流 DF4、DF5、DF6，分别去向教学管理人员、班主任、学生

描述：把阅卷后的成绩进行分析，整理后制作成报表分发给各科老师、班主任、学生

激发条件：考试成绩输入完毕后发生

5) 外部实体的定义

外部实体编号：E1

外部实体名称：学生人员管理办公室

输出的数据流：DF1、DF2

外部实体编号：E2

外部实体名称：任课教师

输出的数据流：DF3

外部实体编号：E3

外部实体名称：教学管理人员

输入的数据流：DF4

外部实体编号：E4

外部实体名称：班主任

输入的数据流：DF5

外部实体编号：E5

外部实体名称：学生

输入的数据流：DF6

思考题

1. 系统分析的主要任务是什么？
2. 系统分析有哪几个主要步骤？
3. 管理信息系统分析为什么要对组织结构进行调查和分析？
4. 详细调查的任务是什么？
5. 简述详细调查的原则。
6. 什么是组织结构图？画出自己熟悉的部门的组织结构图。
7. 什么是业务流程图？画出自己熟悉的组织的业务功能图。
8. 业务流程分析的任务和内容是什么？
9. 什么是数据流程图？数据流程图具有哪些特征？
10. 简述绘制数据流程图的原则。
11. 简述绘制数据流程图的主要步骤。
12. 简述数据字典的内容。
13. 简述判断树描述处理逻辑的优缺点。
14. 系统分析中采用哪些描述处理逻辑的工具？
15. 系统分析报告中应写入哪些内容？

16. 去图书馆借书的过程是：借书人先查图书卡片；填写借书条；交给图书管理人员；管理人员入库查书；找到后由借书人填写图书卡片；管理员核对卡片；将书交给借阅者；将借书卡内容记入计算机。试用业务流程图图例画出该业务流程图。并考虑到"找不到书"，"卡片填错"，"过期不还书"等情况的中断处理。

17. 前进汽车配件公司向顾客供应汽车配件，顾客是汽车用户或是汽车修配厂，配件公司的货源来自各种不同的配件制造工厂或批发商。顾客可以当时购买，也可以预先订货，公司负责托运。该公司拥有顾客 7 000 多户，经营的汽车配件有 8 000多种，每一品种有若干种规格，总计约有 2 万种规格，如果考虑到同品种、同规格，但是不同厂家制造的零配件，则有 6 万多种。这家汽车配件公司年销售额 1.5 亿元，职工 600 余人。请依据题意画出数据流程图，要求画至第二层数据流程图。

18. 某翻译公司的英文笔译收费标准如下：

若欲翻译的文档的字数在 2 000 字(含 2 000 字)以内，类型为一般读物的，每千字为 180 元，类型为专业读物的，每千字为 220 元；

若欲翻译的文档的字数大于 2 000 字小于等于 8 000 字，类型为一般读物的，每千字为 160 元，类型为专业读物的，每千字为 200 元；

若欲翻译的文档的字数在 8 000 字以上，不管是哪种类型的读物，每千字均为150 元。

请用判断树描述之。

第 6 章

管理信息系统的系统设计

系统分析阶段是为了解决系统"做什么"，建立新系统的逻辑模型，从具体到抽象的过程。而系统设计是解决系统"怎么做"，建立目标系统的物理模型，从抽象到具体的过程。系统设计的主要任务是根据系统分析报告确定系统的具体设计方案，即确定新系统的总体结构，提出各个细节处理方案。系统设计阶段的工作通常可分为总体设计和详细设计。本章主要介绍结构化系统设计的方法、系统的平台设计、子系统的分解、模块化设计、代码设计、人机界面设计、数据存储设计、处理流程设计等内容。

6.1 系统设计概述

6.1.1 系统设计的目的与任务

管理信息系统设计阶段的主要目的是，将系统分析阶段所提出的、充分反映用户信息需求的新系统逻辑模型转换成可以实施的、基于计算机与网络技术的物理模型。系统模型分为逻辑模型和物理模型。逻辑模型主要确定系统"做什么"，而物理模型则主要解决系统"怎样做"的问题。

这一阶段的主要任务是从信息系统的总体目标出发，根据系统分析阶段对系统的逻辑功能的要求，并考虑到经济、技术和运行环境等方面的条件，确定系统的总体结构和系统各组成部分的技术方案，合理选择计算机和通信的软、硬件设备，提出系统的实施计划。系统设计阶段的工作包括如下主要活动。

1. 总体设计

系统的总体设计又称概要设计(preliminary design)，总体设计是根据系统分析所得到的系统逻辑模型和需求说明书，导出系统的功能模块结构图，并确定合适的计算机处理方式和计算机总体结构及系统配置。总体设计是系统设计中十分重要的一步，总体设计的好坏将直接影响系统的质量和整体特性，系统越大，影响就越大。在总体设计中要牢记"整体大于部分之和"的思想，力求系统的整体性能最佳而不是各个局部性能最佳。

2. 详细设计

系统的详细设计是系统总体设计的深入，对总体设计中各个具体的任务选择适当的技术手段和处理方法。详细设计主要包括：代码设计、数据库设计、输出设计、输入设计、对话设计、处理流程设计、制定设计规范等。

3. 编写系统设计说明书

系统设计说明书是系统设计阶段的成果，它从系统设计的主要方面说明系统设计的指导思想、采用的技术方法和设计成果，是系统实施阶段工作的主要依据。

面对规模庞大、结构复杂、设计因素众多的系统，确定其技术方案是一项复杂的系统工程，必须依据科学的原则与方法，严格遵守有关标准与规范，才有可能实现预定的目标。

6.1.2 系统设计的依据和原则

系统设计是在系统分析的基础上由抽象到具体的过程。同时，还应该考虑到系统实现的内外环境和主客观条件。通常，系统设计阶段工作的主要依据可从以下几个方面考虑。

(1) 系统分析的成果。从工作流程来看，系统设计是系统分析的继续，因此，系统设计人员必须严格按照系统分析阶段的成果——系统分析说明书所规定的目标、任务和逻辑功能进行设计工作。对系统逻辑功能的充分理解是系统设计成功的关键。

(2) 现行技术。现行技术主要指可供选用的计算机硬件技术、软件技术、数据管理技术以及数据通信与计算机网络技术。

(3) 现行的信息管理和信息技术的标准、规范和有关法律制度。

(4) 用户需求。系统的直接使用者是用户，进行系统设计时应充分尊重和理解用户的要求，特别是用户在操作方面的要求，尽可能使用户感到满意。

(5) 系统运行环境。新系统的目标要和现行的管理方法相匹配，与组织的改革与发展相适应。也就是说，要符合当前需要，适应系统的工作环境。如基础设施的配置情况、直接用户的空间分布情况、工作地的自然条件及安全保密方面的要求。在系统设计中还应考虑现行系统的硬、软件状况和管理与技术环境的发展趋势，在新系统的技术方案中既要尽可能保护已有投资，又要有较强的应变能力，以适应未来的发展。

针对系统设计的特点，根据系统开发的经验和教训，在系统设计中应遵循以下主要原则。

(1) 系统性。系统性也就是整体的观点，要从整个系统的角度进行考虑，要求有统一的信息代码，统一的数据文件格式，统一的数据处理方式，以最少的输入数据满足同样的输出要求，使一次输入能得到多次使用。

(2) 灵活性。为保持系统的长久生命力，要求系统具有很强的环境适应性。对于一个复杂的大系统，在系统总体设计时，首先应该考虑它的层次特征，最好的办法就是把系统分解成若干个模块，把这些模块组织在自顶向下扩展的、具有层次关系的系统结构中，而且尽可能使每一个模块具有最大的独立性，减少模块间的数据耦合，以使整个系统易于调试、易于实现、易于维护、易于扩充，这就能增加系统的灵活性和应变能力，比较容易适应系统环境的变化。

(3) 可靠性。可靠性是指系统抵御外界干扰的能力，以及受外界干扰时的恢复能力。一个成功的管理信息系统必须具有较高的可靠性，如安全保密性、检错及纠错能力、抗病毒能力等。

(4) 经济性。经济性是指在满足系统需求的前提下，尽可能减小系统的开销。一方面，在硬件投资上不能盲目追求技术上的先进，而应以满足应用需要为前提；另一方面，系统设计中应尽量简洁，以便缩短处理流程、减少处理费用。

6.2 系统功能结构设计

系统功能结构设计的主要任务，就是根据系统的总体目标和功能将整个系统合理划分成若干个功能模块，正确地处理模块之间的调用关系和数据联系，并根据评价标准对模块结构进行优化等。

系统的功能结构是在遵循结构化和模块化设计思想的基础上，以信息系统功能结构图来表示的。

6.2.1 系统功能结构设计的原则

系统功能结构设计应遵循以下主要原则。

1. 分解—协调原则

整个软件系统是一个整体，具有整体目标和功能，但这些目标和功能的实现又是相互联系的各个组成部分共同工作的结果，在处理过程中应根据系统总体要求协调各部分的关系。

2. 模块化原则

功能结构设计的基础是模块化，通过一系列方法和技术将整个系统分解成相对独立的若干模块，通过对模块的设计和模块之间关系的协调来实现整个信息系统的功能。

3. 自顶向下的原则

首先抓住系统总的功能目标，然后逐层分解，即先确定上层模块的功能，再确定下层模块的功能。

4. 抽象的原则

上一层模块只负责为下一层模块(注：这里的上下层关系指模块之间的调用关系，即上层模块直接或间接调用下层模块)的工作提供依据，并不规定下层模块的具体行为，即上层模块只规定下层模块做什么和所属模块间的协调关系，但不规定怎么做，以保证各模块的相对独立性和内部结构的合理性，使得模块与模块之间层次分明、易于理解、易于实施、易于维护。

5. 明确性原则

每个模块必须功能明确、接口明确、消除多重功能和无用接口。

完成功能结构设计的任务已经有许多成功的设计方法，如结构化设计方法(structured design，SD)、Jackson 方法、Parnas 方法等。这些方法都采用了模块化、自顶向下、逐步求精等基本方法，其差别在于构成模块的原则不同。SD 方法以数据流程图为基础构造模块结构图，Jackson 方法以数据结构为基础构造模块结构图，而 Parnas 方法以信息隐蔽为原则构造模块结构图。

常使用的设计工具主要有：系统流程图，HIPO(分层和输入—处理—输出)技术，控制结构图，模块结构图等。

6.2.2 结构化设计方法

结构化设计方法是 1974 年由美国 IBM 公司的 W.Stevens 等人首先提出的，是应用最为广泛的一种方法，它可以同结构化分析和结构化程序设计方法前后衔接起来使用。结构化系统设计的思想是以数据流程图为基础，采用自顶向下、逐层分解的方法，把系统划分为若干子系统，而子系统又划分为若干功能模块，模块又划分为子模块，层层划分直到每一个模块是相对独立、功能单一的独立程序为止，最后构造出模块结构图。

SD 方法采用一组标准的准则和工具设计系统的模块结构，主要考虑以下几个问题：

- 每个子系统如何划分成多个模块；
- 如何确定子系统之间、模块之间传送的数据及其调用关系；
- 如何评价并改进模块结构的质量；
- 如何从数据流程图导出模块结构图。

结构化设计的宗旨是要使设计工作简单化、标准化，SD 方法强调系统要有一个良好的结构。在研究了系统分解所产生的模块间的关系的基础上提出了基本的设计策略——数据流分析技术，以及评价模块结构的标准——"耦合小、内聚大"的设计原则。

6.2.3 模块结构设计

1. 模块结构图

模块结构图又称控制结构图或系统结构图，是用一组特殊的图形符号按一定的规则描述系统整体结构的图形，它是系统设计中反映系统功能模块层次分解关系、调用关系、数据流和控制信息流传递关系的一种重要工具。模块结构图由模块、调用、数据、控制信息 4 种基本符号组成。

2. 模块

模块是系统中有名称的、具有一定状态和方法的一个实体，是组成系统的基本元素。模块通常用一组程序设计语言的语句来实现，它就类似于 C 语言中的一个函数。在模块结构图中，模块用方框表示，方框中写上模块名字，反映了这个模块的功能。

模块具有输入输出、处理功能、内部数据和程序代码等属性。输入输出和处理功能构成模块的外部特征，内部数据和程序代码构成模块的内部特征。输入输出属性是模块与外部信息的交换。正常情况下，一个模块从它的调用者那里获得输入，把处理后产生的结果再传递给为模块提供输入的调用者。处理功能的属性描述了模块能够做什么事，具有什么功能，即对于输入信息能够加工成什么样的输出信息。内部数据属性是模块运行时该模块内部引用的数据。程序代码属性是用于完成模块处理功能的代码部分。在总体设计时主要关心的是模块的外部特征，即研究模块能完成什么样的功能，对其内部特征只做必要的了解。

3. 调用

在模块结构图中,用连接两个模块的箭头表示调用。箭头总是由调用模块指向被调用模块,但是应该理解成被调用模块执行后又返回到调用模块。

如果一个模块是否调用一个从属模块决定于调用模块内部的判断条件,则该调用称为模块间的判断调用,采用菱形符号表示。如果一个模块通过其内部的循环功能循环调用一个或多个从属模块,则该调用称为循环调用,用弧形箭头表示。图 6.1 为调用、判断调用和循环调用的示意图。

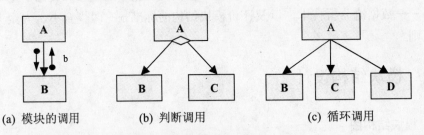

(a) 模块的调用　　　　(b) 判断调用　　　　(c) 循环调用

图 6.1　调用、判断调用和循环调用

4. 数据

当一个模块调用另一个模块时,调用模块可把数据传送到被调用模块进行处理,而被调用模块又可以将处理的结果数据送回调用模块。在模块之间传送的数据,使用带空心圆的箭头表示,并在旁边标上数据名,箭头的方向为数据传送的方向。例如,图 6.2(a)表示模块 A 调用模块 B 时,A 将数据 X、Y 传送给 B,B 将处理结果数据 Z 返回给 A。

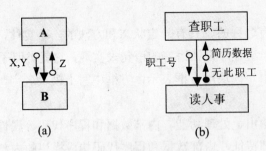

(a)　　　　　　　(b)

图 6.2　模块间的通信

5. 控制信息

为了指导程序下一步的执行,模块间有时还必须传送某些控制信息。例如,数据输入完成后给出的结束标志,文件读到末尾所产生的文件结束标志等。控制信息与数据的主要区别是前者只反映数据的某种状态,不必进行处理。在模块结构图中,用带实心圆点的箭头表示控制信息。例如，图 6.2 (b)中"无此职工"就是表示送来的职工号有误的控制信息。

一个信息系统软件具有过程性(处理动作的顺序)和层次性(系统各组成部分的管理范围)特征。模块结构图描述的是系统的层次性，而通常的程序流程图描述的则是系统的过程性。在系统设计阶段，关心的是系统的层次结构，只有到了具体编程阶段时，才要考虑系统的过程性。

6.2.4　模块化

模块化就是把系统划分为若干个模块，每个模块完成一个特定的功能，然后将这些模块汇集起来组成一个整体，完成指定功能的一种方法。采用模块化设计原理可以使整个系统设计简易、结构清晰，可读性、可维护性强，提高系统的可行性，同时也有助于管理信息系统开发和组织管理。

结构化方法强调把一个系统设计成具有层次的模块化结构，我们希望获得这样一种系统：每个模块完成一个相对独立的特定功能；模块之间的关联和依赖程度尽量小；接口简单。

模块的独立程度可以由两个定性标准度量，它们分别是模块间的联系和模块内的联系。模块间的联系是度量不同模块彼此之间相互依赖的紧密程度，模块内的联系则是衡量一个模块内部的各个部分彼此结合的紧密程度。

1. 块间耦合

块间耦合(coupling)是一个系统内不同模块之间互联程度的度量。耦合的强弱取决于模块间接口的复杂程度，模块间的耦合度越低，说明模块的独立性越好；耦合度越高，模块独立性越弱。模块间的耦合形式有数据耦合、控制耦合、公共耦合和内容耦合。

(1) 数据耦合

如果两个模块之间通过数据交换信息，且每一个参数均为数据，那么这种模块间的耦合称为数据耦合。如图 6.3 所示，模块之间传递的是数据信息，因此是一种数据耦合。

图 6.3　数据耦合

数据耦合是系统中必不可少的联结方式，其耦合程度很低，对系统的执行过程没有大的影响。但传递的参数个数应尽量少，从而降低复杂性。通常我们尽可能采用这种耦合方式。

(2) 控制耦合

如果两个存在调用关系的模块之间，一个模块通过开关量、标志、名字等控制信息，明显地控制另一模块的功能，它们之间即为控制耦合或逻辑耦合。如 6.4(a) 所示，模块 A 调用模块 B 时，须先传递控制信号(平均分/最高分)，以决定 B 中所需的操作。控制模块必须知道被控模块的内部逻辑，增强了模块间的相互依赖。

这种耦合对系统的影响较大，它直接影响到接受控制信号模块的内部运行，并有可能造成系统或某个模块内部处理规则的改变，因此应该尽量避免其出现。可以通过适当的方式把这种联结转化为数据耦合，如模块的再分解，可把 6.4(a)转换成 6.4(b)而成为数据耦合。但是在特殊的场合下，控制耦合还是有一定的存在必要。

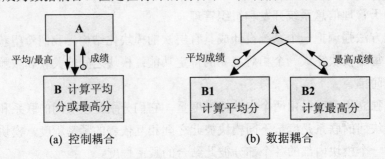

(a) 控制耦合   (b) 数据耦合

图 6.4 控制耦合和数据耦合

(3) 公共耦合

如果两个模块之间通过一个公共的数据区域传递信息，则称为公共耦合或公共数据域耦合。公共数据区是指全局数据结构、共享通讯区或内存公共覆盖区等。如图 6.5 所示，模块 A、B、C 共用公共数据区内的元素，因此，这是一种公共耦合。

公共耦合是一种不好的链接形式，主要存在以下问题：模块之间存在错综复杂的联系，使系统的可理解性降低；修改变量名或属性困难，系统的可维护性差；公共数据区及全程变量无保护措施，系统的可靠性差。但是公共耦合可以作为数据耦合的一种补充，如果当一个模块与另一个模块需要传递大量的数据时，采用公共耦合比全部传递参数的数据耦合要方便。

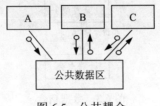

图 6.5 公共耦合

(4) 内容耦合

当一个模块需要使用另一个模块的内部信息时，或者转移进入另一个模块中时，这种联系方式则称为内容耦合。发生内容耦合的情形主要有：一个模块直接访问另一个模块的内部数据；一个模块不通过正常入口转到另一个模块内；两个模块有一部分代码重叠；一个模块有多个入口或出口。

内容耦合方式是改进模块时发生连锁错误的主要来源，所以要不惜一切代价消除内容耦合。

在对一个系统进行模块化设计时，我们的目标是建立模块间耦合度松散的系统，因此应遵循下列原则：

- 模块间尽量使用数据耦合；
- 必要时才采用控制耦合；
- 限制公共耦合的范围；
- 坚决避免使用内容耦合。

2. 块内聚合

决定系统结构的另一个重要因素是模块内部元素的联系，也就是模块内的聚合。模块内的聚合用来衡量一个模块内部各成分之间彼此结合的紧密程度。所谓模块内部元素是指该模块程序中的一条或若干条的指令。我们希望系统中每个模块都有高度的块内聚合(cohesion)，它的各个元素都是彼此相关的，是为完成一个共同的功能而结合在一起的。

模块内的聚合形式主要有：功能聚合、顺序聚合、通讯聚合、过程聚合、时间聚合、逻辑聚合、偶然聚合等 7 种。

(1) 功能聚合

如果一个模块内部的各个组成部分的处理动作全都为执行同一个功能而存在，并且只执行一个功能，那么这种聚合称为功能聚合。功能聚合的模块聚合性最高，与其他模块的耦合程度也很低。例如，"编制库存月报"、"修改总账"、"计算实发工资"等模块都属于功能聚合模块。一般来说，如果模块的名称只由一个动词和一个名词组成，只有一个明确的任务，那么它应该是功能聚合模块。在模块设计时应尽可能地追求功能聚合。

(2) 顺序聚合

如果一个模块内部各个组成部分执行的几个处理动作有这样的特征：前一个处理动作所产生的输出数据是下一个处理动作的输入数据，那么这种聚合称为顺序聚合。例如，在工资处理时，把工资数据输入、工资计算和工资打印这三部分的处理作为一个模块。顺序聚合的聚合性较高，但略次于功能聚合，维护起来不如功能聚合模块方便。对顺序聚合模块而言，要修改模块中的一个功能，会影响到在同一模块中的其他功能。所以必须弄清模块中的全部内容后才能考虑进行修改，而且在修改某一功能时，必须考虑对其他功能的影响。顺序聚合模块可以再划分为各具单一功能的功能聚合模块。

(3) 通讯聚合

如果一个模块内各组成部分的处理动作都使用相同的输入数据或相同的输出数据，那么这种聚合称为通讯聚合。例如，一个报表生成模块，可以产生日报表、周报表和月报表，生成这三种报表都要使用同一数据——日产量。与顺序聚合模块相比，通讯聚合模块中的各个动作执行次序并没有一个先后关系，所以其聚合性略低于顺序聚合模块。

(4) 过程聚合

如果一个模块内部的各个组成部分的处理动作彼此间没什么关系，但必须以特定的次序(控制流)执行，则称之为过程聚合。例如，在设计账务处理系统时，划分了账务处理和账务生成两大模块，而这两个模块中都需要查询功能，如果把这两个模块中的查询部分抽出来形成一个独立的模块，这就是过程聚合模块。过程聚合模块中的处理可以说是不完全相同的，只能是部分类似，所以这种模块修改起来比较困难。

(5) 时间聚合

把几个执行时间相同的动作组合在一起形成的模块称为时间聚合模块。例如，初始化模块包含变量和累加器清零、初始化寄存器、打开或关闭文件等操作。这些操作的执行顺序并不重要，相互之间也没有逻辑上的必然联系，只是按时间的要求归并在一起。时间聚合的模块聚合性较低，可修改性低，维护也比较困难。

(6) 逻辑聚合

如果一个模块内部各个组成部分的处理动作在逻辑上相似，但功能互不相同或无关，那么这种聚合称为逻辑聚合。例如，一个管理信息系统由若干子系统构成，每一个子系统都有输出的任务，如果把每个子系统的输出部分集中在一起形成一个独立的输出模块，就是逻辑聚合模块。由于这种模块表面上似乎有明显的功能，实际上处理多个对象，以致使各组成部分的聚合受到限制，不易修改。逻辑聚合的模块聚合性很低。

(7) 偶然聚合

如果模块中各个组成部分没有任何的关系，只是为了节省空间把它们凑在一起，这种聚合称为偶然聚合。偶然聚合模块的内部聚合性最低。如果要修改它的功能，必须完全了解它的内部属性，维护也非常困难。

各种块内聚合性的比较如表 6.1 所示。

表6.1 模块内的聚合性比较

模块内的聚合	链接形式	可修改性	可读性	通用性	联系程度
功能聚合	好	好	好	好	
顺序聚合	好	好	好	中	
通讯聚合	中	中	中	不好	
过程聚合	中	中	中	不好	
时间聚合	不好	不好	中	较差	
逻辑聚合	较差	较差	不好	较差	
偶然聚合	较差	较差	较差	较差	

块间耦合和块内聚合是相辅相成的两个原则，是进行模块化设计的有力工具，模块内元素的紧密联系往往意味着模块之间的松散耦合。如果所有模块的聚合都很强，模块之间的耦合自然就很低，模块的独立性就强，反之亦然。实践表明，块内聚合更为重要，设计者应把更多的注意力集中到提高模块内部要素的联系上。

6.2.5 从数据流程图导出初始结构图

在系统分析阶段，我们用结构化分析方法获得了用数据流程图等描述的系统逻辑模型，结构化设计的方法则以数据流程图为基础设计系统的模块化结构图，产生系统的物理模型。

从数据流程图导出系统的初始结构图，首先要区分数据流程图的结构类型，然后再根据不同的类型采用不同的方法把数据流程图映象成相应的模块结构。转换方法是建立在数据流程图(DFD)与模块结构图(MSC)之间关系的基础上的。

1. 数据流程图的结构类型

数据流程图一般有两种典型的结构类型：变换型和事务型。这两种类型的数据流程图具有明显不同的特征。

(1) 变换型 DFD

如果一个数据流程图可以明显地分成输入、处理和输出三部分，那么这种流程图就是变换型的。在变换型的数据流程图中，尽管输入部分和输出部分也有一些处理功能，但实质性的处理功能是在处理部分完成的。因此，处理部分是"变换中心"。图 6.6 是一个变换型的数据流程图。

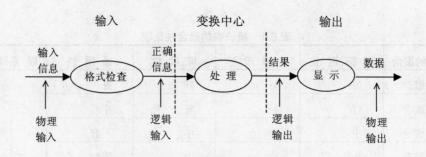

图 6.6　变换型的数据流程图

在图 6.6 中，输入、主处理、输出三部分有明显的界限，主处理就是系统的变换中心。主处理的输入数据流称为系统的逻辑输入，其输出数据流称为系统的逻辑输出。相应地，系统输入端的输入数据流称为物理输入，系统输出端的输出数据流称为物理输出。从输入设备获得的物理输入一般要经过编辑、格式转换、合理性检查等一系列辅助加工后，变成纯粹的逻辑输入传送给主处理。同样，主处理产生的纯粹的逻辑输出也要经过格式转换、组成物理块、缓冲处理等辅助性加工后，成为物理输出，最后由系统送出。

应注意的是，不是所有变换型 DFD 都完整地具备输入、变换、输出三部分，有的可能只有其中的两部分。

(2) 事务型 DFD

事务型结构通常都可以确定一个处理逻辑为系统的事务中心，该事务中心应该具有以下 4 种逻辑功能：获得原始的事务记录；分析每一个事务，从而确定它的类型；为这个事务选择相应的逻辑处理路径；确保每一个事务都能得到完全的处理。

事务型数据流程图一般呈束状形，即一束数据流平行输入或输出，可能同时有几个事务要求处理或加工，如图 6.7 所示的就是事务型的数据流程图。

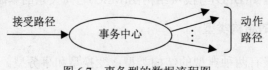

图 6.7　事务型的数据流程图

2. 转换策略

由数据流程图向初始模块结构图的转换，通常采用两种方法。对于变换型的数据流程图，采用的是以变换为中心的转换方法；而事务型的数据流程图采用的是以事务为中心的转换方法。

(1) 以变换为中心的设计

该方法的基本思想是以数据流程图为基础,先找出变换中心,确定模块结构的顶层模块,然后按照"自顶向下"的设计原则逐步细化,最后得到一个满足数据流程图所表达用户要求的模块结构。其过程可以分为三步。

第一步,找出系统的变换中心,确定主处理、逻辑输入和逻辑输出,在 DFD 上标明分界线。

根据系统说明书,可以决定数据流程图中,哪些是系统的主处理。主处理一般是几股数据流汇合处的处理,也就是系统的变换中心,即逻辑输入和逻辑输出之间的处理。

确定逻辑输入——离物理输入端最远的,但仍可被看作系统输入的那个数据流即为逻辑输入。确定方法是从物理输入端开始,一步步向系统的中间移动,直至达到这样一个数据流:它已不能再被看作为系统的输入,则其前一个数据流就是系统的逻辑输入。确定逻辑输出——离物理输出端最远的,但仍可被看作系统输出的那个数据流即为逻辑输出。方法是从物理输出端开始,一步步向系统的中间反方向移动,直至达到这样一个数据流:它已不能再被看作为系统的输出,则其后一个数据流就是系统的逻辑输出。对系统的每一股输入和输出,都用上面的方法找出相应的逻辑输入、输出。

确定主加工——位于逻辑输入和逻辑输出之间的加工,就是系统的主加工。例如,初始 DFD 如图 6.8(a)所示,确定其逻辑输入和逻辑输出后如图 6.8(b)所示。

第二步,设计模块的顶层和第一层。

顶层模块也叫主控模块,其功能是完成整个程序要做的工作。系统结构的顶层设计后,下层的结构就按输入、变换、输出等分支来分解。

设计模块结构的第一层:为逻辑输入设计一个输入模块,它的功能是向主模块提供数据;为逻辑输出设计一个输出模块,它的功能是输出主模块提供的数据;为主加工设计一个变换模块,它的功能是将逻辑输入变换成逻辑输出。

第一层模块同顶层主模块之间传送的数据应与数据流程图相对应。这里主模块控制并协调第一层的输入、变换、输出模块的工作。一般说来,它要根据一些逻辑(选择或循环)来调用这些模块。

上例中的 DFD 转换成第一层的功能模块图,如图 6.8(c)所示。

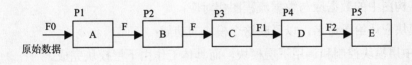

(a) 初始 DFD 图

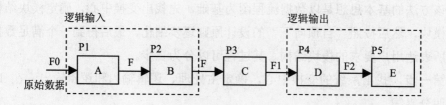

(b) 划分逻辑输入和输出部分

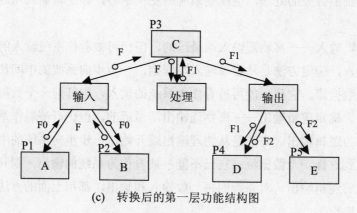

(c) 转换后的第一层功能结构图

图 6.8 数据流程图的转换策略

第三步，设计中、下层模块。

由自顶向下、逐步细化的过程，为每一个上层模块设计下属模块。

输入模块的功能是向它的调用模块提供数据，由两部分组成：一部分是接受输入数据；另一部分是将这些数据变换成其调用模块所需要的数据。在有多个输入模块的情况下，我们可为每一个输入模块设计两个下层模块，其中一个是输入，另一个是变换。

输出模块的功能是将其调用模块提供的数据变换成输出的形式。也就是说，要为每一个输出模块设计两个下层模块，其中一个是变换，另一个是输出。

为变换模块设计下层模块则没有通用的规则可以遵循，可以根据数据流程图中主处理的复杂与否来决定是否分为子处理模块。

在设计结构图时应注意三个问题：

● 结构图中的数据应与数据流程图相对应；

● 模块应该给予命名，以反映这个模块的功能；

●上中层模块控制和调用下层模块，而具体工作由下层模块完成。

例如：以变换为中心的分析实例，如图 6.9 所示。

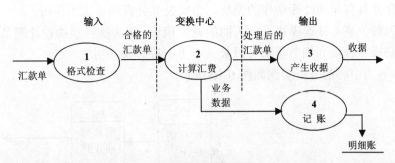

(a) 变换型数据流程图

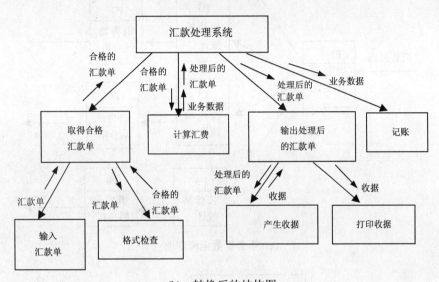

(b) 转换后的结构图

图 6.9 以变换为中心的分析实例

(2) 以事务为中心的设计

以事务为中心的设计就是要从事务型结构的数据流程图导出相应的初始结构图。任何情况下都可使用变换分析方法设计模块结构，但如果数据流具有明显的事务特点时(有一个明显的事务中心)，以采用事务分析方法为宜。

以事务为中心的设计中，为了识别进入系统的事务属于哪一种类型，必须在事务记录中有一个类型识别标志，对每一种类型的事务分别有专门的模块进行处理，这种模块称为事务模块，它的直接下级模块称为动作模块。根据事务类型标志起调度作用的模块称为事务中心模块，它为进入系统的事务选择相应的事务模块。

在进行事务分析时，其过程如下：

● 确定事务的来源；
● 确定以事务为中心的系统结构；
● 确定每一种事务以及它所需要的处理动作；

- 合并具有相同处理动作的模块，组成公共处理模块加入系统；
- 为每个事务处理模块设计下面的操作模块，再为操作模块设计细节模块。某些操作模块和细节模块可以被几个上一层模块共用。

以事务为中心的分析实例如图 6.10 所示。

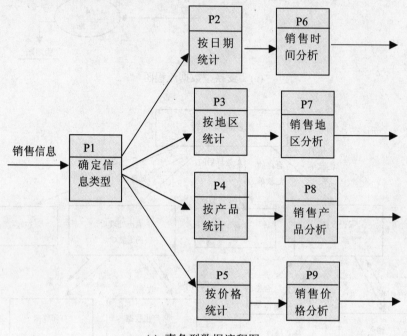

(a) 事务型数据流程图

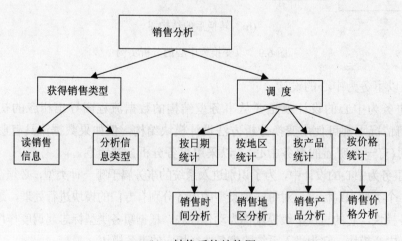

(b) 转换后的结构图

图 6.10 以事务为中心的分析实例

当然，我们遇到的实际问题也许不完全属于变换型或事务型的，很可能是两者的结合，因此常常需要变换分析技术和事务分析技术联合使用，从而导出符合系统逻辑模型的系统初始结构图。

6.2.6　优化设计

将系统的初始结构图根据"降低耦合度、提高聚合性"的原则进行优化,对模块进行合并、分解、修改、调整,得到易于实现、易于测试和易于维护的软件结构。除了上述两项原则外,还存在着若干辅助性的优化技巧,可以帮助我们改进系统设计,产生设计文档的最终结构图。

1. 系统的深度与宽度

系统的深度表示系统结构图中的层数,宽度则表示控制的总分布,即各层次模块个数的最大数。深度和宽度标志着一个系统的大小和复杂程度,它们之间有一定的比例关系,即深度和宽度均要适当。

2. 模块的扇入和扇出数

模块的扇入数是指模块的直接上层模块的个数,反映了该模块的通用性。如图 6.11(a)中模块 A 的扇入数等于 3。如果一个规模很小的底层模块的扇入数为 1,则可把它合并到它的上层模块中去。若它的扇入数较大,就不能向上合并,否则将导致对该模块做多次编码和排错。

模块的扇出数是指一个模块拥有的直接下层模块的个数。图 6.11(b)中模块 A 的扇出数等于 3。如果一个模块具有多种功能,应当考虑做进一步分解;反之,对某个扇出数过低(例如 1 和 2)的模块,也应进行检查。一般说来,模块的扇出数应在 5~7 以内。

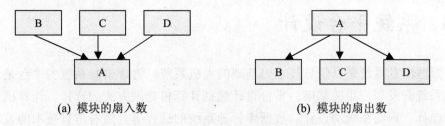

(a) 模块的扇入数　　　　　　　　　　(b) 模块的扇出数

图 6.11　模块的扇入数和扇出数

通常,一个较好的系统结构是"清真寺"型的,即高层扇出数较高,中间扇出数较少,底层模块有很高的扇入数。

3. 模块的大小

模块的大小是指程序的行数,限制模块的大小是减少复杂性的手段之一。模块多大最好有许多不同的观点。从经验上讲,为了提高可读性和方便修改,一个基本模块的程序量以能印在一张打印纸上为宜，即 10~100 个程序行之间。这当然不是绝对的，如对于一个复杂的数学公式计算模块，即使语句远远超出上述范围，也不应生硬地将它们分成几个小模块。因此，模块的功能是决定模块大小的一个重要出发点。

4. 消除重复的功能

设计过程中如果发现几个模块具有类似的功能，则应对模块进行必要的分解或合并处理，设法消去其中的重复功能。因为同一功能的程序段多次出现，不仅浪费编码时间，而且会给调试和维护带来困难。

5. 作用范围和控制范围

一个判定的作用范围是指所有受这个判定影响的模块。若某一模块中只有一小部分操作依赖于这个判定，则该模块仅仅本身属于这个判定的作用范围；若整个模块的执行取决于这个判定，则该模块的调用模块也属于这个判定的作用范围。

模块的控制范围是指模块本身及其所有的下属模块。控制范围完全取决于系统的结构，它与模块本身的功能没有多大关系。

一个好的模块结构，应该满足以下要求：判定的作用范围应该在判定所在模块的控制范围之内；判定所在模块在模块层次结构中的位置不能太高。

6. 其他建议

在设计时，还有一些其他方面的考虑：如应该设计单入口、单出口的模块，从而使模块间不出现内容耦合；模块应设计成"暗盒"形式，只完成一个单独的子功能；模块功能可预测，应包括执行某项具体任务的部分、通知调用模块发生例外情况的部分和返回调用模块部分；力求模块的接口简单，根据具体情况设计模块内容等。

6.3 系统平台设计

管理信息系统是以信息技术为基础的人机系统，管理信息系统的平台是管理信息系统开发和应用的基础。平台设计包括计算机处理方式的选择、计算机软硬件的选择、网络系统的设计、数据库管理系统的选择等。随着信息技术的发展，多种多样的计算机软、硬件产品为信息系统的建设提供了极大的选择空间，但同时也给系统的设计工作带来新的困难，如何在众多厂家的产品中选择符合本系统所需求的计算机软、硬件，网络系统，数据库管理系统的产品，就是本节要讨论的内容。

管理信息系统平台设计包括网络结构设计、网络操作系统的选择、数据库管理系统的选择与设计工作等。

6.3.1　设计依据

管理信息系统的平台设计主要从以下几个方面进行考虑。

1. 系统的吞吐量

每秒执行的作业数称为系统的吞吐量。吞吐量越大，系统的处理能力就越强，软、硬件要求就越高。

2. 系统的响应时间

从用户向系统发出一个作业请求开始，经系统处理后，给出应答结果的时间称为系统的响应时间。如果要求系统具有较短的响应时间，就应当选择运算速度较快的计算机及具有较高传递速率的通讯线路，如实时应用系统。

3. 系统的可靠性

系统的可靠性可以用连续工作时间表示。例如，对于每天需要 24 小时连续工作的系统，则系统的可靠性就应该很高，这时可以采用双机双工结构方式。

4. 结构模式

如果一个系统的处理方式是集中式的，则信息系统既可以是主机系统，也可以是网络系统；若系统的处理方式是分布式的，则采用微机网络将更能有效地发挥系统的性能。

5. 地域范围或计算模式

对于分布式系统，要根据系统覆盖的范围决定采用广域网还是局域网。

6. 数据管理方式

如果数据管理方式为文件系统，则操作系统应具备文件管理功能。

6.3.2　计算机系统方式的选择

按管理信息系统的目标选择系统平台。若是单项业务系统，用各类 PC、数据库管理系统作为平台；综合业务管理系统，以计算机网络系统作为平台，如 Novell 网络和关系型数据库管理系统；集成管理系统，则常将 CAD、CAM、MIS、DSS 等综合成一个有机整体，综合性更强，规模更大，系统平台也更复杂，它涉及异型机、异种网络、异种库之间的信息传递和交换。在信息处理模式上常采用客户/服务器(client/server)模式或浏览器/服务器(browser/server)模式。

计算机处理方式可以根据系统功能、业务处理的特点，性能/价格比等因素选择批处理、联机实时处理、联机成批处理、分布式处理等方式。在一个管理信息系统中，也可以混合使用各种方式。

6.3.3　计算机硬件的选择

计算机硬件的选择取决于数据的处理方式和要运行的软件。从经济效益和使用效果考虑，一个企业不应该购买不必要的硬件，也不该配置一个不适应或不满足操作要求的硬件系统。

一般说来，计算机机型选择主要考虑应用软件对计算机处理能力的需求，在硬件选择时应选择技术上成熟可靠的系列机型：①处理速度快；②数据存储容量大；③有良好的兼容性与可扩充性、可维护性；④有良好的性能/价格比；⑤售后服务与技术服务好；⑥操作方便；⑦在一定时间内保持一定先进性的硬件。

6.3.4　计算机软件的选择

在计算机系统硬件选购的同时，也要进行计算机软件的配置，它是管理信息系统的重要支撑，因为管理信息系统的功能是由软件来实现的。一个性能良好的计算机硬件系统能否发挥其应有的功能，取决于为之配置的软件是否适当、是否完善。软件选择包括操作系统、数据库管理系统、开发工具、应用软件包等软件的选择。

1. 操作系统

操作系统是系统软件的一种，它统一管理计算机的软、硬件资源，合理组织计算机的工作流程，协调系统各部分之间、系统与用户之间的关系，方便使用和充分发挥系统效率。操作系统可以看作是用户与计算机的接口或桥梁。一般常用的操作系统有：Unix、Linux、Windows 和 Windows NT 等。在管理信息系统建设中，应选择功能强、使用方便的操作系统。

2. 数据库管理系统

数据库管理系统(DBMS)是为了有效地管理和使用数据，控制数据的存储，协调数据之间的联系。流行的数据库管理系统绝大多数是关系型数据库管理系统，如Microsoft SQL Server、Oracle、Sysbase、DB2 等。

3. 开发工具

开发工具的选取首先依据的是管理信息系统应用的模式。若为 B/S 模式，如果网络操作系统选择的是 Windows NT，则微软公司的 IIS 是建立支持 Web 应用的首选应用服务器软件。基于 B/S 模式的开发工具有 Java、C#、ASP 等。而 C/S 模式的开发工具及运行环境一般安装在客户端计算机上，现在常选用可视化编程语言，如

PowerBuilder、Delphi、VC++、VB 等。

4. 应用软件

选择应用软件应考虑：是否能够满足用户的需求；是否具有足够的灵活性；是否能够获得长期、稳定的技术支持。如果应用软件并非选择现成的，而是按系统分析要求开发，则软件选择的主要问题是软件包的选择与集成，具体分析如下。

(1) 图形软件。现在市场上陆续推出的应用性软件都带有图形功能，它能很方便地画出各种统计图形，使管理信息系统能方便地实现图文并茂的功能，满足用户的使用要求。

(2) 各种应用软件包。如线性规划软件包、统计分析软件包、多元分析软件包、决策模型软件包等，可支持管理信息系统的决策功能。

6.3.5 计算机网络的选择

计算机网络系统的设计主要包括中小型主机方案与微机网络方案的选取、网络拓扑结构、互联结构及通信介质的选型、网络计算模式、网络操作系统及网络协议等的选择。网络计算模式原来一般采用客户机/服务器(C/S)模式，但随着 Internet 技术的发展和广泛应用，MIS 的网络计算模式更多地采用浏览器/Web 服务器/数据库服务器(B/W/D)模式。

计算机网络的选择主要应从以下三个方面来考虑。

1. 网络拓扑结构

网络拓扑结构一般有总线型、星型、环型、混合型等。应根据应用系统的地域分布、信息流量进行综合考虑。

2. 网络的逻辑设计

先按软件将系统从逻辑上分为各个分系统或子系统，再按需要配置设备。

3. 网络操作系统

应选择能够满足计算机网络系统功能要求和性能要求的网络操作系统。一般要选用网络维护简单、具有高级容错功能、容易扩充并可靠、具有广泛的第三方厂商的产品支持、保密性好、费用低的网络操作系统。

服务器上的操作系统一般选择多用户网络操作系统，目前流行的有 Unix、Netware、Windows NT 等。Unix 历史最早，特点是稳定性及可靠性非常高，缺点是系统维护困难，系统命令枯燥。它是唯一能够适用于所有应用平台的网络操作系统。Netware 适用于文件服务器/工作站工作模式，几年前市场占有率很高，但现在应用得较少。Windows NT 安装维护方便，具有很强的软硬件兼容能力，并且同 Windows 系列软件的集成能力也很强，是普遍采用的网络操作系统。

6.3.6　物理配置方案设计报告

管理信息系统的物理配置方案设计的结果是提交如下材料。

1. 计算机物理系统配置概述

物理系统总体结构情况，以及选择计算机物理系统的背景、要求、原则、制约因素等。

2. 计算机物理系统选择的依据

选择计算机物理系统的依据。它包括功能要求、容量要求、性能要求、硬件设备配置要求、通信与网络要求、应用环境要求等。

3. 计算机物理系统配置

计算机物理系统配置包括 4 个方面内容。

- 硬件结构情况以及硬件的组成及其连接方式，还要说明硬件所能达到的功能，并画出硬件结构配置图。
- 硬件系统配置的选择情况，列出硬件设备清单，标明设备名称、型号、规格、性能指标、价格、数量、生产厂家等。
- 通信与网络系统配置的选择情况，列出通信与网络设备清单，标明设备名称、型号、规格、性能指标、价格、数量、生产厂家等。
- 软件系统配置的选择情况，列出所需软件清单，标明软件名称、来源、特点、适用范围、技术指标和价格等。

4. 指出费用情况

计算机硬件、软件、机房及其他附属设施、人员培训及计算机维护等所需费用，并给出预算结果。

5. 具体配置方案的评价

从使用性能和价格等方面进行分析，提供多个物理系统配置方案。通过对各个配置方案进行评价，在结论中提出设计者倾向性的选择方案。

【案例 6.1】　某设计院的管理信息系统平台建设

某设计院管理信息系统平台建设项目主要是为该企业计算机应用系统提供可靠、易用、安全的系统运行平台和开发平台。在此平台上，该企业有关部门将开发人事管理系统、图书情报管理与检索系统、工程文件管理系统、质量管理系统、设备管理系统、合同标书综合管理系统等信息管理系统，同时为电子商务做好准备。

1. 系统特点及有关要求

(1) 实现网络互联、互通的平滑过渡：由于原计算机网络中存在许多不同厂商、不同操作系统的产品，如 HP Unix 工作站、Sun Solaris 工作站、IBM Notes Server，增加新的服务器后，将建立以 Windows Server 2003 为核心的局域网络。此时必须确保不同操作系统的计算机间能共享文件和打印服务，能够进行数据库访问。

(2) 实现数据的集中管理与备份：新购置的服务器不仅承担自己本身的数据备份，而且应该能够备份网络上其他服务器上的数据。

2. 系统设计出发点和设计原则

系统配置方案的出发点为：以用户当前需要为基准，充分考虑系统的建设原则，以应用软件为重点，配置服务器和系统软件以满足用户应用的需求，从而实现最佳的整体系统性能。

系统方案突出了以下原则：

(1) 先进性和成熟性的结合

由于计算机技术目前仍处于飞速发展时期，组建计算机应用环境时，为避免落后和在过短时期内升级，必须考虑选型的先进性和成熟性。先进性表现在选择先进的技术和软、硬件设备上，但是技术和设备都必须是成熟的，以避免被淘汰的风险。

(2) 稳定性和安全性

随着计算机应用水平的提高，用户的工作会在一定程度上依赖于稳定的计算机环境，因此系统的稳定性和安全性是提高效率和避免损失的保证。稳定性表现在网络的稳定连接、计算机的稳定运行和软件的稳定使用上。安全性既包括了防止破坏和对信息的安全保密，也包括系统数据的安全性。

(3) 开放性

开放性不仅使系统本身具有很强的生命力，开放性所带来的灵活性和适应能力也可以大大降低用户的维护和升级费用。

(4) 可管理性

可管理性指系统的可管理能力强且易于管理。对系统的管理包括网络资源、用户以及使用应用软件的管理。系统的可管理性一方面可以提高系统管理员的效率，另一方面可以使用户降低在维护方面的开销。

(5) 整体性能和性能价格比

在系统的软硬件配置方面，必须考虑系统的整体性能。例如，网络带宽的配置应以满足传输要求为基础。同时，一个好的系统配置必须有好的性能价格比。

性能价格比是带有时间性的，即在系统的一定使用时期内，达到较高的性能价格比。一个初期投资少而升级频繁且升级费用很高的系统其性能价格比很低。

3. 系统配置方案

计算机软、硬件配置是以支撑该企业的业务处理和办公、事务信息处理等应用软件为重点，涉及服务器、操作系统和数据库系统，并需要考虑网络中其他工作站的网络连接和数据共享。

根据对系统应用需求的理解，通过对多种产品和多项技术的比较、研究以及用户对系统的期望，提出以下配置方案。

- 数据库服务器(主服务器)：采用 HP 公司的基于 Intel Xeon E5405 四核处理器系列的 ProLiant ML350 G5 服务器及 Windows Server 2003 网络操作系统(标准版本)。
- 应用服务器：采用 HP 公司的基于 Intel Xeon MP 7110M 系列的 ProLiant ML 570 服务器及 Windows Server 2003 网络操作系统(Advanced 版本)。
- 存储系统：采用美国 Compaq 公司的 RA4100/R 机架式磁盘柜，磁带库采用 Compaq 公司的机架式、模块式的 TL891 系统。
- 操作系统和备份软件：操作系统采用美国微软公司的 Windows Server 2003，备份软件采用美国 Legato 公司的 Legato Network 软件。
- 数据库：采用美国 Oracle 公司的 Oracle 10g Database Enterprise Edition For Microsoft Windows。
- 中间件：采用美国 Oracle 公司的 Internet Application Server Enterprise Edition。
- 开发工具：采用美国 Oracle 公司的 Internet Developer Suite For Windows 2003。

该企业计算机应用系统是一个包含了软、硬件的集成系统，本设计配置方案的重点是软、硬件结合的整体性能和优势。其中，以满足用户应用软件为核心，在应用需求的前提下，配置合理的硬件设备。同时，硬件设备以及系统平台的配置，为应用软件的最终实现应能提供充分的支持。

4. 项目实施情况

该管理信息系统平台建设项目历经方案设计论证、设备选型、技术研讨、设备采购和验收、产品系统集成、系统总调及系统测试验收、系统培训等阶段，已经圆满地完成了上述各阶段的任务，用户已开始在上述平台上试运行已有应用系统，并逐步开发新的应用系统。概括如下：

- Compaq ProLiant 8500、Compaq StorageWorks RA4100、Compaq TL891 DLT、Compaq Rack 9142 机柜安装、连接。
- 实现采用 Unix、Windows NT、Windows 2003 Advaced Server 计算机系统的互连、互通、互访和集中管理。
- 实现了客户/服务器模式、浏览器/服务器模式下 Oracle 数据库的各项功能。
- 实现了整个局域网络环境下各种服务器数据的集中备份、恢复和定期、定时备份。

● 进行了网络操作系统、数据库系统、数据库开发工具、网络备份软件的安装、使用、维护的培训。

5. 系统运行效果及用户评价

在该项目的系统验收后，整个系统运行良好，无故障出现，尤其是网络备份系统一直在定期进行数据集中备份，多次抽查备份进行恢复从未出现数据丢失情况。(案例来源：http://www.81tech.com/2009/1208/9502.html)

6.4 代码设计

代码是指代表事物名称、属性、状态等的符号，它以简短的符号形式代替具体的文字说明。代码设计是系统设计的重要内容。

6.4.1 代码的功能

代码的主要功能有以下几个方面。

1. 便于录入

由于用汉字表示事物的名称、属性和状态时，使用的汉字多，所以录入量大，录入速度慢。但采用代码后，代码的字符个数远远少于汉字字符的个数，这样不仅减少了录入量，而且录入速度也大大提高。

2. 节省存储空间，提高处理速度

采用代码比采用汉字使用的字符少，因而可以节省存储空间。同时，由于代码位数减少，提高了存取速度，这样就使运算、传递的速度得到提高，从而提高了效率。

3. 便于计算机识别和处理

由于采用统一的编码，在查询、通信、分类、统计、分析时，可以充分利用编码的规律，可以十分方便地进行。

4. 提高数据标准化程度

由于用汉字表示事物的名称、属性、状态时，汉字多少不一，有的只有一个汉字，有的多达十几个汉字，长短不齐，不利统一。采用代码，可以使其字符数统一，长短标准化。

5. 提高处理精度

由于代码统一，可以使用相应的代码校验方法及时查错，从而提高整个处理工

作的精度和质量。

6.4.2　代码设计的原则

在代码设计时要遵循下面 6 条基本原则。

1. 唯一性

每个代码都仅代表唯一的实体或属性。

2. 通用性(标准化)

要尽量采用现有的标准通用代码，如国际、国家、行业或部门及企业规定的标准代码，按优先级别使代码的使用范围越广越好。

3. 可扩充性

代码越稳定越好，但要考虑系统的发展变化。当增加新的实体和属性时，可以直接利用原代码加以扩充，代码的设计要能满足三五年的使用要求。

4. 简洁性

代码的结构要简单明了，含义单纯，容易理解。代码的长度影响其所占的存储空间、输入/输出及处理速度，以及输入时的出错概率，因此应当尽量简短。

5. 系统性

代码要有规律，逻辑性强。这样既便于计算机处理，也便于识别、记忆以及在人工处理中使用。

6. 易修改性

当系统条件发生某些变化时，代码应当容易修改。

6.4.3　代码的种类

1. 顺序码

顺序码又称系列码。这种编码方法是将要编码的对象按一定的规则(如发生的顺序、大小的顺序等)分配给连续的顺序号码。通常从 1 开始。例如，一个企业有 1565 个职工，其职工号可以编成 0001，0002，0003，…，1565。

顺序码的特点是简单明了，位数少，易于追加，易于管理。但这种码没有逻辑基础，它本身不能说明任何信息的特征，因而不能用于分类处理等场合。同时追加的部分只能列在最后，删除时则造成空码。

通常，顺序码适合于比较固定的永久性编码(如各大城市编码等)，或者和其他编码方式配合使用。

2. 层次码

层次码也称区间码,它把代码对象分区间进行编码,每个区间有不同的含义。这样,每位码本身及其所在的位置都代表一定的意义。例如,某大学的学生代码******,前两位代表年级编号(大分类),中间两位代表专业及班级编号(中分类),后两位代表学生在班上的编号(小分类)。层次码的优点是分类明确,能表示较多信息,检索、分类和排序都很方便,但其缺点是有时造成代码过长。

3. 特征组合码

特征组合码常用于面分类体系。它是将分类对象按其属性或特征分成若干个面,每个面内的类目按其规律分别进行编码。因此,面与面之间的代码没有层次关系,也没有隶属关系。例如,对螺钉可选用材料、直径、螺钉头形状等三个面,每个面内又分成若干类目分别编码,如下所示:

第一面: 1-不锈钢   2-黄铜   3-钢

第二面: 1-$\phi 0.5$ 2-$\phi 1$ 3-$\phi 1.5$

第三面: 1-圆头   2-平头   3-六角形头   4-方形头

再将各面的代码组合,例如,代码 234 表示"黄铜$\phi 1.5$方形头螺钉"。

特征组合码的结构具有一定的柔性,适合计算机处理,但代码容量利用率较低,易出现大量空码。

4. 十进制码

十进制码是图书馆常用的图书编码方法,与层次码的编码原理相同,不同点是在十进制码结构中采用了小数点符号。

5. 助记码

将编码对象的名称、规格等用汉语拼音或具有特定意义的英文字母等形式编成代码,帮助记忆。例如,"TV-C-34"表示 34 英寸彩色电视机,各种度量单位编码中用 kg 表示千克,m 表示米,cm 表示厘米等。助记码适用于数据较少的情况,否则容易引起联想错误。

在实际应用中,可以根据需要选择或将几种编码方法结合起来使用。

6.4.4 代码的校验

为了通过程序检查输入代码的正确性,可以利用在原代码的基础上附加校验位的方法。校验位的值是通过数学计算得到的,程序检查时,即通过对代码有关位的计算来核对校验位的值,如果不一致则查出代码有错。

采用校验位的方法可以发现以下几种错误：

- 抄写错误。例如，1写为7，3写为8。
- 易位错误。例如，1234写为1324。
- 双易位错。例如，36912写为21963。
- 随机错误。包括以上两种或三种综合性错误或其他错误。

产生校验码的方法很多，这里介绍一种加权取余法。即选一组确定的权值和模，校验时将原码加权运算，然后除以模数，将模数减去余数作为校验位。

1. 确定校验位的方法

(1) 将代码(C_i)各位乘以权因子(P_i)，求出各位的积：C_1P_1，C_2P_2，$\cdots$，C_nP_n

(2) 求出各位积之和：$S=C_1P_1+C_2P_2+\cdots+C_nP_n$

(3) 以称为模的常数(M)除和，求出余数(R)即$R=\mathrm{mod}(S, M)$。

(4) 把余数R作为校验位(也可以把模M减去余数R作为校验位($M-R$))。

权因子的选取：通常以提高出错发现率为基础，常见的如下所示。

① 几何级数，如 1，2，4，8，16，32，$\cdots$

② 算术级数，如 1，2，3，4，5，6，7，$\cdots$

③ 质数， 如 1，3，5，7，11，13，17，$\cdots$

④ 有规律的数，如 1，3，7，1，3，7，1，3，$\cdots$

模的选取：可取 10，11，13 等。

2. 代码校验位的求法

例如，设代码为 1　2　3　4　5，求其校验位值。

解：取权　1，2，4，8，16

取模　11

则：

原代码　　1　　2　　3　　4　　5

权因子　16　　8　　4　　2　　1

乘积和　　16+ 16+ 12+ 8 + 5 = 57

57/11=5，余数为 2。

因此，其校验位为 2(若用模减去余数的值作为校验位，则校验位为：11－2=9)。

带校验位的代码(新代码)为 123452(模减余数法的新代码为：123459)。

当代码 12345 输入为 13245 时，求出其校验值是 5，显然与 2(或 9)不一致，所以说明有错。对于准确性要求很高的代码，可以考虑增加校验位的位数。当模减去余数为 10，11，12，13 时，其校验位码为 A，B，C，D；而对于字母编码，要使用校验位检查，计算时要将 A～Z 转换为 10～35。

6.5 数据库设计

数据库设计主要是进行数据库的逻辑设计，即将数据按一定的分类、分组系统和逻辑层次组织起来，是面向用户的。数据库设计时需要综合企业各个部门的存档数据和数据需求，分析各个数据之间的关系，按照 DBMS 提供的功能和描述工具，设计出规模适当、正确反映数据关系、数据冗余少、存取效率高、能满足多种查询要求的数据模型。

6.5.1 数据库设计的内容

数据库设计的内容是：在对环境进行需求分析的基础上，进行满足要求及符合语义的逻辑设计，进行具有合理的存储结构的物理设计，实现数据库的运行等。

数据库设计往往取决于设计者的知识和经验，对同一环境，采用同一个 DBMS，由不同设计者设计的数据库的性能可能相差很大。

系统设计人员在数据库设计时，都希望能达到下列目标：满足用户要求；得到现有的某个 DBMS 产品的支持；效率较高，且易于维护、扩充等。

但由于设计人员与用户在具体的计算机知识与业务知识之间缺乏共同语言，对信息系统中数据库的功能及需求缺乏明确规定，以及技术上还没有一个完善的设计方法，因此，给数据库设计造成很大的困难。

6.5.2 数据库设计的基本步骤

根据生命周期的观点，开发一个数据库系统大致有如下一些步骤：

(1) 需求和约束分析。

(2) 概念模式设计。

(3) 逻辑模式设计。

(4) 物理数据库设计。

(5) 实施阶段。

(6) 运行和数据库维护。

其中，(5)和(6)是在系统实现阶段所做的工作。

下面介绍数据库设计的具体步骤。

1. 需求和约束分析

进行数据库设计首先必须准确了解与分析用户需求(包括数据与处理)。需求分析是整个设计过程的基础，是最困难、最耗费时间的一步。需求分析的结果是否准确地反映了用户的实际要求，将直接影响到后面各个阶段的设计，并影响到设计结果是否合理和实用，是进行其他设计的基础。

- 调查用户要求：收集有关数据和调查用户要求的过程很费时间，设计人员不仅要充分理解系统分析的成果，还要制定完成这项工作的计划，并利用调查表或类似的工具从各级管理部门(执行部门、职能部门和操作部门)得到所需的数据综合表和可能的要求，并分析现行业务处理的流程、范围和目标。

设计人员应掌握下述信息：数据要求、加工要求和各种限制条件。具体地说，应包括数据的来源、去向、性质和取值范围，数据之间的关联，数据的使用方式和使用频率，数据的用户及数据安全性、完整性要求等。

- 数据分析：要得到一个系统所需数据及其关系，必须在调查研究和收集数据的基础上，再进行数据分析。

数据分析是通过对信息流程及处理功能的分析，明确下列一些问题：数据的有效性、完整性、冗余性、数据的类型和表示、数据之间的联系、数据的标准化、数据总量和数据密级划分。

- 确定环境约束条件：根据分析的结果以及对系统软、硬件环境的研究，设计人员要从整体上考虑环境的约束条件,使得数据库的设计能在该确定的环境下顺利进行。

2. 概念模式设计

概念模式设计是整个数据库设计的关键，它通过对用户需求进行综合、归纳与抽象，形成一个独立于具体 DBMS 的概念模型。其主要工作就是设计概念模型，该模型能将用户的数据明确地表达出来。概念模型是一种面向问题的模型，它反映了用户的实现环境，并指出了从用户角度看到的数据库，它是处理多种应用数据的方法的组合。概念模型与单独的应用无关，与数据库管理系统及数据库的实现无关，因此，它是用户与设计人员之间的桥梁，它既是明确表达用户要求的一个模型，又是设计数据结构的基础。

概念模型的设计方法有多种，其中实体—联系模型(E-R 模型)是一个典型代表，它是描述现实世界的一个简明而有力的工具。

(1) E-R 模型

E-R 模型即实体—关系模型(entity-relationship)，具有三种基本要素：实体、联系和属性。

实体(entity)：客观存在并可相互区分的事物。它可以是指物，也可以指人，可以指实际的东西，也可以指概念性的东西。如学生张三、工人李四、计算机系、数据库概论。

属性(attribute)：实体所具有的某一特性。一个实体可以由若干个属性来刻画。

如对学生而言，学号、姓名、年龄、性别、年级、成绩等都是他们的属性。属性的取值范围为域。如性别的域为(男、女)，月份的域为 1~12 的整数。

联系(relationship)：实体之间的相互关联。如学生与老师间的授课关系。联系有一对一、一对多、多对多三种不同类型。联系也可以有属性，如学生与课程之间有选课联系，每个选课联系都有一个成绩作为其属性。

关键字(key)：能唯一标识实体的属性或属性组称作候选码。从所有候选码中选定一个用来区别同一实体集中的不同实体的称作关键字，也叫主码。一个实体集中，任意两个实体在主码上的取值不能相同。如学号是学生实体的主码。

实体、关系和属性分别用长方形、菱形和圆形来表示。如图 6.12 所示。

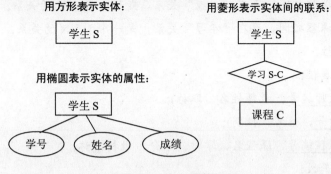

图 6.12　E-R 图简例

E-R 图形中实体间的联系类型有如下几种，如图 6.13 所示。

图 6.13　实体间的联系

(2) E-R 模型设计的主要步骤

① 划分和确定实体。

② 划分和确定联系。

③ 确定属性。作为属性的"事物"与实体之间的联系，必须是一对多的关系，作为属性的"事物"不能再有需要描述的性质或与其他事物具有联系。为了简化 E-R 模型，能够作为属性的"事物"尽量作为属性处理。

④ 画出 E-R 模型。重复过程①～③，以找出所有实体集、关系集、属性和属性值集，然后绘制 E-R 图。设计各部门的 E-R 分图，即用户视图的设计，在此基础

上综合各 E-R 分图，形成 E-R 总图。

⑤ 优化 E-R 模型。利用数据流程图，对 E-R 总图进行优化，消除数据实体间冗余的联系及属性，形成基本的 E-R 模型。

【案例6.2】 构造一个基本的教学 E-R 模型

● 标识实体。

对于一个基本的教学系统，最基本的实体必须包含教师、学生及所学习的课程。

● 划分和确定关系。

教师和课程之间，存在"讲授"关系，是一个 M∶N 的关系。

学生和课程之间，存在"学习"关系，是一个 L∶N 的关系。

● 确定属性。

实体的属性：

教师(教师编号、教师姓名、职称)；

学生(学号、姓名、性别)；

课程(课程编号、课程名、学时、学分、教材名称)。

联系的属性：

讲授(效果)；

学习(成绩)。

● 画出 E-R 模型。

由上述步骤可以得到基本的教学 E-R 图，如图 6.14 所示。

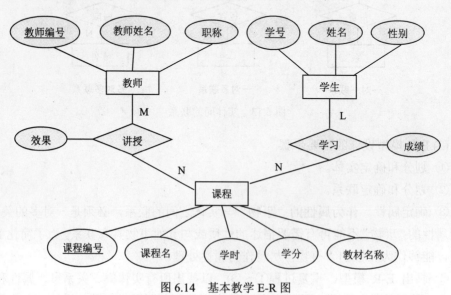

图 6.14　基本教学 E-R 图

3. 逻辑模式设计

逻辑模式设计的主要任务就是设计数据的结构，即按照数据库管理系统提供的数据模型，转换已设计的概念模型，实质上是把概念模型(即 E-R 模型)转换为所选用的 DBMS 所支持的模式。

逻辑模式设计的主要目的是保证数据共享，消除结构冗余，实现数据的逻辑独立性、易懂易用，有利于数据的完整性及安全性控制，且尽量降低开销。

(1) 把模拟现实世界的 E-R 模型转换成大多数用户所采用的关系数据模型。在 E-R 模型中有实体和联系两类数据，一个实体和一个联系分别用一个二维表来表示。

其转换原则是：

- 一个实体用一个二维表来表示，实体的所有属性就是表的属性，实体的主码就是表的主码。
- 一个关系用一个二维表来表示，与该联系相连的各实体的主码以及联系本身的属性均成为此表的属性。而表的主码为联系相连的各实体的主码的组合。
- 通过转换，就有了关系数据模式，就可以用 Access 等数据库管理系统提供的各种命令来建立库文件了。

【案例6.3】 根据图6.14 的教学 E-R 模型，转换成关系数据模型

实体：教师　　其中关键字 Key=(教师编号)

数据项	教师编号	教师姓名	职称
类型	C	C	C
长度	6	10	20

实体：学生　　其中关键字 Key=(学号)

数据项	学号	姓名	性别
类型	C	C	C
长度	8	10	2

实体：课程　　其中关键字 Key=(课程编号)

数据项	课程编号	课程名	学时	学分	教材名称
类型	C	C	N	N	C
长度	6	20	4	2：1	30

联系：教授　　其中关键字 Key=(教师编号，课程编号)

数据项	教师编号	课程编号	效果
类型	C	C	C
长度	6	6	8

联系：学习　　其中关键字 Key=(学号，课程编号)

数据项	学号	课程编号	成绩
类型	C	C	N
长度	8	6	8：2

(2) 关系的规范化。规范化是关系数据库设计的重要理论。可借助规范化方法来设计数据存储的结构，并力求简化数据存储的数据结构，以提高数据的可修改性、完整性和一致性。

规范化理论是 E.F.Codd 在 1971 年提出的。他及后来的研究者为数据结构定义了 5 种规范化模式(normal from，简称范式 NF)。范式表示的是关系模式的规范化程度，即满足某种约束条件的关系模式。根据满足的约束条件的不同来确定范式。有第一范式(1NF)，第二范式(2NF)等。下面主要介绍前三种范式。

① 第一范式(1NF)

如果在一个数据结构中没有重复出现的数据项或空白值数据项，就称该数据结构是规范的。任何满足规范化要求的数据结构都称为第一规范形式，记为 1NF。

例：把不规范的关系转为规范关系。

职工简明表

职工号	姓名	性别	出生日期	工作日期	工作单位	职务
1001	王建国	男	1980.05	2004.09	供电局	技术员

上表中不规范的是"简历"，对其进行规范化处理，去掉重复项得到符合第一范式的关系。

职工基本情况表

职工号	姓名	性别	出生日期	工作日期	工作单位	职务
1001	王建国	男	1980.05	2004.09	供电局	技术员

② 第二范式(2NF)

如果一个规范化的数据结构的所有非关键字数据项完全函数依赖于它的整个关

键字，则称该数据结构是第二范式的，记为 2NF。

转化为第二范式的方法是：对于若干个关键字由若干个数据项组成的数据结构，必须确保所有的非关键字数据元素依赖于整个关键字。即去掉部分依赖关系，把它分解成若干个都是 2NF 的数据结构。

部分依赖：假设 ABC 分别是同一个数据结构 R 中的三个元素或分别是 R 中若干个数据元素的集合。C 依赖于 AB 的子集，则称 C 部分依赖于 AB，否则称为 C 完全依赖于 AB。

例：材料—供应商—库存的关系如下。

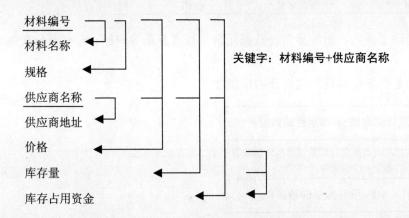

上例中，"材料名称"、"规格"、"供应商地址"不完全依赖于关键字，故不是 2NF。把上例分解成三个 2NF 的数据结构，如下所示。

材料库存

材料编号*	供应商名称*	价格	库存量	库存占用资金

材料规格

材料编号*	材料名称	规格

供应商

供应商名称*	供应商地址

其中，*为关键字码。

③ 第三范式(3NF)

如果一个数据结构中任何一个非关键字数据项都不传递依赖于它的关键字，则称该数据结构是第三范式的，记为 3NF。

传递依赖：假设 ABC 分别是同一个数据结构 R 中的三个元素或分别是 R 中若

干个数据元素的集合，如果 C 依赖 B，而 B 依赖于 A，那么 C 自然依赖于 A，即称 C 传递依赖 A。

在第二范式中去掉传递依赖关系，就是 3NF。上例中，因为"价格"与"库存量"、"库存占用资金"都是非关键字，但"库存占用资金"依赖于"价格"和"库存量"，所以非 3NF。去掉多余的"库存占用资金"，即转为第三范式，而"库存占用资金"可在程序中加以解决即可。

材料库存

材料编号*	供应商名称*	价格	库存量

3NF 消除了插入、删除异常及数据冗余、修改复杂等问题，已经是比较规范的关系了。

【**总结**】数据结构规范化设计的步骤如下。

```
┌─────────────────────────────────────┐
│ 非规范化的数据(有重复的数据)          │
└─────────────────────────────────────┘
   │  把所有非规范化的数据结构分解成若干个二维表形式的数据结构，
   │  并指定一个或若干个关键字
   ▼
┌─────────────────────────────────────┐
│ 1NF(没有重复的数据)                   │
└─────────────────────────────────────┘
   │  若关键字由不止一个元素组成，必须保证所有的非关键字数据元素
   │  依赖于整个关键字，否则去掉部分依赖关系
   ▼
┌─────────────────────────────────────┐
│ 2NF(所有的非关键字均完全依赖于整个关键字) │
└─────────────────────────────────────┘
   │  检查所有非关键字数据元素是否彼此独立，如果不是，去掉传递依
   │  赖关系，通过去除冗余的数据元素，构成都是 3NF 的数据结构
   ▼
┌─────────────────────────────────────┐
│ 3NF(所有的非关键字均完全依赖于整       │
│ 个关键字，且只依赖于整个关键字)        │
└─────────────────────────────────────┘
```

4. 物理数据库设计

所谓物理数据库设计是指对给定的逻辑模式，选取一个最适合应用环境的物理数据库结构的过程，因而物理数据库设计的主要任务就是确定数据库的物理结构，同时对其进行评价。

物理设计与逻辑设计是一个问题的两个方面，如果说逻辑设计是面向用户的话，则物理设计是面向计算机的。逻辑设计的好坏直接影响到物理设计，因为逻辑设计的输出是物理设计的输入。物理数据库设计的输入信息还包括特定的 DBMS 及硬件环境，其输出应是在时间、空间等诸方面最佳的、有效的物理模式。

物理数据库设计的主要依据是需求和约束分析报告以及数据库的逻辑模式，其主要任务包括以下几个方面：确定文件的存储结构、选取存取路径、确定数据存放位置和确定存储分配。

【案例6.4】 工厂管理系统中的物资购进入库的 E-R 图

本实例说明用 E-R 图进行概念结构设计，并运用转换策略设计关系模式的过程。

1. 数据需求描述

考虑一个机械制造厂的工厂技术部门和工厂供应部门。技术部门关心的是产品性能参数、产品由哪些零件组成、零件的材料和耗用量等；工厂供应部门关心的是产品的价格、使用材料的价格和库存量等。

2. 概念设计

- 标识实体集。

    产品，零件，材料，仓库。

- 标识联系集。

    产品和零件存在"组成"联系：m : n

    产品和材料存在"使用"联系：m : n

    材料与仓库存在"存放"联系：m : n

    零件和材料存在"消耗"联系：m : n

- 标识属性集。

    实体属性：

    产品(产品号，产品名，价格，性能参数)。

    零件(零件号，零件名)。

    材料(材料号，材料名，价格，库存量)。

    仓库(仓库号，仓库名，地点，类别)。

    联系属性：

    组成(零件数)。

    使用(耗用量)。

    存放(存放量)。

    消耗(耗用量)。

- 画出 E-R 图。

首先，设计各部门的 E-R 分图，如图 6.15(a)和图 6.15(b)所示。

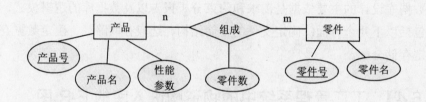

图 6.15(a)　技术部门的分 E-R 图

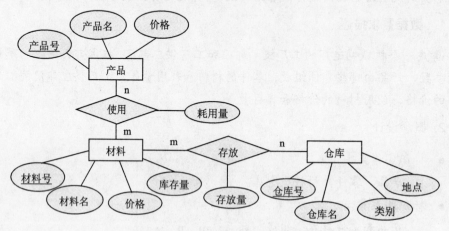

图 6.15(b)　供应部门的分 E-R 图

其次，综合各 E-R 分图，形成 E-R 总图，如图 6.15(c)所示。

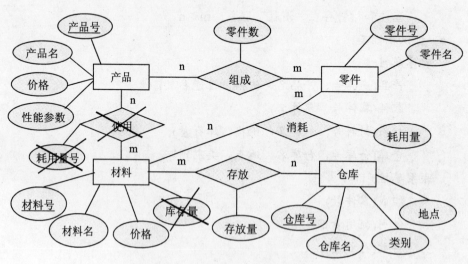

图 6.15(c)　集成后的初始 E-R 图

最后，消除数据实体间冗余的联系，形成基本的 E-R 模型，如图 6.15(d)所示。

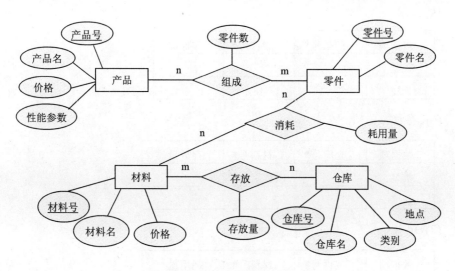

图 6.15(d) 改进后的 E-R 图

3. 逻辑设计

根据概念模型(即 E-R 模型)转换为对应的逻辑模型(二维表)如下。

(1) 产品

数据项	产品号*	产品名	价格	性能参数
类型	C	C	N	C
长度				

(2) 零件

数据项	零件号*	零件名
类型	C	C
长度		

(3) 材料

数据项	材料号*	材料名	价格
类型	C	C	N
长度			

(4) 仓库

数据项	仓库号*	仓库名	地点	类别
类型	C	C	C	C
长度				

(5) 组成

数据项	产品号*	零件号*	零件数
类型	C	C	N
长度			

(6) 存放

数据项	仓库号*	材料号*	存放量
类型	C	C	N
长度			

(7) 消耗

数据项	零件号*	材料号*	耗用量
类型	C	C	N
长度			

在"仓库"二维表中，由于地点依赖于类别，非 3NF，所以将其分解为两个 3NF 的二维表。

(4.1) 仓库

数据项	仓库号*	仓库名	类别
类型	C	C	C
长度			

(4.2) 仓库地点

数据项	类别*	地点
类型	C	C
长度		

其中*为关键字码。

6.6 用户界面设计

界面设计目前已成为评价软件质量的一条重要指标，所谓用户界面是指信息系统与用户交互的接口，通常包括输出、输入、人机对话的界面与方式等。

6.6.1 输出设计

【引导案例】 机票标识不清误人，航空公司被判赔偿

2003 年 4 月，上海市徐汇区法院对中国首起因航空公司机票标识不清而导致误机的赔偿案件做出一审判决：被告中国南方航空股份有限公司退还乘客原告杨艳辉

女士机票款 770 元，赔偿 80 元。同时，法院还向有关主管部门提出司法建议，对今后出售的机票加以文字规范。

上海有浦东和虹桥两个机场，而航空公司的机票却仅用英文标示。PVG 代表前者，SHA 代表后者。但这一标识并非为所有旅客都知晓。原告杨女士在民惠售票处购买了 1 月 30 日下午 4 时 10 分南方航空公司班机从上海飞往厦门的 9 折机票，登机地点是 PVG。杨女士误认为国内航班的登机地点是虹桥机场，可当她赶至虹桥机场时，却被告知走错了地方，应在浦东机场登机。此时，她再转乘登机为时已晚。最后花了 850 元买了当日下午一航班的全价机票抵达厦门。

原告认为，机票不用本国文字清楚标示，只用英文代号标明机场，侵犯了她的知情权；被告南方航空公司和代理商民惠航空服务有限公司没有履行告知、通知的义务。她要求南方航空公司和售票单位退还误机废票款 770 元，并赔偿误机各项损失 700 元。

民惠公司辩称，按照中国民航总局有关规定，所有机票代理商均应使用国家统一的一套 BSP 打印系统出票，这套打印系统只能打上英文标示，自从上海有了两个机场，就统一用 "PVG" 和 "SHA" 分别表示浦东机场和虹桥机场，原告在购票时没有向出票方询问，误机是自身疏忽造成的。

法院认为，客票是客运合同成立的凭据，应当载明出发地、目的地、航次等内容。上海有两大机场人尽皆知，但两个机场的代码为 SHA、PVG 并非一般人所熟知。本案中，该客运合同的主体是第一被告南航公司，作为承运人和出票人，在出售机票的时候，应当有义务使用通用文字，或以其他方式作明确说明。故南航应承担疏忽告知的过错责任，参照误机处理办法全额退票。而本案的另一被告民惠公司并非客运合同的主体，故杨女士要求民惠承担退票、赔偿责任，法院不予支持。

(案例来源：http://www.people.com.cn/GB/14576/15197/2101615.html)

从上面的例子可以看出，能否为用户提供准确、及时、适用的信息，是评价管理信息系统优劣的标准之一。任何一个管理信息系统都必须通过输出才能为用户服务。输出设计工作主要包括：确定输出的类型与内容，确定输出方式，进行输出格式的设计等工作。

1. 输出类型的确定

输出有外部输出和内部输出之分，内部输出是指一个处理过程(或子系统)向另一个处理过程(或子系统)的输出，外部输出是指向计算机系统外的输出，如有关报表、文件等。

2. 输出设备与介质的选择

常用的输出设备有打印机、磁带机、磁盘机、光盘机等，输出介质有打印纸、磁带、磁盘、多媒体介质等。这些设备和介质各有特点，如表 6.2 所示，应根据用户对输出信息的要求，结合现有设备和资金进行选择。

表 6.2　输出设备和输出介质特点一览表

设备	终端	打印机	磁盘机	绘图仪	磁带机	缩微胶卷输出机
介质	屏幕	打印纸	磁盘	绘图纸	磁带	缩微胶卷
用途特点	响应快 灵活 实现对话	便于保存 多份输出 费用低 速度较慢	易存取 易更新 容量大 速度快	图形输出 精度高	顺序存取 容量大 速度较快	体积小 易保存

3. 输出内容的设计

用户是输出信息的主要使用者。因此，进行输出设计时，首先要确定用户在使用信息方面的要求，包括使用目的、输出速度、数量、安全性等。输出信息的内容设计包括输出内容的项目名称、项目数据的类型、长度、精度、格式设计、输出方式等。

输出设计的注意点：
- 报告应注明名称、标题、日期、图号；
- 尽量将相类似的项目归纳在一起；
- 尽量将位数相同的项目归纳在一起；
- 当一行打印的位数有多余时，项目与项目之间的空格可以加大，使布局合理、醒目；
- 决定数据位数时，要考虑编辑结果的最大数(包括货币符号、逗号所占的位数)；
- 字符从左对齐，空格和数字从右对齐；
- 注意"0"和空格的含义；
- "合计"要醒目；
- 打印时，应把已代码化的名称复原，以求一目了然。

设计输出报告之前应收集好各项目的有关内容，填写到输出设计书上(见表 6.3)。

表 6.3　输出设计书

文档代码	XSB-01	输出名称		销售订货表	
处理周期	每天一次	形式	行式打印表	种类	统计表
份　数	2	报送	销售部、财务部		
项目号	项目名称	位数及格式		备注	
1	客户名称	X(20)			
2	业务员	X(8)			
3	销售订单号	X(10)			
…					
10	销售金额	999 999.99			

4. 输出设计示例

【案例6.5】 某进销存管理信息系统的报表打印输出示例

图 6.16 是某进销存管理信息系统的报表打印输出的例子，表格一般由表首和表体两部分组成。表首部分包括标题和表首标志；表体部分反映了表格的内容和用途，是整个表格的实体。

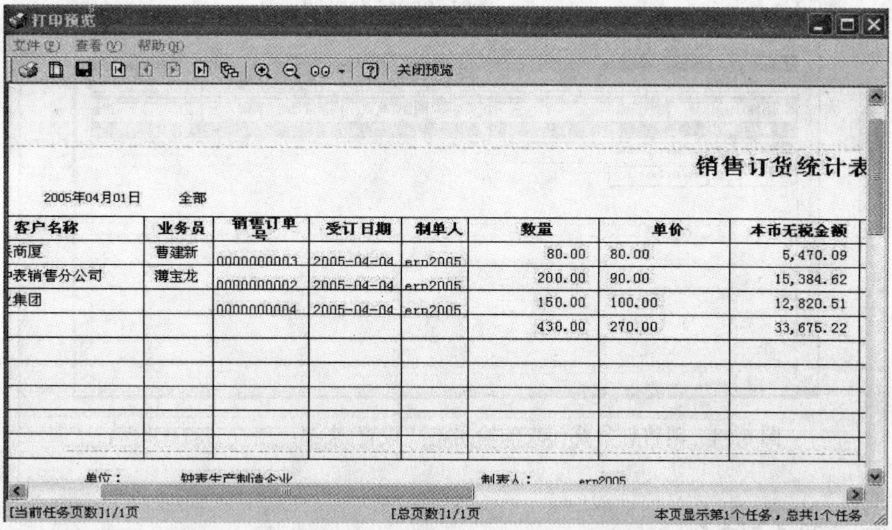

图 6.16 销售统计表打印输出(来源：用友 U871 软件)

在报表输出中，可以在输出前对显示的内容进行过滤，即对输出数据的分组汇总项、过滤条件、展开条件等进行预先定义，以便筛选出所需要的数据，决定分组的层次和报表栏目显示的顺序。报表的过滤窗口界面如图 6.17 所示。

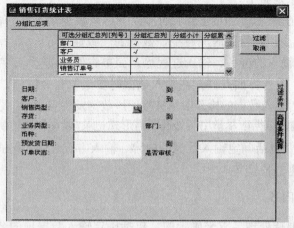

图 6.17 销售订货统计表的过滤窗口(来源：用友 U871 软件)

用户还可直接在报表打印模板中对显示和打印的格式进行"所见即所得"方式的描述，即对输出数据的栏目标题、排列顺序、要显示的字段、栏目标题的长度等进行设置。自定义报表格式的界面如图 6.18 所示。

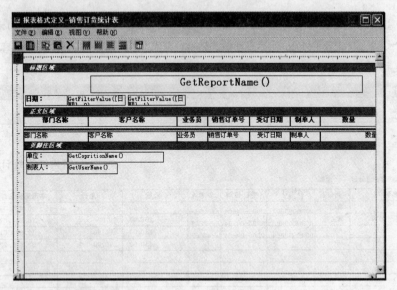

图 6.18　销售订货统计表的输出格式设置(来源：用友 U871 软件)

6.6.2　输入设计

将系统外的信息(主要是原始数据)通过某种介质，输入到计算机内，这种过程称为信息的输入。在系统开发过程中输入设计所占的比重较大，一个好的输入设计能为今后的系统运行带来很多方便。

输入设计的原则如下。

- **最小量**：在保证满足处理需求的前提下尽量减少输入量，输入量越小，出错的机会越少，花费的时间越少，数据的一致性越好。
- **简单性**：输入的准备、输入过程尽量简单方便(如减少汉字输入、条形码扫描输入)，输入界面友好，在输入数据时要采取有效措施，减少输入错误。
- **早检验**：对输入数据的检验应尽量接近原数据发生点，使错误能及时得到改正。
- **少转换**：输入数据应尽量用其处理所需形式记录，以免数据转换介质时发生错误。

输入设计主要包括确定输入数据的内容、输入方式、输入格式设计、输入设备的选择、输入数据的检验等。

1. 确定输入内容

输入内容是根据处理要求来确定的，包括确定输入数据项的名称、数据类型、位数和精度、数值范围及输入处理方式。

2. 选择输入方式

数据输入的类型有外部输入(如键盘输入、扫描仪、磁盘导入等)和计算机输入(网络传送数据等)，输入设备有键盘、鼠标、扫描仪、光电阅读器、光笔、磁盘、磁带、网络传输等。

3. 输入格式设计

输入格式要尽量与原始单据格式类似，屏幕界面要友好，数据输入格式有录入式、选择式(如单选、列表选择)等，屏幕格式有简列式、表格式、窗口编辑方式等。

4. 输入数据的检验

对输入的数据(特别是有关文件的关键数据)要进行检验。检验的方法有重复录入校验、视觉校验、分批数据汇总校验、数据类型格式范围校验、加检验位校验、平衡校验等(见表6.4)。

表 6.4　各种校验法比较

重复校验	由多个录入员录入相同的数据文件，然后进行比较
视觉校验	对输入的数据，在屏幕上校验之后再做处理
分批汇总校验	对重要数据进行分批汇总校验
控制总数校验	对所有数据项的值求和进行校验
数据类型校验	考察输入的数据是否为正确的数据类型
格式校验	校验数据项位和位置是否符合定义
逻辑校验	检查数据项的值是否合乎逻辑
界限校验	检查数据是否在规定的范围内
记录统计校验	统计记录个数，检查记录有无遗漏和重复
代码自身	利用校验码本身特性校验

5. 输入设计示例

【案例6.6】 某 ERP 软件中报价单的录入

图 6.19 是某 ERP 软件中报价单的录入屏幕。业务单据一般都由主表和明细表两部分组成，因此录入界面也分为两部分，上面为主表，下面为明细表操作区。单据编号按预设置的格式自动生成；对一些需要进行选择的项目，系统提供下拉菜单；表中的数据有安全检查过程，避免用户输入错误。

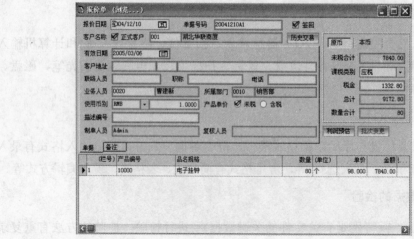

图 6.19 报价单录入界面(来源: 正航 ERP 软件)

6.6.3 人机对话设计

人与计算机进行信息交流就是人机对话。从这个意义上讲,输入、输出都是人机对话。这里所说的人机对话是指人通过屏幕、键盘等设备与计算机进行信息交换,控制系统运行。因此,人机对话设计也称为屏幕设计。

人机对话设计的好坏,关系到系统的应用和推广。友好的用户界面,是信息系统成功的条件之一。

1. 人机对话设计的原则

人机对话设计的基本原则是为用户操作着想,而不是从设计人员设计方便的角度来考虑。因此设计时,对话界面要美观、醒目;提示要清楚、简单,不能有二义性;要便于操作和学习,有帮助功能;能及时反馈错误信息等。

实现界面友好的三个要点如下。

(1) 树立用户第一的观点

界面友好问题,尤其是界面标准化是一项细致而又不太引起重视的工作,系统的开发人员应该清楚地认识到,界面标准化水平是系统成熟的一个重要指标,而成熟的软件才能真正成为商品,并备受专业管理人员的欢迎。

(2) 实现界面友好的工作必须融于系统开发的全过程

某些管理软件,在系统实施后期才考虑界面友好的问题,并采取措施,但这只能起到外表装饰的作用,不能真正产生好的效果。

事实上,界面问题涉及面广,必须在系统分析阶段便开始考虑。如在计划管理信息系统建设的分析时就了解规划、计划与统计等各种业务之间的关系,专业管理人员需要什么帮助,哪些信息可以通过数据库联访自动显示,数据输入时需要开什么样的窗口等，然后在详细设计和实施中满足上述要求。

(3) 采用软件开发技术改善界面友好性

譬如采用图形用户界面技术，让专业管理人员直接操纵屏幕上的数据元素，既直观又方便。又如采用数据驱动技术，使数据与程序相对独立，程序具有相当的通用性，使专业管理人员能自主地、方便地适应环境变化而乐于使用。

2. 对话设计的基本类型

菜单：菜单是传统的系统功能选择操作方式，使用菜单方式可使整个界面清晰、简洁。菜单主要有下拉菜单、弹出菜单等形式。菜单选择方式有光标选择、热键选择、快捷键选择、鼠标选择、触摸选择、声音选择等。

图像：在用户界面中，加入丰富多彩的画面能够更形象地为用户提供有用的信息，达到可视化的目的。

对话框：在系统必要时，显示于屏幕上的一个矩形区域内的图形和正文信息，通过对话框实现用户和系统之间的联系。

窗口：通过窗口显示观察其工作领域全部或一部分内容，并可对所显示的内容进行各种系统预先规定好的正文和图形操作。

3. 对话设计示例

【案例 6.7】 对话界面设计示例

图 6.20 是一个具有代表性的对话界面的设计例子。为了达到用户易用性的要求，该系统采用图形菜单、导航条、简单提问和弹出式选择等友好的对话元素，将操作界面分为 4 个区。

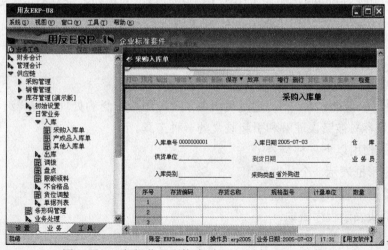

图 6.20 一般操作界面格式(来源：用友 U871 软件)

- 第一区为屏幕最上方的主菜单区，主菜单可以选择进入系统的所有功能；
- 第二区为屏幕左方的导航区，它提供了系统所有功能的导航；
- 第三区为屏幕中间的数据编辑、操作区，第一行为工具栏，提供对编辑的控制，如记录的切换、查找、添加、打印、删除等功能，数据操作区显示需要编辑的数据记录；
- 第四区为屏幕最下方的状态显示区，主要显示当前用户及系统的信息。

当前，随着信息技术的发展，图像、图形、动画、声音处理技术可为用户友好界面提供表示级支持，重用技术、人工智能技术可为用户友好界面提供过程级和结构级支持，而各种软件工具则是这些支持的直接体现。用户界面友好性设计不仅符合用户的利益，也增加了系统的可维护性。

6.7 处理流程设计

系统结构图中对每一个功能模块只是列出其处理功能的名称，如何用各种符号具体地规定处理过程内的各个步骤，这是处理流程设计的任务，也是详细设计中最繁重的任务。

在进行处理流程设计时，设计者面临两方面的问题：一个是决定实现每个模块的算法；另一个是如何精确地表达这些算法。前一个问题涉及所开发项目的具体要求和每个模块的具体功能，因而不能一概而论。后一个问题需要给出适当的算法表达形式，或者说应该选择某种表达工具来描述处理流程。

目前，常用的算法表达工具有程序流程图(program flow chart)、N-S 图、PAD 图(problem analysis diagram)、PDL 语言(program design language)、HIPO 图(hierarchy plus Input-process-output)等，它们在使用中各有自己的长处，也有不足之处。因此，至今还没有一种十全十美的理想工具为人们所普遍接受。

6.7.1 流程图

流程图(flow chart，FC)，它是使用最早、应用最广泛的处理过程详细描述的工具，也是最容易被错误理解和引起歧义的一种工具。

流程图使用以下三种符号：

(1) 矩形框表示一个处理动作。

(2) 菱形框表示逻辑判断。

(3) 箭头表示程序流向。

图 6.21 是用这三种图形表示的顺序、选择、循环三种基本结构。任何复杂的程序流程图都可以由这三种基本结构组成。

流程图便于程序的阅读和理解，也便于程序员编程实施。目前尽管有许多描述处理过程的其他工具，并且有许多程序设计人员也不再使用流程图。但有不少用户往往要求系统开发人员同时交付流程图和程序清单，因为他们认为流程图对程序的理解还是有帮助的。在这种情况下，流程图成为应付用户阅读程序的工具。

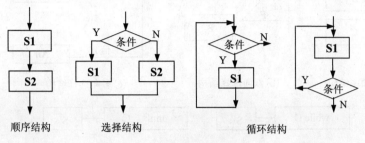

图 6.21　三种基本程序结构

6.7.2　N-S 图

N-S 图最初由 Nassi 和 Shneiderman 提出，后经 Chapin 拓广。因此，N-S 图也称 Chapin 图。

N-S 图的基本元素是框，它的基本构造如图 6.22 所示。

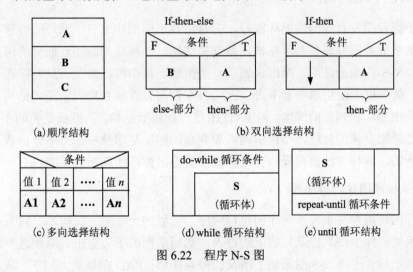

图 6.22　程序 N-S 图

采用 N-S 图描述过程细节，可使过程的动作范围经过良好的定义而清晰可见，不能任意转移控制流向，并容易确定局部数据和全局数据的作用范围。

6.7.3　PAD 图

PAD 图也称问题分析图(problem analysis diagram)，由日本日立公司二村良彦等人于 1979 年提出。利用 PAD 图完全可以表示结构化程序设计中的三种基本结构形式：即顺序、选择、循环，如图 6.23 所示。

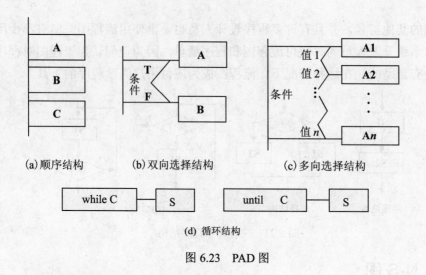

(a)顺序结构　　　(b)双向选择结构　　　　(c)多向选择结构

(d) 循环结构

图 6.23　PAD 图

6.7.4　三种算法表达工具的比较

1. 从程序的结构看

由于流程图没有专门的循环符号，它是用菱形引出线来表示循环的转移，这样往往很难明显看出究竟是循环结构还是选择结构，循环或判断相互嵌套的深度也难以确定。N-S 图由于是用一个框来表示一个步骤，框中可以嵌套，只要能在一张纸上容下，就可以无限止地嵌套下去，因此 N-S 图可以很清楚地表示逻辑结构，可以明显地看出循环和判断的深度。而 PAD 图是一种树形结构，其纵线是树的主干，各个处理部分则是树的分枝，结构中循环和判断的深度是用分枝上再细分出若干小分枝来表示的，这种方法很直观，也可以很容易看出循环和判断的深度。

2. 从程序的执行顺序看

流程图是用箭头来表示程序的执行顺序，可以向上、向下、向左、向右四个方向进行流动；N-S 图只能从框的上边进入，然后从框的下边走出，除此之外没有其他进口和出口，这样 N-S 图限制了随意的控制转移；PAD 图是从上到下，从左到右按顺序执行，这是一个严格的树枝路径。按 N-S 图或 PAD 图编程时，由于它受执行顺序的严格限制，这就使得从图向源代码的转换是很机械的，可以保证程序的唯一性，无论谁来编写程序，得到的结果都一样。

3. 从表示效果看

由于流程图对书写箭头和结合点无严格规定，所以画同一问题的程序结构流程图，会由于程序员的不同而产生很大的差异。而 N-S 图和 PAD 图则采用了严格的图形描述元素来表示程序的处理功能,这两种工具能唯一表示某一问题的处理结构。

但是，在详细设计过程中需经常做出修改，这对 N-S 图非常不利，因为它是用矩形框表示嵌套的，修改一次就需要重画一张图，十分麻烦。而 PAD 图在修改时是很方便的，只要在纵线主树干上添加或删去一些分枝就可。

通过以上的介绍，我们已经把管理信息系统设计阶段的主要工作完成了。我们也利用结构图建立了目标系统的物理模型，并进行有关内容的设计。解决了系统"怎么做"的问题。

6.8 系统设计报告

系统设计阶段的最终成果是写出系统设计报告。系统设计报告既是系统设计阶段的工作成果，也是下一阶段系统实施的基础。系统设计报告中应该包括以下几个方面。

6.8.1 引言

(1) **摘要**：系统的目标名称和功能等的说明。

(2) **背景**：项目开发者；用户；本项目和其他系统或机构的关系和联系。

(3) **系统环境与限制**：硬件、软件和运行环境方面的限制；保密和安全的限制。有关系统软件文本；有关网络协议标准文本。

(4) **参考资料和专门术语说明**。

6.8.2 系统设计方案

(1) **模块设计**：系统的模块结构图；各个模块的 IPO 图(包括各模块的名称、功能、调用关系、局部数据项和详细的算法说明等)。

(2) **物理系统配置方案报告**：硬件配置设计；通信与网络配置设计；软件配置设计；机房配置设计。

(3) **代码设计**：各类代码的类型、名称、功能、使用范围和使用要求等的设计说明书。

(4) **输入设计**：输入项目；输入人员；主要功能要求；输入校验。

(5) **输出设计**：输出项目；输出接受者；输出要求。

(6) **文件(数据库)设计说明**：概述；需求规定；运行环境要求；逻辑结构设计；物理结构设计。

(7) **安全保密设计**。

(8) **系统实施方案及说明**：实施方案；实施计划；实施方案的审批。

系统设计报告完成后，除用户、系统开发设计人员外，还应邀请有关专家、管理人员审批实施方案。并将评审意见用评审人员名单附于系统设计报告之后。经批准后，实施方案方可生效。

6.9 信息系统设计实例——考试管理信息系统的系统设计

6.9.1 系统设计目标

通过系统分析报告，制订本系统目标如下：

- 采用统一的人机对话方式，方便的数据输入性能，良好的人机界面，尽量避免汉字的人工重复输入。
- 查询模式通用、方便、灵活，能快速实现按学生姓名、学号以及按分数段的成绩查询。
- 考虑到学生的升留级和变动情况，对学生信息能够进行及时更新。
- 系统应具有一定的操作权限检验功能。

6.9.2 新系统功能结构设计

在系统分析的基础上，可以对数据流程图采用变换中心法或事务中心法进行分析，转化成相应的模块结构图。例如，图 6.24 表示了对系统一层数据流程图变换分析得到的模块结构图。

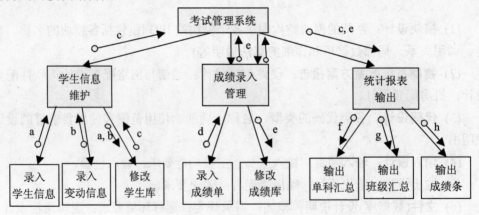

数据信息说明：

a——学生基本信息； b——学生变动信息； c——更新的学生信息；
d——成绩单； e——合格的成绩单； f——学科汇总表；
g——班级汇总表； h——成绩条。

图 6.24 考试管理信息系统的模块结构图

综合考虑新系统设计目标和系统实现的要求，可以将结构图中相同或相近的功能进行分析和组合，调整为"按功能分解"的系统结构。由此，调整后的新系统功能结构如图 6.25 所示。

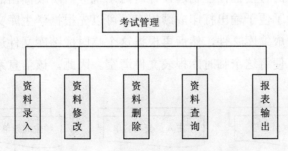

图 6.25　考试管理信息系统功能结构图

对图 6.25 中各项功能说明如下。

1. 资料录入

(1) 学生基本数据输入

在系统初次建成待实际使用之前，所有整理好的学生基本情况装入到学生库文件中，包括学号、班级代码、班级名称和姓名等数据。

(2) 学生成绩库的数据输入

根据成绩单录入如下资料：学号、班级代码、姓名、课程名称和课程成绩。

2. 资料修改

(1) 学生库文件的资料修改

根据给定的学生变动名单来修改学生库文件中的记录资料。

(2) 学生成绩库文件的资料修改

3. 资料删除

资料删除同资料修改基本上是一致的，只不过这里是将记录从相应的数据库文件中删除掉。要注意的是，学生库文件中的记录不要轻易删除。

4. 资料查询

为了实现方便灵活的快速查询功能，本系统的资料查询功能包括按学号查询、按姓名查询、按分数段查询等方式。

5. 报表输出

输出学生情况、学生成绩统计表等信息。

6.9.3　考试管理系统流程设计

考虑数据处理的方便性，在物理设计时对系统分析阶段提出的系统逻辑模型进行了相应改进。为了便于输出打印成绩报表，可以先根据学生库文件和学生成绩库文件生成一个临时成绩库文件，然后再根据这个临时成绩库文件进行打印输出。一旦打印输出结束，便将这个临时库报表文件清空。因此，该信息系统流程图设计成图 6.26 所示的形式。

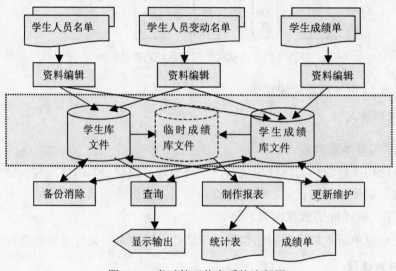

图 6.26　考试管理信息系统流程图

6.9.4　代码设计

本系统的代码包括学号、班级代码和课程代码，具体设计方法如下。

1. 学号

本学院的学生结构为"年级—专业—班"，每个班级人数不超过三位数，年级用入学年份表示。因此，学号采用层次码，并用 7 位字符表示。设计方案如图 6.27 所示。

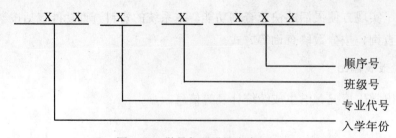

图 6.27　学号代码设计方案

2. 班级代码

班级代码采用 4 位字符的层次码表示，采用方案如图 6.28 所示。

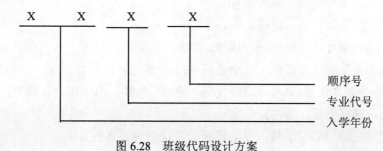

图 6.28 班级代码设计方案

3. 课程代码

课程代码采用 3 位字符的顺序码表示。

6.9.5 数据库设计

1. 概念结构设计

根据前面对系统进行的分析和设计，已经基本了解考试管理系统的数据处理流程，找出与系统有关的各个实体及相互联系，由此得到本系统的 E-R 模型，如图 6.29 所示。

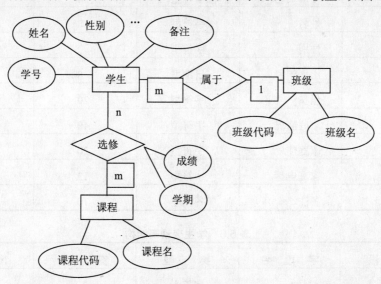

图 6.29 考试管理信息系统 E-R 图

2. 逻辑结构设计

E-R 图转化为关系模式如下。

(1) 学生(学号，班级代码，姓名，性别，出生年月，籍贯，家庭情况，家庭住址，家庭电话，变动班级，变动时间，备注)。

(2) 课程(课程代码，课程名称)。

(3) 班级(班级代码，班级名称)。

(4) 成绩(学号，课程代码，成绩，学期)。

对上述关系进行规范化，将学生模式(1)分解成：

(5) 学生基本信息(学号，班级代码，姓名，性别，出生年月，籍贯，家庭情况，家庭住址，家庭电话，备注)。

(6) 学生变动信息(学号，变动班级，变动时间，备注)。

3. 数据表设计

根据关系模式可以确定系统的物理结构，本系统中建立 5 张基础数据表，分别为学生情况表、学生变动表、课程表、班级表、学生成绩表。表结构如表 6.5 至表 6.9 所示，其中*为关键字码。

表 6.5　学生情况表结构

字　段	字　段　名	类　型	宽　度	小　数　字
1	学号*	字符型	7	
2	班级代码	字符型	4	
4	姓名	字符型	8	
5	性别	字符型	2	
6	出生年月	日期型	8	
7	籍贯	字符型	20	
8	家庭情况	字符型	40	
9	家庭住址	字符型	20	
10	家庭电话	字符型	12	
11	备注	备注型	10	

表 6.6　学生变动表结构

字　段	字　段　名	类　型	宽　度	小　数　字
1	学号*	字符型	7	
2	变动班级	字符型	4	
3	变动时间	日期型	8	
4	备注	备注型	10	

表 6.7 课程表结构

字　段	字　段　名	类　型	宽　度	小　数　字
1	课程代码*	字符型	3	
2	课程名称	字符型	10	

表 6.8 班级表结构

字　段	字　段　名	类　型	宽　度	小　数　字
1	班级代码*	字符型	4	
2	班级名称	字符型	8	

表 6.9 学生成绩表结构

字　段	字　段　名	类　型	宽　度	小　数　字
1	学号*	字符型	7	
2	课程代码*	字符型	3	
3	学期*	字符型	1	
3	课程成绩	数值型	5	1

6.9.6 用户界面设计

1. 输入设计

本系统的输入报表包括学生名单、学生变动名单和学生成绩单,单据输入格式设计成表 6.10、表 6.11 和表 6.12 所示的基本形式。

表 6.10 学生人员名单

学号	班级代码	班级名称	姓名	性别	出生年月	籍贯	家庭情况	家庭住址	家庭电话	备注

表 6.11 学生人员变动名单

学号	班级代码	班级名称	姓名	变动班级	变动时间	变动原因

表 6.12　学生成绩单

课程名 _____	班级代码 _____	班级名称 _____
学号	姓名	成绩

2. 输出设计

本系统的输出报表包括单科成绩统计表、班级成绩统计表、成绩条，打印输出格式设计成表 6.13、表 6.14、表 6.15 所示的基本形式。

表 6.13　单科成绩统计表

课程名 _____		学期 _____	
班级代码	班级名称	平均成绩	排名

表 6.14　班级成绩统计表

班级代码 _____		班级名称 _____				学期 _____		
学号	姓名	课程 1	课程 2	课程 3	课程 4	……		课程 n	平均成绩

表 6.15　成　绩　条

班级代码 _____		学期 _____
学号 _____	姓名 _____	家庭住址 _____
课程号	课程名	成绩
平均成绩		

不管是数据的输入还是输出，用户界面要尽量符合友好、简便、实用、易于操作的原则。图 6.30 显示了系统的主菜单界面。

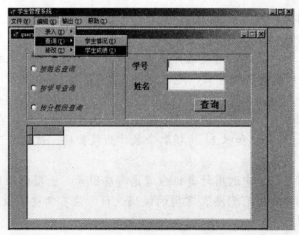

图 6.30　系统主菜单窗口

6.9.7　程序模块设计书

程序模块设计书对系统的每一个模块进行说明，并给出关键算法的描述。图 6.31 表示了按分数段查询功能模块的程序设计框图。

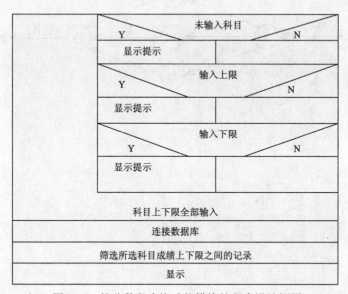

图 6.31　按分数段查询功能模块的程序设计框图

思考题

1. 简述系统设计的目标作用及工作重点。
2. 系统设计的内容及一般步骤是什么？
3. 对子系统进行模块化的目的是什么？

4. 为什么在系统设计中模块的独立性很重要？功能模块的划分应遵循哪些原则？

5. 从耦合性和内聚性的角度进行系统设计时各应该采取什么样的原则？

6. E-R 图设计主要解决什么问题？

7. 试述我国身份证号中代码的意义。它属于哪种代码？有何优点？

8. 用几何级数设计代码校验方案如下：源代码4位，从左到右取权数，即16，8，4，2，对乘积和以11为模取余数作为校验码。试问原代码为6137的校验码应该是多少？

9. 在管理信息系统中选用计算机应考虑哪些因素，选型的原则是什么？？

10. 编码设计的作用有哪些？常用的编码设计方法有哪些？设计编码时应遵循哪些原则？

11. 输入输出设计中如何考虑提高人的效率，方便使用者？

12. 处理流程设计要达到的目标是什么？处理流程设计要考虑哪几个方面的问题？

13. 系统设计最后成果用什么形式表示？包括哪些内容？

14. 按下图所示的数据流程图导出模块结构图。

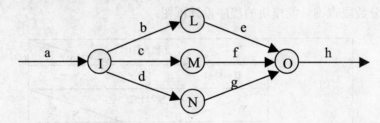

第 7 章

管理信息系统的实现

历经系统分析和系统设计，管理信息系统的逻辑模型和物理模型均已建立，解决了系统"做什么"和"怎么做"的问题，接下来，系统开发将进入一个新的阶段——系统实现阶段。本章将介绍管理信息系统实现的主要任务以及每项任务的具体要求。包括：管理信息系统软硬件环境准备、程序设计的方法和要求、程序测试的原理和步骤、系统转换的方式及特点等。

7.1 系统实现概述

管理信息系统的实现阶段，又称为系统实施阶段。在这一阶段，开发人员将把系统设计所得的、类似于设计图纸的新系统方案转换成为应用软件系统，交付用户使用，解决"具体做"的问题。亦即根据前面对系统所做的分析、设计，完成系统环境的实施、程序设计、系统调试和系统转换四大任务，把一个可以实际运行的应用系统交给用户使用。

系统实现阶段需要投入大量的人力、财力和物力，实现的任务繁杂，占用时间较长。对系统开发人员特别是高级开发人员来讲，主要是做好组织、计划与协调工作。他们要组织大量的开发人员去编写大量的程序；组织开发人员与业务人员准备好系统转换所需的大量数据；组织人员进行系统的调试工作；与众多用户合作，做好人员培训、系统的转换及交付用户使用的工作；最后，组织人员整理文档，准备系统评价材料。

系统实现的任务主要包括：

- 硬件的购置及安装；
- 系统软件的购置及其安装调试；
- 程序设计、调试与优化；
- 人员培训；

- 数据准备与录入；
- 系统转换。

7.2 系统环境的准备与实施

任何一个管理信息系统的运行都离不开特定的系统环境，这个环境一般包括硬件环境和软件环境两个方面。根据系统建设目标，新的完整的系统环境配置方案应在系统设计阶段就加以规划完成，在管理信息系统的实施阶段付诸实现。管理信息系统环境的准备具体包括硬件设备的购置(租赁)、安装与连接，系统软件的购置、安装及调试。

7.2.1 系统硬件环境的准备

对于绝大多企业(单位)来说，硬件设备是采用外购或租赁的方式获得，更多情况下是通过外购获取。外购的具体实施过程大同小异，一般都包括以下过程。

1. 回顾系统设计方案，明确硬件系统方案

管理信息系统的设计报告，已经确定了信息系统所需的硬件环境，进入实施阶段后，首先应该回顾、审视系统设计方案，然后按照系统设计的要求，设置招标方案。

2. 确定硬件系统的供应商

在完成上一步骤的工作之后，接着就可接洽有关硬件厂商，将硬件系统的设计说明书分发给相应的硬件供应商。此时，要特别关注信誉、质量、服务等各方面都比较好的供应企业。

3. 评估外购的硬件系统的性能

确定了可能的硬件供应商之后，必须尽可能地从各方面获得供应商的有关信息，比如信誉、服务等；同时也要获得相应硬件的信息，如硬件设备的说明、产品介绍，已购买、测试和评价过该品牌的企业等，必要时可参观走访这些企业。如有可能，最好有样机进行测试。

4. 签订合同（协议），购置硬件系统

对硬件系统做出评估以后，可以择优签订合同，开始实施购置硬件系统。

5. 安装、测试硬件系统

购置的硬件产品到货以后，企业先要进行逐一验货、签收，包括技术文档、配件、设备等。接着，对硬件设备进行安装、测试。硬件系统的安装、测试都有一套

严格的、规范的操作流程，只要提前做好安装、测试策略计划，有工程技术员的努力配合，一般都能较好地完成。

7.2.2　软件系统的购置

软件系统的购置是指平台软件系统的购置。管理信息系统的平台软件通常包括操作系统、数据库管理系统、网络服务系统等软件。这些软件的购置比较简单，因为平台软件方案在系统设计阶段已经确定，供应商也比较明确，具体的实施过程与硬件接近，可参见硬件系统的实现过程。

7.3　管理信息系统的软件开发

管理信息系统的软件开发是一项复杂的系统工程，开发结果受到数据库设计、应用业务、项目控制、人员管理和计算机技术等多方面因素的影响。系统开发结果常常遇到：做出来的系统不符合要求，需要大量修改；开发工作进度难以控制，工期一拖再拖；甚至有些通过了验收的项目也难逃在实际使用过程中搁浅而被束之高阁的厄运。这些充分说明信息系统软件开发的成功不仅需要技术的保证，更需要项目的有效组织和管理。

7.3.1　制定开发规范

管理信息系统软件开发，特别是大型系统的软件开发是一项浩大的系统工程，需要项目组成员齐心协力，通力合作，开发数月甚至数年才能完成。为保证信息系统的协调性、统一性和连贯性，在开发之前必须制定与系统开发方法相配套的、严格而详细的开发规范。

系统开发规范的内容主要包括：系统设计规范、程序编写规范和项目管理规范等。系统设计规范规定数据库文件、字段、变量、函数以及文档命名所采用的规则，还有软件界面的标准和风格，各类报表的输出格式等。尤其要强调的是对公共部分的约定，如数据库文件名、库内字段数量、公用函数等，一旦确定，组内任何人员都不得随意增加、删除或修改。若确实需要修改，需书面报经项目组负责人审批同意，并建立文件存档，同时要把修改结果及时通知项目开发相关人员，不能遗漏。程序编写规范既要约定对程序、变量、函数的命名规则，还要对应用程序进行分类，如可将程序分成代码维护类、业务处理类、业务查询类和统计报表类等，并给出各类应用程序的标准程序流程，必要时可编制出标准程序。项目管理规范规定项目组中各类开发人员的职责和权力，开发过程中各类问题(如设计问题、程序问题等)的处理规范和修改规则，开发工作的总体进度安排和奖惩措施等。

开发规范的制定需要花费一定的时间和精力，但是"磨刀不误砍柴工"，它相当于把今后开发过程中开发人员都要遇到的问题提前做了一个考虑。有了开发规范，在后续的开发过程中，设计人员就不必每次考虑如何为一个字段命名，编程人员也不必去想某个程序的结构和布局应当怎样，测试人员也有了判断程序对错的标准。

开发规范在项目开发工作中起着事前约定的作用，需要所有开发人员共同遵守。它约束开发人员的行为和设计、编程风格，使不同子系统和模块的设计、编程人员达成默契，以便形成整个系统的和谐步调和统一风格，也便于今后的系统维护和扩展工作。

7.3.2　合理的人员构成与管理

企业信息系统的开发工作具有鲜明的整体协作和艺术创造等特性，因此，系统开发的成功必须要有一个结构合理、团结协作的开发小组。一般来说，开发小组应包括项目负责人、系统分析员、系统设计员、程序员、测试人员和必要的后勤保障服务人员。开发组的所有人员组成一个多层的金字塔。塔的上层是项目负责人，底层是程序编写、测试和服务人员。在项目管理过程中，下层必须服从上层的安排和指挥，上层应为下层提供必要的技术支持和服务。

项目负责人通常由一人担任，他对整个项目有控制和决定权，对项目开发的成败负责。由于解决软件开发过程中所遇到的问题，答案往往不止一个，因此需要有人对这些问题有决定权，避免扯皮。大型项目的负责人应有丰富的项目管理经验和数据库设计经验，另外还需对用户的实际业务有较全面和深入的理解。

系统分析员协助项目负责人进行系统分析工作，并负责某一方面的具体设计工作。系统设计员是在系统分析员的基础上进行系统的设计，程序员按照模块设计进行编程，测试人员直接受项目负责人领导，为整个项目的质量把关。所有项目组人员都应对用户的实际业务有不同程度的了解，这样有助于系统的开发工作和系统最后的成功。

系统分析员在企业管理信息系统建设中是非常重要的。有一个说法流行于发达国家：系统分析员是管理专家加上信息技术专家再加上优秀领导者。企业管理人员和信息处理人员要在知识上、岗位上和工作上融合。这个重任无疑要落在系统分析员的肩上，因为他们有企业管理和信息处理两个专业的优势，由他们牵头做此项工作可以取得事半功倍的功效。在我国，早期的系统分析员大多来自计算机应用专业，由于缺乏经营管理理念的训练，信息系统的分析或开发常常要走很多弯路甚至搁浅。随着管理信息系统专业在我国的设立，系统分析员才有了坚实的人才基础。

随着社会分工越来越细，专业化程度越来越高，发达国家的企业已很少自己组织队伍开发本企业的信息系统了，较普遍的做法是设立企业 CIO(chief information officer)，把开发工作委托给专业的开发机构，或条件成熟时直接购买商品化软件。这样做，既可保证质量，又能降低成本，还可避免背上人员的包袱。其中，CIO 代表企业利益，负责与专业机构打交道。由于 CIO 是信息管理与信息技术的专家，在与专业机构打交道时，会显得得心应手，在系统开发和推广应用的过程中，他们都会起到其他人员无法替代的作用。

7.3.3 严格监控开发进度

由于影响系统实施进程的不确定性因素太多，如开发过程中对设计的修改，软件编程工作量掌控等因素，常使项目开发工作不能按预计的时间完成。因此，为了管理好项目进度，首先要制定一个可行的项目进度计划。一开始，项目进度计划只能根据项目的内容、工作量和参加人员进行大致的估算，包括系统分析和设计时间，编程、测试时间和文档制作时间，估算时应根据业务复杂程度加入一些缓冲时间。系统分析、设计完成后，根据程序清单可估算出每个程序的编程时间(根据程序类型和复杂程度)，并在此基础上估算这种程序量下的测试、文档制作和缓冲时间，经过这样估算再做出的进度计划已经可以做到相当准确和细致了。实际上项目进度计划是一个由粗到细、不断调整的计划。

每周要将项目进度情况与项目进度计划进行对比。对于拖延的工作如无充分理由，则应督促有关人员加班或提高工作效率赶上进度；有正常理由，在无法追回的情况下可以修改进度计划，申请延期。

项目进度管理一定要细致和严格，像设计、编程这种难以量化的工作是很难笼统地去控制进度的。

7.3.4 程序设计技术

当信息系统的环境准备妥当，即可着手进行信息系统的程序设计。一般认为，程序是有序的计算机指令(或称语句、命令)的集合。编制程序，使计算机得以实施正确动作的全部工作称为程序设计。与普通的程序设计不同，信息系统中的程序设计一般是基于一定的数据库平台，使用选定的程序语言将系统分析、设计所确定的处理对象与处理规则的描述转换成计算机源程序(源代码)。这是一项枯燥、繁琐却又充满智慧、艺术和挑战性的工作。专门从事程序设计工作的人员被称为程序员。随着计算机网络技术的迅速发展及其在人类社会中的推广应用，程序设计从无到有，规模由小到大，历经挫折，最终逐渐发展起来，现已成为一门学科，也已成为一个热门的行业。

1. 程序质量的评价

计算机应用早期，硬件资源非常有限，CPU 速度不高，内存也较小，应用项目主要是科学计算，因此强调算法和程序的效率，而不太注重程序设计的方法及程序的可读性。随着计算机软硬件资源的快速发展，CPU 运算速度和存储容量日益提高，价格不断下降。然而软件的规模和难度不断增大，软件费用尤其是维护费用急剧上升。人们逐渐意识到，对于高速的 CPU 和大容量存储器，为节省一点空间或提高速度而牺牲程序的可读性得不偿失。软件人员在程序设计和维护中尝到了苦果，因为要修改程序首先要阅读和理解程序。因此自 20 世纪 70 年代以来，人们对程序质量的评价标准发生了变化，认识到"一个逻辑上绝对正确但杂乱无章的程序实际上没有什么价值"，因为它无法供人阅读，难以测试、排错和维护。好的程序应做到以下几点。

- 正确性：程序本身具备且仅具备系统设计说明书中所列举的全部功能。
- 可靠性：程序在多次反复使用过程中不失败的概率。
- 简明性：程序的抽象性要求程序简明易读，只有读懂了才能进行维护、修改。
- 有效性：程序运行就要占用一定的时间和空间资源。高效的程序运行的时间短，占用空间(主要指内存)少。一般说来，时空效率总是人们追求的目标。
- 可维护性：要求程序系统模块化和局部化，某一部分中的更改不影响其他部分，即使有影响，其影响参数应置于显式的控制之下。
- 适应性：应用环境的不断变化要求软件系统有较好的适应性，能在不同机型上移植。

正确性是指程序在正常情况下能正确完成系统所规定的全部功能，错误的程序不但指没有按规定做它应该做的事，而且也指做了它不应该做的事。

可靠性包括安全性和健壮性，指无论程序在怎样的条件与环境下运行都不易被干扰破坏并能实现期望的结果。对于合理的输入，系统能给出正确的结果；对于不合理的输入，程序应能检查出错误并提示操作者修改，否则不予接受并拒绝处理。一个健壮的程序在遇到意外情况时能做出反应，有效控制事故的蔓延，防止信息丢失，避免灾难性后果发生并能较快地恢复系统的运行。

健壮性还指程序对环境变化的适应能力。因为企业在使用系统的过程中，系统环境改变是经常的，如上级对某报表的调整，健壮的程序只需做一些局部调整即能适应变化而继续运行，也不会因偶然的干扰或差错(如误操作)而中断程序运行。

容易使用也意味着容易测试和容易维护。因此要求程序简单明了、结构清晰、层次分明、容易理解、资料完整。在系统设计中要强调结构化(模块化)设计，它给系统的可维护性奠定了基础，结构化程序才容易理解，容易修改、测试、扩充和移植，也才能便于应用和推广，具有强大的生命力。当然，在结构化和资料齐全的前提下也应提高程序运行的效率。

2. 程序设计中应注意的问题

1) 选择成熟的程序设计方法

管理信息系统的程序设计方法很多，目前较为常用的有结构化程序设计和面向对象程序设计。

(1) 结构化程序设计。对于结构化程序设计，一般采取"模块化、结构化、自顶向下与逐步求精"的程序设计思想。即把一个大程序分解为具有层次结构的若干个模块，每层模块再分解为下一层子模块，如此自顶向下，逐步分解，就可以把复杂的大模块分解为许多功能单一的小模块。在这些小模块完成设计之后，再按其逻辑结果，层层向上组织起来，大的程序就得到了解决。

如果系统分析与系统设计采用的是结构化方法，那么在系统实现阶段，仍然要贯彻这个原则。不能允许编程人员任意发挥其独特技巧和风格，否则将使程序的可读性和可维护性降低，甚至破坏了系统的结构。因此，在程序设计时要注意选择结构化程度高的程序设计语言，注意遵循结构化原则编写程序。结构化程序设计的要点是：

- 只使用三种基本结构，即顺序、选择和循环结构来构造程序，结构可以嵌套；
- 每个结构必须是单入口和单出口，使程序保持清晰的逻辑路径；
- 无死循环和死语句。

同时，在编写程序时宜选择"自顶向下"方法。先编写影响全局的顶层模块，后编写底层模块，是"自顶向下"方法的特点。这种设计方法反映了人们从抽象到具体的思维方式。当人们对问题只知其要求，而尚无具体解法时，面对问题，不可能提出解决问题的详细方法和过程，只能先设计全局性高度抽象的算法，这种算法仅仅表达了解决问题的总体策略和程序的基本结构(框架)。然后在此框架基础上，对抽象的问题进一步分析、分解和求精，再进行下一层的抽象，这样就会比上一步更具体和更精确。如此这样进行下去，中间也可以回过头去修改前面某一部分的设计，直到写出程序细节为止。

(2) 面向对象程序设计。面向对象程序设计是目前流行的程序设计方法。它以对象作为思维的出发点，以对象和类为基本构件，以方法、消息和继承性为基本机制。其基本思想和手段是提高软件开发的抽象层次与软件的重用性，把程序设计的焦点集中在类和类层次结构的设计、实现和重用上。MIS 的程序设计一般都是由多人共同开发完成，因此在编程过程中一定要做好任务安排计划，定义好接口问题。

如果系统分析与系统设计采用的是面向对象的分析和设计方法，那么系统实现阶段自然要采用面向对象程序设计。与结构化程序设计强调程序的功能不同，面向对象强调程序的分层、分类和抽象，尤其是抽象和分类。通过抽象，轻松地描述解决问题的大体思想，以此为基础，进行对象的定义与对象的展示。

2) 选择配套的编程语言

程序设计首先是程序设计语言的选择问题,信息系统开发语言的选择,主要考虑以下因素。

(1) 管理信息系统所处理问题的性质:管理信息系统是以数据处理为主,故应选择数据处理能力强的语言。

(2) 计算机的软、硬件和所选语言在相应机器上所能实现的功能:有的程序设计语言尽管在文本的规定上具有较强的语言功能,但限于具体的计算机条件(大型机、小型机、微型机、计算机内存容量等条件),其功能没能全部实现。即使有的语句功能实现了,但其实际处理能力和效率可能有所下降,如最大文件个数,文件的类型,数据的精度等。

(3) 系统的可维护性和移植性:分析用户对计算机语言的掌握程度,选择用户较为熟悉,或易于学习、易于应用的语言,便于用户维护。并且要考虑语言本身结构化程度的好坏,以便于系统的维护和修改。

(4) 选择有丰富的软件工具的语言。

(5) 选择开发人员熟悉的语言。

(6) 语言能提供开发出友好的、美观的用户界面程序的功能,如 Windows 等。

目前开发管理系统软件,一般选择可视化编程语言。如 Visual Basic,PowerBuilder,C#,Java 等,它们均是可视化的面向对象的编程语言,特别适合基于 Windows 操作系统的开发环境,这无疑会受到广大程序员的喜爱。

3) 选择好标识符

在编写程序时,选用命名许多标识符来标识变量、常量、标号、子程序、模块以及数据区、缓冲区等。如何命名有很大的随意性和灵活性,但最好采用一些具有实际意义的标识符,使其能够见名知意,这样有助于程序的说明。例如,不要简单地使用 X,Y,Z,PO 这样的符号,可以用英文字或汉语拼音及其缩写字(缩写规则应该一致)作为标识符,这样的标识符含义鲜明,容易理解。

4) 适当安排注释行

许多程序设计语言允许使用注释行,使用注释行的目的完全是为了使读者更容易理解程序。注释包括序言性注释和功能性注释两种。序言性注释通常置于程序的开头,内容包括:

- 程序目的和功能说明;
- 接口说明,包括接口特点、参数描述、调用实例等;
- 有关数据的描述,如关键性变量的用途、约束条件等;
- 开发历史,包括作者、复审人员、程序编制日期、复审日期、修改日期及其他需要说明的信息。

功能性注释通常嵌在需要说明处的源程序中间，用以说明这段程序的必要性和处理功能及特点，通常需要留空行或空格，大块注释可以在四周加边框，使注释的内容容易识别。

5) 程序设计实用化

经历系统的实施阶段，系统开发人员应提供一套完整可行的管理信息系统软件，交予用户使用。因此，在管理信息系统的软件开发过程中，要把用户的需求放在第一位，不仅在系统分析、系统设计时要充分考虑用户的需求，在程序设计时必须同样充分考虑用户的需求，做到应用软件稳定可靠、使用操作简单实用，真正为用户解决实际的业务问题。因此，应用软件的程序设计一般会选择成熟的技术，进行实用化的程序设计。

(1) 必要提示。屏幕上的代码信息(如客户代码、科目代码等)要有提示操作，使用户不必记忆很多的代码。用户输入数据时，可用提示指明正确的输入格式和边界数值，以减少和避免输入错误。对于有限个数的输入数据，应提供输入选择菜单。为节省窗口空间，提示信息及选择菜单宜采用弹出式菜单实现。

(2) 操作确认。对于一些不可恢复的操作(如记录删除等)应有操作确认，避免误操作。对输入、查询、修改和删除等设置不同的操作控制权限，减少误操作发生的机会。在每个操作点向用户指出应使用的正确操作，但同时也能识别其他可能发生的任何操作，当误操作发生时能以闪烁或发声等明显方式提醒用户改正。

(3) 数据校验。对于一些有限制条件的输入信息，可以自动校验其正确性，避免错误数据进入系统。以适当的方式对输入数据进行检查，确认每个数据的合理性和有效性。例如，进行范围检查、格式检查等，对于一些虽然合法但不太常见的数据，应做出提醒。

(4) 系统恢复。用户无意中进行了错误操作，应有相应的处理程序挽回错误。为此必须通过防错性设计，使企业管理信息系统具备有效的故障恢复机制，以便在出现误改、误删、死机或突然关机等错误时，能够恢复全部或大部分数据。例如，修改、删除等操作的恢复可以通过建立系统运行日志和数据副本来实现。而为了避免因死机、病毒或突然关机造成数据丢失，系统应提供定时自动存盘的功能，可由用户根据需要设定自动存盘的时间间隔。

(5) 缺省赋值。对于一些常用信息可以设置缺省值，使用户不必每次都输入这些信息。有效预防和减少输入数据的出错，减轻输入数据的工作量。

(6) 数据备份。用户可以备份一条或多条已存在的数据记录，并可修改备份结果，形成新的数据记录。同时设计较完备的数据备份和系统重组机制，以便在硬盘损坏、人为或病毒破坏时能恢复或重组系统。备份功能中可提供完全备份、增加备份、差别备份和压缩备份等选择。

7.4 系统调试

在完成程序设计阶段的工作后，经程序员编码调试，就为新系统的运行初步奠定了基础。系统调试又称系统测试，是保证系统软件质量的一项重要工作。系统调试包括程序测试(单调)、子系统测试(分调)以及系统测试(联调或总调)。最后还有用户验收的过程。系统测试的工作量很大，技术要求高，耗时较长，因此，必须事先做好测试的准备工作，编写测试计划，协调好测试人员及测试时间，做好测试记录，写出测试报告。

7.4.1 系统调试过程

对于一个较大系统的调试一般分为三步：程序测试(单调)、子系统测试(分调)、系统测试(联调或总调)，如图 7.1 和图 7.2 所示。

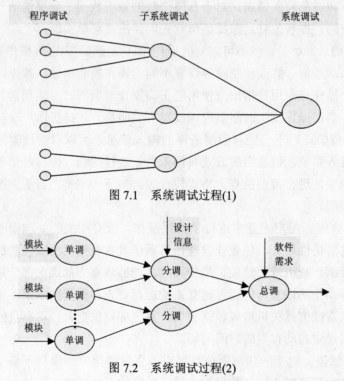

图 7.1 系统调试过程(1)

图 7.2 系统调试过程(2)

1. 程序调试

程序调试也称模块测试或单调，调试内容包括：检查程序的运行是否正常、程序的功能是否符合设计要求、模块程序的技术性能如何、软件界面是否友好等。调试时，从程序的语法检查和逻辑检查入手，测试程序运行的时间和存储空间的可行性。语法错误一般可以由计算机自行检测出来，并给出错误提示信息。逻辑检查主要是检查程序在完成某个功能时,运算的方法及其逻辑处理是否正确,这一般要借助一定的测试手段。

程序调试经常要使用数据,这些数据可以是模拟数据,也可以是实际数据。但在调试前必须要精心挑选,因为测试数据必须涵盖正常数据、错误数据、边缘数据等情况。

程序调试的方法一般可分为静态调试和动态调试两种。在程序上机进行动态调试前,可以通过阅读程序和人工运行程序的静态调试方法来发现程序中的语法错误和逻辑错误。在阅读程序时,可由不同程序员交互阅读,以便更有效地发现错误。因为人们在阅读自己编写的程序时,往往是按自己原有的思路去读程序,较难发现错误。人工运行程序是在弄清程序结构的情况下,用少量简单的数据将程序"走"一遍,这有助于发现程序中的一些逻辑错误。

程序的上机动态调试有黑箱法和白箱法两种。黑箱法是调试人员不考虑程序的内部结构,只用调试数据来验证程序是否符合它的功能要求,是否会发生异常情况。而白箱法则要求调试人员根据程序的内部结构来导出调试数据,使程序中的所有调试路径都被调试到。

2. 子系统调试

子系统调试,也称分调,它将检查系统中各模块之间接口关系的正确性和系统逻辑关系的正确性,以保证数据传送及调用关系的正确性。

子系统调试之前,首先要弄清数据的先后关系,明确系统中各个子系统及功能模块间数据传送的先后顺序和方向,避免发生传递混乱现象。

子系统调试通常可以采用自顶向下调试和自底向上调试两种调试方法。

1) 自顶向下调试

先用主控模块作为测试驱动模块,然后将其下属模块用桩模块代替。桩模块中只保留所代替模块的名字,输入输出参数而没有具体的处理功能。在联合调试过程中再逐步将桩模块用实际模块替换。在替换时,可以按数据流动的方向:输入模块——处理模块——输出模块的顺序逐步替换。自顶向下调试的过程如图7.3所示。

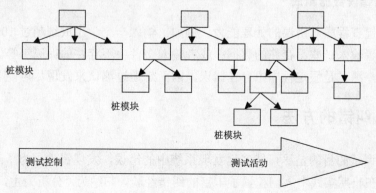

图7.3 自顶向下调试

2) 自底向上调试

从系统结构的最低一层模块开始，进行组装和测试。这种测试方法需要设计一些测试驱动模块而不是桩模块。测试驱动模块主要是用来接受不同测试用例的数据，并把这些数据传递给被测试模块，最后打印出测试结果。

3. 系统调试

系统调试也称系统总调，它是对系统所需的人工过程或操作环境进行统一的综合性调试；测试出各子系统之间的接口及通讯是否正确合理，系统运行功能是否达到系统目标的要求，系统的安全可靠性如何。对于性能要求较高的系统(如交易系统)，还要进行一些必要的性能测试，如峰值负载测试、容量测试、响应时间测试、恢复能力测试等。

7.4.2　数据测试方法

调试不仅要测试正常情况下系统的运行状况，还应测试在错误、例外情况下系统的运行状况，这对系统的可靠性有很大的影响。测试应准备好测试数据，可以采用以下测试方法。

1. 用正常数据测试

用过去手工已处理过的数据让计算机系统来处理，把运行结果与手工处理结果相比较，判定计算机系统的处理性能。

2. 用边缘数据测试

经验表明，程序往往在处理边缘情况时出现错误。所以检查边缘情况的测试用例是比较高效的。例如，输入数据的值的范围是 - 0.1~1.0，则可以选 - 0.1，1.0，- 0.1001 和 1.001 等数据作为测试数据。

3. 用错误数据测试

用于检查程序对错误的处理能力。例如，输入一个学生成绩超过 100 分或者为负值；或者输入一些不存在的数据；或者输入文件中不存在的编码等等。

总之，测试是假定程序中存在错误，因而想通过测试来发现尽可能多的错误。

7.4.3　纠错的方法

系统调试的目的是尽可能多地发现系统中的错误，发现错误是为了改正错误，即纠错。在长期实践中人们积累了丰富的纠错经验，归纳为"分析为主，重在思考"的方法。

1. 跟踪法

跟踪执行可疑的程序段，这是小型程序常用的纠错方法，通常采用反向跟踪(也称回溯法)。例如，程序在某处发生了数据溢出错误，溢出通常是表达式中两数相除之后产生的，如果以前曾给表达式的分母赋过零值，相除时就会发生溢出。所谓反向跟踪，就是从发现有错误的地方(本例为溢出处)开始，逐步向后回溯，直至找到出错的根源(本例为给分母赋零值的语句)，比如是写错了表达式，或者是写错了判断条件，从而错误赋值引起的。又如打印报表时，表头和栏目输出正常，但细目行位置不正常，通过跟踪，找出原因是循环中当前行变量赋值错误造成的。当程序不大时，回溯纠错常能较快找到错误的根源，相当有效。但有两条限制：

(1) 必须事先知道产生错误结果的语句位置，将它作为回溯的起点。

(2) 程序的分支及嵌套不能太多，否则会因回溯的路径过多而不易确定错误的位置。

与回溯相反的跟踪方法是正向跟踪，即查错时沿着程序的控制流，向前跟踪每条语句的执行情况，找出最先出现错误或异常的地方进行分析诊断与纠错。

2. 归纳法

所谓归纳法纠错，实际上是一个由错误征兆推出错误根源的过程。任何错误都会显示出某些征兆，每一个征兆都是纠错的一个线索。把这些线索收集起来，分析它们之间的关系，找出其中某些规律，就有可能提出有关错误原因的假设。然后用这些假设来解释所有的测试结果，如果都能得到圆满的解释，那么假设成立，错误原因也就找到；否则应继续提出新的假设并重复上述过程。图7.4演示了归纳法纠错的基本过程。

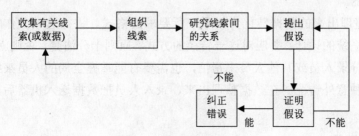

图 7.4 归纳法纠错的过程

当然，归纳法中提出的原因假设可以有一个或多个。如果提不出假设，则要设计并执行更多的测试用例，以便获得更充分的数据。如果有多个假设，则首先选用其中可能性最大的那一个假设进行分析与解释。

假设不等于事实，所以证明假设极其重要。证明假设时如果能解释一切现象，则假设得到证实，否则可能是假设本身不成立或不完备，也可能是有多个故障同时存在，那就更复杂，需要综合运用多种方法逐个排除。

3. 试探法

试探法首先分析错误征兆，猜想故障的大致位置，在程序中加进许多显示语句，获取程序中被怀疑的地方的信息。这种方法效率较低，一般适合于比较简单的程序。

7.5 系统转换

一个新的管理信息系统经过调试并验收合格，则可交付用户使用，使系统进入正常工作状态。因为一个企业的管理工作是连续进行的，管理信息系统也必须连续地进行工作。这就有一个新旧系统的交替过程，也就是旧的管理信息系统逐渐退出，由新的管理信息系统来代替，我们称之为系统转换。

系统转换的工作包括数据文件的转换，人员、设备、组织机构的调整，有关资料和使用说明书的移交等。其主要任务是尽量平稳过渡，使新系统投入正常工作，逐步取代旧系统。

7.5.1 系统转换前的准备

1. 数据准备

(1) 要把原来系统中的数据整理出来，其工作量是比较大的。在一般的手工处理系统中，信息缺少、不一致的情况是常常发生的。出现这种情况时，必须由有经验的管理人员来补充，其他人是做不了这项工作的。这一整理工作应该尽早进行，决不能等机器。

(2) 把整理出来的数据转化为新系统所要求的格式。进行这项工作的人，必须完全了解新系统的设计，并应对这一转换的方式、原则十分清楚，否则就会出问题。即使找一部分录入员或其他人员来帮忙，也需要有能掌握全局的人员来组织管理并及时解决各种意外情况。在数据整理出来、录入人员把数据送入机器后，必须进行种种校验。

2. 文档准备

总体规划、系统分析、系统设计、系统实施、系统测试等各项工作完成后，应有一套完整的开发资料，它记录了系统开发的全过程，是系统开发人员的工作依据，也是用户运行、维护信息系统的依据，因此文档资料要与开发方法相一致，并符合一定的规范。在系统运行之前要将文档资料准备齐全，形成正规的文件。

3. 用户培训

系统开发过程中有着各种各样的问题需要得到充分的重视和解决，系统转换阶段的关键问题则是把新系统付诸实际的管理工作。由于系统转换工作涉及较多的人力、财力和物力等，所以整个过程要有计划、有组织地进行，用户方的系统管理人员和操作人员的培训就是重要一环。系统管理员、操作员必须认真学习系统的操作过程和工作过程，学习如何充分应用系统的功能较好地完成职责工作。针对不同的用户，可以进行不同层次的培训。对于操作员，着重于操作过程和操作规则；对于管理人员，着重于数据的获取以及数据决策；对于系统管理人员，着重于系统技术培训，使他们掌握各种技能，以保证整个系统的正常运行。

7.5.2　系统转换方式

系统转换的方式有直接转换、平行转换、逐步转换、导航转换四种(如图 7.5 所示)。

1. 直接转换

这种方式是在某一规定的时间直接用新系统替代旧系统，中间没有过渡阶段。这种方式简单、费用少，但风险性大，如果新系统在运行过程中一旦发生严重问题，将造成无法挽回的损失。这种方式不适应于重要系统，而对一般系统的使用也应采取预防性措施，在系统业务量少或没有时转换，一旦新系统出现问题，旧系统能立即启用。

2. 平行转换

这种方式的新旧系统转换有一个同时运行的过程。平行运行时间的长短视业务状况及系统运行状况而定，一般需半年到一年。在保证新系统正常运行时，旧系统才能停止使用。这是一种安全无风险的转换方式。同时，可以进行新旧系统的比较，发现和改正新系统的问题。但这种方式需要额外增加工作人员和系统支持的资源及费用，导致费用太高。

3. 逐步转换

这种方式是新系统分期分批地替代旧系统，直到最终替换旧系统。这种方式可以避免直接转换的风险，又可避免平行转换时费用高的问题。逐步转换方式常用于大系统或较为复杂的系统的转换，但必须事先考虑好新旧系统的接口。当新旧系统差别太大时，不宜采用这种方式。

4. 导航转换

这种方式是在新系统未开始工作时，先处理少量业务，作为对新系统的功能进行检查的手段。例如，会计账务处理工作中每周抽一天用新系统工作，以后再逐步增加。又如库存管理工作，首先把库存中木材制品部分的管理业务担负起来，以后再逐步扩大到其他物资等等。这种方式的实质是在正式运行之前，先进行一段规模适中的试验运行。

在实际中，系统的转换可以几种方式配合使用。例如，不重要的系统部分采用直接转换，而重要的系统部分采用平行转换。在系统的转换过程中要根据系统运行中出现的问题进行修改、调试，使新系统不断完善。

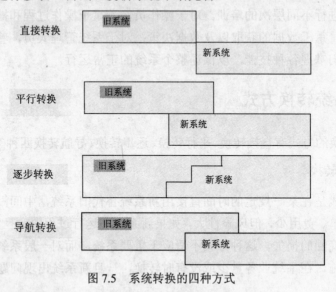

图 7.5　系统转换的四种方式

7.6　信息系统安全的实施与保障

随着计算机网络技术的迅速发展与日益普及，基于网络的信息系统已渗透到社会和经济的各个方面，方便了人们的学习、生活和工作。但与此同时，信息系统安全问题也日益突出，尤其是基于网络的信息系统安全问题。

7.6.1　信息系统安全的概念和内容

什么是信息系统安全？目前还没有一个权威、统一的定义。但有一点是肯定的：一切影响信息系统安全的因素和保障信息系统的安全措施都是信息系统安全研究的内容。一般认为：信息系统安全就是确保以电磁信号为主要形式的，在计算机网络化系统中进行流通、处理、存储和利用的信息内容，在各个物理位置、逻辑区域、存储和传输介质中，处于动态和静态过程中的机密性、完整性、可用性、可审查性和抗抵赖性的，与人、网络、环境有关的技术、结构和管理规程的总和。

这里，人是指信息系统的主体，包括各类用户、支持人员以及技术管理和行政管理人员；网络则指以计算机、网络互联设备、传输介质及其操作系统、通信协议和应用程序所构成的物理和逻辑的完整体系；环境则是系统稳定和可靠运行所需要的保障体系，包括建筑物、机房、动力保障与备份以及应急与恢复体系。从系统过程控制角度看，信息系统安全就是信息在存取、处理、集散和传输过程中保持其机密性、完整性、可用性、可审计性和抗抵赖性的系统辨识、控制的过程。信息系统安全的任务是确保信息功能的正确实现。具体地说，信息系统的安全包括以下三个方面的内容。

(1) 运行系统的安全包括：法律、政策的保护，硬件运行安全，操作系统安全，防止电磁泄漏等。

(2) 系统信息的安全包括：用户身份认证、存取权限控制、审计跟踪、数据加密等。

(3) 信息内容的安全主要指意识形态方面的不健康的内容或对人类发展、社会稳定不利的内容。

7.6.2　信息系统安全层次模型

信息系统安全是一项复杂的系统工程，它的实现不仅要有良好的技术作保障，更需要法律、管理、社会等各方面密切配合、协同作用，形成一个以法律道德为核心、以安全管理为纽带的层次结构模型，如图 7.6 所示。当然，也可以描述为 7.1 所示的表格。

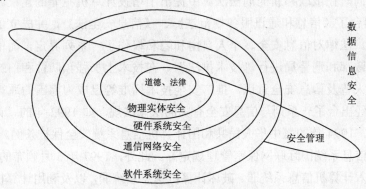

图 7.6　信息系统安全层次模型

表 7.1　信息系统安全层次模型

层　　次	安　全　内　容
第 7 层	数据信息安全
第 6 层	软件系统安全
第 5 层	通信网络安全层
第 4 层	硬件系统安全层
第 3 层	物理实体安全层
第 2 层	安全管理层(制度与措施)
第 1 层	道德、法律规范层

信息系统安全模型以道德法律的规范制约为核心，由内向外、由低到高逐层完善物理实体的安全、硬件系统的保护和软件安全，最终实现保证信息系统的数据信息安全的目的。模型中，安全管理层单列出来，不再与其他层次并行，使之贯穿于整个层次结构，整合各层的努力最终实现系统安全这一目标。

7.6.3 信息安全立法的规范与制约

法律是保障信息系统安全的强有力的手段。非法登录、黑客攻击、病毒入侵等网络犯罪的日益增多与信息安全法制不健全、惩治网络犯罪不力显然是密不可分的。

发达国家已经在信息安全立法方面积累了成功经验。美国 1987 年批准的《计算机安全法》是美国联邦政府在网络信息安全方面最主要的法律。该法在 20 世纪 80 年代末至 20 世纪 90 年代初被作为美国各州制定地方法规的依据。这些地方法规确立了计算机服务盗窃罪、侵犯知识产权罪、破坏计算机设备或配置罪、计算机欺骗罪、通过欺骗获得电话或电报服务罪、计算机滥用罪、计算机错误访问罪、非授权的计算机使用罪等罪名。俄罗斯 1995 年 2 月 22 日通过和生效的《关于信息、信息化和信息保护法》中明确界定了信息资源开放和保密的范畴，提出了保护信息的法律责任，并同时在俄联邦新的刑法法典中提出了增设计算机犯罪的建议。德国政府 1996 年夏出台了《信息和通讯服务规范法》、《信息安全法》，并成立了联邦信息技术安全局。法律对信息安全、个人自由和隐私权作了一系列界定，而信息技术安全局配合内政部和刑警局进行"技术执法"。在技术上加强预防性和前瞻性研究，向企业和个人普及信息安全意识，推广安全技术标准等已成为德国的通行做法。

我国已经出台了一系列与信息安全有关的法律法规，如 1992 年的《计算机软件保护条例》，1994 年的《中华人民共和国计算机信息系统安全保护条例》，2002 年的《计算机信息系统国际联网保密管理规定》。此外，1997 年 3 月颁布的新《刑法》中对非法侵入计算机信息系统罪、破坏计算机信息系统罪，以及利用计算机实施金融诈骗、盗窃、贪污、挪用公款、窃取国家机密等犯罪行为做出了规定。已颁布实施的法律法规确定了网络信息安全管理机构，阐明了安全责任，明确了法律责任，对于危害信息安全的个人和单位，规定了经济处罚、行政处罚和刑事处罚等三大类型。

同时，我国立法部门正在加紧制定和颁布个人隐私保护法、信息网络安全性法规、预防和打击计算机犯罪法规、数字签名认证法、网上知识产权法等，以完善我国的信息安全法律体系。

7.6.4 信息系统安全实施的策略

信息系统的不安全因素是由计算机系统的脆弱性和人为因素决定的。从信息系统的结构、系统资源与实施及运行环境来分析，实施一个安全的信息系统，需要技术和管理两方面的策略和措施。技术的策略和方法如表 7.2 所示，而管理策略一般包含以下几个方面的内容。

表 7.2　信息系统的主要安全技术策略

序号	安全技术策略	安全技术策略的分类
1	用户名/口令体系的设置与使用	开机口令
		网络用户名/口令
		应用系统用户名/口令
2	权限控制	网络用户权限设置
		应用系统用户权限设置
3	防火墙技术	基于硬件的防火墙
		基于软件的防火墙
4	计算机病毒防治	硬件隔离
		服务器存取控制
		采用防治计算机病毒硬件
		采用防治计算机病毒软件
5	系统备份	硬件备份
		系统备份
		应用系统备份
		数据备份
6	数据加密	文件加密
		记录加密
		字段加密
7	数据审计	双轨运行法
		轨迹法

1. 树立正确的系统安全指导思想

要想建立好计算机信息系统的安全体系，首先要有明确的指导思想。要把信息安全作为一个涉及国家、企业重大利益的产业来看待，在选择安全产品时要立足于国产化产品，不能把国家、企业信息化的安全依托到国外产品的保障上。在安全策略的执行中要遵守我国在信息安全领域中的政策法规和产业导向。

同时，要明确计算机信息系统安全的范畴。因为计算机信息系统安全是一个涉及范围很广的课题，通常包括两个层次的含义：一是信息系统的数据与信息的安全；二是计算机信息系统自身的安全。一般来说，计算机系统要保护的客体有：重要的业务数据、敏感的业务数据、系统资源、网络资源等。访问计算机系统的主体有：内部合法用户、内部其他用户、合作伙伴、竞争对手、黑客等。为了保证计算机系统的安全，必须保证计算机系统在以下几个方面的完整性：即应用完整性、用户完整性、系统完整性、网络完整性。

2. 建立一套科学的管理制度

计算机系统的占有者(单位)为它建立一套科学的管理制度是从制度上避免环境和人为因素造成计算机故障的有力保证，也是计算机系统安全所必需的。建立和健全各项有关的管理制度是加强内控机制建设的一项重要措施。制度内容多种多样，主要有机房管理、操作管理、权限密码管理、档案(资料、数据盘)管理等项制度，以保证计算机有一个正常的运行环境，保护计算机软硬件和数据不受侵害，保障企业利益不受损失。

1) 机房管理

要保持机房清洁无灰尘，同时对机房的温湿度要严格控制，要有防静电设施。严禁在营业用机上进行与业务无关的操作，严禁非营业时间，一人上机操作。还要建立和健全各项管理制度，保证计算机有良好的运行环境，避免非常事件对系统的侵害；加强电源保护，防止由于电源失常而使系统遭到破坏，每个网点都应配置不间断电源(UPS)，并要做到定期维护，都要有符合要求的接地线，以防雷击或静电烧坏机器。

2) 操作管理

要严格按照各种操作规程处理业务，每天计算机打印的数据资料有必要进行核对，确保正确无误。同时要对特殊维护、特殊处理等情况，手工辅以登记说明。要对数据文件的属性进行控制。文件是存储企业数据的形式，为了保证企业数据信息的安全，防止非法篡改，一些重要的数据文件可定义为专用文件、只读文件或对文件的操作权限及用户加以限制，或采用专门技术，定义为隐形文件，未经授权，难以动用，以保证企业数据的安全。

3) 密码权限管理

各级权限要真正分开，严禁"一手清"、"一路绿灯"，操作员密码要定期或不定期加以更换，以防泄密或被他人盗用。要对应用系统不断加以完善，防止通过非法操作进入超级用户状态，企业管理信息的安全性得不到保护。为此，一要杜绝非法进入；二是系统对非法进入超级用户的情况要有记录，以便检查。要加强对应用系统源程序的管理，源程序不得随意下发，并要注意保密，防止非法窃取，同时要定期或不定期对网点应用程序进行检查比较，防止非法篡改。

4) 档案管理

企业管理人员要及时打印各种所需的账、表、簿、单，及时装订，每日备份的磁盘及时登记入柜，改善档案保管环境，防止磁盘中的信息丢失。要建立备份制度，备份的数据要进行加密或采取其他保密措施。数据备份要严格按照规定的期限保存，作为永久性保存的磁盘要每半年重新拷贝一次，防止信息丢失，并要明确专人安全保管，一旦遭到破坏，能够通过恢复功能，完全恢复到原有状态。除此之外，注意外来数据盘的使用必须慎重。

对于硬件也要备份，一旦计算机发生故障或遭到破坏，用备份的计算机及时顶替上去，不影响业务的正常办理。同时也要加强对备份机的管理，平时不得在备份机上操作，备份机上应用系统的各级密码也要注意相互保密。

5) 防病毒管理

计算机病毒在世界各国迅速蔓延，成为目前困扰计算机应用的一大祸害。计算机应用到企业管理的业务中，必须加强防病毒措施，确保数据安全。为此，应建立严格的管理制度，凡与企业数据无关的磁盘一律不得使用，建立严格的检测制度，所有磁盘必须经过检查后方可使用；一旦感染病毒，及时进行消除，保障系统正常运行，并且要随着计算机病毒新花样的出现，不断更换检测和杀毒软件，以便能及时防止和消除病毒的蔓延和感染。

3. 配备专职的管理和维护人员

必须选择一批政治素质好、业务上能胜任，并且具备管理和计算机应用技术的复合型人才，组成承担应用系统运行的管理机构，包括程序设计、维护和管理人员，企业数据的采集整理、审核和保管人员，以及日常业务的操作人员。他们之间要按照内部牵制原则合理分工，在日常工作中能够互相制约、互相监督，特别是任何一个层次的数据中心，职权都要严格制约，严禁一人在营业用机的超级用户下进行操作，防止无意差错和有意舞弊事件的发生。

从理论上讲，良好的机房环境、良好的管理和维护制度是可以预防计算机系统产生不应有的故障的。但制度需要人来贯彻执行，故障需要人来排除。由于排除故障是一种高智力劳动，所以配置专职的管理和维护人员是非常必要的。许多单位的经验表明：有专职的管理人员和维护人员的单位其计算机系统的利用率高，设备的使用寿命也长，维护费的开支也小。

4. 认真处理系统开发的四个关系

用户在最初设计系统的安全体系时，应充分考虑以下几个关系，并明确应把握的原则。

1) 建设规模中投入与产出的关系

系统安全级别越高，则投入就越大。决策层可以给出一个原则上的投资规模，实施者在投入和实现的安全保护效果之间寻找折中点，即对系统面临的威胁及可能承担的风险进行定性和定量的分析，从而制定出合理的安全策略和原则。

2) 用户使用中方便与限制的关系

安全限制越多，用户使用起来就会越感到不方便，应用效率就会受到影响，应给用户一个适应的过程。在安全体系的建立中应从网络、操作系统、应用等环节，制定出各自适应的限制方法，并把握住从易到难、逐步建立、分阶段实施的原则，以及具备可操作性和适应性、灵活性的原则。

3) 安全规则的制定与网络结构的关系

在制定安全规则时，应符合"可适应性的安全管理"模型的原则。网络是动态发展的，制定的安全目标也应是动态的。如果将计算机的安全规则加入到固定的物理安全模式中，其结果是一旦网络结构调整，其先前定义的安全规则将很难适用，维护起来非常困难。应把握住网络的物理结构不改变，通过充分规划、设计网络的逻辑结构，并满足今后应用发展的需要，以适应安全规则的设定。正因为安全领域中有许多变动的因素，所以安全策略的制定不应建立在静态结果的基础上，应符合"可适应性的安全管理"模型，即概括为：安全=风险分析+执行策略+系统实施+漏洞监测+实时响应，从而满足可适应性与整体性相结合的要求。

4) 安全手段与安全管理的关系

一般安全策略中安全产品和内部管理各发挥一半的作用。在设计安全体系方案时，不应将安全策略完全寄托于厂家提供的产品功能上，只能把它作为一种提高安全的手段，还需将安全管理结合起来。安全管理包括人们制定的安全管理措施和制度，以及技术实现的安全管理软件等。另外，用户在与各厂家进行前期接触时，尽量做到系统构架保密，不随意散布，防止制造出不必要的安全隐患。

当前，信息系统正朝着多平台、充分集成的方向发展，分布式将成为最流行的处理模式，而集中分布相结合的处理方式也将受到欢迎。今后的信息系统将建立在庞大、集成的网络基础上，因而在新的信息系统环境中，存取点将大大增加，脆弱点将分布更广。信息系统的这些发展趋势将影响安全问题的研究。信息系统安全问题研究的第一种动态是，研究分布式环境与集中式相结合环境的安全策略，它反映了分布式信息系统的社会需求和传统的集中式安全策略的不适应性。第二种动态是，为适应多平台计算环境而研究面向整个网络的安全机制。20 世纪 80 年代的安全问题研究主要集中于标准的一致性和单一平台的安全控制上，已不能适应新一代信息系统对安全问题的要求。第二种研究动态有可能产生新的安全理论，至少会在方法学上有所突破。第三个动态是，在开放系统安全标准的研究和制定上，美国的 TCSEC 和欧洲的 ITSEC 标准不涉及开放系统的安全标准，而 ECMA TR46-A 只是开放系统的安全框架，因而确定开放系统的安全评价标准极为必要，并由于人们对开放系统的普遍认同而显得更加迫切。

总之，信息系统安全问题研究期待理论的建立和方法的突破，只有这样才能满足信息系统迅速发展的需求，才能确保人类社会的第三大资源——信息的真正安全，并确保信息真正造福于整个人类。

7.7 系统开发项目的组织与管理

7.7.1 系统开发的组织机构与分工

1. 系统开发领导小组

系统开发领导小组负责新系统开发的行政组织和领导工作。在开发过程中，行使涉及机构调整，人事、设备的调配，规章制度的制定，资金的使用，项目管理以及制定重要决策的权力。领导小组人员组成包括企业的领导者、用户单位管理业务的部门负责人、用户单位负责计算机或信息管理的主管人员、系统开发的技术负责人。

2. 系统开发工作小组

系统开发工作小组的职责是在系统开发领导小组的指导下，负责组织与实施系统开发的具体工作。可根据具体需要分成系统规划小组、系统分析设计小组、程序设计小组、测试小组、试运行小组等。人员组成包括系统开发技术负责人、系统分析员、系统设计员、程序员、网络专家、硬件专家、技术专家(如经济模型设计员)等。

3. 系统开发的人员与职责

在系统开发的过程中，涉及各级各类的系统开发人员和企业管理人员，良好的组织管理与合理的分工才能保证系统开发顺利进行。

1) 信息主管

企业要开发管理信息系统，领导重视是关键，尤其是企业的高层领导对这个问题的认识。信息主管(chief information officer，CIO)是企业高层领导人中负责信息管理的决策者。信息主管的任务是全面负责企业的信息管理工作，辅助企业的高层决策，实现企业全面的信息管理。信息系统的开发必然要涉及企业组织结构的变动，这种结构的变动实际上是权力和职责的再分配，如果开发小组中没有企业高层的决策成员，开发工作是不可能顺利进行的。信息主管在信息系统的开发中起着非常重要的作用，他的职责是把握企业的发展战略和发展目标，切实投入时间和精力，完善企业的信息管理制度，对开发过程的各种要素进行合理的控制，确保开发工作顺利进行。

2) 项目主管

项目主管是系统开发的领导者和组织者，在系统开发中起着举足轻重的作用。项目主管的主要任务是主持整个系统的开发工作，确定工作目标和实现目标的方案。管理信息系统开发是一项复杂的系统工程，在开发过程中涉及多种资源的计划、组织、协调、指挥与控制，因此项目主管应具有很强的管理能力、项目管理知识和经验，掌握管理信息系统开发知识和娴熟的人际关系处理艺术。

3) 系统分析员

系统分析员是系统开发的核心人物，主要承担系统的调查与分析工作，建立系统的逻辑模型。系统分析员要从详细调查的大量信息中完整地理解用户对系统的需求，正确地获取用户的需求是个复杂的问题，要完成好这个责任重大的任务，系统分析员必须具备广博的知识。系统分析员不仅要懂得计算机硬件、软件的知识，掌握经济、现代管理的理论与数学模型等丰富的知识，还要具备较强的组织管理能力、人际交往能力，对信息高度敏感，能正确理解各级管理人员提出的需求，通过分析、抽象，将这些需求转换为计算机系统的逻辑模型。

4) 系统设计员

在管理信息系统开发中，系统设计员的主要任务是根据系统的逻辑模型要求，完成系统的物理模型设计工作。一个合格的系统设计员应具有扎实的信息技术方面的知识，信息技术发展很快，新产品日新月异，系统设计员必须不断地学习才不会落伍。

5) 程序设计员

程序设计员的主要任务是根据系统物理模型中的要求，负责系统的程序设计、调试和转换工作。程序设计员应具有较强的逻辑思维能力，精通程序设计语言和编程技巧，掌握系统测试的原理和方法。

6) 系统维护人员

系统维护人员的主要工作是负责对系统的维护，包括平台维护、软件维护、数据维护等维护工作，系统维护人员是管理信息系统正常运行的保障。系统维护人员应具有一定的信息技术知识，了解企业的运作过程和管理方式。

7) 企业管理人员

参加系统开发的企业管理人员代表用户，在系统开发的过程中起着非常重要的作用。企业管理人员负责向系统分析员准确、全面地表达企业的需求，对系统的功能进行客观的评价，与开发人员进行沟通，对系统的不足进行改进。参加系统开发的企业管理人员必须非常了解企业的各方面工作，善于表述，善于与人沟通，有高度的责任心。

7.7.2 系统开发项目的管理内容

企业建立管理信息系统的过程，要耗费许多时间、金钱和人力资源，为了使系统开发能够按照预定的计划顺利进行，需要对成本、人员、质量、风险等方面进行分析和管理，这就是项目管理。没有科学的项目管理，开发工作无法顺利完成。项目管理贯穿系统开发生命周期的全过程，是对项目开发组织进行管理的过程。做出项目的开发计划，控制系统的开发进度，做好项目的经费支出和经费控制；同时要协调好各级开发人员和各级用户之间的关系，做好文档的管理工作，使项目的开发工作能够按时、保质、在经费许可的范围内完成。

1. 计划管理

计划管理的主要内容是制定总体计划，估计开发所需要的资源。将整个工作划分为若干个任务，制定任务的阶段计划，规划阶段工作进度，画出任务完成计划表。检查计划的执行情况，根据环境的变化修订计划。

2. 经费管理

经费管理是整个开发项目管理中的重要内容。经费的有效运用可以起到事半功倍的效果，管理不善则会浪费宝贵的资金、资源。经费管理的主要内容是严格执行投资概算，定期编制资金使用报表。

3. 质量管理

质量管理是项目管理的重点和难点。在整个系统开发过程中，质量管理要做到：事前准备、过程监控、事后评审。事前必须制定质量管理指标体系，确定各种考核标准和规章制度；中间环节应定期对系统质量进行检查、考评；事后应组织专家进行项目评审，做出综合系统评价。

4. 资源管理

资源管理的主要内容是人员管理、软件资源管理和硬件资源管理。人员管理必须制定各类专业人员的需求计划，根据计划进行人员的调用、培训和使用；软件资源管理应明确软件的需求和来源，合理地使用软件，重视软件的日常维护；硬件资源管理应制定硬件安全使用制度，加强系统运行环境的管理。

7.7.3　系统实现的管理任务

在管理信息系统实现阶段，任务重、人员多、时间紧，因此系统实现的组织管理工作非常重要。对系统开发人员特别是高级开发人员来讲，主要是做好组织、计划与协调工作。他们要组织大量的开发人员去编写大量的程序；组织开发人员与业务人员准备好系统转换所需的大量数据；组织人员进行系统的调试工作；并且与众多的使用系统用户合作，做好用户的人员培训、系统转换与交付用户使用；最后，组织人员整理文档，准备系统评价材料。

实现阶段的管理工作包括资源保证、进度控制、调整补救和软件产品验收四个方面。

资源保证是指人、财、物和时间方面的保证。当开发商把任务交给一个具体的工作人员或一个小组时，他必须提供必要的资源，否则就无法完成。由于整个工作是互相联系，互相制约的，前一项工作拖延影响下一项工作的开始，有时某些资源条件又受外界条件的影响，因此，必须进行有效的协调和管理。

进度控制是指系统实现中各项任务完成情况的检查与督促。任务布置给各个小组后，系统管理人员必须有切实可行的办法，及时地了解掌控各小组的工作情况以及进度，特别是紧密相关的硬件、软件、人员培训和数据准备 4 个问题的配合。

调整补救是指当发生计划未能实现或者外界某种资源未能提供时，管理人员必须及时调整原计划，调配人力物力，克服困难以弥补损失，保证任务及时完成。

软件产品验收是指当某一项具体工作完成之后，实现工作的组织者必须严格验收，审查这一具体任务是否按要求完成了。

7.7.4 组织管理的工具

开发和实现管理信息系统需要采用先进科学的项目管理技术。现代管理科学的发展也为项目管理与决策提供了许多工具，特别是基于 IT 技术、融合各种管理技术于一体的计算机软件的支持。充分地利用这些工具，将有力地提高项目的管理效率。常用的工具有甘特图和网络计划技术等。

1. 甘特图

甘特图(gantt chart)，又称横道图(bar chart，即工程进度表)，是第一次世界大战期间美国法兰克福兵工厂的 H.L.Gantt 在安排生产和进行计划管理时首先使用的，所以人们称之为甘特图。甘特图简单明了，容易理解，容易绘制，便于检查和计算资源需求状况，所以至今仍被广泛应用。

一般甘特图的横方向表示时间，纵方向列出工作内容，图中的主要符号有：

————	计划安排的工作
└	计划安排的工作开始日期
┘	计划安排的工作完成日期
| x |	在特定期限内计划安排的工作量
▭	目前的工作进度

用甘特图编制工作计划的例子如图 7.7 所示。

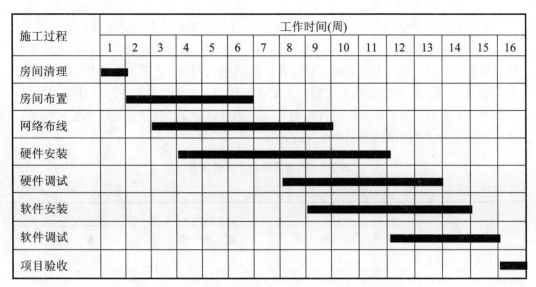

施工过程	工作时间(周)															
	1	2	3	4	5	6	7	8	9	10	11	12	13	14	15	16
房间清理																
房间布置																
网络布线																
硬件安装																
硬件调试																
软件安装																
软件调试																
项目验收																

图 7.7　用甘特图表示的管理信息系统实施进度计划

作为计划管理的工具，甘特图也有缺点，主要表现为：各工作任务之间的相互依赖、相互制约和相互影响关系不能清晰、严格地反映出来。即某一工作任务的推迟或提前对总工期的影响无法看出来；在时间进度上，关键工作和非关键工作无法反映出来；不同的计划安排不能比较其优劣；同时也不能利用计算机进行计算和优化。这些缺点将影响甘特图的应用和推广。

2. 网络计划技术

由于科学和生产力的迅速发展，生产社会化达到一个新水平，市场竞争和国际军备竞争日趋激烈，这就促使人们进行计划管理方法上的变革，网络计划技术就在这种形势下应运而生了。用网络计划对工作进度进行安排和控制，以保证实现预定目标的科学的计划管理技术被称为网络计划技术。网络计划技术的种类很多，如关键线路法、计划评审技术、图示评审技术、风险评审技术等。其中，典型的代表是计划评审技术(program evaluation and review technique，PERT)。

PERT 技术是 1958 年美国海军武器局为军备竞赛和宇宙空间开发而提出的，并首先用于"北极星"导弹核潜艇的研制，使承包和转包该工程的一万多家厂商协调一致地工作，对计划进行了有效的控制，使整个工程提前两年完成，尔后，用该方法组织和管理"阿波罗"载人登月计划并获得成功，使得这项技术广为推广和应用。

PERT 网络技术的常用符号有：

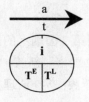

a 为活动名称或编号；t 为活动时各活动之间的关系，也称为事件；i 为事件编号；T^E 与 T^L 分别为事件最早时间与最迟时间。

　　某企业在实施管理信息系统过程中需要对计算机机房进行油漆装修。假设这项工作必须分三步完成：首先刮掉旧漆，然后刷上新漆，最后清除喷在窗户上的油漆。假设企业派出 15 名工人去完成这项工作，提供的资源是：5 把刮旧漆用的刮板，5 把刷漆用的刷子， 5 把清除溅在窗户上的油漆用的小刮刀。各道工序估计需用的时间如表 7.3 所示。为了使工作进行得更有效，必须合理安排工人、工序和使用资源。其网络计划技术图如图 7.8(a)和 7.8(b)所示。

表 7.3　机房装修各工序时间表

小时

墙　面	任　务		
	刮　旧　漆	刷　新　漆	清　理
1 或 3	2	3	1
2 或 4	4	6	2

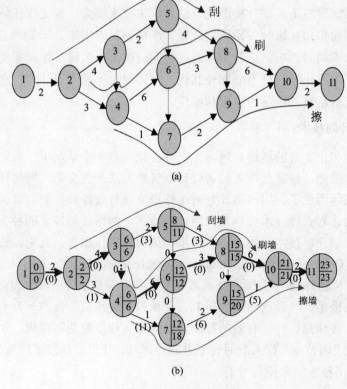

图 7.8　网络计划简图

　　图 7.8(a)、图 7.8(b)中：1~2 刮第 1 面墙上的旧漆；2~3 刮第 2 面墙上的旧漆；2~4 给第 1 面墙刷新漆；3~5 刮第 3 面墙上的旧漆；4~6 给第 2 面墙刷新漆；4~7 清理第 1 面墙窗户；5~8 刮第 4 面墙上旧漆；6~8 给第 3 面墙刷新漆；7~9 清理第 2 面

· 258 ·

墙窗户；8~10 给第 4 面墙刷新漆；9~10 清理第 3 面墙窗户；10~11 清理第 4 面墙窗户；虚拟作业：3~4；5~6；6~7；8~9。

在图 7.8(b)中，节点符号的具体含义如图 7.9 所示。

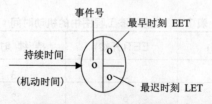

图 7.9 节点符号的具体含义

为了利用网络计划对项目进度进行控制，需要估算进度，确定每项任务的最早时间和最迟时间，进而确定关键路线。

1) 勾画草图

先把每个作业估计需要使用的时间写在表示该作业的箭头上方，然后为每个事件计算最早时刻 EET 和最迟时刻 LET，分别写在事件圆圈的右上角和右下角。

2) 计算最早时刻 EET

(一个事件可能发生的最早时间，从左到右按事件发生顺序计算)。
- 考虑进入该事件的所有作业；
- 对于每个作业都计算它的持续时间与起始时间的 EET 之和；
- 选取上述和数中的最大值作为该事件的最早时刻 EET。

3) 计算最迟时刻 LET

(不影响竣工时间的前提下，该事件最晚可以发生的时刻。最后一个时间——工程结束的 LET=EET，其他事件的最迟时刻从右到左逆序计算)。
- 考虑离开该事件的所有作业；
- 从每个作业的结束时间的最迟时刻中减去该作业的持续时间；
- 选取上述差数中的最小值作为该事件的最迟时刻 LET。

4) 确定关键路径

工程图中有些事件的最早时刻和最迟时刻相同，这些事件定义了关键路径，用粗线箭头表示。关键路径上的时间为关键事件，必须准时发生，否则工程不能准时结束。在项目运行中，管理人员应密切关注关键作业的进展情况，必要时应增加关键作业上的资源。

5) 关注机动时间

机动作业：实际开始时间可以比预定时间晚一些，或者实际持续时间可以比预计持续时间长一些，而不影响工程的结束时间的作业。

机动时间：机动时间=(LET)结束－(EET)开始－持续时间

利用机动时间能够安排出既节省资源又不影响最终竣工时间的进度表(如表 7.4 所示)，即机动时间可以晚些开始或者持续时间长一些(少用一些资源)。

表 7.4　机房刷漆工程图中的机动时间

作　　业	LET(结束)	EET(开始)	持 续 时 间	机 动 时 间
2~4	6	2	3	1
3~5	11	6	2	3
4~7	18	6	1	11
5~6	12	8	0	4
5~8	15	8	4	3
6~7	18	12	0	6
7~9	20	12	2	6
8~9	20	15	0	5
9~10	21	15	1	5

7.7.5　系统实施文档

系统实施文档是将系统实施过程中的各阶段各项目的成果编辑成册，作为这一阶段的成果存档。它是系统运行的指导性文件，也是系统维护和扩充的重要参考依据。系统实施文档包要包括：系统说明书、系统操作使用说明书、系统测试报告、系统的规章制度等。

系统说明书描述系统的功能与结构，具体包括各部分的程序功能结构、文件结构、各部分的设计规格等内容。

系统使用说明书：即系统使用手册，内容包括系统简介、系统运行操作说明、系统管理与维护的事项。

系统测试报告：内容有测试计划和配置(包括系统配置、运行配置、测试标准和评价等)、接口测试(描述对系统接口的测试和结果)、功能测试(描述对系统各种功能的测试和结果)、系统的性能及安全可靠性测试、测试评价(质量检查结论、发现问题及解决办法、尚待解决及需要注意的问题)。

思考题

1. 信息系统的实施包括哪些主要内容?
2. 开发信息系统需要哪几方面的人才?
3. 信息系统的转换有哪些方式?各有何特点?

4. 信息系统的安全性与哪些因素有关?

5. 程序调试有哪些方式?

6. 在系统开发过程中需要撰写哪些文件?

7. 程序调试时要准备哪些数据?

8. 信息系统交付使用时, 一般应给使用者提供哪些书面材料?

9. 用户培训主要包括哪些内容?

第 8 章

管理信息系统的评价与维护

新系统投入正常运行，并有效运行一段时间之后，必须对新系统作全面的系统评价和维护。系统评价的目的是为了估计系统的技术能力、工作性能和系统的利用率等。系统评价度量了系统当前的性能并为系统未来改善提供依据，而系统的维护是为了保证信息系统能持续地与用户环境、数据处理操作、政府或其他有关部门的请求取得协调管理而从事的各项活动。本章主要介绍系统的评价和维护两个方面。

8.1　管理信息系统的评价

管理信息系统的评价是一项困难的工作，之所以困难是因为管理信息系统本身具有诸多的特点造成的。首先，信息系统工程和一般工程不一样，其投资不可能是一次性的，也不可能只是硬件的投资。随着系统的建设和运行，需要一系列不明显的费用投资(如开发费用、软件费用、维护费用、运行费用等)，而且这些费用的比例越来越大。其次，信息系统的见效有着显著的滞后性、相关性及不明显性。信息系统效果要在系统建成并使用相当一段时间之后才能显现，而且信息系统的效益与管理体制、管理基础、用户使用的积极性、用户的技术水平等有着非常密切的相关性。

由此可见，影响信息系统的好与坏、成功与失败的因素极多，定性的、定量的因素，技术的、艺术的、观念的等因素交叉在一起，使如何评价一个管理信息系统就成为极复杂的课题。因此研究管理信息系统的科学评价方法，无论对促进管理信息系统的建设，还是加速企业信息化进程，都有十分重要的意义。

8.1.1　系统评价指标体系

在评价一个管理信息系统时，最重要的是建立科学的评价指标体系。这个评价指标体系既包括了管理信息系统开发运行者，也包括管理信息系统的直接用户，更包括对外部社会即环境的影响。评价体系结构可表示为一个三层的同心圆，从核心向外依次为：系统开发运行者、用户、环境。其中，环境的范围很大，从理论上讲，对环境的影响可能是无限的，时间上如此，空间上也如此。下面我们介绍清华大学侯炳辉教授等人从三个角度来考虑信息系统的评价指标体系。

1. 从信息系统建设、运行维护角度评价的指标

目前，大多数信息系统的建设和运行维护是由信息中心承担的，因此我们这里将信息系统的建造、运行、维护与管理放在一起考虑。其评价指标如表 8.1 所示。

表 8.1 信息系统建设、运行维护的评价指标

序 号	指 标	解 释
1	人员情况	包括信息系统所配置的人员数量、质量及结构
2	领导支持	领导的支持是信息系统建设、运行维护的保证，也是系统正常运行、产生效益的重要因素
3	先进性	指整个系统的方案、结构、功能、通讯、使用、安装等综合起来是先进的
4	管理科学性	管理科学性是指是否有完整的规章制度、值班制度、日志记录制度、健全的安全防火系统，以及资料、设备的管理制度，系统运行维护制度等
5	可维护性	可维护性是一个明显的指标，系统的维护、扩充、修改是日常工作，如果系统可维护性差，则系统的生命力就较弱
6	资源利用率	指信息系统的高附加值的设备、信息和人力等方面资源利用情况
7	开发效率	开发效率是指信息系统从规划论证、系统分析、设计、实现直到正常运行的建设速度
8	投资情况	建立系统应有合理的投资，尽量做到"少花钱多办事"
9	效益性	指信息系统产生的社会和经济效益，它是评价信息系统的关键指标
10	安全可靠	管理信息系统安全可靠一般是指管理信息系统的系统资源和信息资源不受自然和人为有害因素的威胁和危害

2. 从信息系统用户角度考虑的指标

这里所指的信息系统用户是直接用户，包括领导者和中下层管理者，有 9 个指标，如表 8.2 所示。

表 8.2　信息系统用户角度的评价指标

序　号	指　标	解　释
1	重要性	指信息系统对用户来说处于什么地位,是不可缺少的,还是可有可无的
2	经济性	指用户使用信息系统需要支付的费用
3	及时性	指信息系统给用户提供信息的及时有效性
4	友好性	指用户使用信息系统时的方便快捷与人机交互界面的良好性
5	准确性	信息系统提供的信息必须真实、准确
6	实用性	指信息系统实际使用的可能性与效益
7	安全可靠性	指信息系统运行的安全与可靠性
8	信息量	指信息系统能提供的信息数量
9	效益性	指信息系统能产生的经济效益和社会效益

3. 从信息系统对外部影响考虑的指标

任何一个信息系统的建设必然对外部产生影响,这种影响很难定量来描述,需要定性打分,是定量问题定性化,共有 6 个指标,如表 8.3 所示。

表 8.3　信息系统对外部影响的指标

序　号	指　标	解　释
1	共享性	共享性即本系统信息的共享程度,是信息系统评价的一个重要指标
2	引导性	指信息系统的建设者对未建信息系统的组织所产生的示范引导作用
3	重要性	对外部环境来说,信息系统所产生的影响
4	效益性	信息系统对外部社会产生的社会效益和经济效益
5	信息量	信息系统对社会提供的信息量
6	服务程度	本系统对社会服务的态度及程度

从上述三个角度考虑的指标共有 25 个,但消去重复的指标,便由 20 个指标组成了系统评价的指标体系。

8.1.2　系统的评价方法

系统的评价方法有如下 5 种。

1. 多因素加权平均法

多因素加权平均评价方法是一种简单易用的综合评价方法。该方法首先要建立一个评价指标体系，如表 8.4 所示。表中设立了 20 项评价指标，还有权重 W 和评分 X。应用时要求请专家对每个指标按其重要性打一个权重，权重最高分为 10 分，最低分为 1 分。再请每个专家分别对被评价系统的 20 个指标打分，最高分也是 10 分，最低分 1 分，其打分表如表 8.4 所示。

表 8.4　专家打分表(专家权重)

项目	重要性	实用性	准确性	及时性	友好性	经济性	安全可靠性	信息量	效益性	服务程度	投资情况	开发效率	资源利用率	人员情况	共享性	先进性	管理科学性	可维护性	领导支持	引导性
权重 W (满分 10)																				
评分 X (满分 10)																				

专家权重是指专家的权威性，权值大小由评价者根据专家知识面和经验丰富程度决定。根据几个专家的打分表以及专家本人的权重，求得每个指标的权重值，计算方法如下:

(1) 求第 j 个指标的权值(加权平均值)W_j

$$W_j = \sum_{i=1}^{p} W_{i,j} \cdot E_i / \sum_{i=1}^{p} E_i \qquad j = 1, 2, \cdots, 20 \qquad (8\text{-}1)$$

式中: W_j——第 j 个指标的权值(加权平均值);

$W_{i,j}$——第 i 个专家对第 j 个指标的权重打分值;

E_i——第 i 个专家的权重;

P——专家数。

(2) 求第 j 个指标的评分值(加权平均值)X_j

$$X_j = \sum_{i=1}^{p} X_{i,j} \cdot E_i / \sum_{i=1}^{p} E_i \qquad j = 1, 2, \cdots, 20 \qquad (8\text{-}2)$$

式中: X_j——第 j 个指标的评分值;

$X_{i,j}$——第 i 个专家对第 j 个指标的打分值;

E_i——第 i 个专家的权重。

由式(8-1)和(8-2)，我们得到如表 8.5 所示的矩阵表。

表 8.5 指标权重及指标打分表

项目	重要性	实用性	准确性	及时性	友好性	经济性	安全可靠性	信息量	效益性	服务程度	投资情况	开发效率	资源利用率	人员情况	共享性	先进性	管理科学性	可维护性	领导支持	引导性	综合评分
W_j																					
X_j																					

(3) 求该信息系统的综合加权平均值 A

$$A = \sum_{j=1}^{20} W_j \cdot X_j / \sum_{j=1}^{20} W_j \qquad (8\text{-}3)$$

式中：

　　A——某信息系统的综合评分值；

　　W_j——第 j 个指标的权值(加权平均)；

　　X_j——第 j 个指标的评分值(加权平均)。

显然专家数越多越好(样本数越多)，评价越接近实际。综合评分越高，说明系统越好。综合评分不可能达到 10 分，也不可能为 1 分。

可以规定：综合评分达到 9 分以上者为极好系统；8 分以上 9 分以下的为优秀系统；6 分以上 8 分以下为良好系统；4 分以上 6 分以下为一般系统；2 分以上 4 分以下为差系统；2 分以下为极差系统。如表 8.6 所示。

表 8.6 系统得分和等级

等　级	分　数
极好系统	10~9
优秀系统	9~8
良好系统	8，7，6
一般系统	6，5，4
差系统	4，3，2
极差系统	2，1

如果同时评价若干个可比系统，则这种方法也是可用的，但计算将会复杂些。专家的打分表如表 8.7 所示，每个专家填一张打分表。

然后求出每张表(即每个专家打分的表)对每个信息系统的加权平均分 A_{ki}。计算方法如下：

$$A_{k,i} = \sum_{j=1}^{n} W_{k,j} \cdot X_{i,j} / \sum_{j=1}^{n} W_{k,j} \qquad i = 1, 2, \cdots, m \tag{8-4}$$

式中：$A_{k,i}$——第 k 个专家对第 i 个系统的加权平均分；

$W_{k,j}$——第 k 个专家对第 j 个指标权值；

$X_{i,j}$——第 k 个专家对第 i 个系统第 j 个指标的打分值；

m——被评价信息系统数；

n——指标项数。

若专家有 P 个，则 P 个专家对第 i 个系统的综合评分为：

$$Z_{A_i} = \sum_{k=1}^{p} W_{k,i} \cdot E_k / \sum_{k=1}^{p} W_k \qquad i = 1, 2, \cdots, m \tag{8-5}$$

式中：Z_{A_i}——P 个专家对第 i 个系统的综合评分值；

$A_{k,i}$——第 k 个专家对第 i 个系统的加权评分；

E_k——第 k 个专家的权值；

P——专家数。

表 8.7　多系统评价打分表(专家权重)

项　　目	指标 1	指标 2	⋯	指标 N	加权平均分
权重 W	W_1	W_2	⋯	W_n	A_k
系统 1(评分 X_1)	$X_{1,1}$	$X_{1,2}$	⋯	$X_{1,n}$	
系统 2(评分 X_2)	$X_{2,1}$	$X_{2,2}$	⋯	$X_{2,n}$	
⋯	⋯	⋯	⋯	⋯	
系统 m(评分 X_m)	$X_{m,1}$	$X_{m,2}$	⋯	$X_{m,n}$	

将所有 Z_{A_i} 求得后进行由大到小排序，得到各系统好坏的排序表。

2. 层次分析法

1973 年，美国运筹学家 T.L.Saaty 针对现代管理中存在的许多复杂、模糊不清的相关关系如何转化为定量分析的问题，提出了一种层次权重决策分析方法(analytical hierarchy process，AHP)。这种方法是针对系统的特征，应用网络系统理论和多目标综合评价方法而发展起来的。层次分析法一般分为以下 5 个步骤。

1) 建立层次结构模型

在深入分析面临的问题之后，把问题中所包含的因素划分为不同层次(如目标层、准则层、指标层、方案层、措施层等)，用框图形式说明层次的递阶结构与因素的从属关系。当某个层次包括的因素较多时，可将该层次进一步划分为若干子层次。同时，根据系统的内在联系，找出上一层元素与下一层元素之间的因果关系，将有关系的元素之间用直线连接。当某元素与下一层的所有元素都有联系时，称为全层次关系；否则，为不完全层次关系。

2) 构造判断矩阵

为了将层次结构图中上下层次相关元素的相关程度由定性转化为定量的相对值，就必需构造判断矩阵。判断矩阵元素的值反映了人们对各因素相对重要程度(或优劣、偏好、强度等)的认识，一般采用数字 1~9 及其倒数的标度方法。例如，A 与 B 相比，有同等的重要性，则用 1 标度；A 与 B 相比，A 比 B 稍微重要，则用 3 标度；A 与 B 相比，A 比 B 明显重要，则用 5 标度；A 与 B 相比，A 比 B 强烈重要，则用 7 标度；A 与 B 相比，A 比 B 极端重要，则用 9 标度；反之，如果在以上条件下，B 与 A 相比时，其判断值显然是上述标度值的倒数 1，1/3，1/5，1/7，1/9。当然，重要程度一般采用专家调查法。

3) 层次单排序及其一致性检验

通过判断矩阵 A 的特征根的求解($AW = \lambda_{\max}W$)得到解 W，经归一化后即为同一层次相应因素对于上一层次某因素相对重要性的排序权值，这一过程称为层次单排序。为进行层次单排序(或判断矩阵)的一致性检验，需要计算一致性指标为

$$CI=(\lambda_{\max} - n)/(n - 1) \tag{8-6}$$

对于 1~9 阶判断矩阵，平均随机一致性指标 RI 的值如下：

1	2	3	4	5	6	7	8	9
0.00	0.00	0.58	0.90	1.12	1.24	1.32	1.41	1.45

当随机一致性比率 $CR=CI/RI < 0.10$ 时，认为层次单排序的结果有满意的一致性，否则需要调整判断矩阵的元素取值。

4) 层次总排序

计算同一层次所有因素对于最高层(总目标)相对重要性的排序，称为层次总排序。这一过程是最高层次到最低层次逐层进行的。若上一层次 A 包含 m 个因素 A_1，A_2，…，A_m，其层次总排序权值分别为 $a_1, a_2, …, a_m$，下一层次 B 包含 n 个因素 B_1，B_2，…，B_n。它们对于因素 A_j 的层次单排序权值分别为 $b_{1j}, b_{2j}, …, b_{nj}$(当 B_k 与 A_j 无联系时，$b_{kj}=0$)。

5) 层次总排序的一致性检验

这一步骤也是从高到低逐层进行的。如果 B 层次某些因素对于 A_j 单排序的一致性指标为 C_{ij}，相应的平均随机一致性指标为 R_{ij}，则 B 层次总排序随机一致性比

率为

$$CR = \left(\sum_{j=1}^{m} a_j C_{ij}\right) \Big/ \left(\sum_{j=1}^{m} a_j R_{ij}\right) \tag{8-7}$$

类似地，当 $CR < 0.10$ 时，认为层次总排序结果具有满意的一致性，否则需要重新调整判断矩阵的元素取值，再进行一致性检验。

层次分析法的基本步骤可用于解决不太复杂的问题。当面临的问题比较复杂时，可以采用扩展的层次分析法，如动态排序法、边际排序法、前向反向排序法等。

层次分析法是一种实用的多准则决策方法，用于解决难以用其他定量方法进行决策的复杂系统问题。它将定量与定性相结合，充分重视决策者和专家的经验和判断，将决策者的主观判断用数量形式表达和处理，能大大提高决策的有效性、可靠性和可行性。因此 AHP 法非常适合于信息系统的评价，尤其适合多个信息系统的比较。但是 AHP 法要比多因素加权平均法的技术复杂，目前已有现成的 AHP 软件，不需用户自己编写程序。

层次分析法是将复杂的决策分析过程分解为层次式的结构，对决策有影响的各种因素、标准、政策等组织成层次结构，并对它们赋予一定的优先数，利用严格的数学方法算出各种决策意见或方案的优良度，决策就可以参照这些优良度作出。

层次分析法评价流程见图 8.1。

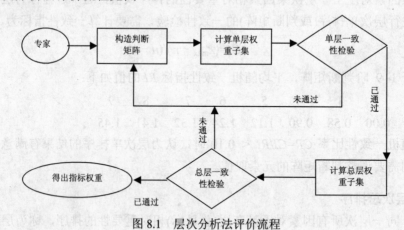

图 8.1 层次分析法评价流程

3. 数据包络分析法

数据包络分析方法(DEA)的 CCR 模型可以看作是处理具有多个输入(输入越小越好)和多个输出(输出越大越好)的多目标决策问题的方法。它是根据一个关于输入——输出的观察值来估计有效的生产前沿面。在经济学和计量经济学中，统计有效生产前沿面通常使用统计回归及其他一些统计方法。具体来说，DEA 是使用数学规划模型比较决策单元之间的相对效率，对决策单元作出评价。其评价过程如图 8.2

所示。

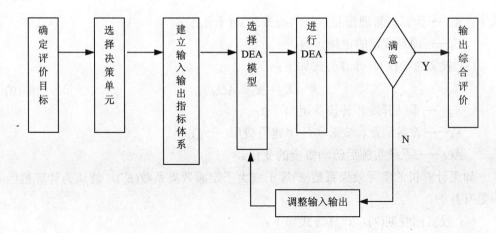

图 8.2　DEA 方法的应用分析

在企业管理信息系统的评价中，可以根据投资项目的输入数据和投资后管理信息系统的输出数据来评价。输入数据是指投资项目在投资过程中需要耗费的某些量，如投入项目资金总额，投入的总专业人数及素质情况等。输出数据是指建设项目经过一定的输入后，所产生的表明该管理信息系统活动成效的某些信息量，根据输入数据和输出数据来评价信息系统规模效益的优劣，即所谓评价信息系统间的相对有效性。

4. 经济效果评价方法

建立企业管理信息系统的目的在于提供完整、准确的信息，提高管理工作效率和经营决策水平，减少管理中的失误，使生产经营活动达到最佳经济效益。评价其应用的经济效果，可以从直接经济效果和间接经济效果两方面来分析。

1) 直接经济效果

直接经济效果是可以计量的，它取决于应用计算机管理后，由于合理地利用现有设备能力、原材料、能量，使产品产量或提供的服务增长；由于劳动率提高，物资储备减少，产品或服务质量提高，非生产费用降低，使生产或服务的成本降低等。

直接经济效果主要通过以下四项经济指标来表示。

(1) 年收益增长额(P)。计算公式如下：

$$P = [(A_2 - A_1)/A_1] \cdot P_1 + [(C_1 - C_2)/1000] \cdot A_2 \tag{8-8}$$

式中：A_1, A_2——应用计算机前、后年产品销售总额(千元)；

P_1——应用计算机前产品销售的收益总额(千元)；

C_1, C_2——应用计算机前、后每千元产品的成本费(元)。

(2) 投资效果系数(E)。计算公式如下：

$$E=P/K \geqslant E_n \tag{8-9}$$

式中：K——计算机管理信息系统的投资总额(千元)；

E_n——国家规定的定额系数。

(3) 投资总额(K)。计算公式如下：

$$K = K_d + K_k + \Delta O_c \tag{8-10}$$

式中：K_d——系统开发和转换费用(千元)；

K_k——设备购置、安装和厂房建设费用(千元)；

ΔO_c——系统实施后流动资金的变化。

如果计算机的实际效果系数(E)等于或大于定额效果系数(E_n)，就认为计算机应用是有益的。

(4) 投资回收期(T)。计算公式如下：

$$T = K/P \tag{8-11}$$

2) 间接经济效果

间接经济效果反映在企业管理水平的提高上，主要表现在管理体制合理化，管理方法有效化，管理效果最优化，基础数据完整、统一；管理人员摆脱繁杂的事务性工作，真正用主要精力从事信息的分析和决策等创造性工作，提高了企业管理现代化水平。

总之，衡量企业管理信息系统投资回报的核心就是"物有所值"。投资回报更多地反映在节约企业运作成本、缩短资金偿还周期、职工收入提高和生产力提高等方面。

除了上述的评价方法以外，管理信息系统的评价还可以采用关联矩阵法、模糊综合评价方法、主成分分析评价方法、基于 BP 人工神经网络的评价等方法。这些方法都有它们各自的特点和适用范围。而目前对评价方法的研究主要集中在对信息系统经济效益的评价与预测、对信息系统本身质量的评价和对信息系统进行多指标综合评价。

5. 主成分分析评价法

1) 主成分分析法的原理

主成分分析法是把多个指标约化为少数几个综合指标的一种统计分析方法。在多指标(变量)的研究中(比如 p 个指标)，由于指标的个数很多，并且彼此之间往往存在一定的相关关系，因此使观测数据反映的信息在一定程度上有所重叠。主成分分析则是通过一种降维的方法进行数据简化，从较多的指标中找出较少几个综合指标，使这些综合性指标尽可能反映原来指标的信息，并且之间互不相关。通常，取原始 p 个指标的某种线性组合，适当地选取组合系数，使得这少数几个综合指标之间的相对独立性、代表性尽可能好。这样一来，既能减少工作量，又能使主要矛盾突出，有利于解决实际问题。可见，主成分分析法是一种在众多指标中寻找综合指标的一种多元分析方法。

2) 主成分分析法的算法步骤

(1) 给出样本数据阵计算均值和协差阵

设有 n 个样本，p 项指标，可得数据矩阵 $X = (X_{ij})_{n \times p}$，$i = 1, 2, \cdots, n$ 表示 n 个样本，$j = 1, 2, \cdots, p$ 表示 p 个指标，x_{ij} 表示第 i 个样本的第 j 项指标值。

平均值向量 $X = x_1, x_2, \cdots, x_p$，其中

$$\bar{x}_i = \frac{1}{n} \sum_{j=1}^{n} x_{ji} \quad i = 1, 2, \cdots, p \tag{8-12}$$

协差 $S = (\bar{s}_{ij})_{p \times p}$，其中

$$s_{ij} = \frac{1}{n-1} \sum_{k=1}^{n} (x_{ki} - \bar{x})(x_{kj} - \bar{x}_j) \quad i, j = 1, 2, \cdots, p \tag{8-13}$$

(2) 原始数据的标准化

由 $x_{ki} - > x'_{ki}$，其中

$$x'_{ki} = \frac{x_{ki} - \bar{x}_i}{\sqrt{s_{ii}}} \quad i = 1, 2, \cdots, p;\ k = 1, 2, \cdots, n \tag{8-14}$$

且 $x_{ki} < -x'_{ki}$，即数据阵 X 中存放的是已标准化了的数据。

(3) 计算样本相关阵 $R_{p \times p} = (\bar{r}_{ij})_{p \times p}$

$$r_{ij} = \frac{s_{ij}}{\sqrt{s_{ii}} \sqrt{s_{jj}}} = \frac{1}{n-1} \sum_{k=1}^{n} x_{ki} \cdot x_{kj} \quad i, j = 1, 2, \cdots, p \tag{8-15}$$

(且有：$r_{ii} = 1$，$r_{jk} = r_{kj}$)

(4) 求 R 的特征值及相应的标准正交特征向量，确定主成分

由特征方程 $|\lambda I_p - R| = 0$，可求得 p 个特征根 λ_i，并将其从大到小排序为 $\lambda_1 \geqslant \lambda_2 \geqslant \cdots \geqslant \lambda_p \geqslant 0$，它是主成分的方差，它的大小描述了各个主成分在描述被评价对象上所起的作用的大小。对应于特征值 λ_i 的特征向量为 $U(i)$，$U(i) = (u_{i1}, u_{i2}, \cdots, u_{ip})$，将标准化后的指标变量转换为主成分：

$$F_i = u_{i1}X_1 + u_{i2}X_2 + \cdots + u_{ip}X_p \qquad 其中: \ i = 1, 2, \cdots, p$$

F_1 称为第一主成分，F_2 称为第二主成分，$\cdots$，F_p 称为第 p 主成分。

(5) 求方差贡献率，确定主成分个数

一般情况下，主成分个数等于原始指标个数。如果原始指标个数较多，进行综合评价时就比较麻烦，主成分分析法就是选取尽量少的 m 个主成分($m < p$)来进行综合评价，同时，还要使损失的信息量尽可能少。m 的值由方差贡献率 $\sum\limits_{i=1}^{m}\lambda_i / \sum\limits_{i=1}^{p}\lambda_i \geqslant$ 85%来决定。

(6) 对 m 个主成分进行综合评价

先求每一个主成分的线性加权值 $F_i = u_{i1}X_1 + u_{i2}X_2 + \cdots + u_{ip}X_p$。其中，$i = 1, 2, \cdots, m$，再对 m 个主成分进行加权求和，即得最终评价值，权数为每个主成分的方差贡献率 $\lambda_i / \sum\limits_{i=1}^{p}\lambda_i$，而最终评价值 $F = \sum\limits_{i=1}^{m}(\lambda_i / \sum\limits_{i=1}^{p}\lambda_i)F_i$。

【案例 8.1】 主成分法在企业信息系统建设评价中的应用

泉州企业经营管理协会对 4 家轻纺织(服装)企业的信息系统建设进行评价。4 家企业的原始数据如下表 8.8 所示。

表 8.8　4 家企业的信息系统建设评价数据

指标 i ＼ 方案 j	直接经济效益 (X_1)	建设难易程度 (X_2)	静态投资 (万元) (X_3)	投资回收期(年) (X_4)	节省劳动力(%) (X_5)	对决策支持程度 (X_6)	提高管理水平 (X_7)
企业 A	0.968	一般	3100.2	7.56	16.3	较好	一般
企业 B	1.10	较难	3563.4	7.64	15.97	好	较好
企业 C	0.97	一般	3369.8	7.88	15.16	一般	较好
企业 D	1.10	较难	3647.3	7.71	15.65	较好	一般

其中，设置信息系统建设的难易程度：一般=1.0；较难=0.5。对决策支持程度：好=1.0；较好=0.75；一般=0.5。对提高管理水平：好=1.5；较好=1.0；一般=0.5；不好=0。

根据表 8.8 量化数据并由式(8-12)和(8-13)计算 $\overline{x}_i$，s_i，如表 8.9 所示。

表 8.9　指标量化数据表

指标 i / 方案 j	X_1	X_2	X_3	X_4	X_5	X_6	X_7
A	0.968	1.0	3100.2	7.56	16.3	0.75	0.5
B	1.10	0.5	3563.4	7.64	15.97	1.0	1.0
C	0.97	1.0	3369.8	7.88	15.16	0.5	1.0
D	1.10	0.5	3647.3	7.71	15.65	0.75	0.5
$\bar{x}_i$	1.0345	0.75	3420.18	7.6975	15.77	0.75	0.75
s_i	0.0757	0.2887	242.9	0.1363	0.4856	0.2041	0.2887

由式(8-14)得标准化数据如表 8.10 所示。

表 8.10　标准化数据表

企业	X_1	X_2	X_3	X_4	X_5	X_6	X_7
A	-0.8785	0.8660	-1.3173	-1.0088	1.0914	0	-0.8660
B	0.8653	-0.8660	0.5896	-0.4219	0.4119	1.2249	0.8660
C	-0.8520	0.8660	-0.2074	1.3390	-1.2562	-1.2249	0.8660
D	0.8653	-0.8660	0.9351	0.0917	-0.2471	0	-0.8660

根据标准化数据由式(8-15)求出第 i 个变量 x_i 同第 j 个变量 x_j 之间的样本相关系数矩阵。

$$
\boldsymbol{R} = \begin{vmatrix}
1 & -0.991 & 0.8844 & -0.1802 & 0.0847 & 0.7012 & 0.0077 \\
-0.9991 & 1 & -0.8803 & 0.1907 & -0.0951 & -0.7072 & 0 \\
0.8844 & -0.8803 & 1 & 0.2960 & -0.3885 & 0.3254 & 0.2207 \\
-0.1802 & 0.1907 & 0.2960 & 1 & -0.9932 & -0.7190 & 0.5292 \\
0.0847 & -0.0951 & -0.3885 & -0.9932 & 1 & 0.6811 & -0.4875 \\
0.7012 & -0.7072 & 0.3254 & -0.7190 & 0.6811 & 1 & 0 \\
0.0077 & 0 & 0.2207 & 0.5292 & -0.4875 & 0 & 1
\end{vmatrix}
$$

现求出矩阵 $\boldsymbol{R}$ 的特征根 λ_i 及特征向量 $U(i)$，即：

$\lambda_1 = 3.4517$；$\lambda_2 = 2.7263$；$\lambda_3 = 0.8201$；$\lambda_4 = 0.0010$；$\lambda_5 = 0.0006$；$\lambda_6 = 0.0002$；$\lambda_7 = 0.0001$。

$U(1) = (-0.4929, 0.4952, -0.3361, 0.2987, -0.2559, -0.4871, 0.0836)$

$U(2) = (-0.2345, 0.2285, -0.4609, -0.5020, 0.5264, 0.1410, -0.3625)$

$U(3) = (0.1151, -0.1166, 0.1937, 0.0744, -0.1498, -0.3932, -0.8678)$

$U(4) = (0.8287, 0.4090, -0.3361, 0.0442, 0.0219, -0.1658, 0.0551)$

$U(5)=(-0.0207，-0.0356，-0.1618，0.8063，0.4101，0.3426，-0.1910)$

$U(6)=(-0.0280，0.4082，0.0156，-0.0352，-0.5673，0.6642，-0.2611)$

$U(7)=(0.0289，-0.5948，-0.7055，-0.0007，-0.3802，0.470，-0.0295)$

再计算特征根的贡献率和累积贡献率，并根据累积贡献率 0.85 的原则取得主成分，如表 8.11 所示。

表 8.11 特征根和贡献率

λ_i	3.4517	2.7263	0.8201	0.0010	0.0006	0.0002	0.0001
贡献率 b_j	0.4931	0.3895	0.1172	0.0001	0.0001	0.0000	0.0000
累积贡献率 q_j	0.4931	0.8826	0.9998	0.9999	1	1	1

从上述内容可以看出，第一主成分的信息贡献率为 49.31%，第二主成分的信息贡献率为 38.95%，前两个主成分($m=2$)的累积贡献率已达 88.26%。这说明前两个主成分作为综合评价指标来反映和评价企业信息系统建设项目的信息可靠性在 85% 以上。这两个主成分与 7 个指标的线性关系为：

$$F_1 = -0.4929X_1 + 0.4952X_2 - 0.3361X_3 + 0.2987X_4 - 0.2559X_5 - 0.4871X_6 + 0.0836X_7$$

$$F_2 = -0.2345X_1 + 0.2285X_2 - 0.4609X_3 - 0.5020X_4 + 0.5264X_5 + 0.1410X_6 - 0.3625X_7$$

以每个主成分的方差贡献率作为权数，构造综合评价函数模型：

$$F = 0.4931F_1 + 0.3895F_2$$

将 4 个企业信息系统建设项目标准化后的 7 个指标数据代入上式，求得各企业的综合评价值为：

$$F^A = 1.2584；\quad F^B = -1.0421；\quad F^C = 0.6218；\quad F^D = -0.8381$$

即在 4 个企业中，企业 A 的信息系统建设最优，其次为企业 C，而企业 B 的信息系统建设最差。

8.2 管理信息系统的维护

系统交付使用投入运行后，维护工作正式开始。系统维护的主要任务就是对系统的运行过程进行控制，对其运行状态进行记录，并对系统进行必要的修改与调整、完善和扩充。

8.2.1 系统维护的类型

一般有以下的几种维护类型。

1. 正确性维护

正确性维护是改正在系统开发阶段已发生的而系统测试阶段尚未发现的错误。一般来说,这类故障是由于遇到了以前从未有过的某种输入数据的组合,或者是系统的硬件和软件有了不正确的界面而引起的。在软件交付使用后发生的故障,有些并不太重要,并且可以回避;有些则很重要,甚至影响企业的正常营运,必须制定计划,进行修改,而且要进行复查和控制。

2. 适应性维护

适应性维护是为适应软件的外界环境变化而进行的修改。一方面是适应企业外部环境变化的维护。政府政策法令的变化、竞争对手的变化等,都要求系统进行相应的修改,如生产率变化、承包方式变化等,使得财务计划、核算都要作相应修改。另一方面是计算机技术发展十分迅速,当采用新设备、新技术可以扩大系统功能、改善系统性能时要进行的维护。例如,操作系统版本的变更或计算机的更替引起的软件转换是常见的适应性维护任务。而"数据环境"的变动,如数据库和数据存储介质的变动,新的数据存取方法的增加等,都需要进行适应性维护。进行适应性维护应该像开发新软件一样,按计划进行,以利于实施。

3. 完善性维护

完善性维护是为扩充功能和改善性能而进行的修改。这里指对已有的软件系统增加一些在软件需求规范书中没有规定的功能与性能特征,还包括对处理效率和编写程序的改进。例如,有时可将几个小程序合并成一个单一的运行良好的程序,从而提高处理效率;而有时却因系统内存不够,或处于多道程序的设计巧合,又希望把一个占用整个机器容量的大程序分成几个只占小容量内存而且运行时间相同的小程序段,使软件设计优化。总之,完善性维护就是在应用软件系统使用期间,为不断改进和加强系统的功能和性能,以满足用户日益增长的需求所进行的维护工作。

4. 预防性维护

预防性维护主要思想是维护人员不应被动地等待用户提出要求才进行维护工作,而应该选择那些还有较长使用寿命,目前虽能运行但不久就需要作较大变化或加强的系统而进行维护。目的是为减少或避免以后可能需要的前三类维护而对软件进行配置的工作。预防性维护是为了减少以后的维护工作量、维护时间和维护费用。

8.2.2 系统维护的内容

1. 程序维护

程序维护是指因业务处理的变化使系统业务出现故障时,需要修改部分程序,之后还需进行验证，填写修正表。进行系统维护的原因为：

- 为适应外部业务环境变化的维护；
- 管理人员要求变化的维护；
- 信息中心工作人员要求的维护。这种维护主要指应用软件和数据库的维护两个方面的内容。

2. 数据文件的维护

数据文件的维护是指因业务处理的变化，需要建立新文件，或者对现有数据文件进行修改(不包括正常更新)。主要维护工作有以下三个方面：

1) 数据文件的安全性、完整性控制

数据文件(数据库)的安全性是指保护数据库，防止不合法使用造成的数据破坏、泄漏或更改。在系统中，安全措施是逐级逐层设置的。

2) 数据库的正确性保护、转储与恢复

为保证数据的正确性应做以下几个方面的工作：

- 定期做备份数据库。
- 应用数据库做好记录，以便查找错误来源。
- 每次修改时，应备份修改前、后的内容并保存，以备查阅。
- 系统出现故障时，用备份文件恢复数据库。

3) 数据库的重组织与重构造

数据库运行一段时间后，随着记录不断增加、删改，会使其物理存储变坏，降低数据库存储空间的利用率和数据的存取效率，从而降低性能，故需对数据库重新组织。

根据实际业务情况、应用环境的变化，原设计不能很好地满足业务的需求，需要改变数据库的逻辑结构。例如，增加数据项、改变数据项的类型等，这就是数据库的重构造。这种维护只能作部分修改，若应用环境变化太大，也就不能满足变化的要求。只有重新设计数据库，才能更适应系统的需求。

3. 代码的维护

随着系统的变化，旧的代码不能适应新的要求，需要修改旧的代码体系或制定新的代码体系。代码维护的困难在于新代码的贯彻，而不是代码本身的变更。除了代码管理部门外，其他部门管理人员都要负责贯彻使用新代码。

4. 机器、设备的维护

机器、设备的维护包括日常的保养和发生故障的修复工作。

系统的维护是一项长期的技术性工作，关系到信息系统的运行效率和使用寿命，

必须认真对待，加强领导。

8.3 企业管理信息系统建设与运行存在的问题及建议

8.3.1 我国企业管理信息系统存在的问题

我国企业管理信息系统的应用可以追溯到 20 世纪 70 年代中期，当时主要是以单机操作为主进行单项业务的数据处理辅助管理。70 年代末到 80 年代中期，许多企业都建立了诸如人事、工资、库存、生产调度、计划等管理子系统。80 年代中后期以来，尤其是进入 90 年代以后，随着系统集成和网络技术的发展，国内一些大企业纷纷把过去独立存在的子系统集成起来，形成统一的管理信息系统，较好地解决了信息孤岛问题。多年来，管理信息系统开发与应用的经验告诉人们，我国管理信息系统的系统建设与运行主要存在以下问题。

1. 系统建设急功近利

绝大多数企业在实行管理信息系统建设之后，希望立刻看到明显的效益，比如成本的极大减少，效率的极大提高，利润的迅速增加，希望信息化能带来立竿见影的效果。由于企业信息化系统的建设是生产性的中间投入，一般要经过系统正常运行一段时间后才会在营销、管理和成本等方面产生巨大的效应。急功近利的企业管理者在他们投了一笔不小的资金实行企业信息化改造后，如果没有立刻看到十分明显的效果，就会产生怀疑，误认为对信息化的投资是一种浪费，继而失去了在未来持续对信息化建设投资的兴趣，使企业信息化无法达到最好的状态。

2. 系统建设盲目

有一些企业管理者对信息化有很高的热情，但如果热情过了头，变成盲目追求，也会影响企业信息系统的健康发展。盲目追求型的企业在信息系统建设中往往不立足于企业的实际情况，而是盲目地求大、求全、求新、求贵。例如，有的企业选择 ERP 系统时盲目引进国外最先进的系统，但由于管理体制、财会制度等诸多因素的不同，国外先进系统 80%的功能都用不上或用不了，结果企业花费了巨大的资金投入，却并没有带来与之相适应的效益，造成企业资金的极大浪费。

3. 信息系统运行后的利益冲突

实行管理信息系统后，企业的管理将变得规范化和透明化，这样将不可避免地触动某些职能部门领导的既得利益，使得这些中层管理者对信息系统运行形成一种抵触情绪，阻碍了信息系统的顺利实施。对企业整体来讲，信息系统的建设与运行能提升企业竞争力，使企业受益，但对某些中层管理者来讲，或许会使他们失去某些既得利益，这是个人理性与集体理性的冲突。作为企业管理者，无论是高层还是中层或者基层，都应该从大处着眼，从全局着眼，从长远着眼，正确看待企业信息系统的建设与运行。

4. 企业领导及员工对信息系统建设的理解片面

不少企业管理者对于企业信息系统建设还存在一些片面理解，主要有如下几种：一是认为企业信息系统建设就是买电脑、建网络。其实，他们没有理解：信息系统的建设本质是利用现代信息技术以先进的管理思想来变革企业的管理，核心是变革管理，而信息技术不过是工具和手段而已。二是认为企业信息系统是包治百病的"灵丹妙药"。有些企业自身的管理基础落后，问题重重，认为只要上了信息系统，企业原有的问题就会迎刃而解。三是"重硬轻软，重建轻管"。有的企业只注重购买高档计算机、服务器等硬件设备，而忽视了软件系统，没有意识到软件承载了管理理念，是 IT 技术的核心和灵魂。

5. 信息系统缺乏动态特性

我国的管理信息系统应用软件在开发时往往没有或不能考虑其将来的扩展性，使软件应用不能适应企业今后的动态发展。要知道，管理的最大特点是动态管理、动态发展，管理没有固定的模式，尚需不断探索、变化与发展。如果开发完成的系统没有这种动态特性，那么管理人员在今后的实际应用中将无法掌握主动性，最终导致失败。我国众多的管理信息系统出现"开发容易维护难"的局面，其部分原因就是管理信息系统软件缺乏这种动态特性。

目前，我国管理信息系统应用软件的开发方法，常见的可分为三类：直接编程；使用最终产品；采用管理信息系统开发工具。直接编程方法通常适于具备管理信息系统开发经验的专业软件开发人员，但编程重复量大，且不便于修改、扩充与维护，开发与应用的矛盾较大。其结果是管理信息系统的系统功能有限、适用性差、用户负担重、维护困难、软件生存期短、应用效果差、企业人才难于流动，因此仅适于早期规模较小的初级应用系统。使用最终产品是指用户直接购买市场上较成熟的专业应用系统，如众多财会软件等。采用这种方法，系统专业性强，通常能满足专业管理的要求，系统性能较好，无开发难度，应用效果相对较好。但仍存在自身不易扩展与修改、动态维护能力差的缺点，系统的升级与维护完全依赖于专业软件公司。采用管理信息系统开发工具是近几年我国管理信息系统开发与应用的主要方法，具有快速生成应用系统、减少编程与调试工作量、开发周期短、系统性能较强等优点。然而，市场上大多数管理信息系统开发工具是面向开发人员(程序员级)的，而非应用人员(最终用户)；它们只解决了管理信息系统开发中的少编程、快编程，未能解决管理信息系统应用中的根本问题——维护问题。与西方数据库产品相比，它们至多解决了国情化的问题，而没有解决开发与应用的矛盾和管理信息系统软件必须具备动态特性的问题。

8.3.2　企业管理信息系统建设的影响因素

随着我国社会主义市场经济体制的不断改革和完善，促使现代企业制度的改革逐步铺开，我国企业将面对国内外市场的冲击和影响。企业对内部、外部的信息需求日趋强劲，再也不是政府或主管部门要企业搞管理信息系统建设，而是到了企业为了生存、为了提高生产力和竞争力而非搞不可的时代了，是企业获得再度辉煌的一个新的效益增长点。

这些年来，我国企业建立了很多管理信息系统。其中，成功的不少，凑合着用的也不少，失败的占据一大半。究其原因，主要是在技术、开发和应用诸方面都存在一些问题，这些问题又分为认识上的和体制上的。

1. 技术因素

管理信息系统不是计算机硬件，信息技术不只是计算机技术，管理信息系统的开发也不只是编程序。建设一个企业的管理信息系统就像建造楼房，必须有较好的技术基础，如系统分析工具、系统设计工具、系统开发实施工具。过去，开发企业管理信息系统的工具简单，效率低下，开发进度跟不上企业信息的变化，导致不少管理信息系统在开发过程中就夭折了；还有的是应用平台速度低，可靠性差，导致有些系统投入使用后效果不理想；另外，网络技术不先进，信息交流少，因此，大多数管理信息系统都只限于单机运行，或局限在一个部门的局域网，或在主机/终端环境上运行。信息共享程度不高，交流不便，严重地制约了管理信息系统的发展。

近几年来，计算机技术、网络通信技术和软件技术都取得了飞跃性的突破，尤其是网络通信技术和软件开发技术发展很快。软件开发在观念上和体系结构上都有了很大的突破，如面向对象、Web、client/server、数据仓库、ODBC、可视编程技术等等。这些都为现代企业管理信息系统建设提供了非常高速、有效的技术基础。

2. 人的因素

从人的因素来考虑以往的管理信息系统开发工作，存在以下三个问题。

首先，相当多的企业开发管理信息系统并不是自己有什么迫切的要求，而是为了应付上级主管部门或者迫于企业升级的要求，并没有从本身需要出发，认识到管理信息系统建设将为企业带来巨大好处。因此，企业的领导和管理人员缺乏热情，将任务和责任完全委托给技术人员，对结果也不抱任何希望，只要在上级检查或验收时能正常运转就行。这种情况相当典型。其实企业领导和中高层管理人员的参与是建设企业管理信息系统的关键，只有他们才懂业务，只有他们才知道什么样的管理信息对管理企业最有用。同时，管理信息系统的开发过程，也是否定旧的管理体制、建立新的管理体制的过程。这个过程是痛苦而漫长的，会遇到来自各个方面的阻力和矛盾，这些阻力和矛盾也需要企业高层领导、特别是企业第一把手去协调，需要各方面管理人员的支持和配合，需要管理者的参与。很多管理信息系统在开发过程中，系统分析员未能与业务部门人员进行交流，更谈不上与企业领导进行交流，在这种情况下开发的系统很难进入实用阶段。中、高层管理人员对管理信息系统的认识还停留在管理信息系统能利用计算机的高速运算能力加快业务处理速度上，而未能意识到这种业务处理速度的加快会导致信息产生速度的加快和信息交流的加强，进而缩短决策时间，提高决策时效性。因此，他们对于管理信息系统开发的参与仅局限在向技术部门领导下达开发任务，催促开发进度或保证开发资金及时到位，严重地忽视了他们的全面参与是加快管理信息系统开发、保证管理信息系统质量的最重要因素这一点。

第二，管理信息系统的开发与运行需要一批既懂计算机又懂管理的专门人才，企业在开发管理信息系统的过程中，培养和造就了一批既懂计算机又懂管理的复合型人才，这是企业管理信息系统开发的宝贵财富，企业领导在各方面要关心、爱护这些人才，继续把管理信息系统的应用深入下去，并做好日常的维护与管理工作。当前我国还非常缺乏既懂信息技术又懂管理业务的复合型人才。一般地，管理信息系统开发人员可分为系统分析员、高级程序员和程序员，他们大多出身计算机专业，对现实系统的运作机制了解不够，多是接受任务后才去熟悉，由于用户不愿或不能积极参与，因此，他们只能从有限的知识中去推断业务的运行机制和对信息的需求。使实现的系统与现实情况往往还存在一段距离。而且，技术人员往往习惯于从技术角度去考察现实系统，缺乏用户至上的观念，伤害了用户参与管理信息系统开发与使用的积极性。

第三，管理信息系统使用人员也是管理信息系统建设中的一个重要因素。只有使用人员珍惜管理信息系统应用，尊重管理信息系统开发人员的劳动，才能完善和提高管理信息系统的应用水平。随着管理信息系统应用的普及，业务人员、中高层管理人员的工作方式、信息流向势必发生改变，使用人员要积极热情地参与进来，而不是拒绝或反抗这种改变。

总之，管理信息系统的建设、运行和管理涉及管理科学、计算机技术、通信技术、运筹学、一般系统理论和信息论等多种学科的知识，同时要求对企业的各个业务领域有深刻的理解。所以，管理信息系统的建设在不同阶段需要掌握不同知识层次的工作人员，也需要不同层次的业务人员来配合。

3. 开发方式与组织管理

由于企业计算机技术力量薄弱，不可能完全自主地开发企业管理信息系统，而我国的计算机软件公司、系统集成公司起步太晚，因此，以前企业开发管理信息系统都是各自为战，低水平重复建设，花了很大的精力，却很难见到成效，这也是企业管理信息系统建设难以成功的原因之一。现在情况已有所改善，技术开发人员从大量失败的教训和成功的经验中总结出了一些规律性的东西。软件公司、系统集成公司也越来越多，他们开发出特色产品，渗透到企业相关领域，参与企业管理信息系统开发。但是，当前管理信息系统开发的方式大多是信息技术应用部门领导主持，委托公司或高等学校来开发，而企业中高层管理人员很少参与或不参与开发的实际工作，这种做法存在如下弊端：

(1) 企业信息技术应用部门的技术人员实际上起着监督项目进度和协调的作用，与外单位的合作实际上是两个外行想给内行做一个项目。这样做出来的东西往往很难满足企业的需求。

(2) 企业高层领导人不参与开发的实际活动，就不能从整个企业全局和宏观的角度去考虑管理信息系统的有效性，也不利于开发人员与各业务部门之间的交流和协调。而缺乏这种整体、全局、系统的观点开发出来的管理信息系统只能解决个别、局部的问题，很难解决企业的全局问题。其次，高层领导不参与开发活动，不便于管理信息系统的推广应用，不便于应用结果的认可，不便于对使用与维护人才的培养。

(3) 企业中层、基层管理人员不参与管理信息系统开发的实际工作，就会缺乏对管理信息系统开发的积极性和参与意识，就会拒绝使用和接受管理信息系统开发的成果，就会拒绝承认管理信息系统应用给他们带来的方便，而企业的效益正是通过这些人员大量的使用而间接产生的，因此，他们的参与和认可是涉及管理信息系统开发成功与否的关键。

新的开发方式应该是企业高层领导主持、各级管理人员参与和监督、计算机技术人员和外单位合作开发。开发好的系统应是由企业领导督促使用与推广、企业各级管理人员广泛使用、计算机技术人员精心维护的一套综合应用系统。

8.3.3　企业管理信息系统建设的几点建议

现有开发的企业内部管理信息系统或单项子系统，由于种种原因，离用户的最终目标都有一定距离。目前企业中的计算机应用主要集中在财务管理和文字处理等方面，大量的机器资源不能充分利用，造成浪费。根据企业应用的具体情况和管理信息系统的理论，特提出以下建议供参考。

1. 明确管理信息系统建设的目标

信息系统是手段，应服从于企业目标，如果目标不明确，往往会造成应用的失败。当前有一些企业进行信息系统建设，但真正收到成效的并不多。有些企业不清楚管理信息系统建设的目标何在，人云亦云，搞高技术的"超前消费"，装门面、赶时髦；或在一些不负责任的硬件厂商和软件开发人员的游说下，头脑发热，仓促上马，目标不明确，忽视基础建设，使建成的系统基本是手工过程的计算机模拟，不能真正发挥管理信息系统的作用，不仅造成浪费，而且会挫伤业务人员对管理信息系统建设的信心。

我们许多中小型企业的管理方式比较落后，因此必须首先改革和完善管理方式，提高业务人员(包括决策人员)的素质，并以此作为管理信息系统建设的首要目标。管理信息系统的建设必须与企业管理的体制改革相结合，我们不能设想在一个陈旧、混乱的管理体制下，能成功地建设并运行管理信息系统。管理信息系统的建设需要对企业业务进行深入透彻的了解，从中归纳出适合于计算机处理的业务流程，实现业务流程的优化和计算机化，从而使业务处理产生质的飞跃。可是在我们许多企业决策者的头脑里，搞管理信息系统建设只需买几台机器设备，再请几个编程人员就万事大吉了，就可以一步进入信息时代的天堂，享受信息化带来的种种好处了。以这种思想去指导管理信息系统建设，焉有成功之理？

在管理信息系统的建设过程中，为了便于监督和管理，在做好详细的系统规划的基础上，应该有一个明确、切实可行的系统目标。系统目标可以是分阶段实现的，但必须是明确的，使每走一步都要有目标、有进度要求、有检查验收标准。在实现每一步管理信息系统目标之前，都应该进行思想与组织准备、系统分析与设计、管理基础规范化、教育培训和数据准备 5 个方面的准备工作。

系统的目标应该是切实可行的，并充分考虑本单位的实际情况，如业务数据量的大小、管理水平、员工的素质等。系统目标既不可简单地模拟手工操作，也不可贪大求全，一味追求新功能、新模式。只有从实际出发，脚踏实地搞出来的系统才能真正适应单位的需求，发挥出应有的效益。

2. 统一规划，分步实施

企业统一规划，在某些企业中称为总体规划，是指一个框架、一组规则。企业要根据这个框架和相应的规则来建立企业内部的各个信息处理系统，并在企业内部各个系统之间、企业内部系统和有关的外部系统之间建立相互接口。

完善的企业管理信息系统应涵盖企业生产、经营和管理的方方面面，是一个集成的大系统。在实践中，企业往往先按需求的轻重缓急、技术的可能性和企业负担能力，逐步建立多个局部的信息系统的子系统，如财务管理子系统、人事管理子系统等。这些系统的建立能迅速在局部提高企业的效率，短期内就能带来经济效益。

但当企业内部这种局部的信息处理系统达到一定数量、系统达到一定规模后，企业却常常会面临这样的问题：系统间的衔接困难，难以简单地集成一个统一的大系统，在信息系统上的投入与取得的效益不同步增长，边际效益下降。这时，系统集成就成为摆在企业面前的主要问题，而进行企业信息系统建设统一规划是解决这个问题的根本途径。

管理信息系统是介于数据处理系统和决策支持系统之间的计算机应用的中间层，方便、灵活、实用的管理信息系统是未来信息高速公路建设的基础，因而管理信息系统的建设工程浩大。同时因大多数企业的基础管理薄弱，员工素质不高，系统建设一步到位是不现实的。企业应当遵从循序渐进的原则，在统一规划的前提下，合理地划分出系统的实施步骤，从业务需求的实际出发，先易后难，逐步建设。

其实，发达国家的信息管理系统也不是在一天之内完成的，也是在不断完善管理体制中逐步发展起来的，是循着一条不断满足实际需要而不断改进和发展的路走过来的，即需求和技术进步互为因果。

3. 加强基础建设，增强员工的参与意识

企业的信息技术基础环境(包括信息收集、汇总、整理、分析、流通、存储的过程及员工对系统环境的熟悉等)是管理信息系统建设的基础。各类信息标准(包括统一编码和业务流程的程序化)的建立是管理信息系统建设的前提。

管理信息系统是企业管理模式的计算机实现，管理信息系统的建设过程是企业管理机制的改革和完善的过程。要使计算机管理深入到管理过程的每一个细节，克服传统习惯，使管理人员主动地分析、吸收新的科学管理方法和先进管理手段，同时建立严密的推动计算机应用的规章制度，如数据录入制度、系统安全保障的奖惩制度等。建立规范的管理模式，保持技术上的先进性，不能简单地模拟手工管理。这就涉及所谓的企业再造工程(reengineering)，这项工作是管理信息系统建设的重要基础。

管理信息系统作为一项系统工程，不仅涉及经营管理的各个方面，而且将影响到所有员工的工作方式和工作内容，没有全体员工的参与，管理信息系统是很难获得成功的。管理信息系统的目的是帮助决策，为人的决策起辅助作用，而不是代替人进行决策，起决定作用的是人，而不是机器。我们在进行管理信息系统建设时，必须强调人在管理信息系统中的作用，强调员工的参与和员工的素质对管理信息系统建设的影响，不能过分夸大计算机的作用，渲染管理信息系统对日常业务、甚至决策过程的取代，这不仅会增大管理信息系统开发的难度，而且容易引起业务和管理人员的排斥和反感情绪，反过来又会激起用户过高的期望。

管理信息系统是一个人机结合的系统，人的因素占有重要成分。在管理信息系统的运行过程中，人是管理信息系统的重要组成部分，人的参与能力、与机器系统

的交互能力，直接关系到管理信息系统的总体水平的发挥。因此加强对企业职工的培训，提高员工的素质也是一项重要的基础性工作。我们不能盲目追求国际上最先进、最流行的信息处理技术和方法，不切合实际地以国外的成功模式作为自己近期追求的目标，其结果必然导致管理信息系统建设的失败。

管理信息系统的投资是一种长期行为，是一种基础投资，企业获取的是战略发展的效益，是管理决策上的间接效益，不能以做通常的投资观点来对待管理信息系统建设。但由于硬件的高额投资将企业的现实期望值提得过高，当这一期望值得不到满足时就极容易滑向另一个极端，认为计算机应用并无实用价值，而不认为是管理信息系统建设的时机不成熟，基础建设不够，这实际上是浮躁心理在企业发展中的反映。

4. 软件与硬件兼顾，开发与选购并重

如何确立企业管理信息系统应用的发展方向，正确处理软件与硬件的矛盾，开发与应用的矛盾，是企业成功建立管理信息系统的重要保证。管理信息系统的建设素有"三分技术、七分管理、十二分数据"之说，没有足够的数据积累，系统发挥不出应有的效益。没有良好的应用软件系统，管理信息系统的应用便无从谈起。但许多企业在购置设备、装修机房时，不惜重金，一定要买最好的机器、最好的附件，而在购买软件或在谈软件开发协议时，却斤斤计较，忽视应用软件开发，这无疑会影响软件开发人员的积极性，从而直接影响到管理信息系统建设的成败。企业应该从长远利益出发，选购正版的软件，并对应用软件的开发给予足够的重视。

管理信息系统是一个复杂的大系统，其设计实现必须从企业的实际出发，与企业的业务管理相吻合，这是毋庸置疑的，但并不意味着所有的程序都需要从头编写。现代信息技术已经走上集约化的道路，有各种各样的软件包可供选择，并有完善的系统接口，可以和管理信息系统的开发无缝地集成在一起，其性能稳定可靠。采用现成的软件包不仅可以加快系统的开发，而且可以提高系统的稳定性，降低开发成本，实现"多快好省"的目标。

5. 坚持"第一把手"负责原则

管理信息系统的建设是一项基础性工作，不仅在投资、系统规模、近期目标等方面需要"第一把手"拍板，在管理信息系统的建设过程中，有些涉及企业管理模式、管理方法等方面的改革同样需要"第一把手"来下决心、拿主意。最为重要的是，管理信息系统的建设是一场管理方式的革命，是对整个业务流程和管理方式的重组，系统开发者在管理信息系统的建设过程中，必须承担对现行管理体制进行重新设计的工作，使之适应计算机管理的需要，而这种管理设计工作如果没有一个明确的目标，得不到企业领导的大力支持和协助，管理信息系统的成功建设是不可想象的。同时，整个业务流程和管理方式的重组将不可避免地带来权力和利益的重新分配，因此也会遇到来自不同方面的阻力，如果不能排除这些阻力，管理信息系统

建设就会功败垂成,使企业丧失下一轮竞争的机会,企业就不能生存和发展。可见,坚持"第一把手"原则是管理信息系统成功的关键。领导的重视将大大激发企业职工对系统建设的热情,在实际工作中给予积极的配合与协助。

6. 解决好信息系统建设中的资金问题

管理信息系统建设的高标准与其所需财务之间往往也会产生矛盾,该矛盾若不能妥善解决,要么造成管理信息系统建设不能启动,要么中途而废。为此,一是要本着"勤俭节约、好钢用在刀刃上"的原则开展管理信息系统的建设工作。往往人们一谈到管理信息系统建设就喜欢向国外和某些有实力的单位看齐,造成管理信息系统建设所需的设备和各种材料是进口的,以至成本过高,财力无法支持。而只要仔细分析一下所要实现的目标和所需达到的要求就会发现,别人的做法并非就是最好的。二是总体设计、分步实施的原则。当总体方案确定后,让财政部门一次性拨给建设的全部经费,并去订购所需的软硬件设备是不现实和不可取的,一来经费有限,二来现代信息技术正以"摩尔规律"的速度快速发展。而管理信息系统的建设周期又比较长,在真正投入使用时,原订购的软、硬件已经过时。为此,在方案确定后,就应综合市场的变化与业务需求逐步引进所需的软、硬件设备,如系统刚开始投入运行,且业务量不大时,可以选用几万元的高性能微机服务器,待业务真正开展后,再购入高档的小型机。

在资金问题上要避免两个误区:一是认为企业信息化需要大量资金投入,是个无底洞;二是认为企业信息化就是购买技术设备,安装使用就行了。事实上,解决企业现存许多问题的信息化建设,往往并不需要太多的资金投入。许多成熟技术花钱不多又能有效解决问题,投入产出比相当高。即使是大型信息化工程建设,虽然牵涉到大量资金投入,但其中往往有很大一部分甚至主体部分是属于技术改造范畴,与可能带来的收益相比也是物有所值的。信息化的核心是信息资源的开发利用。企业活动不断,信息流动与产生不断,就要不断进行开发利用。紧跟信息技术发展,保持同步技术升级也很重要,而这一部分是需要不断进行必要投入以维护正常运行的。必要的资金投入,尤其是后续投入的保证,是企业信息化不断取得成效的重要保证。

7. 选好合作对象

在企业管理信息系统建设中,涉及多项技术,需要各种专业人才,如果企业无力独立完成,通常会请专业的系统开发商合作进行系统开发,完成信息系统的建设。随着信息技术、计算机技术、网络技术的迅速发展,系统开发已不单单是硬件和软件的组合,而是对开发商综合实力的检验。现在,系统开发市场的竞争非常激烈,每一个开发商都说自己是真正的系统开发商,有能力完成用户的需求,这就给用户选择合适的合作伙伴增加了难度。而选择有实力、称职的系统开发商是企业管理信息系统建设成功的基础。那么如何选择合格的系统集成商作为信息化建设中的合作伙伴？在选择合作对象时，一方面可以采取向社会公开招标的形式，另一方面应从经济实力、商业信誉、技术实力、工程经验和价格等方面综合考虑，同时还应选派专门的技术人员逐个调查核实这些因素，防止个别开发商唯利是图、弄虚作假，给企业的管理信息系统建设和维护造成不可挽回的损失。一般情况下，一个合格的系统开发商应具备以下几方面的条件。

(1) 具有完成系统开发服务的能力与实力。

具有承担系统分析设计、较强的设备选型与配套能力，应用软件开发的能力，工程项目组织管理、系统安装调试与系统维护的能力。

(2) 具有一支从事系统开发的技术队伍。

不但拥有计算机硬件、软件、网络、数据库、应用技术的专业人才，而且还要有熟悉用户行业业务、企业管理、系统安装调试等方面的技术、工程、管理等专业人才。除此之外，这支队伍还要相对稳定。

(3) 具备完成系统开发调试所具备的环境、设备和设施。

(4) 具有完成系统开发的经验与实际业绩，在用户的行业内有一定的信誉。

企业管理信息系统的合作对象应包括开发伙伴和产品供应商两个方面。对于绝大多数企业来说，完全依靠自己的力量进行信息化建设是不可能的。选择好的开发伙伴，走联合开发之路，既能使技术支持和后续服务有保障，又能培养和锻炼自己的信息化人才队伍，可谓一举多得。相反，如果没有选择好合作伙伴，企业损失的不仅仅是资金，更重要的还有大量宝贵的时间和对信息化建设的信心，国内企业在这方面吃亏的例子是相当多的。对于选择产品供应商也有类似情况，技术不能完全适应企业需要，或技术成熟度不够，或售后服务跟不上等，都会给企业带来重大损失。

总之，企业应根据自己的特点，选择建立良好的外部伙伴关系，调动企业内外部资源；尽量减少不同供应商的数量，降低不兼容、不能互操作的风险；选择熟悉本行业的系统集成商，明确系统集成目标。同时，企业内部还要有专人负责管理外部伙伴。

思考题

1. 系统评价主要方法有哪些？
2. 简述系统维护的类型和内容。
3. 管理信息系统评价的目的和指标有哪些？
4. 试分析企业管理信息系统不成功的主要因素。
5. 如何理解管理信息系统不仅仅是一个技术系统，而且是社会技术系统？
6. 在管理信息系统建设中，如何正确处理人与计算机的关系？
7. 评价信息系统的主要依据是什么？请简述计算机与信息系统的关系。
8. 我国企业进行管理信息系统建设的影响因素是什么？
9. 根据你的调查，请对我国企业信息系统建设提些建议。

第 9 章

管理信息系统案例

前面章节介绍了管理信息系统的基础知识和开发过程，尽管开发管理信息系统的方法很多，但在管理系统的开发实践中，一般采用结构化开发方法。本章综合应用了前面章节的知识，以某企业销售管理信息系统开发为实例，采用结构化开发方法，叙述了管理信息系统开发的主要过程：系统规划、系统分析、系统设计、系统实施。使读者在学习了管理信息系统知识的基础上，进一步深入了解开发任何一个管理信息系统必须经历的主要过程，以及在开发过程的各个阶段开发者应当完成的各项工作内容和应当提交的书面成果，为以后的实际开发做准备。

9.1 系统调查和可行性分析

9.1.1 项目背景

某企业是一家采用金字塔式组织结构，内部分工简单，业务流程短促的中小型贸易企业。长期以来专营副食品如各种名牌的巧克力、奶糖等的销售和供应。随着企业的不断发展，不仅经营国内品牌产品的销售，而且为国际上知名品牌代理其产品的销售。企业经过近几年的奋斗，在副食品专营方面已具有较大规模，业务的范围已突破原有的地域范围，形成以总部所在地为中心的省际辐射，业务量和顾客数都扩大到以前的数倍。企业在快速成长的同时，对企业组织结构的设计、业务流程的规划、各种数据存储和应用提出了新的要求，旧有的模式已不能再适应企业迅速发展的需要。随着业务的开展和市场竞争的加剧，企业的高层领导也意识到企业内部管理存在一些问题，信息技术的发展和普及应用给管理者带来了希望。他们希望通过信息化的建设改变企业的现状，能对市场机遇做出快速反应，给企业带来更多的利润。管理信息系统成功应用的案例使得管理者有信心通过管理信息系统的开发和利用改变企业的管理现状，使企业得到更好的发展。

9.1.2 企业现状

根据初步调查，目前企业拥有少量计算机，大多数工作人员对计算机的操作知识知之甚少，企业没有采用任何管理信息系统，基本工作大多由人工完成，计算机仅仅进行文字录入、处理，导致工作繁琐、重复性大，企业发展滞后。计算机在企业的主要功能停留在核算统计方面，无法应用到各个管理部门，即无法实现数据的共享。企业的业务流程中各个环节几乎都是手工操作方式，数据量大，使得工作人员工作量大，并且容易出现差错，效率低下。另外，企业是凭借单据实现部门间的作业顺序、业务关系，单据一般由顾客传递，使得顾客要在各个部门间奔波，客户满意度较差。企业现在的财务部与结算科的职能边界不清晰，容易造成权责不明确，在销售分析和核算上容易出现差错。由于整个业务流程都采用了手工方式，一些供需的信息不能及时地传给高层管理者，造成信息滞后，不利于决策者进行准确的市场判断决策，无法适应市场的瞬息万变。企业现在采用的是金字塔式的组织结构。

9.1.3 开发原因

基于上面的企业现状可知：企业的主要问题是手工操作致使工作效率低下，经济效益不高。许多繁琐、经常性、重复性的工作本可以用计算机解决的问题却困扰着工作人员，浪费了大量的人力、物力和财力。企业规模的不断扩大，企业业务逐渐增多，各个部门的工作人员工作量就会加大。该企业销售完产品后，没有提供相应的售后服务，由于数据处理都由人手工操作，资金方面没有合理计划，拖欠款的情况没有能得到及时有效的控制，影响资金周转。这样企业进一步发展和企业目前管理存在的问题的矛盾就会更加激化，企业的发展迫切需要一套管理信息系统帮他解决目前的主要问题以及企业未来发展。

在对该公司原系统的运行、实践进行初步调查，发现原系统计算机的应用只是收集、存储了销售、仓储等信息，但都是以 Word 文档的形式存储的，其功能仅停留在查询、统计、打印报表等一般功能，而没有充分利用其丰富的信息资源为企业服务。在企业领导的支持下，为加强企业营销管理，开发一个对企业销售情况进行全面管理的管理信息系统已势在必行了。

目前，企业还存在着一些管理信息系统开发的有利因素。如企业内部有少数精通计算机硬件的高尖端人才，为信息系统统的管理应用提供了前提；企业还拥有几十台计算机以及系统安装的硬件资源，企业领导和大多数员工的配合支持；系统的开发应用潜力很大；系统的应用还可以使工作人员从繁重的工作中解脱出来，改善了企业内部组织管理，使企业内部信息流和物流畅通无阻，提高工作效率和经济效益，促使企业进一步发展。

9.1.4　系统目标

销售管理信息系统是为了适应企业综合管理的需求,改变企业现有的管理模式,加速企业管理的自动化、标准化和科学化,而建立的一个整体性的销售操作系统。它可以为各管理层提供可靠的信息,为提高企业各方面的效益服务。系统的总目标是:用信息来支持企业的决策和企业的业务操作,用信息技术实现办公自动化代替原有手工管理方式,用过程管理代替职能管理,取消不增值的职能管理,提高业务处理效率。具体如下:

- 改变过去手工操作,建立计算机系统操作,更加快捷,做到高效率。公司销售、开票、结算、财务、仓储等部门全部实现自动化管理。
- 公司在本系统的支持下,能够达到合理进货、及时销售、库存量小、减少积压的目的,尤其是商品存储这一块,能够大大降低公司运作成本,取得最佳效益。
- 通过业务的整合和组织结构的调整,提高数据的准确性,避免逻辑的错误和人为的错误,提高数据的可信度。
- 运用分布式的微机网络,避免以往信笺传递时所耗的时间,提高工作的时效和针对性,有助于提高领导的决策,减少失误。
- 能够及时了解库存情况和销售情况。
- 通过对市场销售和市场需求分析,制订和调整公司销售计划。

9.1.5　系统构成

为实现上述目标,将系统分为 5 个功能模块:市场管理模块、票务管理模块、结算管理模块、报表管理模块、仓储管理模块。它是根据各子系统的管理功能来划分,使得系统分工明确,业务流程清晰,从而优化企业管理,最终为企业带来良好的经济效益。

- 市场管理:制定相应的产品价格产生报价单,并为客户提供相应的服务。
- 票务管理:操作人是根据订购单,开出发票(包括退货发票)并把订购单分类存储。
- 结算管理:根据开出的发票和订单,进行结算并编制销售报表。
- 报表分析管理:根据销售报表和销售计划进行销售分析。
- 仓储管理:根据发票和出库通知填写出库单,登记库存并形成库存账,月末产生库存报表。

9.1.6　可行性分析

1. 技术可行性

企业目前拥有 30 多台计算机、6 台智能交换机、1 台打印机和复印机。在设备方面，企业的计算机、打印机和复印机已经满足系统应用的需求。

该系统对软件没有太高的要求，市场上存在的系统软件足以满足系统各个方面的要求。开发人员具有专业知识，已成功开发了一些复杂的管理信息系统，而现在要开发的销售管理信息系统是比较简单的，在开发技术上不存在难题。

虽然企业中大多数工作人员对计算机知之不多，但是在企业的销售部门和库存部门的大多数员工有一定的计算机应用能力，能够对日常的工作业务进行简单的操作和管理，并能自行排除日常工作中随时可能遇到的计算机故障。

2. 经济可行性

公司的销售管理信息系统是比较简单的系统，开发和维护费用都不是很高，企业现有的设备已能满足系统的需要。企业所需投资较少，在公司可接受的范围。

系统投入运行后会给企业带来可观的经济效益：一方面解决了手工操作带来的工作效率低、容易出错等问题，为企业在业务上缩短了时间，增加了市场竞争力。另一方面，使得信息流动得更快，能为各层管理者提供多的高质量的信息。使得管理者有更多的时间和信息为企业未来的发展做准备。

3. 环境上的可行性

由于企业领导者已认识到企业存在的问题和对系统需求的迫切性，对系统的开发是大力支持的，领导认为企业走信息化的战略对企业的成长是有利的，并且有助于企业长期健康持续稳定的发展。

企业现有的管理方式和方法存在一定的缺陷，领导和职工都有改变相应管理制度的要求，企业现有的结构和业务流程都较简单，实行相应的改革是可行的。系统开发完成后，大部分原始数据都将由计算机进行存储和处理，数据的正确性和准确性都会提高。

近年来，软件产业以年平均超过 30%的速度增长，软件和信息技术在国民经济和社会各领域得到广泛应用，成为推动产业结构调整、产业技术改造的重要基础与支撑，极大地推进了我国信息化建设进程，各个行业目前正在处于信息化处理的应用时期，有关的政策法规对企业信息化都给予了一个宽松的环境和平台。企业结合自身企业规模壮大的需要采用信息化的处理方式，来提高企业的工作效率，从而在市场竞争中处于有利的位置。信息化的处理使企业及时有效的获取信息做出适合自身发展的决策。

4. 可行性结论

根据上面可行性分析，企业进行系统开发的条件已成熟，可以立即进行系统的开发。

9.1.7 人员分配和工作进度安排

销售管理信息系统开发过程中配备了以下人员：项目负责人 1 名，系统分析员 3 名，系统设计员 2 名，程序员 2 名，系统调试员 1 名。工作进度安排如表 9.1 所示。

表 9.1 系统开发的工作进度安排

阶 段	完成的目标	所需时间	所做的主要工作
系统调查和可行性分析	项目确定与规划	1 个月	①人员组织、确定项目规划性质；②收集相关资料信息；③确定系统目标；④提出系统未来略图；⑤可行性分析；⑥制定开发进度表；⑦提交规划报告
系统分析	企业现状分析	3 个月	①详细调查；②企业管理业务调查(组织结构、管理功能、管理业务流程)；③数据流程调查(DFD)；④数据字典
	系统的逻辑设计		①新系统分析；②新系统逻辑方案(业务流程、数据流程、逻辑结构等)
系统设计	系统的物理设计	2 个月	①总体设计(MIS 流程图设计、功能结构图设计、功能模块图设计等)；②代码设计(代码设计方案、编号代码等)；③物理配置方案设计；④数据存储设计(数据库、数据安全等)⑤计算机处理设计(输入、输出、处理流程图、编程说明书)
系统实施	实现系统	2 个月	①物理系统的实现 ②程序设计与调试 ③项目人员培训 ④测试数据的准备与录入 ⑤系统的测试与评估

9.2 管理信息系统的分析

9.2.1 现行系统的调查

1. 组织结构调查

通过对企业现行系统的调查分析，了解到该企业的组织结构设置为：总经理下设开票室、结算室、财务室、仓库管理室 4 个部门。明确分工，各行其职，各用其权，各尽其责，把责、权、利相结合，4 个部门既相互独立又相互联系。总体目标分解到 4 个部门后，相互协调把单个目标串联起来，共同实现。图 9.1 给出了该企业的组织结构情况。

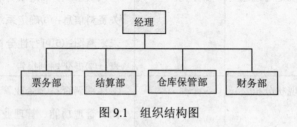

图 9.1 组织结构图

各部门主要功能如下。

(1) 经理：主要负责销售计划的制定和计划的落实。他们需要经常了解和掌握销售情况，为他们指导销售工作和制定新的销售计划提供依据。

(2) 票务部：主要负责开发票。顾客购买产品首先到票务部去开票，开票人员根据顾客所有的购货单(包括商品名称、规格及数量等)开票。所开票据至少四联，即提货联、发票联等。发票分两种，即增值发票和普通发票。根据业务的需要，票务部还要负责退货的处理，即开具相应的红字发票。票务部需将发票的存根交财务部处理。

(3) 结算部：为了加强管理，保证开票、结算分开。开票之后，顾客持发票到结算部付款，办理结算手续。结算方式主要有：现金结算、汇票结算、托收及电信汇款结算等。顾客付款之后，结算人员在提货联上盖上"已结算"印章，说明结算手续已办。结算人员每天都将结算的单据及现金交给财务部。

(4) 财务部：财务部根据开票及结算情况负责销售核算及制作核算报表。销售报表主要包括产品销售明细日报表、销售回款明细日报表、销售回款汇总日报表、顾客欠款表及销售计划完成情况分析表等。由于手工操作效率低，财务人员隔 3~4 天向销售企业及主管厂长报一次日报表。各种日报表都包含有月累计情况。因此月末的日报表就是该月的月报表。

(5) 仓库保管部: 仓库保管部主要负责产成品的入库、出库和库存盘点。顾客办理完结算手续后, 持提货联到仓库取货。此时, 仓库管理人员检查提货联及发票无误后, 便给予提货, 即出库。出库之后登记入账。

2. 管理功能调查

通过对企业的调查, 了解了企业的基本组织结构, 这些部门的存在是为了实现企业的销售目标, 企业的各个部门都是为了完成一定的管理功能而设立的, 通过调查, 我们了解到现行系统各部门的管理功能如图 9.2 所示。

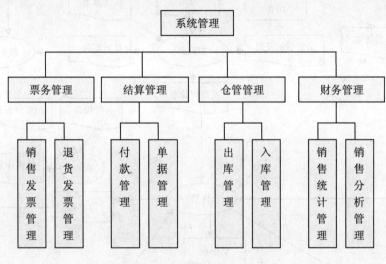

图 9.2 企业管理功能图

3. 业务流程调查

公司是贸易型企业, 主要业务就是围绕产品所进行的采购和销售。企业的业务过程较简单, 现行系统的业务处理过程是: 顾客为购买产品先到开票部填写购货单(包括商品名称、种类、数量等), 开票人员根据购货单, 首先查阅库存账, 如有货, 开出发票, 如库存不足, 发出补货通知给仓库。开票人员还要根据仓库的退货通知, 开出红字发票。顾客持发票到结算部付款, 并办理结算手续。付款后, 结算人员盖上印章, 表明已办理结算手续。仓库根据顾客的订货单和结算完的发票进行出库处理, 并根据库存情况决定是否订货。根据出货情况和采购情况更新库存账。结算人员将每天的结算单据及现金交给财务部。财务部根据单据、发票和销售计划编制各种销售报表和销售分析。根据上述业务过程的描述, 我们绘制出了该企业的业务流程图, 图 9.3 就是该企业的现有系统的业务流程图。

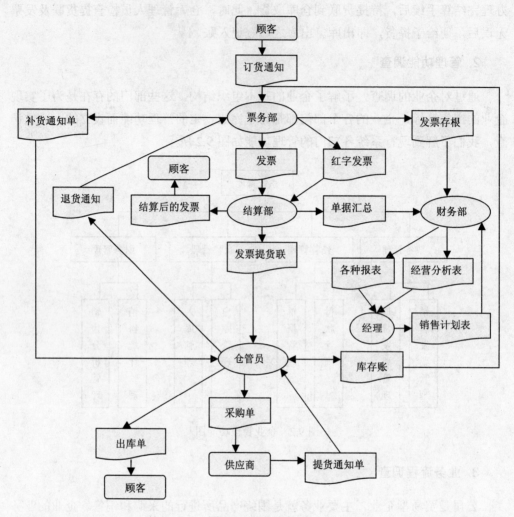

图 9.3 业务流程图

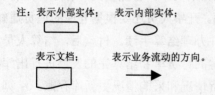

注：表示外部实体；　表示内部实体；

表示文档；　　表示业务流动的方向。

9.2.2 现行系统分析

随着企业业务规模的扩大，其原有的手工操作系统和业务流程已经不能满足其业务流量的需求，成为严重影响企业继续提高效益的因素。其存在的问题主要有以下几点。

服务方面：企业的顾客从同一地区扩大到省际之间，原有的手工销售系统需要顾客较多的配合，给顾客造成了很大的不便。在"顾客就是上帝"的今天，这显然是不合时宜的。

效率方面：原有系统流程仅仅注意销售的业务处理，对起辅助作用的库存处理的管理力度不够。在仓管部门中，职工职权分配不明确，工作效率不高，没有对仓库的存储空间进行有效利用。而且，采购货物的不及时减少了企业的订单数量。仓管部门的低效率明显落后于整个销售系统，造成了人员及企业资源的浪费。

决策方面：手工报表制作费时，降低了时效性，而且在繁多的登记账本和分析统计中，极容易出现人为的错误，在账本中查询企业所需要的信息的时间过长。人工对统计资料进行分析的难度较大，而且准确率不高。

分工方面：各部门的分工不均衡，财务部要花很多时间在销售分析上，企业只有财务部和经理了解企业的销售情况，而与销售直接有关的部门对销售计划和销售分析并不是很了解。

市场方面：面对越来越大的市场，过去在家等客户上门的销售模式受到了冲击，对于贸易型的企业，销售更是它的生命，企业在组织结构上要作相应的调整。

9.2.3 新系统的逻辑方案

1. 新系统的目标

销售管理信息系统的目标是提高系统自动化、标准化和系统化，为各部门快速提供高质量的信息，为决策提供信息支持，为客户提供更便利、更全面的服务。

2. 新系统的组织结构

根据系统的目标和对企业现有系统的分析，对企业的组织结构进行了重新的设计和定位，由于企业是个贸易公司，销售是企业的生命线，原有系统虽然一直是围绕着销售进行工作的，但对销售的管理没有专业化和集中化。所以，在现有结构的基础上增加了市场部门，使得销售工作更便于开展，也使得部门分工较为明确。原有系统的各部门工作量上存在着严重的不平衡，因此，对原有各部门的职能做一些调整，并加强了薄弱环节的管理，如加强了仓库管理的职能。图 9.4 给出了新系统的组织结构图。

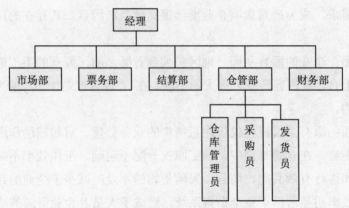

图 9.4　新系统的组织结构图

经过改变后的新系统各部门的主要职责如下。

(1) 市场部：主要负责产品定价和客户服务。

- 定价：价格是市场销售组合中重要的变动因素，价格的确定对企业的销售额和利润有很大的影响。定价是必须考虑的因素，包括：成本、需求量、竞争、政府的影响和干预。目标是争取最高利润，获取较高的市场份额，排除竞争的企业进入市场，避免不利于政府的行为。主要的定价方法有：成本定价法、需求定价法等。

- 客户服务：现代企业的竞争表现在能否赢得客户(消费者)，客户服务已成为企业营销的重要任务。具体包括：顾客档案管理、顾客分析、顾客关系管理等。主要通过促销、良好的售后服务等方法来赢得客户。

(2) 票务部：主要负责开销售发票和退货发票，并对订购单进行相应的管理。

(3) 结算部：负责各种结算，并汇总各种结算单据，编写销售报表

(4) 财务部：根据销售报表进行销售分析。

(5) 仓管部：仓库在控制产品成本上占有很大的一块。严格进行仓库管理可以有效地降低产品价格、提高利润。根据实际情况加强对仓库的管理，使得仓库各管理人员职责明晰。

- 仓库管理员：负责入库管理，库存物资保管、养护，库存统计、分析，库存控制。

- 采购员：保证日常库存量满足顾客需求，以及应付某些意外情况，及时补货，进行货物入库时的一些处理。

- 发货员：根据发货单，进行货物出库管理。

3. 新系统的管理功能

由于组织结构的调整，相应的管理功能也发生了变化，根据新的组织结构图和实际的要求，我们对新系统的管理功能做了相应的改变，新系统各部门的管理功能如下。

1) 仓库管理

充分利用分布式的网络，实现对各子企业的货物的出库、入库的统计，管理货物的盘点，以形成日出入库报表汇总，提高库存的利用率。其次，通过对供应商以及所供应货物进行统计，在仓储部门初步形成供应商—企业的数据库，建立企业与供应商的信息联系和数据联系，从而了解企业的需求和市场的供求，及时地调整库存和库存的产品结构，增强市场的适应能力。

2) 市场管理

通过市场部的销售活动，将原系统中顾客传递单据的活动置于企业的内部，实行"一票到底"的服务方式，提高顾客的满意度，树立良好的企业形象。其次，通过销售部门的活动，初步建立企业—顾客的数据库，建立企业和顾客的信息联系和数据联系，充分了解市场的需求和消费者的爱好，为企业领导者做出长远决策提供依据。

3) 报表分析管理

根据市场部和仓管部提供的报表和汇总表，对顾客、供应商、货物、订单等各种统计资料，及时准确地上报，以辅助决策；其次根据市场部、仓管部、结算部的单据，实现企业各类事务的核查，防止企业内部蛀虫的出现。

根据上述分析，图 9.5 画出了新系统的管理功能图。

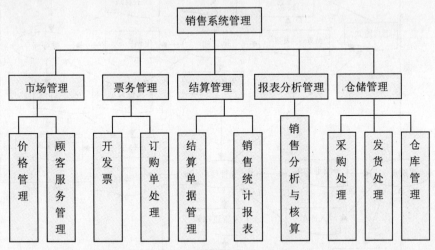

图 9.5　新系统的管理功能图

4. 新系统的业务流程

由于组织结构的变化和管理功能的调整，新系统的业务流程也发生了相应的变化。图 9.6 给出了新系统的业务流程图。新系统的业务流程为：顾客根据销售部提供的报价单确定是否购买产品，如有购买意向则与销售部签订销售合同。销售部根据销售合同发出销货通知给票务部，票务部查阅库存账，如有货，开出发票给结算部，如库存不足，发出补货通知单给采购员。票务部还要根据仓库的退货通知，开出红字发票。结算部根据发票要求顾客付款，并办理结算手续。付款后，结算人员盖上印章，表明已办理结算手续，并把发票的提货联给仓管员，仓管员查阅库存账，如有货则开出发货通知单给发货员办理发货手续，如没有货则须填写补货通知单给采购员。另外，仓管员还要根据库存情况开出补货通知单给采购员，采购员根据补货通知单填写采购单给供应商进行采购，当货到时，供应商给出提货通知单给采购员，采购员填写入库单办理入库手续。发货员根据发货通知单发货，并填写出库单，出库单一份给仓管员登记入账，一份给顾客。仓管员根据出货情况和采购情况更新库存账。结算人员将每天的结算单据及现金交给财务部，并编写销售报表给财务部。财务部根据单据、发票和销售报表编制销售分析给经理，经理根据以前的销售报表和销售分析表编制销售计划，并把计划下达给销售部。

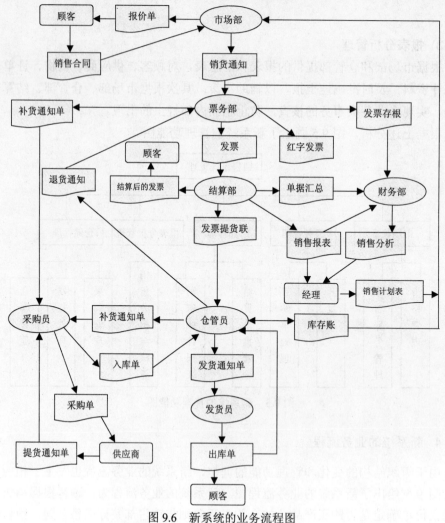

图 9.6　新系统的业务流程图

5. 新系统的数据流程图

根据分析得出的新系统的业务流程图分层绘制出新系统的数据流程图。如图 9.7~9.9 所示。

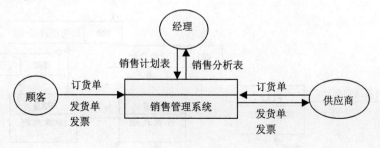

图 9.7 顶层图

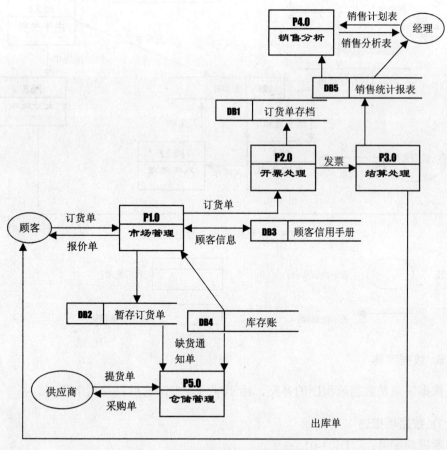

图 9.8 新系统的第一层数据流程图

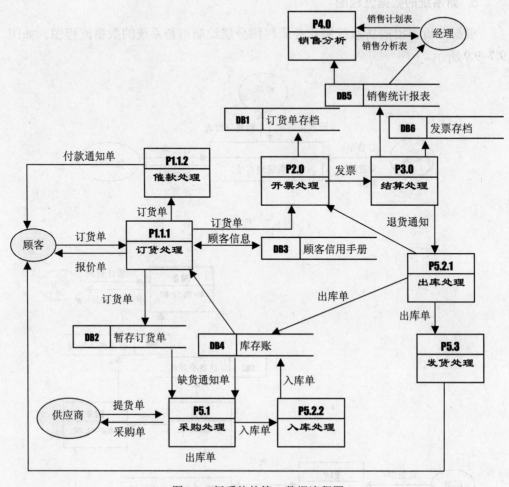

图 9.9　新系统的第二数据流程图

注：

6. 数据字典

数据字典是数据流程图的补充，由于项目较多，这里只写几个范例。

1) 数据项描述

数据项编号：　DI03-01

数据项名称：　顾客号

别名：　　　　顾客代码

简述：　　　　某一顾客的代码

类型及宽度：　字符型，9 位
取值范围：　　000000000~999999999

数据项编号：　DI03-02
数据项名称：　商品代码
别名：　　　　商品编码
简述：　　　　某种商品的代码
类型及宽度：　字符型，15 位
取值范围：　　000000000000000~999999999999999

数据项编号：　DI03-03
数据项名称：　供应商
别名：　　　　供应商代号
简述：　　　　某供应商代码
类型及宽度：　字符型，9 位
取值范围：　　000000000~999999999

数据项编号：　DI03-04
数据项名称：　银行账号
别名：　　　　银行账号
简述：　　　　用于公司与顾客进行非现金结算时，提供的代表本公司在银行
　　　　　　　收支情况的号码
类型及宽度：　字符型，18 位
取值范围：　　454921500000000000~454921510000000000

数据项编号：　DI03-05
数据项名称：　采购单编号
别名：　　　　采购单编码
简述：　　　　采购员进行采购是为采购单进行的编号
类型及宽度：　字符型，4 位
取值范围：　　0001~9999

2) 数据结构定义

数据结构编号：DS03-01
数据结构名称：报价单
简述：　　　　向顾客提供产品的价格和相关信息
数据结构组成：商品代码+商品名称+规格+单价+产地

数据结构编号： DS03-02

数据结构名称： 顾客订货单

简述： 顾客所填顾客情况及订货要求等信息

数据结构组成： 订货单标志+用户情况+商品情况

数据结构编号： DS03-05

数据结构名称： 退款通知单

简述： 出库处理时由于某种意外情况不能给货，而填写的关于退款的信息

数据结构组成： 日期+用户情况+商品情况+销售情况+备注

数据结构编号： DS03-08

数据结构名称： 采购单

简述： 所需采购商品及相关信息

数据结构组成： 商品代码+商品名称+规格+单位+数量+单价+金额+备注

数据结构编号： DS03-10

数据结构名称： 提货通知单

简述： 供应商向采购员发出的货物已到的通知

数据结构组成： 供货日期+供货地点+商品名称+商品规格+采购数量

3) 数据流定义

数据流编号： DF03-02

数据流名称： 需先付款的订货单

简述： 根据用户信用，要求先付款的订货单

数据流来源： 订货处理

数据流去向： 顾客

数据流组成： 日期+商品代码+商品名称+商品单价+销售数量+顾客代码

数据流量： 约 10 次/日

高峰流量： 约 15 次/日

数据流编号： DF03-07

数据流名称： 退款通知单

简述： 根据顾客的退货，开出的退款通知

数据流来源： 出库处理

数据流去向： 开票部

数据流组成： 日期+商品代码+商品名称+销售金额+顾客代码

数据流量： 约 1 次/月

高峰流量： 约 5 次/月

数据流编号： DF03-03

数据流名称： 入库单

简述： 采购员把购买来的商品入库时所填写的单据

数据流来源： 采购处理

数据流去向： 入库处理

数据流组成： 入库单编号+商品代码+商品名称+商品单价+入库数量+入库日期

数据流量： 约 10 次/月

高峰流量： 约 15 次/月

数据流编号： DF03-04

数据流名称： 出库单

简述： 发货员把商品交给顾客时所填写的单据，表示货物已从仓库发出

数据流来源： 采购处理

数据流去向： 出库处理

数据流组成： 出库单编号+商品代码+商品名称+商品单价+销售数量+出库日期

数据流量： 约 10 次/日

高峰流量： 约 15 次/日

4) 处理逻辑定义

处理逻辑编号： P2.0

处理逻辑名称： 开票处理

简述： 开出各种发票

输入的数据流： 合格的订货单、退款通知单

处理描述： 根据合格订货单和退款通知单开出发票，把订购单进行汇总，
转给结算部作账款结算

输出的数据流： 发票联、订单数据

处理频率： 50 次/日

处理逻辑编号： P5.2.2

处理逻辑名称： 入库处理

简述： 将入库数据记入库存账

输入的数据流：　入库单

处理描述：　　　根据商品入库单，将入库数据记入库存台账，并更新相应商品的库存数量和金额

输出的数据流：　补货通知单

处理频率：　　　10 次/日

处理逻辑编号：P3.0

处理逻辑名称：结算处理

简述：　　　　　结算销售金额，并开出提货联

输入的数据流：　发票联、订货单

处理描述：　　　根据发票和订货单，结算销售金额，开出提货联用于出库处理，并登记销售数据

输出的数据流：　提货联、销售统计报表

处理频率：　　　50 次/日

处理逻辑编号：P4.0

处理逻辑名称：销售分析

简述：　　　　　根据销售计划报表和销售统计报表，分析销售情况

输入的数据流：　销售计划报表、销售统计报表

处理描述：　　　根据销售计划表和销售报表，统计分析销售情况，做出销售分析表，送至经理

输出的数据流：　销售分析表

处理频率：　　　50 次/日

5) 数据存储定义

数据存储编号：DB5

数据存储名称：销售统计报表

简述：　　　　　根据每日的销售情况，统计销售数据

数据存储组成：日期+商品代码+商品名称+商品单价+销售数量+销售金额+销售对象

关键字：　　　　日期+商品代码

相关联的处理：P3.0、P4.0

数据存储编号：DB4

数据存储名称：库存账

简述： 记录商品出入库数据的明细账

数据存储组成：日期+商品代码+商品名称+入库数量+销售数量+库存数量

关键字： 日期+商品代码

相关联的处理：P5.2.1、P5.2.2

6) 外部实体定义

外部实体编号：E03-01

外部实体名称：顾客

简述： 购买本企业商品的顾客

输入的数据流：付款通知单、发票、提货通知单

输出的数据流：订货单

外部实体编号：E03-02

外部实体名称：供应商

简述： 企业所销售商品的供应者

输入的数据流：采购单

输出的数据流：提货通知单

外部实体编号：E03-03

外部实体名称：经理

简述： 本企业主管人员

输入的数据流：销售分析表、销售报表

输出的数据流：销售计划报表

7. 系统的逻辑结构

根据业务流程图和数据流程图的分析，可以把相应的功能进行合并。为了实现系统的整体目标，我们把整个系统分为了 5 个模块。图 9.10 给出了新系统的逻辑结构。

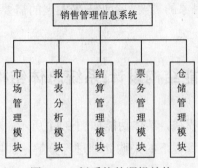

图 9.10 新系统的逻辑结构

8. 新系统的管理模型

在新系统中，所用到的管理模型主要是一些现在应用较为成熟的模型。有定价模型、库存管理模型、核算和分析模型等，这些具体的模型可参考相关书籍。

9.3 管理信息系统的设计

9.3.1 系统设计目标

根据分析得出的系统目标，进一步进行具体的设计，把目标分解为计算机可以实现的模块。具体目标主要包括：

(1) 建立供应商—企业—顾客的数据库系统，实现信息资源的共享，通过数据的共享，了解市场的供求情况，帮助高层领导者调整企业的产品结构，适应市场竞争的需要。

(2) 建立企业内部的数据库管理系统，生成销售—票务—结算—财务—仓储的数据一体化，形成从业务处理—管理控制—战略管理的逐层数据的共享，主要支持企业的销售和仓储业务，实现各部门的信息传递和共享，支持各部门的结构化决策和非结构化决策。

(3) 实现计算机协同处理为基础的并行过程代替以前的反馈的管理控制，以及实现企业部数据的联机实时处理，充分利用计算机技术和信息技术对企业的决策的效用。

(4) 建立的信息系统具有以下特点。

- **准确性**：具有 24 小时的系统服务能力，保持系统的稳定。
- **灵活性**：保持系统软件平台和数据库有相当的开放性，可以方便地调整，以适应企业服务对象的需要、企业未来发展的需要和市场变化的需要，全面支持企业的业务。

9.3.2 新系统的功能结构设计(系统总体结构图)

该系统分为 5 个功能模块，具体功能如图 9.11 所示。对图中的每个功能模块要进行分解，在此仅对仓储管理下的采购处理进行分解，如图 9.12 所示。

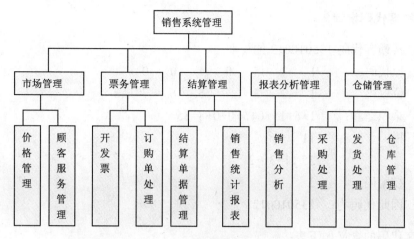

图 9.11 系统的结构设计

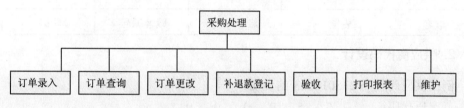

图 9.12 采购管理模块的分解

9.3.3 系统代码设计

代码设计目的：在管理信息系统运行过程中，为了便于计算机的处理，对系统涉及的对象用英文字母、数字来代替，使系统对象简单化，也使系统的处理更简便。

代码设计说明：

(1) 设计代码是为了系统运行的简便。

(2) 代码的对象主要是企业的顾客、供应商、商品。

(3) 根据对象的性质，采用区间码和顺序码结合。

(4) 为了保证代码输入的正确性，为代码设计了校验码。

在代码设计时一般会考虑校验位的设计，校验位是通过事先规定的数学运算计算出来的。代码一旦输入，计算机会用同样的数学运算方法按代码数字计算校验位，并将它与输入的校验位进行比较，以证实输入是否有错，从而可以保证输入的正确性。在本系统中对具有相同特性和属性的事物进行代码化，并为这些代码设计相应的检验位。系统中的代码种类采用区间码，检验位的确定采用算术级数法。下面通过对系统中的部分数据进行代码化的过程，来说明代码设计的过程。

1. 顾客代码设计

例： 某顾客代码 135010012 的说明

原代码：	1	3	5	0	1	0	0	1

原代码：　　1　3　5　0　1　0　0　1

位权：　　　1　2　3　4　5　6　7　8

乘积之和：　1+6+15+0+5+0+0+8=35

模：　　　　11

　　　　　　35/11=3…2

校验码：　　2

因此代码为：135010012

顾客代码的含义如下表：

1	35	01	001	2
顾客	某省	某市	顾客编号	校验码

2. 供应商代码设计

例： 供应商代码 235010013 的说明：

原代码：　2　3　5　0　1　0　0　1

位权：　　1　2　3　4　5　6　7　8

乘积之和：2+6+15+0+5+0+0+8=36

模：　　　11

　　　　　36/11=3…3

校验码：　3

因此代码为：235010013

供应商代码的含义如下表：

2	35	01	001	3
供应商	某省	某市	供应商编号	校验码

3. 商品代码设计

例： 商品代码 235010010010018 的说明：

原代码：　2　3　5　0　1　0　0　1　0　0　1　0　0　1

位权：　　1　2　3　4　5　6　7　8　9　10　12　13　14　15

乘积之和：2+6+15+0+0+5+0+0+8+0+0+12+0+0+15=63

模：　　　11

　　　　　63/11=5…8

校验码：　8

因此代码为：235010010010018

商品代码的含义如下表：

23501001	001	001	8
供应商代码	商品类别编号	商品品种编号	校验码

9.3.4 系统物理配置方案设计

(1) 硬件配置：8 台台式计算机。要求 CPU：英特尔奔腾双核，主频 2.5GHz；内存：2GB DDR2 内存；硬盘：320GB SATA 硬盘；网卡：100MB/s 网卡；显卡：独立或集成显卡；光驱：DVD 光驱。

另外，需配置打印机 4 台；条码阅读器 1 台。这些基本配置公司现已具有。

(2) 软件配置：采用 Microsoft Windows 2008 Server 和 Windows 7 操作系统；数据库管理系统采用 Microsoft SQL Server 2008；开发语言采用 C#。

(3) 网络配置：采用快速以太网技术。快速以太网技术采用载波多路访问和碰撞检测(CSMA/CD)机制，数据传输速率达到 100MB/s。采用星型网络拓扑结构。

(4) 系统模式：采用 C/S 模式与 B/S 模式相组合。

9.3.5 数据库结构设计

1. E-R 模型

根据用户需求设计数据库概念模型。概念模型是各种数据模型的共同基础，一般使用 E-R 模型来表示。分析收集到的资料，画出企业现实中的事物及其相互联系，如图 9.13 所示。

2. 逻辑结构设计

根据概念设计中的 E-R 图，把实体与实体之间的联系转换为关系模式。

关系模式如下：

供应商：供应商码+供应商名称+联系电话+地址+联系人+账号

商品：商品码+商品名称+规格+备注

仓库：仓库号+仓库名+地址+电话

仓库保管员：人员码+姓名+性别+年龄+工资+职务

顾客：顾客码+顾客名+联系电话+地址

订货合同：合同号+数量+金额+备注

销售合同：合同号+数量+金额+备注

结算员：职工码+姓名+性别+年龄+工资+职务

供应：商品码+供应商码+合同号+数量+单价

入库：商品码+日期+仓库号+货架号

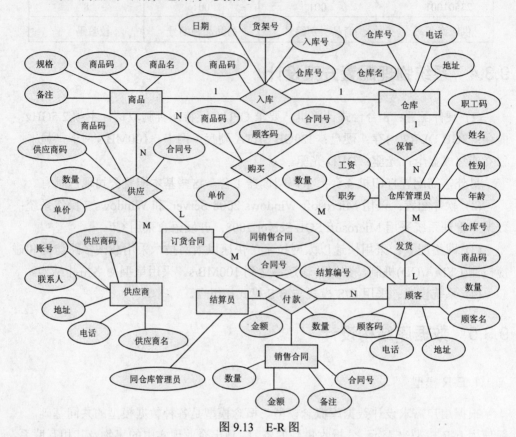

图 9.13　E-R 图

发货：商品码+日期+合同号+数量

购买：商品码+顾客码#+合同号+数量+单价

对上述关系进行规范化，归纳和合并成下列主要关系模式。

供应商：供应商码#+供应商名称+联系电话+地址+联系人+账号

顾客：顾客码#+顾客名+联系电话+地址

职工：人员码#+姓名+性别+年龄+工资+职务

商品：商品码#+商品名称 +单价+数量+计量单位

仓库：仓库号#+仓库名+地址+电话

合同：顾客码#+商品码#+单价+数量+订购日期

供应：供应商码#+商品码#+单价+数量+采购日期

入库：入库号#+商品码+日期+顾客码+数量

付款结算：结算编号#+发票编号+数量+金额

发货：发货号#+商品码+日期+合同号#+数量

购买：合同号#+商品码+顾客码+数量+单价+日期

3. 数据表的设计

根据关系模式设计系统中用于存储的数据表，在系统中我们所需设计的数据表包括：供应商表、客户信息表、企业职工表、合同表、入库表、出库表、仓库表、付款结算表等。现仅以供应商表为例，说明数据表的设计，如表 9.2 所示。

表 9.2　供 应 商 表

字 段 名	类 　 型	长 　 度	说 　 明	是 否 为 空	中 文 简 称
GYSDM	C	9	关键字	N	供应商码
GYSMC	C	10			供应商名称
LXDH	C	12			联系电话
DZ	C	10			地址
LXR	C	8			联系人
ZH	C	20			账号

9.3.6　输入设计

输入设计要遵循既满足用户需求又方便使用的原则，在进行设计时从正确、迅速、简单、经济、方便使用等方面进行考虑。系统中的输入有：订货单、客户基本信息、入库单等。图 9.14 给出了客户基本信息的输入设计界面。

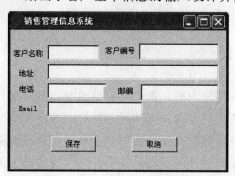

图 9.14　客户基本信息输入单

9.3.7　输出设计

对系统需要的输出结果进行设计，本系统中主要是一些表格的输出，如销售报表、销售分析表、发票、采购单、出库单等，图 9.15 为销售月报表的输出格式。

销售月报表

项目	代码	单价(元)	销售数量本月总量	上月库存量	本月库存量	销售额本月总额
年　月						
巧克力						
糖果						
饮料						
合计						

图 9.15　销售月报表

9.3.8　程序模块设计说明

根据数据流程图和结构图，对其中的每一个模块，都要有一张模块设计说明书。下面以采购管理中的订单录入模块的设计说明为例，具体格式如表 9.3 所示。

表 9.3　模块设计说明书

模块名称：订单录入
输入：数据流，购货订单
输出：数据存储，采购信息
处理：按采购订单填写商品名和订单号，填写采购内容，写入数据文件"采购信息"

9.3.9　安全保密设计

本系统主要是面向公司内部各部门之间信息交流的，采用的网络配置也是面向内部的局域网，但系统也需要和外部的网络进行必要的信息交流，在网络的配置上也应设置与外部网络进行数据交换的接口。企业的数据是企业的生命线，为了保证系统不受非法攻击，保护系统内数据的安全，在系统安全方面要采取一些措施。现在各类计算机病毒、系统陷阱、隐蔽访问通道、黑客攻击等都会造成敏感数据泄露、站点瘫痪等问题，都是现实网络化中面临的威胁。在网络系统中与外部网络连接的接口的主机需安装防火墙，并在主机上设置能通过主机访问外部网的各部门的主机站点，设置拒绝外部网的不明主机的访问，防止非法攻击。

在系统内为了保护内部数据的完整性和不让数据受到非法修改，应在用户权限上设置每个特权用户只拥有他工作的权力，使其不能自由访问不该访问的数据区。设置带有访问控制列表的自主访问控制和强制访问控制，包括保密性访问控制和完整性访问控制，并进行安全审计和审计管理。在用户要进入系统之前，合法的用户在系统内要先输入密码，密码正确才能顺利进入，以防外部人员利用公司内部计算机进入系统，进行数据的修改和非法复制。系统为了保护数据，防止数据的丢失，在系统内设置了及时备份。对重要的数据进行加密处理，即使盗窃者进入系统，如没有密钥，也无法读懂数据，加密数据对数据传输也有安全保障作用。

9.4　管理信息系统的实施

系统实施是根据系统设计阶段的系统设计说明书和程序设计说明书，完成系统的计算机程序的编写设计和调试，对系统所需数据进行规范化整理，录入初始数据，并实现原系统向新的计算机系统的转换。以上各节叙述了系统开发前几个阶段的主要工作，系统的实施和系统调试工作请读者自己选择熟悉的编程语言完成。

思考题

选择与本专业相关的企业，与同学一起通过实地调查研究，为该企业开发一个管理信息系统，并编制相应的文档。

参 考 文 献

1. 郭东强编著. 管理信息系统. 厦门：厦门大学出版社，2000
2. 薛华成主编. 管理信息系统. 北京：清华大学出版社，2002
3. 黄梯云主编. 管理信息系统. 高等教育出版社，2005
4. Kenneth C.Laudon, Jane P.Laudon. Management Information Systems：Organization and Technology in the Networked Enterprise. Prentice Hall, 1998
5. (美)小瑞芒德·麦克劳德，乔治·谢尔著. 张成洪等译. 管理信息系统：管理导向的理论与实践. 北京：电子工业出版社，2003
6. 朴顺玉等编著. 管理信息系统. 北京：中国人民大学出版社，1997
7. 黄志华编著. 管理信息系统. 广州：世界图书出版公司，1997
8. 金朝崇等编. 现代信息系统教程. 天津：天津大学出版社，1996
9. 张维明等编著. 信息系统建模技术与应用. 北京：电子工业出版社，1997
10. 汪星明主编. 管理系统中计算机应用. 武汉：武汉大学出版社，1998
11. 徐绪松编著. 管理信息系统. 武汉：武汉大学出版社，1998
12. 葛世伦等编著. 企业管理信息系统开发的理论和方法. 北京：清华大学出版社，1998
13. 姜旭平编著. 信息系统开发方法. 北京：清华大学出版社，1999
14. 赖茂生主编. 企业信息化知识手册. 北京：北京出版社，1999
15. 侯炳辉主编. 企业信息化领导手册. 北京：北京出版社，1999
16. R.M.Stair. Principles of Information Systems，Boyd & Fraser Publishing Company，1992
17. Perry Edwards. Systems Analysis & Design. Mitchell McGRAW-HILL，1993
18. Graham Curtis. Business Information Systems. Addison-Wesley Publishing Company, 1995
19. 严建援主编. 管理信息系统. 太原：山西经济出版社，1999
20. 顾培亮编著. 系统分析与协调. 天津：天津大学出版社，1998
21. 陈禹编. 信息系统分析与设计. 北京：电子工业出版社，1986
22. 王汝涌主编. 管理信息系统. 北京：中国财政经济出版社，1993
23. 王燮臣等编. 管理信息系统. 杭州：浙江大学出版社，1991

24. 王勇领. 系统分析与设计. 北京：清华大学出版社，1991

25. 陈廷美等编著. 企业管理信息系统. 长沙：中南工业大学出版社，1988

26. 郭东强等编著. 会计电算化基础教程. 北京：经济科学出版社，1997

27. (美)罗伯特·斯库塞斯，玛丽·萨姆纳著. 李一军等译. 管理信息系统. 大连：东北财经大学出版社，2001

28. (美)斯蒂芬·哈格，梅芙·卡明斯，詹姆斯·道金斯著. 严建援等译. 信息时代的管理信息系统. 北京：机械工业出版社，2005

29. 王要武主编. 管理信息系统. 北京：电子工业出版社，2003

30. 张志清主编. 管理信息系统实用教程. 北京：电子工业出版社，2005

31. 彭澎等编著. 管理信息系统. 北京：机械工业出版社，2003

32. 梅姝娥，陈伟达主编. 管理信息系统. 北京：石油工业出版社，2003

33. 苏选良编著. 管理信息系统. 北京：电子工业出版社，2003

34. 赵苹编著. 管理信息系统案例教程. 北京：北京大学出版社，2003

35. (美)迈克尔·波特著. 陈小悦译. 竞争优势. 北京：华夏出版社，1997

36. (美)卡利斯 Y.鲍德温，金·B.克拉克等著. 新华信商业风险管理有限责任公司译校. 价值链管理. 北京：中国人民大学出版社，2002

37. J.佩帕德，P.罗兰著.高俊山译.业务流程再造精要. 北京：中信出版社，2003

38. 马建，黄丽华.企业过程创新——概念与应用. 上海：三联书店有限公司，1998

39. 仲秋雁，刘友德主编. 管理信息系统. 大连：大连理工大学出版社，2002

40. 何有世，刘秋生编著. 管理信息系统. 南京：东南大学出版社，2003

41. 王欣编著. 管理信息系统. 北京：中国水利水电出版社，2004

42. 甘仞初主编. 信息系统分析与设计. 北京：高等教育出版社，2004

43. 邝孔武. 管理信息系统分析与设计. 西安：西安电子科技大学出版社，2001

44. 戴伟辉，孙海，黄丽华. 信息系统分析与设计. 北京：高等教育出版社，2004

45. John W. Satzinger, Robert B. Jackson, Stephen D. Burd 著. 朱群雄等译. 系统分析与设计. 北京：机械工业出版社，2004

46. 王治宇编. 信息系统分析与设计. 北京：航空工业出版社，1997

47. 袁红清，韩明华编著. 管理信息系统：电子商务视角. 上海：立信会计出版社，2003

48. 邵峰晶，于忠清编著. 数据挖掘—原理与算法. 北京：中国水利水电出版社，2003

49. 王诚君编著. 微机操作培训教程. 第三版. 北京：清华大学出版社，2002

50. Raymodn Mcleod, Jr 著. 管理信息系统—管理导向的理论与实践. 北京：电子工业出版社，2002

51. 骆耀祖. 计算机网络实用教程. 北京：机械工业出版社，2005

52. 王行言，俞盘祥等编著. 计算机信息管理基础. 北京：高等教育出版社，2001

53. 黄敬仁. 系统分析. 北京：清华大学出版社，2002

54. 高洪深著. 决策支持系统(DSS)理论·方法·案例. 北京：清华大学出版社，2001

55. 罗超理，李万红编著. 管理信息系统原理与应用. 北京：清华大学出版社，2002

56. (美)森尼尔·乔普瑞，彼得·梅因德尔著. 供应链管理——战略、规划与运营. 北京：社会科学文献出版社，2003

57. 孟凡强，王玉荣编著. CRM 行动手册. 北京：机械工业出版社，2002

58. 何荣勤著. CRM 原理·设计·实践. 北京：电子工业出版社，2003

59. 张润彤主编. 电子商务概论. 北京：电子工业出版社，2003

60. 杨善林主编. 电子商务概论. 北京：机械工业出版社，2002

61. 王润理著. 电子商务与企业信息化. 郑州：郑州大学出版社，2003

62. 程控，革扬编著. MRPⅡ/ERP 原理与应用. 北京：清华大学出版社，2002

63. 王欣编著. 管理信息系统. 北京：中国水利水电出版社，2004

64. 蔡淑琴. 管理信息系统. 北京：科学出版社，2004

65. 易荣华. 管理信息系统. 北京：高等教育出版社，2000

66. 许晶华. 管理信息系统. 广州：华南理工大学出版社，2003

67. 姜同强. 信息系统分析与设计教程. 北京：科学出版社，2004

68. 李海华，吴中元. 我国企业信息化的问题与对策研究. 商场现代化，2006(1)

69. 欧阳峰. 我国企业信息化演进的内外影响因素. 科学学与科学技术管理，2006 (1)

70. 李进霞等. 我国企业信息化现状与对策研究. 科技与社会，2008(4)

读者意见反馈卡

亲爱的读者：

感谢您购买了本书，希望它能为您的工作和学习带来帮助。为了今后能为您提供更优秀的图书，请您抽出宝贵的时间填写这份调查表，然后剪下寄到：北京清华大学出版社第五事业部(邮编 100084)；您也可以把意见反馈到 cuiwei80@163.com。邮购咨询电话：010-62786544，客服电话：010-62776969。我们将充分考虑您的意见和建议，并尽可能地给您满意的答复。谢谢！

本 书 名：_____

个人资料：_____

姓　　名：_____　性　别：□男 □女　出生年月(或年龄)：_____

文化程度：_____　职　业：_____　通讯地址：_____

电话(或手机)：_____　传　真：_____　电子信箱(E-mail)：_____

您是如何得知本书的：_____

□别人推荐　□出版社图书目录　□网上信息　□书店

□杂志、报纸等的介绍(请指明)_____　□其他(请指明)_____

您从何处购得本书：□书店　□邮购　□商场　□其他

影响您购买本书的因素(可复选)：

□封面封底　□装帧设计　□价格　□内容提要、前言或目录　□书评广告

□出版社名声　□作者名声　□责任编辑

□其他：_____

您对本书封面设计的满意度：□很满意 □比较满意 □一般 □较不满意 □不满意 □改进建议_____

您对本书印刷质量的满意度：□很满意 □比较满意 □一般 □较不满意 □不满意 □改进建议_____

您对本书的总体满意度：

从文字角度：□很满意　□比较满意　□一般　□较不满意　□不满意

从技术角度：□很满意　□比较满意　□一般　□较不满意　□不满意

本书最令您满意的是：

□讲解浅显易懂　□内容充实详尽　□示例丰富到位　□指导明确合理　□其他：_____

您希望本书在哪些方面进行改进？_____

您希望增加什么系列的图书：_____

您的其他要求：_____